숨어 있는 집

숨어 있는 집

초판 1쇄 | 2022년 1월 27일

지은이 | 샤론 도가
옮긴이 | 김영욱
표지디자인 | 김남영
본문디자인 | S design
편   집 | 강완구
펴낸이 | 강완구
펴낸곳 | 써네스트
출판등록 | 2005년 7월 13일 제2017-000293호
주 소 | 서울시 마포구 망원로 94, 203호
전 화 | 02-332-9384   팩 스 | 0303-0006-9384
이메일 | sunestbooks@yahoo.co.kr
ISBN 979-11-90631-38-9 43840 값 15,000원

숨어 있는 집

샤론 도가 지음 김영욱 옮김

씨네21스트

서문

2차 세계대전이 막바지로 치닫던 1945년 5월, 피터 반 펠스가 마우타우젠의 나치 강제수용소에 있을 때였다. 어떤 기록에 의하면 피터는 4월 11일자에 의무 막사로 이송된 것이 확인되는데, 이는 피터가 3주 이상을 그곳에 있었던 것으로 추정할 수 있는 근거가 된다. 그러나 이 역시 정확하지 않거나 예외적인 경우에 해당된다고도 볼 수 있다. 왜냐하면 나치의 네덜란드 점령기 동안 살아남은 유대인들은 열차에 실려 아우슈비츠로 보내지거나 도보로 폴란드와 오스트리아를 거쳐 마우타우젠까지 가서 3개월간 노역을 해야 했고, 일단 의무 막사로 옮겨지고 나면 기껏 해봐야 며칠밖에 더 버틸 수 없는 몸 상태이었기 때문이다. 그곳은 말하자면 죽은 자들이 건너간다는 신화 속 저승의 강과 다를 바 없었고 게다가 전쟁의 막바지 단계에서는 치료는커녕 음식도 바닥난 상태였다.

오늘날 우리는 홀로코스트 기간 동안 온갖 역경을 이겨내고 수용소에서 살아남은 사람들의 놀라운 이야기들을 그리 어렵지 않게 접할 수 있다. 그런데 앞서 언급한 기록이 사실이라면? 피터가 실제로도 병상에 누워 그의 짧은 생애를 되돌아보기 시작했다면? 그때 그는 18살이었고, 안네 프랑크의 일기장 덕분에 유명해진 암스테르담의 '은신처'에서 이미 2년 남짓의 시간을 보낸 뒤였다. 그 은신처가 피터한테는 어떤 곳이었을까?

역사적 사실에 기초한 이 소설을 쓰기 위해 나는 피터가 실제로 안네와 함께 살았을 때를 상상해보려고 노력했다. 안네로부터 사랑의 표적이 되었다가 네덜란드에도 해방이 다가온다는 소식을 들은 날로부터 얼마 지나지 않은 시점에 인정사정없이 내쳐진 십 대 소년의 심정은 어땠을까를 상상해보려 노력했다.

안네 프랑크의 가족과 함께 피터의 가족이 은신처에서 겪은 매우 가슴 아픈 이야기 중 하나는 그들이 전쟁이 끝나기 직전까지 버텨냈다는 것이다. 게다가 일행 모두는 하필이면 네덜란드에서 출발하는 아우슈비츠 행 마지막 기차에 실려 떠났고, 안네가 그토록 사랑했던 아버지 오토 프랑크만이 유일한 생존자가 되어 돌아올 수 있었다는 점이다.

내가 이 소설을 쓰기 시작했을 때까지 안네가 살아있었다면, 80대 할머니가 되어 있었을 것이다. 그랬더라면 그녀 또한 자신의 이야기를 쓰고 있었을 것이다. 비록 주인공들이 공포와 증오, 그리고 파괴 속에서 쓰러져 죽어가더라도 그녀는 자신의 글을 통해 이 세상의 아름다움을 지키는 행위의 참된 가치를 현대의 독자들에게도 생생히 보여주었을 것이다. 하지만 안네는 빼어난 지성과 활달한 성격에도 불구하고, 그 자신이 전 세계인의 우상이 된 사실을 모른 채 이 세상을 떠났다.

십대 소녀였던 안네는 열정적이고, 지적이고, 때때로 자신감이 넘치기도 했지만, 대체로는 상대하기 까탈스러운 여자애였다. 그런 점에 대해서는 그녀의 아버지 오토 프랭크 씨도 "모든 사람들이 제 딸의 일기장을 통해 쉽게 느끼는 그런 면면을 정작 아비인 저는 몰랐다."고 공개석상에서 인정한 적이 있다. 하지만 "부모라고 해서 제 자식을 다 알 수는 없다."는 진실을 좀 더 빠르게 받아들였다면 더 좋았을 것이다.

이쯤에서 우리들은 실제 은신처에서 일어났을 법한 일들조차 안네의 '상상이 개입된' 이야기라던 오토 프랭크의 진술에 주목할 필요가 있다. 물론 일기장에 드러난 안네가 실존인물인 안네와 똑같을 필요는 없다. 그럼 피터는 안네가 묘사한 피터가 실제의 피터 그대로야만 할까? 어느 한 사람이 다른 사람의 일기, 특히 유명인의 일기에서 제삼자의 눈으로 바라본 모습으로 고정되게 그려지는 것은 어떨까? 안네의 일기장 '키티'에서 여러 차례 언급된 피터란 인물 역시 일기장 밖에서 살아 숨 쉬던 피터와는 많이 달랐을 가능성 역시 배제할 수 없는 것이다.

우리가 한 개인과 역사를 평가하고 해석하는 방식은 세월에 따라 바뀔 수 있다. 그렇더라도 20세기 역사 기술에서 안네의 일기가 중요한 역할을 담당했다는 것만은 변함없는 사실이다. 그녀가 기록한 일기가 남아 있는 덕분에 우리들도 나치의 네덜란드 점령기 동안 사행된 인종청소와 이를 피해 숨어 지내온 유대인들의 삶이 어떠했는지 짐작할 수 있게 되었다. 그렇다고 해서 홀로코스트의 진실을 파헤치는 작업이 쉽사리 다뤄져서는 곤란하다. 작가라면 역사의 부름을 받드는 소명을 가지고 은신처에 있던 사람들에게 접근해야만 한다. 그런 역사의식이 바탕에 있을 때야 비로소 그들 사이에서 일어난 사건들과 그들의 감정을 새로운 이야기로 엮어내는 작업 역시 왜곡 없는 결과물을 낳을 수 있기 때문이다. 만약 안네가 살아 있다면, 십대 소녀였던 자신이 일기장에 담아낸 그 시절 그 사람들을 두고 지금쯤엔 무슨 말을 할런지 우리가 어떻게 알겠는가? 만년의 그녀라면 자신의 어머니와 프리츠 페퍼 선생에게 좀 더 연민을 느낄 수도 있을 것이다. 우리가 청소년 시절에 겪은 어떤 사건이나 사람에 대해 느낀 감정들이란 대체로 강렬하지만 그것만으로 전부 진실이라고 할 수는 없지 않겠는가.

이제 시점을 바꿔보는 작업을 시도해보자. 은신처에서 안네와 함께 지낸 다른 사람들은 그녀가 자신들을 묘사한 것에 대해 어떤 생각들을 가지고 있을까? 혹시 그들은 안네가 묘사해 놓은 피터에 대해 다른 생각들을 하지는 않을까? 이런 질문이 생기는 건 꽤 타당하다. 나 또한 본격적인 글쓰기에 앞서 이 두 질문에 주안점을 두고 소설적 상상을 펼쳐나갔다. 그러기 위해서는 먼저 피터의 눈을 빌어 안네의 일기를 꼼꼼하게 읽을 필요가 있었다. 그래서 나는 대목 대목을 읽으며 피터라면 어떻게 느낄 것인지, 그때그때 메모를 하며 아이디어를 정리했다. 소설 쓰기에 착수한 다음에는 일행이 은신처에 머무는 동안 겪은 일들을 내 마음대로 바꾸지 않기 위해 최선을 다했다. 마찬가지로 그들이 죽음의 수용소에서 맞닥뜨린 일련의 사건들에 대해서도 내가 알아낼 수 있는 범위 내에서 최대한 사실에 가깝게 전달하기 위하여 노력했다.

작가의 상상력으로 역사적 사실들을 재구성하는 일이란 지난 역사에 다시 생동감을 불어넣는 중요한 역할도 하겠지만, 안네와 그녀 가족과 친구들에게 일어났던 사건들을 내 소설을 위해 제멋대로 바꿔놓을 수는 없는 노릇이었다.

2차 세계대전 중 나치의 만행을 겪은 실존인물 중 안네 프랭크만큼 자신이 속한 세상에 늘 촉각을 곤두세우고 호기심을 놓지 않던 영민한 십대도 없었다. 비록 우리가 안네 프랭크의 일기를 읽고 그 희망 없는 일상에조차 깃들었던 '미움을 능가하는 사랑'을 이해하기는 어렵더라도, 증오의 결과가 얼마나 치명적인지 다음 세대에까지 전달하기 위한 노력 또한 기울여야 할 것이다.

기상나팔

프리모 레비[*]

잔혹한 밤으로 꿈이 다시 찾아와.
죽은 자들이 우글거리는
핏빛으로
온몸으로 파고들어,
영혼까지 스며들어,
악몽 속에서도
그리운 집과 따뜻한 음식,

우리들 이야기가 웅성거리는
새벽이면
그 짧은 비명 같던 나팔소리,

'비스타바치[**]!'

그럼
내 심장은 금이 가, 가슴팍 안쪽에서 깨어져.

이제야 고향에 온 것 같은데,
내 집 같지만
실컷 먹고 마음껏 이야기도 나누지만
때가 되었다며 또다시,
불쑥,
속삭거릴 유령의 명령어,

'비스타바치!'

[*] 이탈리아 레지스탕스 활동 중에 체포되어 강제수용소로 끌려간 유대인 화학자로서, 아우슈비츠에
서는 끝까지 생존했지만, 이 시가 실린 시집<살아남은 자의 아픔>을 남기고 투신자살했다.
[**] Wystawach '기상(起牀)'을 뜻하는 폴란드어

차례

2부 수용소

프롤로그

1945년-피터 : 오스트리아 마우타우젠 수용소, 의무실

난 아직 살아 있다.

아니, 확실하지는 않다.

병이 났다.

이 시간에 내가 누워 있다니, 아픈 게 분명하다. 우리는 절대 누워 있을 수 없으니까.

수용소 안에서 휴식 같은 건 없으니까.

지금쯤엔 나도 채석장 계단 위로 바위를 나르고 있어야 한다. 채석장 꼭대기까지는 꽤 먼 거리다. 앞쪽에서 누군가 떨어지면, 뒤따라가던 사람들도 서두르지 않으면 떨어질 수 있다.

이따금 감시대원들은 잇부러 우리 중 누구 하나라도 계단 끝에 도착하길 기다리고 있다. 그들은 짐을 내려놓고 홀가분해 하는 모습을 상상하면서 장화발로 앞사람을 쓰러뜨린다. 그러면 나머지들도 도미노처럼 쓰러진다.

채석장에서 쓰러진 기억은 여기까지다. 내 몸이 덜컹거리는 게 느껴진다. 나를 덮친 다른 사람들의 몸뚱이가 느껴진다. 뼈만 남은 몸뚱이가 뼈만 남은 몸뚱이들과 부딪히고 부딪혀 모두들 날카로워져 있다. 내 몸에서도 뼈가 어긋나는 소리가 난다. 숨이 막혀온다. 사람들의 몸뚱이가 떠밀려 와 산 사람 옆에 죽은 사람들이 쌓여 가고 있다. 다행히 난 숨을 쉬고 있다. 내 뼈도 다시 제자리에 맞춰졌다. 살아 있으니 일어나야 한다. 시체 더미에 파묻히지 않으려면 무슨 수로든 일어나야만 한다.

감시대원들이 웃는 이유는 내가 꼭두각시 같아서다. 끈이란 끈은 모조리 잘리고 뼈다귀만 남아 덜렁거리는 꼴이 꼭두각시 같아서다. 일어나 걷기 시작했다. 쉬지 않고 걷고 또 걷고 있다. 하지만 실제로는 바닥에 쓰러진 채로 죽어가고 있는지도 모른다. 이렇게 매일 매일 하나둘씩 죽어가고 있지만, 우리는 서로가 죽어가는 걸 모른 체했다. 누구라도 자신이 살기 위해서는, 이곳에서 살아남기 위해서는 그럴 수밖에 없다.

곧 누군가 다가와 날 깨우면 악몽이 시작될 것이다.
어쩌면 나 역시 그 말을 기다리고 있는 지도 모른다.
-비스타바치(Wystawach).
-일어나.
그들이 다가오면 반드시 일어나 일해야 한다. 일어나지 못하면 죽음이다.

결국엔 누구라도 그렇게 되겠지만, 우리에게 선택 따위는 없다.

이제 내 차례가 되었다.

차라리 마음이 놓인다.

누워 있을 때는 기억이 스멀스멀 떠오르는 것이 문제이다. 되살아난 기억들이 내가 누구였는지 끊임없이 돌아보게 만들기 때문이다.

나의 세상.

나의 일상.

독일계 유대인들은 이럴 때 이 단어를 쓴다.

하임베(heimweh)

향수, 고향을 그리워하는 마음이란 뜻이다. 하지만 우리는 될 수 있는 대로 이 단어를 삼갔다. 입에서 뱉어내는 순간 치명적일 수 있으므로.

덥다. 머리가 깨질 것 같다. 몸이 쑤신다. 이렇게 말해봤자 진짜 고통은 설명할 수 없다. 지금 이 순간 뼈끼리 부딪히며 닳아버릴 것 같은 신체의 고통에 딱 들어맞는 표현은 이 세상 어디에도 없다.

하지만 기억이란 놈은 해묵은 사진 같아서 훨씬 고약하다. 어느 때의 기억이든 일단 떠오르기 시작하면 잠잠하던 다른 기억들까지 깨우려드니 기를 쓰고 막아야 한다. 내게는 오직 이 순간만이 있는 것처럼, 당장 한 발을 들어 다른 발 앞에 놓으며 지나가야 한다. 그렇게 오늘을 살아내야 한다.

반드시, 내 이야기를 하려면, 기필코.

그럼에도 불구하고 기억이란 놈은 어마어마하게 집요하다. 아무리 저항을 한듯 기어이 내 머릿속으로 파고든다.

그런데 그런 애가 진짜 있었나? 그런 곳도 진짜 있었던가?

나뭇가지에서 나뭇잎 하나가 금화처럼 떨어지던 순간을 다락방 창 너머로 지켜보던 나무가 내려다보이던 집과 골목과 내가 사랑했던 그 애와 함께 한 세상이……

1부

숨어 있는 집

1942년 7월 13일, – 피터 반 펠스
암스테르담, 주더-암스텔란 거리

길거리를 내달렸다. 이른 아침, 태양도 안개 속을 헤치고 나오려 몸부림치고 있었다. 내 발소리가 울려 퍼졌다. 생각도 함께 달리고 있었다. 난 숨지 않을 것이다. 프랭크 아저씨네와 함께라면 더욱 더 숨지 않을 것이다.

하지만 당장 어디로 가야할지 모르겠다. 내가 알고 있는 거라곤 그렇게는 할 수 없다는 것. 엄마와 프랭크 아주머니와 두 여자애, 그 중에서 특히 안네와는 그 작은 집에 갇힌 채 함께 지낼 수 없다는 것뿐이다. 아빠가 프랭크 씨와 사업파트너란 이유로 나까지 그들을 좋아해야 한다는 건 말도 안 된다. 차라리 내 운명을 길거리에 맡기는 편이 낫다.

길바닥을 툭툭 찼다. 등 뒤에서 엔진 소리가 들렸다. 대번에 알아챌 수 있었다. 귀머거리라도 군용 운송차량에서 나는 소리란 걸 모를 수는 없었다.

걸음걸이의 속도를 늦췄다. 그림자가 드리워졌다. 사람들 눈에는 내가 유대인으로 보이지 않을지라도 우리 유대인들에게 통행금지 시간이었다.

이제 거의 다 왔다.

리제의 집이 가까이 있다.

"리제."

그 애의 이름을 속삭였다. 보랏빛 눈빛과 부드러운 갈색 머리칼이 어우러진 그 애 얼굴을 떠올렸다. 내가 도망가는 중이라고 말한다면, 그 애가 무슨 말을 할지도 상상해봤다. 리제는 나를 붙잡을 것이다. 나와 함께 풀밭에 엎드릴 것이다. 리제는, 리제는…….

정신을 차려야 한다. 이제 담벼락을 넘어 뒤뜰로 들어가야 한다.

난 담벼락을 뛰어넘으려고 했다. 하지만 너무 높아 실패했다.

차 소리가 더 크게 들려왔다. 분노가 끓어올랐다. 왼발로 담벼락을 차며 오른손 주먹으로 담벼락 꼭대기를 그러쥐었다. 이번에는 단번에 성공이었다.

잔디밭으로 뛰어 내렸다. 거친 숨을 내쉬며 팔을 뻗었다. 돌멩이든 나뭇가지든 창문으로 던져 리제의 잠을 깨울 수 있는 것이라면 무엇이든 찾아내기 위해 주변을 둘러봤다.

잠시 뒤, 동작을 멈추고 귀를 기울였다. 거리는 고요했다. 아무 소리도 들리지 않았다. 그 차가 멈춰 섰다는 신호였다. 난 그 자리에서 얼어붙었다. 저들이 날 봤을까? 지금쯤 골목을 샅샅이 뒤지며 내가 포기하고 나오길 기다리는 걸까? 아니면, 내 일거수일투족에 귀 기울이고 있는 걸까?

문득, 정막을 두드리는 소리가 쾅 하고 났다. 주먹 쥔 손이 문짝을 두드리며 외쳐대기 시작했다.

"문 열어! 문을 열어!"

난 손끝 하나 까딱하지 못하고 뒤뜰에 서 있었다. 그 순간, 집 안에서 전등이 켜졌다. 창 너머로 리제의 얼굴이 보이는가 싶더니 커튼을 내리고 금세 사라졌다. 다시, 불 켜진 거실 창 안쪽으로 리제네 가족 실루엣이 나타났다. 하나같이 잠옷 차림이었다. 잠시 언쟁이 오가는 몸짓이 어른거렸지만, 결국엔 짐을 챙겨들고 코트를 걸치더니 리제와 함께 사라져버렸다.

리제네도 나치가 십대 소녀들을 소집한다는 소문을 알고 있었다. 나 역시 우리가 숨어 지내야 하는 까닭을 알고 있었다. 마곳 프랭크가 소집 명령을 받았기 때문이다. 그런데도 바보 멍청이 같은 나는 그런 일이 리제에게 일어나리라곤 생각지도 않았다.

리제에게 달려가려 해도 다리가 떨어지지 않았다. 돌멩이를 쥔 주먹도 등 뒤에 그대로였다. 얼마 동안을 그렇게 있다 다시 몸을 움직이게 되었는지 모르겠다. 담벼락을 뛰어넘어 길모퉁이로 내달릴 때는 늦어버린 뒤였다. 화물차는 벌써 떠나버렸고, 난 그저 길모퉁이를 돌고 있는 차 뒤꽁무니만 바라봤다.

저 안에 리제가 있다니……

난 달리기 시작했다. 죽을 힘을 다해 달렸지만, 리제를 태운 차는 큰길로 쏜살같이 들어섰다.

리제!

리제!

차가 사라진 뒤에도 미친듯이 달렸다. 하지만 소용없었다. 난 무릎을 꿇었다.

이미 늦었다.

리제는 사라져 버렸다.

도무지 믿어지지 않았다. 왜? 왜 하필 리제를? 왜 지금?

리제네 집으로 돌아갔다. 현관문은 걸어 잠겨 있었지만, 열쇠를 놔두는 곳을 알고 있었다. 난 천천히 열쇠를 돌렸다. 문을 열고 들어선 집 안은 구석구석 깔끔하게 정돈되어 있었다. 피아노 덮개도 열려 있고 악보대 위에는 리제가 가장 좋아하는 곡의 악보가 놓여 있었다. 모든 것이 평소와 같았다. 하지만 리제가 없는 집 안 분위기는 완전히 달랐다. 놈들이 리제를 어디로 데리고 간 걸까, 어째서 그 애 가족 모두를 데리고 갔을까? 이제 난 어디로 가라고?

뭘 해야 할 지 모르겠다.

창 너머로 길바닥을 내려다보는 둥, 손목시계를 들여다보는 둥 하며 허둥거렸다.

여섯 시 이십이 분이었다. 서너 시간 내로 프랭크 아저씨 사무실에 도착해야만 한다. 모두 각자 알아서 예정대로 도착할 것이다. 여느 때처럼 건물 안으로 걸어 들어갈 것이다. 하지만 그렇게 들어가고 나면, 다시는 바깥세상으로 나오지 못할 것이다.

우리 모두 그 안에서 지낼 것이다.

얼마가 될 지는 아무도 모른다.

창밖을 멍하니 내다봤다.

이른 아침의 골목은 내 마음처럼 텅 비어 있었다. 그저 화물차 한 대가 사라졌을 뿐인데, 그 상황을 지켜보면서도 어쩌지 못한 내 처지만 떠오를 뿐, 다른 생각은 끼어들지 못했다. 하긴 그 상황에서 나 따위가 무슨 수로 리제네 가족들을 도망치게 돕거나 그 놈들을 막아낼 수 있었을까?

리제가 사라졌다.

그런데도 난 내 자신이 어쩌지도 못할 놈이란 걸 알고 체념하고 있었다.

그래, 나란 놈은 그 은신처란 곳으로나 가겠지.

바깥을 살피며 길거리가 사람들로 북적일 때를 기다렸다. 그저 기다리며 태양의 고도가 높아지는 걸 지켜봤다. 지루하게 기다리며 세상이 좀 더 활기를 띠는 모습을 살폈다. 도망갈 곳도 없는 주제에 어디로도 뛰쳐나가지도 못하리란 걸 스스로 알고 있기에, 멍하니 창밖만 내다봤다.

이제 내 눈으로 볼 수 있는 이 세상도 더 이상 내 세상이 아니다. 그 놈들, 독일 나치 괴뢰당의 것이 되어버렸다. 놈들은 내가 다른 사람들처럼 시가전차나 차도 탈 수 없게끔 나로부터 세상을 야금야금 빼앗아갔다. 이제 난 그들과 한 물속에서 헤엄을 칠 수도, 같은 극장에 앉아 영화를 볼 수도 없게 되었다. 비-유대인 가게에서 물건을 사는 일은커녕, 길거리에 앉아 있을 수도 없게 되었다. 식수대에서 물 한 모금도 마실 수 없고, 가슴에 별을 달지 않고서는 한 발짝도 움직일 수 없게 되었다. 그래, 내가 할 수 있는 건 하나도 없다. 이제 내가 뭘 할 수 있을까? 난 아무것도 할 수 없다. 그 누군가 작심을 하고서 날 괴롭힌다 해도 도움조차 기대할 수 없다. 맞서 싸워서도 안 된다. 그랬다가는 죽도록 얻어터질 것이다. 날 패는 놈들을 막아줄 사람도 없을 것이다. 내가 직접 맞서 싸우지 않는 한, 난 놈들의 조롱대로 유대인 겁쟁이에 불과할 뿐이다.

나란 사람은 더 이상 존재하지 않는다. 놈들은 계획대로 이 세상에서 날 몰아내려고 무능한 사람으로 만들어버렸다.

이제는 또렷하게 느낄 수 있다.

지금까지 그런 것조차 눈치채지 못한 내 자신이 한심하다.

어떻게 모를 수 있었을까?

도망칠 생각을 해본 적이 있었던가?

맞서 싸울 생각을 해본 적은 있었나?

시간이 되었다. 지금 나가야 된다.

잠시 책가방과 다윗의 별이 박음질된 외투를 꺼내들고 망설였지만, 나가기 직전에 입지 않기로 마음먹었다. 이번이 내 인생에서 시내를 걷는 마지막 기회라면, 태연하게 걸어나갈 생각이었다. 혹시 무슨 일이 생기더라도, 혹여 그들이 날 알아보더라도 내버려둘 생각이었다.

프린젠그라흐트 거리까지는 내 걸음으로 한 시간쯤 걸리는데, 바로 그 길 끄트머리에 창고가 있고, 창고 꼭대기 뒤편 어딘가에 숨겨진 공간이 있다.

그곳에 그런 공간이 있다는 건 우리가족이 숨어 지낼 수 있게 도와준 몇몇의 직원 말고는 아무도 모른다. 아빠는 우리가 운이 대단히 좋은 거라고 말했다. 우연한 기회에 프랭크 씨와 동업을 하게 된 것부터가 행운인데, 아저씨가 먼저 함께 숨어 지내자고 제안해주었으니 대단한 행운이라고 했다. 하지만 난 그렇게 생각하지 않았다. 미국으로 가는 편이 나았다.

내게는 은신처의 도면이 있었다. 그 덕분에 어디로 들어가고, 어떤 계단을 이용해야 하는지 파악하고 있었다. 도면에는 창고 뒤에서 내가 숨어 지내게 될 방들로 이어지는 통로도 표시되어 있었다.

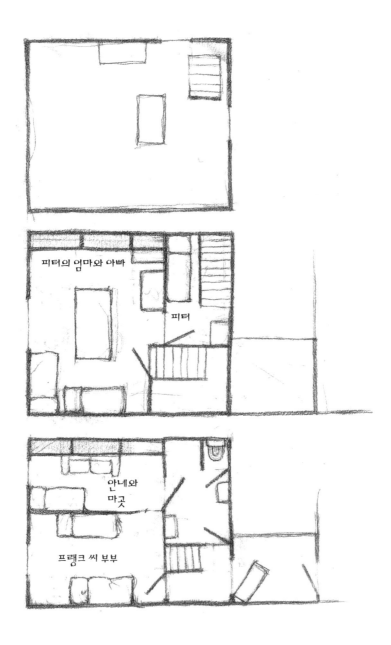

가려면 지금 당장 리제네 집에서 나가야한다.

거리로 뛰쳐 나왔다. 햇살이 내 얼굴을 비췄다. 지금 내 가슴에 다윗의 별은 없다. 앞으로 한 시간 동안 난 자유인이다. 한 시간만이라도 더 있다면⋯⋯. 나를 둘러싼 세상이 낯설다. 그 어느 때보다 선명하고 아름답다. 그 누구도 별을 달고 있지 않은 내게 연민의 눈빛 따위를 보내지는 않는다. 사람들의 눈에 띄지 않는 것이 어떤 느낌인지조차 잊고 지냈다. 걸음을 멈추고 식수대의 물을 마셨다. 엄마가 보면 기겁할 것이다. 이대로 발각되면, 체포되어 죽거나 어딘가로 보내질 수도 있다. 그래, 난 식수대에서 물을 마신 유대인이다. 그러니까 유대인이 아닌 자들도 감염시킬 수 있다, 하지만 무엇으로?

도대체 우리 유대인이 뭐 그리 사악하다는 걸까?

"멋진 아침이야!" 지나가던 여자 분이 내게 미소 지으며 말했다. 나도 미소를 지어 보였지만, 속으로는 욕을 해댔다.

난 유대인이야, 이 멍청한 아줌마야. 당신네들은 내 가슴팍에 달린 별이 '이 사람은 유대인이오'라고 알려주지 않으면 멀쩡한 눈깔을 뜨고서도 몰라보지? 자, 여기 별이 있으니까 당신도 달아보라고. 우리한테 미안하다면, 양심의 가책을 느낀다면, 어째서 당신들 모두는 별을 달지 않는 건데? 왜, 왜? 당신들이 우리랑 다른 게 뭔데?

하지만 입 밖으로는 아무 말도 꺼내지 못했다. 그저 미소를 돌려줄 뿐.

난 계속 걸었다.

이제 더 이상 갈 곳도 없는데, 길은 너무 빨리 끝났다. 암스테르담 중심부에서 널찍한 도로가 작은 운하와 좁다란 길들로 갈라지자마자 바로 그 건물이 나타났다. 어느새 프린젠그라흐트 263번지, 창고 건물 앞이었다.나는 창고 앞에 서서 목재로 된 커다란 문짝들을 빤히 쳐다봤다. 그러고는 내가 곧 지나가게 될 층계 위쪽의 작은 문을 올려다보았다.

덜컹 겁이 났다.

달아나고 싶었다. 달리고 또 달려 리제를 찾을 때까지 쉬지 않고 달리고 싶었다. 리제의 손을 잡은 뒤에도 계속 달리고 싶었다. 숲이든 언덕이든 그 어디라도, 우리가 몸을 숨기고 지낼 동굴을 찾을 때까지 달리고 싶었다. 하지만 어디를 둘러봐도 평지뿐, 그럴싸한 곳은 없었다. 우리들은 이미 독일에서 이곳으로 피신해왔지만, 여기서도 포위된 신세였다. 나치는 유럽 어디에나 있었다. 룩셈부르크, 벨기에, 프랑스는 물론이고 나치의 외투 호주머니 크기밖에 되지 않는 네덜란드에도 들어와 있었다. 그러니까 달아나봤자 우리는 독 안에 든 쥐와 다르지 않았다.

문을 올려다봤다. 속이 메슥거렸다. 등줄기로 내리쬐는 햇살이 느껴졌다.

돌아서서 거리를 쭉 살펴봤다. 물론 이딴 짓은 당장 그만둬야 한다. 이렇게 사람들의 시선을 잡아끄는 행동은 뭐가 됐든 위험천만이다. 하지만 난 무언가에 홀린듯이 뒤돌아서서 좁고 긴 거리를 바라보고 있었다. 가로수들과 그 사이로 흐르는 운하의 물을 보고, 스쳐지나가는 사람들을 멀뚱히 바라보았다. 얼마동안 그렇게 넋을 놓고 있었는지는 신경 쓰이지 않았다. 달라질 건 없으니까.

리제는 돌아오지 않을 것이다.

두 번 다시는 그 애를 볼 수 없을 것이다.

내 이름은 피터 반 펠스. 곧 열여섯 살이 된다.

돌층계 위로 올라갔다. 좁다란 나무문의 손잡이를 돌렸다. 문을 밀어젖히고 안으로 걸어 들어가자, 등 뒤에서 저절로 문이 닫히는 소리가 났다.

그때까지는 깃거리를 내 눈으로 볼 수 있었어. 여름날의 부드러운 공기, 그 상쾌한 공기를 들이마실 수도 있었어. 하지만 다락방에서는 지금 내가 신선한 채소의 맛과 거리낌 없던 웃음소리를 그리워하는 것처럼 공기도 그리워하게 되었지.

이미 지나간 것들은 잊어버리는 것이 최선이지만, 그리워지는 건 어쩔 수 없는 거야.

1942년 7월 13일 - 은신처로 들어간 피터
암스테르담 프린젠그라흐트 263번지

문 뒤편의 공간은 어둡고 덥다. 공기도 탁하다. 나는 두 번째 문까지 통과하고 집 안의 도면을 머릿속에 떠올리며 계단으로 올라갔다.

어제 본 도면에 그려진 대로 움직여야 한다. 소리를 내서는 안 된다. 나는 사무실이라고 씌어져 있는 창문을 지나고 있다. 창문으로 움직이는 사람들의 실루엣이 어른거리고 그들의 목소리가 새어나오고 있다. 나는 유령이다. 그들은 내가 여기 있는 것을 모른다. 나는 그림자처럼 소리 없이 좀 더 침침하고 좁은 복도를 따라가고 있다. 숨이 막힐 정도로 후덥지근하다. 다행히 복도는 계단을 올라갈수록 넓어진다. 내 왼쪽에는 어두운 천을 덮어둔 창문이 있다. 그 밑에는 또 다른 계단이 아래쪽으로 이어져 있다. 어둡다. 내 눈이 어둠에 적응하기를 그대로 서서 기다리는 수밖에 없다. 지금 바로 코 앞에 걸쇠가 달린 널찍한 문이 하나 있지만 그 안으로 들어가고 싶지는 않다. 당장 뒤돌아서 밖으로 달려 나가고 싶을 뿐.

리제를 태운 차가 골목에서 사라지던 장면이 떠올랐다. 심장이 벌떡거려 숨이 제대로 쉬어지지 않는다.

또 다른 생각에 사로잡히기 전에 서둘러 걸쇠를 들어 올렸다.

문틈으로 높고 맑은 목소리가 들려온다.

"맞아요. 우리는 운이 좋아요, 안 그래요? 아빠가 은신처를 마련하지 못했거나, 여기 갇힌 우리들이 서로를 싫어했다면……"

순간적으로 짜증이 치밀어 올랐다. 안네 프랭크는 여느 때처럼 자기 확신에 찬 목소리로 떠들어대고 있었다.

운이 좋다고? 어떻게 우리가 운이 좋다는 거야? 안네는 마치 우리가 방구석에 앉아 시시껄렁한 말장난이라도 하고 있는 듯이 말하고 있었다.

당장 내 눈앞에는 가파르고 위험한 계단이 있다. 그런데 그 아래쪽에서도 웅성거리는 소리가 들려왔다. 여기 있는 모든 것들은 창밖의 골목이나 운하처럼 작고 좁아 답답했다. 게다가 어둡기까지 했다.

나는 소리가 나는 쪽으로 몸을 돌려 문간에 기대섰다. 식탁에 앉아 있던 프랭크 씨네 가족이 고개를 돌리고 날 쳐다봤다.

"엇!" 프랭크 아줌마의 외마디에 모두들 놀랐는지, 잠시 정적이 흘렀다. 다들 서로의 얼굴만 빤히 쳐다보고 있었다.

"오, 피터! 너, 너로구나! 내가 순간적으로 널 알아보지 못했지 뭐니."

난 눈을 깜빡거렸다. 침침해서 사람들 얼굴이 제대로 보이지 않았다. 프랭크 아저씨가 자리에서 일어나서 내게로 걸어왔다. 아저씨는 미소를 지어 보였다.

"피터도 왔구나. 자, 네 방을 보여주마."

"방이라고요? 그렇게는 부르지 말자고 했잖아요."

안네가 말했다.

"안네!"

아줌마가 주의를 줬다. 난 안네를 본체만체했다. 내가 끼어들 틈도 없는 자기만의 생각으로 꽉 막혀 있는 애니까.

"어서 와, 피터."

마곳이 날 조용히 반겨줬다. 순간, '왜 네가 여기에?'라는 의심이 머릿속에서 솟아올랐다. '네가 왜, 리제가 아닌 마곳, 네가 어떻게 여기 있는 건데?'라는 불만 섞인 질문이 맴돌았다. 하지만 난 고개까지 끄덕이며 인사를 건넸다.

프랭크 아저씨가 날 가파른 계단 쪽으로 안내했다. 난 천천히 아저씨 뒤를 따랐다. 부엌이 보였다.

"여기가 네 부모님 방이란다. 미안하게도 우리와 함께 써야 하는 공동 부엌이기도 하지만 말이다."

난 아무런 대꾸도 하지 않았다. 그 어떤 말도 할 수 없었다. 싱크대 옆에도 문이 있었다. 아저씨가 그 문을 열었다.

"여긴 네 침실이다."

내 침실이란 곳의 창문은 칙칙한 블라인드로 가려져 있었다. 태양이 지금도 블라인드 뒤편에서 세상을 비추고 있다는 사실이 믿기지 않았다. 비좁은 탓에 아저씨와 난 바짝 붙어 섰다. 우리 두 사람 옆으로는 위층으로 올라가는 또 다른 계단이 있었다.

"위쪽엔 이것저것 저장해 두고 빨래를 널어두는 다락이 있단다. 그러니까, 네겐 미안한 일이지만 사람들이 이 방을 지나다니게 될게다."

다행히 어디선가 빛이 새어 들어오고 있었다.

"다락쪽 창문들이 너무 높아서 블라인드를 쳐놓을 수 없었단다.

하지만 그 덕분에 이 방엔 빛이라도 들어오게 됐지!"

프랭크 아저씨가 말했다.

그 순간 속마음을 들킨 것 같아, 숨을 들이마셨다. 침대는 계단 옆으로 바짝 붙여져 있고, 그 아래쪽엔 책상이 있었다.

"어쩌겠니. 보통 때라면 이걸 방이라고 할 수 없지만 그래도 여긴 온전히 너만의 공간이란다."

난 내 새 침대라는 곳에 걸터앉았다.

"고맙습니다."

아저씨에게 인사를 건넸다. 달리 할 말도 없었다.

"그럼 난 이만, 아, 맞다······."

아저씨가 문 앞에 멈춰 섰다.

"화장실도 보겠니?"

난 고개를 저었다.

"우리를 도와주는 아래층 사무실 직원들의 이름은 다 알고 있겠지?"

난 다시 고개를 저었다. 단 한 사람의 이름도 기억나지 않았다. 그런 내게 아저씨는 미소를 지어 보였다.

"뭐, 그럴 수도 있는 거지. 서로 알아갈 시간이야 앞으로도 충분하니까. 자, 저기 저 숙녀 분은 미엡 지스, 주로 우리를 대신해서 바깥세상과 접촉하는 일을 맡고 있단다. 그리고 저기 저 신사는 쿠글러 씨, 그 옆엔 클라이만 씨, 그리고 벱, 또 그 옆엔 그녀의 부친 되시는 보스쿠질 씨란다."

"고맙습니다."

난 다시 한번 감사인사를 드렸다.

"그럼, 숨 좀 돌리고 차라도 마시게 아래층으로 내려오렴. 피터, 환영한다!"

"고맙습니다."

난 재빨리 대답했다. 아저씨가 내 눈앞에서 사라지길 바라는 마음으로.

벌러덩 침대에 드러누워 두 눈을 감았다. 눈시울이 화끈거리며 머리가 쿡쿡 쑤셨다. 방안엔 공기가 통하지 않았다. 두 팔을 쭉 뻗으면, 아니 어쩌다 기지개라도 켜게 되면 한 팔은 벽에 닿고, 다른 팔은 반대쪽 계단에 부딪힐 것 같았다. 거기다 다리까지 쭉 뻗으면 두 발바닥으로 방문을 걷어차게 될 것 같았다. 그렇게 나는 침대에 누워서도 방안의 모든 것을 만질 수 있게 된 것이다. 바로 그때, 창 너머 어디선가 15분이 된 것을 알려주는 교회 종소리가 울렸다.

눈을 감았다. 몸이 떨렸다. 다시 눈을 떴다. 창문에 리제의 얼굴이 어른거렸다. 리제를 태운 화물차도 보이는가 싶더니 스르르 사라졌다.

리제는 지금 어디 있을까?

그 놈들이 리제를 어디로 데려갔을까?

옆방에서 누군가의 목소리가 들려왔다. 정신이 번쩍 들었다.

"펠스 아줌마, 모자상자에 진짜로 모자를 넣어 오신 거예요?"

그 목소리가 깔깔대고 있었다.

"아냐! 아니지! 그 안에 든 건 모자가 아니라 요강이란다."

이번엔 엄마 목소리였다.

모두가 웃었다. 엄마가 가장 큰 소리로 웃었다. 난 이불을 뒤집어썼다. 얇은 면 이불 속에 머리를 숨기고 몸을 웅크리고서 이 상황으로부터 달아나려 했다. 하지만 리제의 얼굴과 골목이 자꾸만 어른거렸다. 이글거리는 섬광들까지 머리통을 쿡쿡 찔러대 눈앞이 뿌예졌다.

"피터?"

엄마가 나를 부르며 방 안으로 들어왔다.

"피터!"

엄마가 손을 내미는 순간, 난 재빨리 이불 속으로 손을 감췄다. 당황한 엄마는 입술을 깨물었다.

"우리 아들이 이곳에 함께 있다니! 오, 하느님 감사합니다!"

엄마가 말했다.

"왜요? 내가 안 올 줄 알았어요?"

난 불쑥 삐딱하게 반응했다. 엄마가 그러는 날 빤히 쳐다봤다. 난 그만 시선을 피해버렸다.

엄마는 알고 있었다.

달아나고 싶은 내 마음을 본능적으로 알아채고 있었다.

난 이제 그만 엄마가 알아서 사라져주길 바랐다. 하지만 그러기는커녕 엄마는 주위를 둘러보았다.

"오, 피터! 여긴 너무 좁구나."

엄마가 깨알 같은 소리로 말하고는 한숨을 내쉬었다.

"그래도 우리 가족 모두 이곳에 있잖니. 전부 안전하잖니!"

그러나 리제는 아니었다.

난 아무 말도 할 수 없었다. 어쨌든 여기 있는 사람들과는 다르게 말수를 잃어버렸다. 그 대신 생각은 많아졌다. 어떻게 이런 곳에서 생활이란 걸 할 수 있다는 건지 궁금해졌다. 어떻게 이 작은 공간에서 이 많은 사람이 살아갈 건지 갑갑해졌다. 다들 언젠가는 잡히게 될 걸 알면서도 가라앉는 배 안에 든 생쥐들처럼 이 건물 안에 갇혀 있는 것뿐인데. 머리가 찌릿찌릿 아팠다. 첨탑에 꽂히는 번개 같은 찌릿한 통증이었다.

안네의 목소리가 계단 위로 올라오고 있었다.

"벌써 엄청나게 많은 잼을 담가뒀거든요. 어디서나 잼 냄새가 그윽하게 나지 않나요? 아, 체리와 설탕 냄새……. 아빠, 아빠, 네덜란드를 통틀어서 여기가 가장 근사한 은신처일 거예요."

저절로 몸이 오그라들며 바짝 긴장되는데 어쩔 도리가 없었다. 몸이 먼저 그 애의 말에 반응하고 있다는 증거였다. 이대로 걷잡을 수 없는 지경에 이르면, 기어서라도 벽을 뚫고 다시 건물 밖으로 나가버릴 것만 같았다.

다시 리제 생각이 났다.

나라도 가만있지 않았다면? 그 놈들에게 덤볐다면? 한심한 놈. 어쩌자고 돌멩이를 손에 쥐고서도 병신처럼 가만히 서 있었을까?

입 밖으로 끙끙 앓는 소리가 새어나왔다.

"저 애는 우리가 티파티라도 즐기고 있는 것처럼 떠들어 대고 있어요……."

난 씩씩거렸다.

"피터! 그래도 우리한테는……."

"은인이겠죠."

난 잽싸게 엄마 말꼬리를 잘랐다. 엄마가 직접 이 단어를 말하는 걸 듣게 된다면, 고함을 지르거나 밀어버릴 것만 같았다.

엄마는 날 빤히 쳐다보고만 있었다.

"그래, 엄마가 미안하다, 너한테는 쉽지 않을 텐데……. 그래도 우리는 운이 좋았잖니. 숨을 곳까지 마련해준 분들 덕분에 우리 가족 모두가 이렇게 있다는 게 얼마나 다행인지……."

행운! 다시 그 말이다. 행운, 행운이라니!

하지만 아무래도 난 운이 좋다는 느낌이 들지 않았다.

"피터?"

엄마가 내 이름을 다시 불렀다. 난 고개를 돌려 엄마 얼굴을 봤다.

"또 뭐요?"

"저 상자 속에 내 요강만 있는 건 아니란다. 알지?"

엄마가 문 쪽을 가리켰다. 요강 옆에는 머리를 한쪽으로 젖히고 귀를 쫑긋 세운 무쉬가 보였다. 내 고양이가 문턱에 앉아 있었다.

"아!"

감탄사가 저절로 나왔다. 엄마가 싱긋 미소 지었다.

무쉬는 내 침대 위로 폴짝 뛰어올라 옆구리를 파고들었다.

"고마워요!"

"자. 이젠 무쉬까지 여기 있으니, 뭐라 할 말 없지?"

엄마가 나직하게 말했다.

난 대꾸도 않고 무쉬의 털에 머리를 비볐다. 고개를 들어 올렸을 때, 엄마는 없었다.

난 알 수 없었어.

다락방 아래 침대 하나 갖게 된 것이 호사를 누리는 건지 난 정말 알 수 없었어. 그때만 해도 자유를 잃어버린 자신을 비참하게 여기는 사람에게는 슬퍼하는 잊조차도 고통과 동시에 축복이자 특권이 될 수 있다는 게 이해되지 않았으니까.

그래, 여기 이 난장판 속에서는 아무런 느낌이 없지. 누구라도 이런 곳에 떨어뜨려 놓으면, 몇 분 내로 한쪽 발을 다른 발 앞으로 옮기기 시작하겠지. 그 어떤 진흙탕 속에서도 손에 쥔 숟가락을 놓치지 않으려 하는 게 사람이니까. 다른 사람이 내 수프를 훔쳐가지 못하도록 죽 그릇을 온몸으로 감싸는 거야말로 사람의 본능이니까. 누군가를 동정하고 슬퍼할 여유 같은 건 아예 없지. 내가 겪게 되지 않아 다행이라는 생각조차 끼어들 틈도 없는 곳이니까.

1942년 8월 8일 - 꿈꿀 때마다 나타나는 리제

눈을 떴다. 심장이 빠르게 두근거렸다. 기차가 터널을 통과할 때처럼 심박동이 두근두근 뛰었다. 눈앞이 깜깜했다.

손바닥이 축축했다.

눈을 크게 뜨고서 어둠 속을 둘러봤다.

무언가를 찾으려고 두리번거리고 있었다. 마음속으로 간절히 찾고 있는 그것은, 그러나 사라지고 없었다. 다 끝나 버렸다. 맥이 다 빠져 버렸다. 한밤중인데도 벌겋게 달아오른 얼굴이 느껴졌다. 귀를 기울였다. 먼 데 어디선가 교회 종이 새벽 세 시를 알려왔다. 옆방에서는 엄마가 끙끙거리며 뒤척이는 소리가 들려왔다.

내가 잠꼬대를 했을까? 누군가 엿들었을까?

나는 정적에 귀를 기울였다. 여긴 제법 높은 곳이고 밤이 낯설게 느껴졌다.

꿈을 꿨다는 기억이 불현듯 떠올랐다. 리제 꿈이었다. 리제는 사람들 무리 속에 있었다. 사람들에 떠밀려 어디론가 가고 있었다. 리제의 검은 머리가 그 많은 사람들 속에서 한 점으로 보였다.

"리제!"

큰소리로 그 애 이름을 불렀다.

꿈속에서도 리제가 누구인지 아는 사람이 없다는 게 두려웠다. 오로지 나, 그녀를 아는 사람은 오직 나뿐이었다.

리제가 뒤돌아봤다. 잔뜩 겁을 먹은 보라빛 눈을 커다랗게 뜨고 있었다. 사람들의 물결에 휩쓸려가기 직전에 아주 잠깐 우리 눈이 마주쳤다. 이윽고 군인들이 둑처럼 둘러싸여 사람들을 떠밀고 있었다.

뜬금없이 내가 리제 옆에 있었다. 그리고 어디선가 나타난 수천 구의 시체들이 우리에게 몰려들었다. 그들은 흙 밖으로 리제와 나를 들어올렸다. 나는 리제의 가슴에 얼굴을 묻은 채, 두 팔로는 그녀의 몸을 감싸 안고 있었다. 리제도 내 허리에 자신의 두 다리를 감았다. 우리는 그 자세로 어딘가로 실려 가고 있었다. 난 점점 리제의 몸속으로 파고들었다. 떨어지지 않으려는 우리 두 사람의 몸은 한 덩어리처럼 밀착되어 있었다.

그런데 신기하게도 우리 두 사람이 내려다보이는 곳에도 내가 있었다. 다소 멀찍이 떨어진 그곳의 나는 넘쳐흐르는 추억에 잠겨 있었다. 리제의 입술에서 느껴지던 달콤함과 내 손가락에 와 닿던 피부의 부드러운 감촉과 피아노 건반 위를 가로지르던 가느다란 손가락들의 움직임, 그리고 책을 들어주겠다고 그녀에게 말을 걸었던 그날의 추억 등등, 온갖 기억들이 부둥켜안고 있는 우리 몸 위로 장대비처럼 쏟아지고 있었다.

하지만 사람들은 아무 일도 없다는 듯이 흐르는 강물처럼 무리지어 이동하고 있었다.

"리제."

내가 속삭이자, 그 애가 두 손으로 내 얼굴을 감쌌다. 그런 다음 우리 두 사람은 서로의 눈을 가만히 들여다봤다.

"피터!"

곧바로 팔을 뻗었다. 하지만 어느새 리제는 내 손이 닿지 않는 곳으로 가 있었다. 난 어쩌지도 못하고 군중 속으로 사라지는 그 애의 모습을 지켜만 보고 있었다. 그 애가 내 이름을 불러대는 소리가 점점 멀게 들려왔다.

"피터, 피터, 피터!"

아, 내가 피터지!

화들짝 눈이 떠졌다.

그래, 피터가 바로 나다.

그래, 내 이름은 피터다.

밤새도록 나는 이 두 문장을 웅얼거렸다.

이불로 내 몸을 감싸고서 기억 속에 남아 있는 따뜻한 리제를 좀 더 기억해내려고 기를 썼다.

앞으로 이 이불을 어떻게 세탁해야 할지 모르겠다. 어떻게 해야 이 은밀한 수치스러움을 감출 수 있는지 모르겠다. 이제부터 어떻게 살아야 할지, 아무래도 모르겠다.

그래, 난 피터다. 하지만 내가 어찌될지조차 모른다. 하기는 그런 건 아무도 모른다.

1942년 8월 9일 - 넌덜머리나는 은신처

"피터, 피터! 일어나라. 모두들 널 찾는다." 엄마의 목소리가 나를 깨웠다.

하지만 몸을 움직일 수 없었다. 여기는 너무 어둡다. 마치 다시는 새날이 시작되지 않을 것처럼 깜깜하다. 간신히 피곤에 지친 눈을 떴다.

"피곤해요." 몸을 뒤척이며 말했다.

"5분 내로 일어나라!"

엄마가 내게 작은 소리로 속삭였다. 엄마는 나 때문에 곤혹스러워했다. 난 일어나 있어야 했다. 잠에 빠져 있으면 안 되는 시간이었다. 억지로라도 행운아라고 여기면서 죽을 걱정따위는 하지도 말아야 했다. 하지만 난 잠자는 것 말고는 모든 것이 귀찮았다.

부엌은 내 방문 바로 옆에 있었다. 다른 사람들은 거기 모여 아침식사를 하고 있었다. 온갖 소리가 생생하게 들려왔다. 아빠는 프랭크 아저씨네가 매스트리흐트로 피난을 떠났다고, 자신이 얼마나 감쪽같이 사람들을 속였는지를 이야기하고 있었다. 내가 비틀거리며 부엌으로 들어섰을 때, 아침인사를 하는 사람은 아무도 없었다. 다들 내 지저분한 머리모양과 밤새 입고 잔 옷차림을 흘끗 쳐다볼 뿐이었다. 내가 식탁에 앉을 때에도 고개만 끄덕일 뿐, 하던 이야기를 이어갔다.

내가 정말 이 사람들과 함께 있는지 믿기지가 않았다.

어느덧 이야기는 '프랭크 아저씨네가 떠났을 때 무슨 일이 있었나'로 옮겨갔다. 그 이야기라면 이미 내 귀에 딱지가 앉을 정도로 수도 없이 들었고, 여기 모인 사람들도 마찬가지였겠지만, 그들은 또다시 그 이야기를 하고 있었다. 나도 이야기에 귀를 기울이려고 노력했다. 하지만 사람들 목소리가 먼 데서 들려오는 것처럼 막막했다. 머릿속으로는 한 마디 한 마디가 모두 이치에 닿는 말 같았지만, 마음속으로는 반 마디도 받아들여지지가 않았다. 다른 사람들이 웃을 때조차 몸서리가 쳐졌다.

안네는 그러는 나를 눈에 거슬린다는 표정으로 쳐다보았다. 두 뺨이 서서히 달아올랐다. 그러자 그 애도 멸시하는 표정을 지으며 내게서 시선을 거뒀다.

"……시델 노부인까지 프랭크 씨네가 군용 차량에 실려 가는 걸 똑똑히 보았다고 제게 말하더라고요."

엄마가 말했다.

리제네 마당 울타리를 발로 찼을 때의 느낌이 떠올랐다. 골목길로 들어서던 군용 차량의 소리가 들려왔다.

"저도 그 말을 들었답니다! 그러니 지금 우리 모두가 여기 있는 모습을 누군들 상상이나 할 수 있겠습니까? 그들과 같은 도시 한복판에 이렇게 앉아 있는데도 말입니다."

아빠가 엄마의 이야기를 넘겨받았다.

모두들 웃었다. 안네가 예리한 눈빛으로 날 다시 쳐다봤다.

"피터는 이런 이야기가 재미없나 봐요."

안네가 말했다.

그 순간 자리에서 벌떡 일어나려다 의자를 넘어뜨렸다. 사람들의 시선이 동시에 내게 모아졌다. 난 의자를 똑바로 세우고 예의 바르게 행동하려고 노력했다. 하지만 당황해서 상황이 어떻게 돌아가고 있는지 알아채지 못했다. 수습하려 할수록 내 머릿속에는 형체도 없고 의미도 없는 잡동사니들만이 두둥실 떠오르고 있었다.

"저 먼저 실례할게요."

이 말을 꺼내는 데에도 얼굴이 달아올랐다.

난 부엌에서 빠져나왔다. 선물을 받은 어린아이마냥 손뼉까지 치는 안네의 웃음소리가 등 뒤쪽에서 들려왔다.

"이제 아무도 짐작 못할 거예요. 영원히요!"

웃음소리는 그치지 않았다.

침대에 눕는 대신 바닥으로 쓰러졌다. 내 머릿속을 쉴 새 없이 휘젓는 생각들로부터 달아나려고 애를 써보았다.

어디 있는 거야, 리제?

저 사람들은 어떻게 이런 게 즐거울 수 있단 걸까?

웃어? 어떻게?

나만 이 세상에서 웃음을 잃어버린 걸까?

스르르 잠 속으로 빠져드는 기분이 좋지 않았다. 익사하는 기분이었다.

일어날 수가 없었다. 반쯤은 낮 같고 반쯤은 밤 같은 며칠 동안 잠만 잤다. 중간 중간 밥도 먹었지만, 아무 맛도 느낄 수 없었다.

프랭크 아저씨네 식구들이 내게 말을 걸어올 때면 얼굴이 붉어지면서 멍해졌다.

리제의 꿈을 계속 꿨다. 마침내 마음이 찢어질 것 같은 상태에서 눈이 떠졌다. 침대보가 축축했다. 더 이상 무엇이 진짜인지도 알 수 없이 멍했다.

순간, 안네가 내 방 문간에 서 있다는 느낌이 들었다.

"방이 마음에 들어, 피터?"

"방이 아니라 복도잖아."

안네는 눈을 치켜뜨고 천장을 올려다보고 있었다. 깡마른 안네는 아직 앳된 소녀티가 났다. 리제와는 달랐다.

'리제.

리제.

리제.

너는 어디에 있는 거니? 무슨 일이 있는 거니?'

온몸이 부르르 떨렸다. 정신을 차리고 보니, 안네는 사라지고 없었다. 아니, 처음부터 없었던 것일 수도 있었다.

눈을 감으면 리제의 손이 몸에 닿는 게 느껴졌다. 나비처럼 가볍고 부드러운 느낌이었다. 그럴 때마다 내 입안에서는 제법 큰 신음소리가 새어나왔다. 억눌러도 보았다. 하지만 갈망의 크기만큼 마음속의 통증이 심하게 느껴졌다. 숨을 쉴 수도 없을 정도였다.

이대로 죽는 건가? 꼭 그럴 것만 같았다.

"죽어 가고 있어!"

내가 실제로 소리까지 지르며 말했다니 믿어지지 않았다. 하지만 모두가 나를 쳐다보는 걸로 봐서는 그랬던 게 분명했다.

얼굴이 달아올랐다.

"피터는 솔직하구나."

프랭크 아줌마가 깨끗한 행주를 꺼내들며 말했다.

"건강염려증이란 말을 들어본 적 있어?"

안네가 물었다.

"숨을 쉴 수가 없어!"

난 웅얼거렸다.

"피터, 네가 걱정을 덜하고 잠을 좀 줄인다면……."

프랭크 아저씨가 점잖게 말했다.

엄마와 아빠가 서로를 심각하게 쳐다봤다.

아무도 내가 아프다는 걸 믿어주지 않았다.

난 침대로 돌아갔다.

웨스터토렌 교회의 종소리가 자정을 알렸다. 난 계단을 기어 다락방으로 올라갔다. 창문 하나가 아주 조금 열려 있었다. 바닥에 누워 신선한 바깥 공기를 들이마셨다. 게걸스럽게 들이마셨다.

"리제, 저 종소리 들을 수 있니?"

달을 올려다봤다. 리제와 내가 언제나 약속을 할 때처럼. 우리는 절대로 잘 가라는 인사는 하지 않았다. 그 대신,

"열 시에."

"응, 열 시에."

라고 속삭였다.

다시 한번 말해보았다. 리제도 어디선가 나처럼 달을 올려다보며 말을 하고 있을까?

리제야, 지금 어디니? 넌 어디에 있는 거니?

창틈으로 들어오는 한줄기 공기를 들이마시던 중에 스르르 잠이 들어버렸다. 처음부터 꿈을 꾼 것 같지는 않았지만, 잠결에도 달빛이 우리 둘을 비추고 있는지 궁금했다. 새벽녘까지 꿈속으로 은은한 교회 종소리가 스며들었다.

종소리 들리지, 리제?

눈을 떴을 때는 세상이 환했다. 창 너머 커다란 밤나무 가지 사이에서는 새들이 노래를 부르고 있었다. 목이 뻐근했다. 하지만 난 목을 비스듬하게 구부리고 고개까지 숙이고서 귀를 기울였다. 아무리 해도 들리지 않는 거기 없는 소리를 더듬거렸다.

시계가 다섯 번 울렸다. 그런 다음 거짓말처럼 그 소리가 다시 들려왔다. 종소리에 겹쳐진 소리의 정체는 우리를 먼 데로 실어나를 기차 바퀴가 선로를 스치며 내는 쇳소리였다. 먼 곳 어디로? 온갖 소문을 수군거리는 목소리들도 들려왔다. 소문이란 마치 어두운 터널 같았다. 하지만 우리는 진실을 알고 있었다. 아닌가? 아니, 우리 모두는 알고 있었다. 다만 말로 꺼낼 수 없을 뿐.

수용소.

죽음의 수용소.

갑자기 수용소가 생각났다. 직감적으로 어떤 느낌이 들었다. 리제가 사라졌다. 얼마 전까지 교회 종소리가 들리는 여기 암스테르담에 있던 그 애가 지금은 수용소로 향하는 사람들 무리에 섞여 있을 거라는 슬픈 예감을 떨쳐버릴 수가 없었다.

난 다시 다락방 계단을 아주 느리게 기어 내려갔다.

"피터!"

엄마가 계단 아래쪽에서 날 올려다보았다.

엄마는 언제부터 저기 서 있었을까?

"왜요?"라고 대꾸하려는데, 엄마 손에 돌돌 말려 있는 지저분한 내 침대보가 보였다. 침대 위에는 깨끗하고 구김살 없는 새 침대보가 깔려 있었다. 엄마와 나는 서로의 눈치를 살피다 시선을 돌렸다.

"저는⋯⋯."

"쉿! 걱정마라. 이 엄마가 프랭크 씨네 사람들이 일어나기 전에 갈아놓을 수 있으니까. 그럼 아무도 눈치채지 못하겠지."

엄마는 미소까지 지으며 말했다.

"고마워요, 엄마."

내가 웅얼거렸지만, 그새 엄마는 다른 데로 가버렸다.

침대보 느낌이 좋았다. 깨끗하고 시원했다. 그 위에서 나는 다시 잠이 들었다. 꿈도 꾸지 않았다.

내가 다시 일어났을 땐 이미 아침식사는 끝나 있었다.

꿈속에서 엄마는 계단 아래쪽에 서 있었어. 내가 어릴 때처럼 두 다리에 힘을 주고 양팔을 벌리고서 내가 당신 품속으로 뛰어들기를 기다리고 있었어.

나는 진짜 매트리스 위에 덮인 깨끗한 이불보를 덮고 자는 꿈을 꾸다가 햇살에 눈이 부셔 깨어났어. 그러고는 곧바로 몸을 돌려 다시 잠을 청했지.

하지만 그조차 꿈이었을지도 몰라.

눈을 뜨고, 깡통에 오줌을 누기 위해 죽어가는 사람들과 이미 죽은 사람들의 몸 위를 기어갔잖아. 내 오줌발이 떨어지는 소리가 들렸고. 깡통이 차 있지 않아 다행이었지. 꽉 차 있을 때는 오줌 누는 일도 죽음을 각오해야 했으니까. 밖은 얼어 죽을 만큼 춥지만, 그런 밤에도 나가서 깡통을 비워둬야 했으니까. 그러고 나면 잠은 이미 달아나버려.

조금이라도 쉴 수 있으리란 기대마저 사라지고.

다시 이불 속으로 기어들어갔어. 지금도 벙커 밖으로 끌어낼 명령을 기다리고 있잖아.

비스타바치.

일어나.

하지만 웬일인지 그 말이 들리지 않아.

1942년 8월 21일 - 화가 난 아버지

"피터! 피터! 피터!"

잠결에 내 이름을 부르는 소리가 들렸다. 작지만 화가 난 목소리였다.

"피터! 피터! 피터!"

날 부르는 아빠의 목소리였다. 벌떡 일어나 앉았다.

"왜요?"

짜증을 내려던 순간, 손으로 입을 재빨리 막고, 다시 얼굴을 베개에 파묻었다.

"아빠다. 나 혼자니까 괜찮다. 소리 내지 마라."

아빠가 나직하게 타일렀다.

너무 긴장을 했는지 팔다리가 나른했다. 다시 눈을 감으니, 심장 뛰는 소리가 들렸다.

"일어나라. 일어나서 나를 좀 도와라. 자, 지금 당장. 내 말 듣고 있지?"

아빠가 모기만한 목소리로 말했다.

대답하지 않았다. 그대로 눈을 감고 버티면, 아빠가 포기하고 가버릴 줄 알았건만, 아빠는 그대로 있었다.

"적어도 사내답게 행동하려고 노력이라도 해봐라!"

아빠가 다그쳤다.

난 등을 돌려버렸다. 여기가 아닌, 어디 다른 곳으로 가서 잠만 실컷 자고 싶었다.

"네가 우리에게 이렇게 창피를 주다니!"

아빠의 자그마한 목소리가 떨렸다.

"얼마 있으면 넌 16살이다. 일어나라. 일어나서 도움이 되는 짓 좀 해봐라. 여기 두 여자애들도 너보다는 많은 일을 하고 있다."

아빠가 내 몸에서 손을 치웠다.

"싸움도 못하는 놈한테 그런 게 다 무슨 소용이 있어요?"

내 입에서 어쩌자고 그런 말이 나왔는지 당황스러웠다. 하지만 이미 아빠 앞에 쏟아버린 뒤였다. 스스로도 너무 놀란 나머지 내 눈도 저절로 번쩍 뜨였다. 아빠도 나를 노려보고 있었다.

"싸워!"

아빠는 이렇게 말하고는 침대 가장자리에 걸터앉았다. 그런 다음 날 빤히 쳐다보며 도리질했다.

"이 따위로 해서 네 놈이 싸워 이길 수 있을 것 같아? 당장 일어나. 먼저 쓸모 있는 사람이 되어야지. 그것부터가 우리가 싸워 이길 길이니까."

난 꼼짝도 하지 않았다. 눈도 깜빡이지 않으려고 기를 쓰며 아빠 얼굴만 쳐다보고 있었다.

"싸움 같은 소리를 나불대기 전에 지금 당장 침대 밖으로 나와서 하루 일을 제대로 해내는 모습이나 보여 봐."

아빠가 부르르 떨었다.

"아빠가 막고 있잖아요."

투덜거리며 대꾸했다. 그러자 아빠가 침대에서 일어났다. 난 손으로 머리칼을 넘겼다. 먼지 낀 머리칼들이 뻣뻣했다.

하지만 일부러 천천히 일어났다. 실제로 어지럽기도 했지만, 아빠를 괴롭히고 싶었다. 아빠는 한동안 다락방 층계 옆에 서 있었다. 그곳은 아빠가 꼼짝달싹할 수 없을 만큼 비좁았다. 나 역시 아빠와 몸이 닿지 않고서는 빠져 나갈 수 없을 정도였다.

"부엌으로 오거라. 2분 주마."

아빠가 말했다.

난 아무 말도 하지 않고, 그저 아빠가 사라질 때를 기다렸다가 옷을 챙겨 입었다.

아래층으로 내려갔다. 쿠글러 아저씨는 은신처로 통하는 문을 만들고 있었다.

"안녕, 그런데 너, 나 좀 도와줄 수 있겠냐?"

아저씨가 물었다. 기분 좋은 얼굴이었다.

난 나름대로 노력을 했다. 우선 대패가루들을 모아서 베갯잇 속을 채웠다. 그런 다음 사람들이 문틀에 머리를 부딪치지 않도록 문 위쪽에 덧댈 것을 만들어 달았다. 비록 이런 일이란 게 헨리 고모가 좋아하고 아끼던 소파를 고쳐드릴 때와는 비교도 할 수 없을 만큼 볼품없고 엉성하고 허접했지만, 그런 호시절의 기억들은 지워야만 했다. 아저씨와 난 비밀 통로 문을 책장처럼 보이도록 위장했다. 하지만 숨어 있는 가로대에 머리를 찧는 걸 피하기 위해서는 여전히 고개를 숙여야만 했다.

책벌레 프랭크 씨네와 갇혀 지내게 된 것도 썩 기분 좋은 일이 아닌데, 책장이라니. 뭐, 그래도 그럴싸하긴 하군.

난 혼잣말을 했다.

"오, 도련님이 나타나셨네. 친히 멋지게 꾸며주시겠다, 이거지?"

안네가 비아냥거렸지만, 난 아무런 대꾸도 하지 않았다. 그러는 대신 몇 가지는 묻고 싶었다. 어떻게 된 여자애가 늘 물건을 깨뜨리고 떨어트려 사고를 치는지, 왜 좀 더 조심하고 다니지 않는지 따지고 싶었다. 또한 어떻게 된 계집애가 이 집구석에서 잔치라도 하는 양, 한시도 가만있지 못하고 들떠 있는지도 묻고 싶었다.

하지만 난 입을 꾹 다물었다.

"피터야, 고마워." 마곳이 말했다.

"뭘."

순간 내 얼굴이 달아올랐다. 고맙게도 마곳은 못 본 척하며 자리를 떴다. 하지만 안네는 정확히 내 볼이 어느 정도로 발개졌는지 알아내려는 태도로 내 얼굴을 뚫어지게 쳐다봤다. 난 고개를 돌리고 재빨리 위층으로 올라갔다.

"바보!"

안네의 비아냥거리는 소리에 컵이 바닥으로 떨어지는 소리가 겹쳐 들렸다. 곧이어 마곳이 웃어대는 소리까지 포개졌다.

고작 톱밥을 채운 주머니를 못 박아 매단 건데도 엄마는 내 방문 앞에 서서 웃고 있었다. 마치 내가 나치 소대 전체를 혼자서 쓸어버린 것처럼 환하게 미소 짓고 있었다.

"좀 괜찮니?"

엄마가 물었다.

"네, 괜찮아요."

사실은 아니지만, 그렇다고 대답했다.

"네 머리 꼴은 그게 아닌데!"

엄마가 웃으며 대꾸했다. 나도 웃어 보려 했다. 하지만 뻣뻣한 안면근육들이 내 얼굴을 아예 새롭게 만들고 있는 것인 양 어색했다.

"엄마가 감겨줄까?"

아니라고 대답하려는데, 엄마가 먼저 공용 찬장에서 천 한 장을 꺼냈다. 왠지 슬그머니 훔치려는 행동처럼 보였다. 그 천은 내 침대를 덮은 깨끗하고 하얀 침대보와 같은 것이었다. 그 순간, 그것으로 내 죄를 닦고 말리려는 것 같다는 생각이 들었지만 엄마나 나나 한 마디도 꺼내지 않았다. 나 때문에 엄마가 프랭크 아줌마로부터 받게 될 모욕이 찜찜했다.

"당신네가 우리 천을 모두 사용해도 된다고 생각한다면, 엄청난 착각이에요."

프랭크 아줌마의 목소리가 들리는 것 같았다.

하지만 엄마는 염치도 없이 당신네 그릇들은 죄다 숨겨놓고 우리 것만 쓰려하는지, 심지어 안네가 우리 그릇을 거의 다 깨뜨렸는데도 사과조차 없는지에 대해서는 입도 뻥긋 못 하는 사람이었다. 엄마는 그런 사람이었다. 그래서 난 엄마에게 머리를 감겨달라고 대답하고, 내 지저분한 머리를 맡겼다.

엄마는 당신의 손가락으로 모든 악을 쫓아낼 수 있는 것처럼 내 머릿속을 박박 문질렀다. 지독하게 아팠지만 결국엔 끝이 났다.

"아! 이제야 우리 피터 같구나."

홀가분해진 엄마가 말했다.

"고마워요."

난 작은 소리로 대답했다.

"마곳!"

화장실 밖에서 안네의 목소리가 들렸다.

"저 안에서 엄마가 아들 머리를 감겨주고 있어! 열세 살인 나도 내 고양이털까지 염색해주는데 말이야."

"쉿!"

마곳이 재빨리 안네의 입을 막았지만, 엄마와 내 귓구멍까지 막지는 못했다. 엄마 얼굴에 있던 웃음기가 순식간에 화장실 바닥으로 떨어졌다. 불쌍한 우리 엄마. 프랭크 씨네 여자들처럼 영악하지도, 재미있지도, 꾀가 많지도 않은 늙고 가련한 우리 엄마. 안네가 사내자식이라면, 내가 손을 봐줬을 텐데. 일단 손바닥에 침을 뱉은 뒤에 갈색 눈깔 사이를 쏘아보며 그 교만하기 짝이 없는 자신감의 한복판에 주먹을 날려줬을 텐데.

난 그 애가 싫다.

"훨씬 좋아요, 엄마. 고마워요, 엄마. 기분까지 완전 좋아졌어요."

난 일부러 크게 말했다.

말을 하고 나자 실제로도 내 기분은 나아졌다.

물론 조금이었지만 그래도.

1942년 8월 22일 – 돌아버릴 것 같은 날

안네와 마곳이 다락방을 발견했지만, 차라리 그 사실이 내겐 곤혹스러웠다. 그 둘이 그곳으로 가려면 내 '방'을 거쳐야만 했기 때문이다. 알고 있다. 그래, 나도 잘 알고 있다. 우리에게 세상은 이 숨어 있는 집(안네의 표현을 빌리자면)이 전부란 것을. 이미 바깥 세상은 사라져 버렸다는 것을. 그래서 이곳이 유대인과 집시, 또는 그 누구든 간에 나치의 기준에 맞지 않은 사람들을 위한 유일한 장소가 되었단 것을. 일전에 프랭크 아저씨는 나치들이 코나 두개골 크기를 재서 유대인 여부를 판별해낸다고 말했다. 하지만 엄마는 콧방귀를 꼈다. 그러고는 이렇게 대꾸했다.

"음, 난 어떤 사람이 유대인인지 그보다 쉽게 알아낼 수 있는데."

하지만 그 말을 프랭크 씨네 가족들 앞에서 꺼낸 건 아니었다. 엄마는 위층에 우리 가족 셋만 있을 때를 기다렸다가 그 말을 꺼냈다. 바깥세상에서는 온갖 일들이 일어나고 있는데, 엄마는 눈치만 보고 난 멍청하게도 세상에서 가장 성가신 두 여자애들 때문에 짜증만 내고 있었다. 그래도 마곳은 조금이라도 미안한 줄은 아는 것 같지만, 안네는 막무가내였다. 뭔 계집애가 내 방을 제 마음대로 들락날락거렸다.

"여리여리 피터, 오늘은 또 무슨 병이 났어?"

안네는 이렇게 물으며 비웃었다.

다락방은 숨어 있는 이 집에서 유일하게 하늘을 내다볼 수 있는 곳이었다. 둘은 거기서 몇 시간이고 자기들끼리 있는 걸 당연하게 여겼다.

"핸넬 엄마가 너를 두고 한 말은 옳았어. 안네, 너도 그 말이 뭐였는지 기억하고 있지?"

프랭크 아줌마도 가끔은 야생마 같은 안네의 기를 꺾어 놓으려고 했다. 하지만 그럴 때마다 안네는 아줌마 얼굴을 째려보다 이내 딴청을 부리는 아저씨 쪽으로 고개를 돌렸다. 내 생각에 프랭크 아저씨는 웃고 계신 것 같았다.

"핸넬 엄마가 나한테 이러더라. '신이야 모든 걸 알고 계시겠지만, 안네는 항상 그 보다 더 많이 알고 있다는 듯 행동하더군요.'라고. 맞는 말이지. 안네, 너 같은 꼬마 숙녀가 신보다 더 잘 알 리 없잖니!"

아줌마의 말이 끝나기 무섭게 안네는 하얗게 질린 얼굴로 입술까지 파르르 떨며 자리를 박차고 일어났다.

나머지 사람들은 모른 척했지만, 마곳은 안네를 따라갔다.

"저런, 저 녀석 하고 가는 것 좀 봐! 이번에도 키티에게 알려줄 에피소드를 한 건 건졌겠지."

아줌마가 씩씩거렸다. 그러자 아저씨가 아줌마에게 그만하라는 눈빛을 보냈다. 그 순간, 난 키티가 누구인지 궁금해졌다. 그리고 안네가 이곳에서 무슨 수로 그 키티란 애하고 연락을 하고 지내는지도 궁금해졌다.

"애들도 사생활이 필요하오. 그 애가 제 일기장에 뭘 쓰던 그건 그 애가 알아서 하도록 내버려 둬요."

아저씨는 평소와 다름없는 차분하고 침착한 목소리로 말했다. 하기는 아저씨가 목소리를 높이는 걸 들어본 사람은 아무도 없었다, 지금까지 그 누구도.

"그런데 당신 딸은 일기장을 왜 키티라 부르는 거래요?"

아줌마가 물었지만 아저씨는 묵묵히 신문만 뒤적거렸다.

흠! 안네는 일기를 쓰고 있었다. 물론 어떤 내용인지는 알만 하지만, 그래도, 아무튼, 대단하다!

1942년 8월 26일 - 독서의 즐거움

낮 동안 사무실 직원들은 모두 아래층에 있다. 미엡, 벱, 쿠글러 씨, 클라이먼 씨도 마찬가지다. 그분들의 도움이 없다면, 우리는 단 하루도 살 수 없다. 그분들이 먹을 걸 가져다주고 안네와 마곳이 공부하도록 교재도 주문해준다. 신문은 물론이고 안네의 잡지까지 챙겨다준다. 우리들이 이곳에 앉아 지내는 동안 그분들은 우리를 위해 모든 일을 도맡아 한다.

오늘따라 미엡이 다른 때보다 훨씬 많은 책을 식탁 위에 쌓아놓고 갔다. 전부 우리가 공부해야 할 책들이었다. 그리스어와 라틴어 외에도 다양한 과목에 관심이 많은 안네와 마곳에게는 쉽겠지만, 내 경우는 그렇지가 않았다. 난 손으로 뭔가를 만드는 것이 좋았고, 목수가 되고 싶었다. 오늘도 미엡이 가져다놓은 책더미 속에서 내 취향에 맞는 책은 한 권도 없었다. 그나마 다행스럽게도 식탁 위에는 내가 읽고 싶은 책이 한 권 있었다. 내가 그런 책을 읽고 있다는 사실을 안다면 아빠야 싫겠지만, 딱 내 취향이었다. 그 책의 표지를 보자마자 리제가 떠올랐다. 난 살며시 그 책을 집어 들고 가만히 뒤적였다. 아무도 그런 내 행동에 신경 쓰지 않았다. 뭐라고 말하는 사람도 없었다.

'그는 그녀를 안았다. 그의 입술이 닿자 그녀의 호흡이 가빠졌다.'

난 조심스럽게, 그러나 티 나지 않게, 고개를 들고 책더미 속에다 그 책을 밀어 넣은 뒤, 한아름의 책들을 끌어안고서 자리를 떴다. 다들 조용했지만, 엄마만은 입술 가장자리에 미소를 띤 채 날 지켜보고 있었다. 그런 엄마와는 눈빛이 마주치더라도 무사하리란 걸 직감할 수 있었다.

"괜찮은 게 있나요?"

신문을 펼쳐 든 프랭크 아저씨가 엄마에게 물었다.

"오! 저는 멋진 로맨스를 좋아하죠."

엄마가 큰소리로 답했다.

"제가 가장 좋아하는 소설 속 남자 주인공은 키가 매우 크고, 까무잡잡하고, 나쁜 남자……, 음, 그리고 보니, 오토 씨, 당신과도 좀 닮은 구석이 있겠네요."

그 순간, 프랭크 아저씨의 눈동자가 커졌다.

"전 제가 그런 부류라고 생각하지 않는데, 아, 이런, 구스티 씨가 절 놀리시네요!"

아저씨는 슬쩍 웃음을 지어보이고는 읽고 있던 신문을 다시 들어올렸다. 아저씨네 여자들만이 엄마를 조금 이상하다는 표정으로 쳐다봤지만, 정작 엄마는 신경 쓰지 않았다. 그렇게 엄마는 다른 사람들이 내게 관심을 가지지 못하도록 돕고 있었다.

"맞아요!"

갑자기 안네가 맞장구를 쳤다. 그러면서 두 손으로 자신의 턱을 감싸고 한숨까지 내쉬었다.

"아줌마 말씀이 맞아요, 이 세상에서 멋진 이야기만큼 좋은 건 없어요."

안네가 엄마의 말에 호들갑스럽게 호응하고 있었다.

다락방에 앉아 햇볕을 쬐며 책을 읽기 시작했다. 어느새 책은 내 시간감각을 바꿔버렸다. 멈춰 있던 시간이 다시 흐르기 시작하더니, 내 등 뒤쪽에서 나뭇잎을 살랑살랑 흔드는 산들바람소리까지 들리는 것만 같았다. 등줄기에 내리꽂히는 따가운 햇살을 느끼며 책갈피를 넘기면 모든 게 잊혀졌다. 오로지 읽고 있는 장면 속의 사람들만이 보이면서, 다음 장으로 넘겼을 때 그들에게 벌어질 일들이 궁금해졌다. 이야기 속 인물들에게나 벌어지는 사건들이 내게는 절대 일어나지 않을 것이고, 리제에게도 벌어지지는 않을 것이란 사실을 너무나 잘 알고 있었다. 그런데도 난 홀딱 빠져들었다. 아빠가 등 뒤에서 내 이름을 부를 때까지 시간 가는 줄도 잊은채.

"피터!"

아빠는 계단참에 서 있었다. 물론 내 입장에서는 눈치챌 수 없었다. 언젠가부터 우리는 더이상 소리를 지르지 않았으니까. 화가 나더라도 방문을 세게 닫고 옥상으로 뛰어올라가거나 밖으로 뛰쳐나갈 수 없는 신세였으니까. 여기서는 고함을 지르는 대신에 슬며시 상대에게 다가가 조용조용히 타이르거나 구슬리는 법을 배워나갔다.

"피터, 내려와라! 도대체 여태 뭘 하고……."

아빠는 내 손에 든 책을 보더니 하려던 질문을 멈췄다. 아빠는 그 이상 어떤 말도 꺼내지 않았다. 내게 설명할 기회도 주지 않았다. 아빠는 그 즉시 내 손에 든 책을 빼앗아 들고 서둘러 아래층으로 내려갔다. 당황한 나는 잠시 거기 그대로 앉아 있다가 벌떡 일어나 뒤따라 내려갔다. 그 책을 보고 싶었다. 다음 내용이 궁금해 답답했다.

사람들은 모두 부엌에 모여 있었다. 점심식사 시간인 게 분명했다. 하지만 그러거나 말거나, 난 아빠의 손에 들린 그 책을 그러쥐었다. 그러자 아빠도 손아귀에 힘을 주며 책을 잡아당겼다. 우리는 힘겨루기를 했고, 승자는 나였다. 그 순간 나는 아빠보다 내 덩치가 더 크고 힘도 세졌단 걸 깨달았지만, 또 그만큼 둔해졌는지 날아오는 아빠의 손바닥은 피할 수가 없었다.

책이 바닥으로 떨어졌다. 떨어진 책등을 보니, 아무리 아빠라도 후려패고 싶었다. 주먹 쥔 손을 등 뒤로 가져갔다. 하지만 차마 아빠를 칠 수는 없는 노릇이었다. 그렇게 주먹을 쥐고 있는 잠깐 동안에도 온갖 상념들이 머릿속으로 날아들었다. 내가 아빠를 다치게 하면? 의사가 필요해지면? 의사는 어디로 오라고 하지?

나는 몸을 돌려 부엌에서 뛰쳐나왔다.

제 아비도 한 방 칠 수 없는 쓸모없는 나 같은 나약한 놈이 나치에게 저항을 한다고?

다락방으로 뛰어 올라갔다. 심장이 거칠게 뛰었고, 가슴이 찢어지는 것 같았다. 뭘 해야 할지 몰라 이리저리 왔다 갔다 했다. 창문을 열었다. 누가 보든 말든 신경도 쓰이지 않았다. 문득 이웃집 지붕 위로 건너갈 수 있을지 궁금했다. 그러려면 일단 밖으로 나가야 하는데, 다락방 창문은 내 몸이 통과할 수 있을 만큼 활짝 열리지 않았다. 나는 오도 가도 못하는 신세였다.

내가 원하는 건,

내가 원하는 건 말이야,

소리라도 내지르는 거라고.

답답했다. 너무 답답해서 고함이라도 지르고 싶었다.

두 팔을 마구 내둘러 무너질 때까지 벽이라도 치고 싶었다. 갈 데까지 달려 가보고 싶었다. 내 몸속에서 숨이 타들어가는 느낌이 어떤 것이었는지 기억날 때까지 그 어느 때보다도 빨리 달리고 싶었다. 몸을 마음껏 움직이고 싶었다. 멀쩡한 몸뚱이로 나가서 사내답게 살아보고 싶었다. 그러니까 난…….

휘파람을 불었다. 네덜란드 구석 어디서도 들릴 정도로 큰 소리를 상상하면서 휘파람을 불었다. 난 유대인이다. 유대인인데도 지금 있는 곳은 암스테르담 한가운데다. 그래, 숨어 있다. 잘 들어봐라! 내가 얼마나 깊게 숨을 들이마시고 오래 숨을 참을 수 있는지, 자, 들어봐라. 저 굴뚝 아래에서도 들릴 정도로 커다란 내 목청소리를 귀가 있다면 똑똑히 들어봐라.

"난 내려가지 않을 거야, 않을 거야, 않을 거야!"

내 소리가 파이프를 타고서 아래층 방으로 퍼져나갔다.

웃음이 나기 시작했다.

미친 놈 같았다.

잠시 뒤 정적이 다락방에 흐르기 시작했다. 하지만 지금 이 정적은 지금까지 우리를 둘러싼 긴장 속의 고요한 상태가 아니었다. 언제든 깨질까봐 두려워하던 그런 고요가 아닌 은신처에 어울리는 제대로 된 정적이었다. 내가 만든 정적이었다. 문득, 난 숨죽이고 앉아 있는 아래층 사람들의 모습을 상상했다. 이 태풍의 눈 속에서 쪼그리고 앉아 무언가를 기다리는 모습을.

그들이 기다린다.

나도 기다린다.

내 비명 소리에 누군가 동요되어 이 집구석에서 펄쩍펄쩍 뛰며 전화를 찾아 헤매거나, 마당으로 뛰쳐나가 하늘을 올려다보는 모습을.

하지만 잠시 뒤 아빠의 고함소리가 들려왔다.

"저 녀석한테 이젠 질릴 대로 질렸어!"

내가 아빠를 소리 지르게 했다. 내가 아빠를 나만큼 큰 소리로 폭발하게 했다.

어느새 아빠와 프랭크 아저씨가 층계 맨 꼭대기까지 올라왔다.

"사과드려!"

아빠가 다그쳤다.

"피터, 이제 그만 네 방으로 가서 이번 일을 생각해보도록 해라."

프랭크 아저씨가 말했다.

난 가만히 서 있었다. 하지만 사실 나도 내가 한 짓이 두려워 손가락 하나도 까딱할 수 없었다.

"피터?"

프랭크 아저씨가 날 다시 불렀다.

두 분이 동시에 내 쪽으로 다가왔다. 난 더 이상 물러날 곳이 없는데도 등이 벽에 닿을 때까지 뒷걸음질 쳤다. 두 분 모두 그런 내게 손을 내밀었다. 그런 다음 나를 데리고 아래층으로 내려가려고 했다. 끝없이 되풀이되는 속삭임과 벗어날 수 없는 악몽 속으로 스멀거리는 어둠 속으로 나를 다시 끌고 가려고 했다. 난 두 분을 밀어내고 발버둥 치며 마음속의 고통과 공포를 쥐어짜내듯 고함을 질러댔다. 그럴수록 내 몸을 결박한 두 분 팔에도 힘이 들어가더니 급기야 내 발이 계단에 닿지 않을 정도로 들어 올렸다.

잠시 뒤 아래층으로 옮겨진 나는 침대 위에 내동댕이쳐졌다.

수치감이 몰려왔다. 벽을 향해 몸을 돌렸다.

"이런 짓은 오늘 딱 하루뿐이다, 피터. 네 자신만 생각하지 말고 다른 사람도 생각하는 걸 하루 속히 배우길 바란다."

아빠가 경고했다.

"다른 사람들 입장도 생각해보렴. 그리고 더 이상의 소란은 없는 거다. 명심해라, 피터."

프랭크 아저씨도 경고했다.

두 분이 방에서 나갔다.

난 손가락들을 쫙 펼치고서 벽을 만졌다.

얼굴이 축축했다.

눈물이 흐르고 있는 게 분명했다.

1942년 8월 28일, 저녁 - 낮잠을 깨고

눈을 떴다. 부엌에서 달그락거리는 소리가 들리고 햇살은 시들해져 있었다. 난 다락방 층계로 올라가 창문가에 서서 밖을 내다보았다. 하늘에서 빛이 사그라들면서 땅거미가 내려앉고 있었다.

바깥.

바깥.

어떻게 별것 아닌 단어 하나도 이토록 엄청난 의미를 지닐 수 있을까?

난 어스름 속으로 서서히 기어들어가는 밤나무 가지들과 어둠이 스르르 번지는 하늘을 지켜보았다. 한줄기 바람이 불어 나뭇가지를 흔들었지만, 나뭇잎은 떨어지지 않았다. 어느덧 열이 식은 태양도 창문의 사각 틀 너머로 가라앉고 있었다. 석양을 둘러싼 구름떼 한가운데는 불을 밝힌 듯이 빛이 나고, 층층이 짙고 어두운 테두리가 띠를 이루고 있었다. 난 남겨진 색들의 향연을 지켜보았다. 처음엔 분홍빛과 보랏빛 속으로 틈이 생기고 붉음이 스며들어 하늘 전체가 멍든 듯 불그죽죽히 변하더니, 이내 칠흑색이 되었다.

난 밤이 시작되고 하루가 끝나는 걸 차분하게 지켜보았다. 비로소 내가 작별을 고하고 있다는 사실이 감지되기 시작했다. 이 작별이 그저 오늘 하루에 그치는 인사말이 아니라 바깥세상에게 보내는 말이란 것 또한 이해될 것 같았다.

바깥세상.

이제 그런 건 포기할 것이다.

그 안에는 내가 있을 곳이란 없기 때문이다. 내가 그곳을 포기하지 않으면, 언젠가 또다시 여기 있는 우리 모두를 위험에 빠뜨릴 수 있기 때문이다. 이제 나도 그 정도는 받아들일 수 있다.

시계가 자정을 넘기고 삼십 분을 알렸다. 이 안에서 볼 수 있는 하늘 한 구석에는 별 하나 떠 있지 않았다. 난 자리에서 일어났다. 온몸이 뻐근했다. 하지만 어둠 속을 더듬거리며 가파른 계단 꼭대기로 올라가 잠시 가만히 서 있었다. 칠흑 같은 어둠 속에서 숨소리가 들려왔다.

두려웠다.

혹시라도 떨어질까 두려웠다. 멈출 수 없는 추락이 두려웠다.

앞으로 여자를 사랑할 수 없을 것 같아 두려웠다.

비겁한 내 자신이 두려웠다.

우리들이 갇혀 있는 현실이 두려웠다.

여기 있다가 발각될지도 모르는 두려움이 두려웠다.

무서웠다. 내 자신이 귀신이 되어 내 앞에 서 있는 것 같아 무서웠다. 누가 날 잡으려고 층계 밑에서 기다리고 있는 것만 같아 무서웠다.

내 인생에게 남겨진 것이 아무것도 없다니, 두렵고도 무서웠다.

한 발을 슬쩍 앞으로 내딛었다. 한 발, 한 발씩 앞으로 나아갔다. 길을 찾아 더듬거렸다. 층계 밑에 발이 닿을 때까지, 내 침대 끝에 손이 닿을 때까지, 더듬더듬, 어둠 속을 더듬거렸다.

침대에 누워서도 눈을 뜬 채로 잠이 찾아오길 기다렸다.

1942년 9월 15일 – 안네와의 말다툼

안네가 내 방 문 앞에 서 있었다. 웬일인지 이번엔 내 흉을 보지 않았다. 대신, 내 방을 트집 잡았다.

"있잖아, 피터. 거기에 깔개를 두고 벽에는 선반이나 그림을 달면, 음!"

안네는 한 손을 허리에 가져가 대고 머리를 한쪽으로 기울인 채, 다른 쪽 손가락으로는 입술을 만지작거리며 말했다. 안네는 세계적 수준의 미감을 가진 자신이 꾸미기만 하면, 내 작은 방도 궁정 같을 거라는 확신에 찬 눈빛으로 방 안을 둘러보고 있었다. 안네는 대체로 성가셨다. 더군다나 내 허락도 없이 불쑥 방 안으로 들어올 때는 정말 짜증이 났지만, 가끔은 웃길 때도 있었다.

"음, 여기엔 탁자나 선반을 놔두면 되겠는데, 혹시 침대보는 없어?"

안네가 물었다.

"패치워크로 된 거라면 침침한 방 분위기를 환하게 바꾸는데 좋겠는데. 그리고 그림들을 붙여둘 벽 공간은 저기가 좋겠고……"

안네는 마치 내가 누구의 목을 벽에 걸어두고 싶어 하는지 정확히 알고 있다는 듯이 음흉한 눈초리로 날 째려봤다. 그런 다음에도 쉴 새 없이 쫑알거렸다. 나도 그런 안네를 째려봤다. 수다는 그칠 줄 몰랐다. 입이 거대한 폭포라도 되는 냥 말들이 쏟아졌다.

그 말들이 총알이라면, 소대 전체를 전멸시킬 수도 있을 정도였다. 안네 같은 여자애들이 수천 명만 있다면 이까짓 전쟁에 빠진 세계쯤이야 구할 수도 있을 것 같았다. 머릿속에 만화 한 컷을 그려봤다. 안네와 똑같이 생긴 안네들이 전선을 지키는 그런 장면이었다.

"수다!"라고 대장이 명령하자, 그 즉시 수천수만의 안네들이 수다 떨기 시작한다. 그 맞은편에서는 그들의 수다에 직격탄을 맞은 적군들이 볼링 핀처럼 쓰러진다.

웃음이 나면서 얼굴이 화끈 달아올랐다. 갑자기 안네가 어느 문장의 중간에서 단어를 멈춰 세웠다. 우리는 서로를 빤히 쳐다봤다. 안네는 삐쩍 말랐다. 눈은 진한 갈색이고 눈동자 속에서는 불씨가 이글이글거리며 화끈한 춤을 추고 있었다. 또한 전선처럼 고불고불한 머리칼에 얼굴이 반쯤 가려져 있었다. 하지만 그 어떤 휘황찬란한 말들을 앞장세운들 안네는 아직 어린 계집애일 뿐, 리제 같지는 않았다.

"훔친 책 속에는 뭐가 있었어?"

안네가 불쑥 물었다. 내 얼굴은 다시 달아올랐다.

"어린애들은 몰라도 돼."

내가 대답했다.

그러자 안네는 입술을 동그랗게 말고서 발뒤꿈치를 축으로 제자리에서 빙그르르 돌더니, 마음이 바뀌었는지 동작을 멈추고 나를 다시 쳐다봤다. 양쪽 볼 가운데가 새빨개진 안네는 단단히 토라져 있었다.

"말 안 해줘도 다 알아. 뻔하잖아."

안네가 삐죽거렸다.

"뭘?"

내가 되물었다. 뺨이 달아올라 사과처럼 익었는지 심장까지 덩달아 발등으로 떨어지는 느낌이었다.

"넌 사랑에 빠진 강아지 같아!"

안네가 내 주위를 빙글빙글 돌며 작은 소리로 말하고는 방에서 나가 버렸다.

안네의 말에 정말이지 급소를 찔린 것만 같았다. 진짜 그럴까? 빤한 걸까? 그 애가 짜증났다. 쪼그만 게 뭘 알고 있다는 걸까? 지금껏 책에 적힌 단어들을 쳐다본 게 전부일 텐데. 화가 치밀어 올랐다. 얼굴까지 발그레 달아올랐던 내 자신 때문에 더욱 화가 났다. 그 애는 무슨 권한으로 내 방을 제 마음대로 드나드는 걸까? 자기 자신이 뭐라도 되는 줄 아는 걸까? 언젠가 엄마도 안네의 침대 속에 귀뚜라미를 넣어두고 그 애가 자신의 생각대로 우아한 귀족 같이 구는지 살펴봐야 한다고 말한 적이 있다.

내가 사랑에 빠진 강아지라니!

그 애 말이 날 괴롭혔다.

내가 상사병이라도 걸린 거라고?

그래, 그럴지도.

하지만 그게 뭐 창피한 일인가?

모르겠다.

이 세상엔 답이 없는 것 천지다. 느낌과 의혹투성이뿐인 것들도 사방에 깔려 있다. 이를테면 리제는 어디에 있을까, 와 같은.

리제, 혹시 죽은 거니?

어째서?

유대인으로 태어났으니까.

그게 뭐?

아무도 꼬리에 꼬리를 물고 이어지는 이 의문들에 답할 수 없을 것이다. 제 자신의 탄생 자체가 스스로의 죽음을 자초할 수 있는 운명들은 타고난 신분을 수치스럽게 여기지 않는 것부터 힘이 들기 때문에 나처럼 부끄러울 수 있는 법이다.

그 느낌, 그 수치스런 기분이 기억나. 하지만 수치심조차도 자유로운 사람들에게만 허락된 감정이야. 지금 난 사람도 아니야. 이곳에서 난 짐승이 되었지. 저들의 증오를 실어 나르는 짐승보다 못한 죄수 말이야! 그저 한 밤 앞에 또 다른 밤을 가져다 놓기 위해 목숨을 건 죄수란 말이야! 다른 건 쳐다보지도 못하도록 저들이 씌운 가림막을 눈가에 하고 있는 나는 가축일 뿐이야. 그러다 삐끗하기라도 하는 날엔 아직은 숨을 쉬고 있다는 걸 보여줘야만 겨우 살아남을 수 있는 가축일 뿐이라고.

하릴없이 여기 누워 있으면 온갖 수치스런 느낌이 들면서 눈이 떠지기 마련이지.

그 느낌은 견디기 힘들어.

내가 개돼지보다도 못한 죄수라는 수치심은 내가 날 찢어버리고 싶은 파괴 본능을 부추겨.

1942년 9월 23일 – 안네와 다락방에서

아무 일도 없는 듯해도 어디선가 어떤 일은 벌어지고 있기 마련이다. 안네는 책을 읽고 끊임없는 수다로 우리 모두를 미치게 했다. 마곳은 공부를 하거나 청소를 하고 언제나 조용하고 친절했다. 엄마는 요리를 하고 틈틈이 프랭크 아저씨한테 말을 걸었다. (엄마가 그러지 좀 않았으면 좋겠지만, 엄마도 나만큼이나 지루해서 저럴 테지!) 아빠는 하루 종일 식사 때만 기다리다가 심심하면 더 이상 손 볼 필요도 없는 이 집구석의 망가진 것들을 고쳤다. 그리고 가끔 담배를 피우며 시시껄렁한 농담을 했다. 프랭크 아주머니는 우리가 입을 옷을 만들고, 마곳을 칭찬하고 안네에게는 화를 냈다. 프랭크 아저씨는 독서를 하고 한결같은 미소를 지으며 평정심을 지키려고 노력했다. 어떤 밤에는 모두 한곳에 모여 라디오에 귀를 기울였다. 하지만 난 그러는 게 썩 내키지 않았다. 멀쩡한 내가 이곳에서 라디오나 듣고 앉아있는 동안에도 바깥에서는 전쟁이 한창이라는 사실을 떠올리게 했기 때문이다.

우리는 뉴스가 끝나면 그 소식이 무얼 의미하는지를 놓고 언쟁을 했다.

"두고 보면 알겠지만, 몇 달 안으로 모든 게 끝날 거요."

"내 생각에는 절대로 안 끝나요. 우리 모두는 수용소로 끌려가 죽게 될 거라고요."

이런 식으로 우리는 그날의 기분에 따라 말다툼에 참전하고 있었다. 사실 그 누구든 결국엔 어찌어찌 된다는 식의 무기를 들이 대면 안 되는 거였다. 그러면 논쟁 중에 갑자기 격추되어 화염에 휩싸인 채 떨어지는 아군 비행기 꼴이 될 게 뻔했다.

우리 중 그 누구도 지금 사태에 대한 판단을 바라지 않았다. 그렇다고 진실을 바라지도 않았다. 다만 영국군이 빨리 오길 바랄 뿐이었다. 만일 영국군이 오지 않는다면, 만에 하나라도 그렇게 된다면, 우리도 어느 날부터는 영국군 이야기나 하면서 여기 앉아 있을 수조차 없게 될 것이다.

그런 이유로 우리는 어떤 판단이나 진실도 원치 않았다. 그저 긍정적으로 믿고 싶었고 그래야만 하루하루를 버텨낼 수 있었다. 비록 매일매일 같은 공간에서 똑같은 사람들과 어둠 속에 갇혀 지내더라도 희망만은 우리에게 빛을 보여주었다. 여기는 언제나 침침했다. 낮에도 다락방에서만 햇빛을 느낄 수 있다. 다락방에서만 하늘을 내다볼 수 있다. 그나마도 겨울이 되면 한 가닥 빛줄기조차 없는 나날이 지속될 것이고 그런 날을 상상하는 것만으로도 오금이 저리지만, 우리가 처한 현실이 그랬다.

"제대로 차려 입는 거 좋아해?"

안네가 내 방 안으로 불쑥 들어와 물었다.

난 고개를 끄덕였다. 이번에도 얼굴이 발그스름해졌다. 난 안네가 외출을 위해 좋은 옷을 입는 걸 말한다고 생각했는데 그게 아니었다. 안네는 엄마 화장대에서 꺼낸 액세서리까지 걸친 계집아이처럼 차려입는 걸 말한 것이었다.

"그럼 이리와 봐!"

안네는 마곳이라면 흉내도 낼 수 없을 정도로 눈빛을 반짝이며 말했다. 마침 나도 심심하던 차였다.

지금까지 아무 일도 일어나지 않았다. 우리로서는 오히려 그런 상황에 감사해야 했다. 사실, 무슨 일이 터질까봐 늘 조마조마하던 우리에게 별 다른 일이 없는 건 축복이었다. 그래서였을까?

나는 엄마의 치마를 입고 엄지와 검지로 옷자락까지 붙잡고서 기다시피 엉금엉금 다락방 계단을 올라가기 시작했다. 혹시라도 계단 아래로 굴러 떨어져 의사까지 불러와야 하는 상황이 생기지 않기를 바랐다. 안네도 연필로 콧수염을 그리고서 자기 아빠의 중절모를 머리에 쓰고 내 뒤를 따라왔다. 하느님 맙소사, 내 친구 한스가 지금 내 꼴을 본다면! 그런 일은 상상도 하기 싫다.

갑자기 안네가 부엌 쪽으로 바향을 틀었다.

"두 손 좀 모아봐."

안네가 소곤거렸다. 그 애가 뭘 어쩌려는 건지 당황스러웠다. 땀이 나기 시작했다. 그러자 안네가 다시 한번 소곤거렸다.

"빨리!"

안네를 따라 부엌 안으로 들어가다가 내 모습에 빙긋이 웃고 있는 엄마를 보았다. 그 순간, 즉흥적으로 난 엄마가 평소에 하는 대로 치맛자락을 한쪽으로 돌려 모아잡고 고개를 꼿꼿하게 쳐들었다.

안네는 책 한 권을 집어 들고서 자기 아빠처럼 헛기침을 하더니 어설픈 네덜란드어로 말하기 시작했다(사실 우리 부모님도 독일어처럼 네덜란드어를 발음하신다). 안네의 네덜란드어는 모두 데

카르트에 관한 것이었다. 그래서 그런지 내 귀엔 마치 프랭크 아저씨가 말하는 것처럼 들렸다. 난 안네의 말을 이해하는 티를 내기 위해 고개를 끄덕일 때의 엄마 흉내를 냈다. 이윽고 안네에게 바짝 붙어 그 애가 읽고 있던 책을 들여다보았다. 가끔씩 질문도 던졌다. 어쩐지 엄마의 질문처럼 바보스러웠다. 그럼 안네는 몇 걸음뒤로 물러나며 대답을 해주었고, 나는 또 멀어진 거리만큼 그 애 앞으로 다가섰다. 그러던 중, 느닷없이 안네가 날 빤히 쳐다봤다. 뭔가에 놀란 듯한 그 애의 눈망울은 왕방울만큼이나 컸는데, 그 점 역시 아저씨를 쏙 닮아 있었다.

난 좀 더 가까이 다가가 안네의 목덜미에 대고 숨을 쉬었다. 안네의 냄새가 났다. 우리 모두가 사용하는 비누 향이었지만, 그것 말고도 뭔가가 더 있었다. 뭐랄까? 그 애 특유의 체취랄까. 안네만의 향기랄까.

바로 그때 마곳이 큰소리로 웃음을 터뜨리는 바람에 우리 둘은 뒤쪽으로 휘청거렸다. 그러면서도 난 숙녀답게 고개까지 깊이 숙여 인사를 건넸다. 안네 역시 신사답게 모자를 벗어 인사를 건넸다. 그런 다음 우리 둘은 허겁지겁 부엌에서 빠져나와 미친 듯이 웃어대며 서로를 도와가며 다락방 계단을 오르기 시작했다.

"오, 그건 토닉이잖아요."

엄마의 웃음소리가 들렸다.

"정말 제 속이 그렇게 다 드러나나요?"

"아우구스테, 당신은 매력적이요."

프랭크 아저씨의 목소리도 들렸다.

난 드레스를 벗을 수가 없었다. 중간쯤까지는 문제없이 벗었는데 그만 몸이 꽉 끼어버렸다. 등 한쪽은 이미 밖으로 나왔지만, 머리는 아직도 드레스 속을 헤매고 있었다.

"숨을 좀 내쉬어 봐!"

안네가 드레스 치마를 붙잡고 끌어당겼다. 그럴수록 내 몸은 안네와 그 애가 잡아당기는 드레스 반대쪽으로 쏠렸다. 어느 순간, 우리는 바닥으로 엉덩방아를 찧으며 주저앉았다. 키득키득, 웃음이 나왔다.

"봐!"

안네가 말했다.

"고개 좀 들어 봐!"

그 애 말대로 고개를 들어올렸다. 창문 너머로 올려다보는 우리만의 자그마한 밤하늘에도 수천, 수만의 별들이 스팽글처럼 반짝이고 있었다.

"정말 멋지다!"

감탄사가 저절로 나왔다.

1942년 10월 8일 – 어려운 결심을 한 미엡

미엡이 부엌에 앉아 울고 있었다. 우리는 그녀의 뺨 아래로 흘러내리는 눈물만 가만히 바라보고 있었다. 우리 모두는 그녀만 지켜보고 있었다. 달리 뭘 어찌해야 할지, 우리가 무얼 어떻게 할 수 있을지 알 수 없었다. 어쨌거나 우리의 목숨은 제 자신의 얼굴을 받쳐 든 그녀의 두 손에 달려 있었다. 미엡은 지금껏 자신이 모두를 구할 수 있을 것이라고 생각했다지만, 오늘은 모종의 선택을 해야만 했고, 결국엔 우리를 택했다고 했다. 우리로서는 감사한 마음이면서도 서글프고 수치스러웠다. 적어도 나는 이런 선택을 할 수밖에 없었던 미엡한테 미안한 마음이 들었다.

불쌍한 할머니냐 우리냐. 나라도 선택이 쉽지 않았을 것이다.

게슈타포가 나이 지긋한 유대인 할머니 한 분을 미엡의 집 앞에 버려두고 떠났다. 그 할머니는 미엡 네 현관문을 두드리고 또 두드렸다. 주저하던 미엡이 문을 열어주자 할머니는 목숨을 구해달라고, 제발 집 안으로 들어갈 수 있게 해달라고 부탁했다. 하지만 어떻게? 경찰들은 그 할머니가 거기 있는 걸 알고 있었다. 미엡이 할머니를 집 안으로 들이면, 미엡은 체포되고 직장까지 수색당할 게 뻔했다. 그렇게 되면 그 놈들이 다음으로 찾아낼 건 다름 아닌 바로 우리들이었다.

그런 일이 있었기에 지금 미엡은 식탁에 앉아 울고 있는 것이다.

"그 불쌍한 할머니는 어떻게 되었을까요?"

미엡이 울먹이며 물었다. 눈물이 또다시 그녀의 뺨 아래로 흘러내렸다. 우리는 눈물을 삼켰다. 다들 나처럼 언젠가, 아니 다음번엔 우리한테 그런 일이 생길 거라고 두려워하고 있었을까? 그런 일은 평소와는 다른 노크 소리와 함께 언제든지 일어날 수 있었다. 우리 중 어느 누구도 미엡의 그 질문에 답하길 주저했다. 아니, 우리 입장에서는 대답할 수도 없었다. 우리 처지에서는 그 할머니한테 무슨 일이 벌어졌는지조차 생각하고 싶지 않았다. 어느 때라도 우리에게 닥칠 수 있는 일을 상상하게 만들기 때문이었다. 미엡도 상황을 파악하고 있었다. 모든 걸 눈치챈 사람처럼 우리 마음속까지 꿰뚫어 보고 있었다.

"제가 바보 같이 굴었네요. 하지만 누구든 자기 자신만 곤경에 빠졌다고 생각할 때가 있잖아요."

미엡이 허리를 펴고 엄마를 향해 말했다.

"아우구스테, 난 그놈들이 당신을 찾아내는 게 싫어요. 이 네덜란드를 통틀어 당신만큼 맛있는 스프를 끓이는 사람은 없으니까요."

그 말에 엄마가 미소 지었다.

"그럼요, 아우구스테야말로 네덜란드 최고의 주부죠."

미엡의 칭찬에 모두들 동의했다. 미엡은 그런 사람이었고, 사무실에 있는 다른 직원들 역시 미엡과 다를 바가 없었다. 그들 모두는 우리를 위해 자신들의 목숨을 걸고 어려움을 무릅쓰고 있었다.

미엡이 자리에서 일어나자, 프랭크 아저씨는 미엡의 어깨 위에 자신의 한 손을 얹었다.

"이렇게 악이 판치는 세상이 된 게 당신 탓이 아닌데도, 당신은 맞서 싸우고 있으니, 미엡, 우리 모두 그 점에 진심으로 감사하고 미안하게 생각하고 있소."

"고맙습니다, 하지만 여러분에게 진정 미안한 사람은 우리예요."

미엡이 아저씨에게 미소를 지으며 답했다.

아저씨도 어깨를 으쓱하며 다시 미소 지었다. 미엡의 기분이 나아진 것처럼 보였다.

프랭크 아저씨는 그런 사람이었다.

맞아, 맞아. 프랭크 아저씨는 정말 그런 사람이었어.

내게 믿음이 있다면, 아저씨의 마음속에는 신이 깃들어 있다고 말하겠지만, 난 아무것도 믿지 않잖아. 더 이상 내게 믿음 따위는 없어. 하지만 내가 겪은 프랭크 아저씨한테는 하느님 보다 더 좋은 점이 많았지. 저 놈들이 만질 수도, 시비를 걸 수도, 독가스로 망가뜨릴 수도 없는 그 무엇이 아저씨 안에는 있었던 거야. 프랭크 아저씨에게는 희망이, 그리고 신념이 있었던 거야.

그런 아저씨는 사람들 대부분이 선하다고 믿었어.

그런 아저씨가 아우슈비츠에서 끝까지 살아남을 수 있도록 내가 도와주었다는 게 기뻐. 다행이야.

하지만, 내가 정말 끝까지······.

그날 오후

점심을 먹고 다락방으로 올라가 하늘을 봤지만, 여전히 수많은 질문들이 내 안에서 와글거렸다. 나는 미엡과 벱 그리고 클라이먼 씨와 쿠클러 씨가 우리를 돕는 이유가 궁금했다. 몇 번인가 그분들에게 직접 물어본 적도 있지만, 그럴 때마다 그분들은 나를 아이 취급하며 입술 위에다 손가락을 갖다 대고 조용히 하라고만 했다. 그분들은 네덜란드 사람들이 나치를 증오하기 때문이라고 간단하게 설명했다. 자신들이 도움이 된다고 믿기에 네덜란드 전역이 텅텅 비고 조용해질 때까지 맞서 싸우는 것이라고 덧붙였다.

텅 빈 암스테르담. 나는 그런 도시를 머릿속에 그려봤다. 운하의 수면 위에 비친 가로수들의 그림자들과 운하를 따라 떠내려가는 나뭇잎들과 주인을 기다리는 텅 빈 보트들과 끼룩끼룩 울며 날아다니는 갈매기들을 상상해보았다. 그런 다음 연필을 꺼내 들고 그림으로 옮기기 시작했다. 그림이 완성될 즈음, 기분이 조금 나아졌다.

계단을 밟고 올라오는 발소리에 재빨리 그림을 숨겼다. 프랭크 아저씨였다.

"별일 없지?"

아저씨가 물었다.

"왜 저분들이 우리를 계속 보호해야 하죠?"

내가 불쑥 물었다.

프랭크 아저씨는 날 한참 동안 뚫어지게 쳐다보고 나서야 나직하게 대답했다.

"글쎄다. 나한테서 월급을 받고 있는 것도 약간은 이유가 될 테지."

"어떻게 그렇게 말씀하세요?"

"내 말은 그것도 여러 가지 이유 중 하나일 수 있다는 거란다. 그렇지 않겠니, 피터? 먹고 사는 문제가 사소하다면 별것 아닐 수도 있겠지만 평생 동안 간과할 수 없는 매우 중요한 것 아닐까? 물론 그보다는 세상이 잘못 돌아가고 있는 걸 느끼고, 그런 잘못된 판에 자신들이 끼고 싶지 않은 게 더 큰 이유라면 이유겠지만. 게다가 자신들이 할 수만 있다면 이 전쟁까지 멈추고 싶은 마음도 한몫했겠고."

"하지만 저분들한테는 아무 영향이 없잖아요? 저분들이 유대인도 아니잖아요?"

내 질문에 아저씨가 미소 지었다.

"유대인만의 문제는 아니잖니, 피터? 나치가 증오하는 모든 사람들의 문제지. 피터, 내 생각엔 우리 직원들은 이 상황이 자신들에게도 영향을 준다는 걸 알고 있는 것 같단다. 그런 점에서 우리 직원들은 특별하다고 할 수 있지. 지금 우리에게 벌어지고 있는 이 일이란 게 사실 누구 하나 빠짐없이 관련되어 있는 거 아니겠니. 우리를 처음부터 끝까지 비난하는 사람들이나 평범한 사람들이나 거의 예외가 없지. 모든 게 증오 때문이잖니. 만약 입장이 바뀌었더라도, 나라면 수많은 사람들이 서로 다르다는 이유만으로 죽어 가고 있을 때 모른 척하며 아무것도 하지 않고 지낼 수는 없을 것 같은데."

난 깊이 숨을 들이마셨다.

"하지만 우리는 아무것도 하지 않고 있잖아요? 왜 싸우지 않는 거죠?"

아저씨가 한 걸음 물러났다. 그 순간, 내 목소리가 높아졌다는 걸 깨달았다. 얼굴이 달아올랐다. 그럴 마음이었던 건 아니었다.

"우리는 우리의 일을 하는 거고, 저 사람들은 자신들의 일을 하는 것뿐이다, 피터. 어미닭이 황조롱이랑 싸우고 있을 때 병아리들이 둥지 밖으로 고개를 내밀고 있든?"

"무슨 말씀이죠?"

내 질문에 아저씨는 대답하지 않았다. 그 대신 창밖 너머 하늘을 내다봤다. 아저씨는 이내 골목의 지붕들에서 하늘과 바다가 맞닿는 곳으로 눈길을 돌렸다. 지금도 모든 것들이 예전 그대로 있는지 궁금하단 표정이었다.

"피터야, 저들의 마음속엔 증오가 가득 차 있단다. 그래서 그 넘쳐나는 증오를 우리를 미워하는 에너지로 바꾸고, 조금이라도 다른 점이 발견되면 무조건 죽이려 드는 거란다. 그러니까 저들은 우리가 무슨 전염병을 옮기는 바이러스라도 되는 양, 이 도시 저 도시 가리지 않고 이 나라 저 나라 상관없이 싹 쓸어내려고 기를 쓰는 거란다. 하지만 언젠가는 반드시, 어쩌면 우리 모두가 떠난 후에라도 반드시, 그들 스스로 자신들의 역사를 되돌아봐야할 게다. 다만 그런 날에도 저들에게 증오가 남아 있다면, 그 다음 세상이 어떻게 될지는 모르겠구나. 하지만 그때까지라도……."

아저씨가 한숨을 쉬었다, 고개까지 절레절레 흔들며.

"새삼스레 새로워질 것까진 없다. 지금까지 우리가 맡은 일은 싸우지 않는 거란다, 암, 우리의 임무는 꼭 살아남는 게지. 특히 너처럼 어린 친구들은 어떻게든 살아남아야 한다. 다음 세상이 어찌 될지 누가 어떻게 알겠니? 젊은이들이 다 사라지면 우리의 미래는 어디에 있을 수 있겠어?"

이번엔 내가 뒤로 한 발짝 물러섰다. 지금처럼 아저씨의 목소리에 힘이 들어간 적은 없었다. 아저씨가 좀 무서웠다.

"피터, 네가 할 일은 무조건 살아남는 것이다. 싸움은 다른 사람들이 밖에서 할 테니까."

"유대인들이요?"

내가 물었다.

"당연하지! 네 생각엔 우리 유대인 중에는 레지스탕스가 없을 것 같으냐?"

아저씨가 이번엔 미소를 지었다.

"잘 몰라서요."

작은 소리로 대답했다.

"평균적으로 따져도 그럴 가능성이 농후하단다. 그렇지 않겠니?"

"전 모르겠어요."

어깨를 으쓱해보였다.

"글쎄다, 정확히 알 수야 없지. 그걸 우리가 무슨 수로 알겠냐만, 생각해 봐라, 피터. 설령 그렇지 않더라도 우리로서는 그렇게 믿을 수밖에."

아저씨의 목소리가 작아졌다.

"뭘 믿죠? 신이 우리를 구해주실 거라고요?"

"그것도 도움이 되겠지. 하지만 우리를 구할 수 있는 게 맹목적인 믿음뿐일까? 비록 우리가 여기 갇혀 있다고 해서 우리가 할 수 있는 일이 전혀 없을까?"

"잘 모르겠는데요."

내 목소리는 목구멍 안으로 기어 들어가고 있었다. 정말 몰랐기 때문이다. 내 경우엔 프랭크 아저씨네 가족들 사이에서 지적인 대화가 오갈 때마다 무슨 말인지조차 이해되지 않을 때가 많았다.

"우리도 노력하자는 말이다, 피터. 내 말은 노력만이 아니라 우리의 사랑이 저들의 증오보다 훨씬 크다는 걸 믿어야 한다는 얘기다."

프랭크 아저씨가 한숨을 내쉬었다.

"저더러 저 놈들을 사랑하라고요? 전 저들이 싫어요. 끔찍하게 싫다고요. 제가 만약……."

아저씨가 돌연 손을 올리는 바람에 내가 무슨 말을 하려 했는지 까먹었다.

"아니, 아니. 너더러 그들을 사랑하라는 건 당연히 아니란다. 그들이 하고 다니는 일이란 네게 일일이 말할 수 없을 정도로 사악하지. 하지만 피터 너마저 증오로 되갚아준다면 저 놈들보다 나을 게 뭐가 있겠니?"

"기분 좋지 않아요."

난 고작 이렇게 대꾸할 수밖에 없었다.

"그래도 이런 짓을 한 사람들은 대가를 치르고 고통 받다 죽었으면 좋겠어요. 제가 바라는 건……. 제가 바라는 건 그냥 여기 갇혀 있는 대신에 저도 저놈들과 싸우는 건데……."

하던 말을 끊었다. 문득 내가 여기 있게 된 걸 고마워하지 않는 사람으로 보이긴 싫었다. 아저씨는 미소만 짓고 있었다.

"나도 네 나이라면 그놈들과 맞서 싸우려 했을 게다. 놈들이 우리를 다른 선택도 할 수 없게 만들었는데, 싸울 수밖에."

"하지만 아저씨는 조금 전까지 우리가 저들을 사랑해야 한다고 하셨잖아요?"

"아니! 내 말의 핵심은 놈들의 증오심이 네 증오심이 되도록 내버려둬서는 안 된다는 거였다."

"제가 바라는 건 그들이 죽어버리는 거라고요!"

"눈에는 눈, 이에는 이라는 거구나."

아저씨가 한숨을 내쉬며 말했다.

"네!"

아저씨가 한 손을 내 어깨 위에 얹었다.

"그렇다면 우리 모두가 눈이 멀고 이가 없다면, 피터야, 그럼 그때는?

"모르겠어요."

나는 대답을 웅얼거렸다.

난 가끔 이런 너그러운 프랭크 아저씨가 싫었다.

"저들을 미워하는 게 저들이 우리를 미워하는 까닭을 알려고 하지 않는 것보다야 훨씬 쉽겠지, 안 그렇겠니?"

아저씨가 짊잖게 다시 물었다.

난 고개를 끄덕였다. 그건 사실이니까.

하지만 난 우리를 이토록 증오하며 피하도록 만든 진실이란 게 얼마나 그들을 괴롭히는 끔찍한 것인지도 알고 싶었다.

"그래, 나도 저들이 두려워하는 진실이 궁금할 때가 많다."

아저씨도 혼잣말처럼 말하고는 다락방에서 나갔다. 웅얼거리는 아저씨의 목소리가 계단 아래 맨 끝까지 계속되었다.

"아참, 그 영어 숙제 잊지 마라, 피터야."

아저씨가 다락방을 올려다보며 말했다. 아저씨의 얼굴에서 미소가 번졌다. 프랭크 아저씨는 이런 분이었다.

오토 프랭크 아저씨.

끔찍한 아우슈비츠에서도 아저씨는 아저씨다웠어.

"저들이 우리의 꿈까지 죽이진 못해, 피터!" 아저씨는 내게 이렇게 말했지.

하지만 아저씨는 틀렸어. 아우슈비츠 수용소에 갇혀 있는 우리 모두는 단 하나의 꿈을 꾸었잖아. 우리 모두는 맛있는 음식을 먹는 꿈을 꾸며 이까지 갈았잖아. 이로 씹을 수 있는 온갖 음식, 몸에 도움이 되는 건강한 음식이 나오는 꿈을 꿀 수만 있다면, 그 꿈에 빠져 죽어도 좋을 것 같았으니까.

나도 마찬가지였어. 늘 같은 꿈을 꿨으니까. 신선해서 조금은 딱딱한 완두콩이 양배추와 함께 엄마가 만든 닭죽 속에 잠겨 있는 꿈. 아, 꿈속은 늘 따사로운 봄날 같았고 엄마가 커다란 냄비에 푸짐한 음식을 담아서 식탁으로 가져오고 있었어. 내가 배불리 먹고도 남을 엄청난 양이었지. 한 숟가락 떠서 입술에 대고 코로 냄새를 킁킁 맡아. 그런 다음엔 눈으로 음식의 색깔을 즐기고. 그럼 입 안 가득히 군침이 돌았는데.

밤새도록 숟가락을 입안으로 넣었다 빼는 동안, 실제로는 끈끈한 침만 흘러 나와 있었지.

그렇게 쩝쩝거리고 있는 내 등짝을 침상 동료 녀석이 제 무릎으로 찍으면 정작 나는 달콤한 꿈에서 깨어났지만, 몇 초 뒤엔 그 녀석의 이 가는 소리가 들려왔어. 그렇게 꿈은 막사 전체로 퍼져 모두의 잠 속으로 스며들고 있었고. 그렇게 모두가 동참한 꿈속에서 이 가는 소리와 고함 소리가 쉼 없이 들려왔던 거야. 이렇게까지 간절한 꿈이 또 있을까? 하지만 그 어떤 꿈이라도, 설령 우리가 실제로 꾸는 꿈이라 해도, 우리 것이 될 수는 없잖아.

여기서는 그마저도 빼앗기니까.

1942년 10월 13일 - 꿈속의 리제

꿈속에 리제가 나타났다. 아무것도 걸치지 않고서. 벌거벗은 리제는 너무나도 아름다웠다. 하지만 난 말을 걸 수 없어 마음이 아팠다. 수많은 사람들이 줄지어 서 있었다. 모두 다 아무것도 걸치지 않고, 두 손으로 가랑이 사이를 가리고 어깨를 움츠리고 있었다. 하나같이 두려움에 떨고 있었다.

그런데 리제는 달랐다.

리제는 호리호리하고 아름다웠다. 다른 이들처럼 땅바닥을 내려다보지도 않았다. 고개를 들어 올려 하늘을 쳐다볼 뿐, 손바닥으로 벌거벗은 몸을 가리지도 않았다. 리제는 두 손을 자연스럽게 늘어뜨리고 있었다.

난 황홀한 현기증을 느끼며 그녀가 천천히 양팔을 들어 올리는 모습을 지켜보았다. 두 팔이 완벽한 각도로 머리 위로 올라갔다. 가슴도 봉긋 솟아올랐다. 몹시 아름다웠다. 잠시 뒤, 그녀가 춤을 추기 시작하자 어디선가 음악소리가 들려왔다. 잠잠하던 사람들도 숙였던 고개를 들고서 대열 밖으로 빠져나가는 그녀를 바라봤다.

"멈춰!" 경비대원이 소리를 질렀다. 하지만 리제는 멈추지 않았다. 그녀는 우리만 들을 수 있는 음악소리에 맞춰 완벽한 몸짓으로 움직이고 있었다. 표정까지 완전히 몰입하고 있었다. 곧이어 리제는 등을 곧게 펴고 균형 잡힌 몸매를 한결 더 우아하게 보이게 했다. 한 발을 앞으로 내밀고 아무것도 걸치지 않은 늘씬한 다리를 허공으로 높이 들어 올리고는 빙그르르 돌았다. 그러는 발디딤새는 가볍고 느긋했다. 그렇게 리제는 보이지도 않는 악기들의 소리를 따라 자신의 몸을 흔들고 있었다.

그러던 리제가 갑자기 멈춰 섰다. 경비대원 하나가 그녀의 앞을 막고 서 있었다.

리제는 두 팔을 내렸다. 반듯한 이마에는 땀이 송골송골 맺혀 있었다. 숨까지 헐떡거렸지만, 미소를 지으며 경비대원을 마주보고 있었다. 그 둘은 동년배 같았다. 넋이 빠진 녀석은 그녀의 가슴에서 눈을 떼지 못하고 있었다.

다른 이들은 숨을 죽이고서 그저 그 둘을 바라보고만 있었다.

리제가 무릎을 살짝 구부리고 양쪽 팔을 등 뒤로 가져갔다. 그러자 봉긋한 가슴이 더 앞으로 내밀어졌다. 리제가 그에게 인사를 건넸다. 그러면서 그를 끌어안을 듯이 두 팔을 둥글게 내미는가 싶더니, 그의 총집에서 재빨리 권총을 꺼내들었다. 리제는 순식간에 그를 향해 총을 쏘고 자신의 머리에 총구를 갖다 댔다. 하지만 그 순간 리제의 몸이 앞뒤로 흔들거렸다. 방아쇠를 당기기도 전에 먼저 발사된 총탄을 맞은 리제가 쓰러지고 있었다.

"리제! 안 돼!"

내 비명소리에 놀라 잠에서 깨어났다. 사방이 깜깜했다.

기다렸다. 내 기친 숨소리가 가라앉기를 기다렸다.

매 시각 정각을 알려주는 웨스터토렌 교회 종소리에 귀를 기울이며 아침이 오길 기다렸다.

프랭크 아저씨가 알려준 증오심을 생각하면서 날이 밝아지길 기다렸다.

1942년 10월 14일 - 꿈을 떨쳐낼 수 없어서

가슴이 아파, 눈이 떠졌다. 리제가 이미 죽은 건 아닌지 두려웠다. 침대 밖으로 빠져나왔다.

마음이 천근만근 무거웠다. 뭘 어찌 해야 할지 알 수 없어 답답했다. 매일 하는 단순한 일들조차 이상하게 느껴졌다. 아무 일도 없는 것처럼 태연하게 하루 종일 잡다한 집안일을 하고 있는 내 자신이 신기했다.

"잘 했구나, 피터!"

"감사합니다."

"왜 먹지를 못하니? 좀 더 먹으렴! 입맛에 맞지 않니?"

"맛있어요. 하지만 전 먹을 만큼 먹었어요."

밤에는 눈을 뜬 채로 누워 있었다. 벽 뒤에 숨어서 나를 기다리고 있을지도 모르는 악몽들이 두려웠다.

사실 깊은 밤이면 가끔 다락방 계단으로 올라가 어둠 속에서 폭탄이 떨어지기를 기다릴 때도 있었다. 그러면서도 내가 계속 하늘을 감시한다면, 혹시라도 폭탄이 우리 머리 위로 떨어지는 건 막을 수 있으리란 망상에 빠지기도 했었다. 그럴 때면 무쉬도 이따금 내게로 다가와 내 가슴 위에 벌러덩 누워 그르렁거렸다. 그럴 때면 무쉬도 나와 같이 유리창 너머로 별들을 바라보고 있다는 생각이 들었다.

어젯밤엔 안네가 내 침대 머리맡에 사과를 놔두고 갔다. 난 그것을 챙겨 가지고 다락방으로 올라와 먹었다. 어둠 속에서는 한 입 베어 무는 소리도 크게 들렸다. 사과는 아삭아삭하고 시원하고 달콤했다. 특별할 것 없는 그냥 사과일 뿐인데도 기적처럼 느껴졌다. 지금껏 단 한번도 그런 생각을 해 본 적 없었건만, 이 사과는 이브의 사과 같았다.

나는 별들이 밤하늘 한 귀퉁이로 날아가는 걸 바라보면서 천천히 사과를 먹었다. 밤새 그곳에서 뒤척이다 동이 트자마자 아래층으로 기다시피 내려와 다시 잠을 잤다.

그 바람에 아침식사 시간을 놓쳐버렸다.

"잠꾸러기! 내가 준 사과가 고마웠다는 말은 언제 할 거야?"

안네가 날 깨웠다. 난 눈을 뜨려고 애를 썼다. 그 사이, 안네는 내 침대에 걸터앉아 매트리스를 출렁이고 있었다.

"나가!"

하지만 안네는 아랑곳없이 엉덩이를 들썩거렸다.

"일어나! 일어나! 일어나란 말이야! 오늘은 몸무게를 달아봐야 한단 말이야."

안네의 시끄러운 목소리를 차단하기 위해 신음소리도 내보고 몸도 뒤척거렸지만, 아무 소용이 없었다. 머리가 지근지근 아프고 귀가 따가웠다. 간밤의 악몽 탓인지 온몸이 여기저기 쑤시고 아팠다.

그런데도 안네는 멈추지 않았다.

"피터 파이퍼 픽트 어 펙 오브 오페카 페퍼. 어때, 내 영어 실력 많이 늘었지?"

그러더니 안네는 이불 속으로 제 손을 밀어 넣고 나를 간질이기 시작했다. 난 벌떡 일어났다. 누군가 날 만지는 건 견딜 수가 없었다. 순식간에 안네의 얼굴에서 웃음기가 싹 사라졌다.

"피터!"

개미허리만한 목소리가 들려 왔다.

"옷을 입고 잔거야?"

그게 뭐? 이런 데서는 옷을 갈아입는 것도 귀찮아지는 게 당연하지 않은가? 다행스럽게도 안네는 이 사실을 아무에게도 발설하지 않았다. 우리는 몸무게를 쟀다. 매주 재는 몸무게가 이번 주에는 지난주보다 8 파운드가 적었다. 믿어지지 않았다. 아무것도 하지 않고 빈둥거리며 지냈을 뿐인데, 어떻게 이럴 수 있지?

"봐요. 불쌍한 우리 아들이 잠만 자는 것도 당연하잖아요. 한창때 사내애들한테는 먹을 게 더 필요한 법인데."

엄마가 말했다.

"우린 여기서도 매우 잘 먹고 있는 거예요, 아우구스테."

프랭크 아주머니가 대꾸했다.

"그렇긴 하지만……."

엄마는 다음 말을 웅얼거렸다. 내 옆을 지나가면서도 여전히 투덜거렸다.

"저울 바늘이 맞지 않아. 내 몸무게가 그렇게 많이 나갈 리가 없어. 난 에디스처럼 조금 먹는데!"

엄마의 불만에 피식 웃음이 나왔다.

"난 석 달 만에 19 파운드나 쪘어!"

안네는 자랑스러운지 으쓱댔다. 허풍쟁이! 하지만 요사이 안네를 보면 그 말이 과장만은 아닐 것도 같았다. 안네의 몸엔 전체적으로 살이 올라 있었다. 몸매도 아름답게 변하고 있었다.

1942년 10월 29일 – 비워진 옛집

아빠가 내 방으로 들어왔다.

"알았어요, 알았어요! 얼른 일어나서 갈게요."

난 서두르고 있었다.

아빠 얼굴을 슬쩍 쳐다봤다. 뜻밖에도 아빠는 화가 나 있지 않았다. 눈을 끔벅거리며 침대 가장자리에 앉으면서도 몸의 균형을 잡으려고 한 손을 내밀어 침대 매트리스를 짚었다. 부쩍 늙고 지쳐 보였다. 잔뜩 겁을 먹은 것도 같았다.

"왜요? 무슨 일이예요?"

작은 소리로 물었다.

"우리 아파트 말이다. 놈들이 가구며 물건들을 모두 가져가 버렸다는구나."

아빠가 말했다.

"뭐라고요?"

"피터야, 아파트가 통째로 털렸대. 저 빌어먹을 놈들이 아무것도 남기지 않고, 우리 물건들을 싹 다……."

"오! 오! 아빠!"

"사라져 버렸어, 내 모든 것이 다. 내 인생 전부가 통째로 거덜나 버렸어."

아빠가 머리채를 흔들며 말했다.

아빠와 나는 내 침대에 한동안 멍하니 앉아 있었다. 그 상황에서는 아빠에게 그 어떤 말도 건넬 수가 없었다. 우리 가족이 살던 아파트가, 우리들만의 보금자리가, 내 어릴 적 손때가 묻은 방이 눈앞에서 가물거렸다.

"아, 그래도."

잠시 뒤 아빠가 말문을 열었다.

"피터야, 아직 우리에겐 이곳이 있잖니?"

"아빠."

난 아빠의 팔뚝 위에 내 손을 얹었다.

"미안해요, 아빠."

이렇게 된 상황이 진심으로 미안했다. 아빠와 함께 하나 둘 사모은 가구며 물건들이 아까웠다. 여러 해 동안 우리가 함께 가꿔온 집 안 구석구석 모든 것들이 아쉬웠다. 전부 사라져버렸다. 돌아갈 곳이 있다는 꿈조차 남김없이 사라져버렸다.

"집 안의 물건들을 없앤 게 너냐?"

아빠가 웃으며 물었다. 난 고개를 저었다. 아빠는 웃고 있었다. 아니, 억지로라도 웃으려 애쓰고 있었다.

"네 엄마한테는 알리고 싶지 않구나."

아빠가 목소리를 낮추고 부탁했다.

하루 종일 평소라면 우리 집에 있다는 사실조차 의식하지 않았을 물건들이 아른거렸다. 이를테면 유리병 속에 든 작은 배까지 눈앞에서 아른거렸다. 그것이 있던 위치까지 정확하게 기억이 났다. 있을 때는 몰랐지만, 사라진 걸 알게 되자 복도의 선반까지 또렷하게 떠올랐다. 물건에 얽힌 추억들까지 떠올라 가슴이 미어질 듯 아파왔다.

이제는 어디로 가버렸는지조차 알 수 없다니, 가슴이 터질 듯이 아팠다. 더 이상 우리 아파트에 우리가 살던 시절을 떠올리게 해줄 물건이 하나도 남아 있지 않다니, 다시 가도 그곳이 한때 우리 집이었다고 증명해줄 물건 하나 남아 있지 않다니, 하늘까지 무너져버릴 것만 같았다.

아빠는 내게 엄마한테는 말하지 말라고 신신당부했다. 하지만, 그것은 안네는 알아도 되는 걸 엄마는 모르게 하라는 말도 안 되는 부탁이었다. 실제로도 안네는 진즉에 알고 있었다.

"정말 유감스런 일이야! 하지만 그게 솔직히 무슨 대수야? 피터, 너희 가족들은 이렇게 다 살아 있고, 하느님이 알아서 돌보시는데."

안네가 말했다.

난 그 애를 빤히 쳐다봤다. 어이가 없어 말이 나오질 않았다. 기가 막혔다. 화가 치밀어 올랐다. 그 애도 눈치를 채고 한동안 조용히 있더니, 자기 방으로 돌아가 버렸다. 난 엄마한테도 알릴 생각이다. 그러는 게 옳은지 틀린지는 잘 모르겠지만, 더는 따지고 싶지 않았다. 다만 그래야만 한다는 생각이 들었을 뿐이다.

엄마는 개수대 앞에 서서 저녁식사 설거지를 하고 있었다.

"엄마?"

난 엄마의 귓가에 대고 속삭였다. 엄마가 고개를 돌려 미소 지었다.

"피터!"

엄마가 내 이름을 불렀다. 난 입술이 떨어지지 않았다. 내가 곁에 있는 것만으로도 행복에 들떠 저리 환한 미소까지 짓고 있는 엄마 앞에서 충격적인 진실을 꺼내려니 힘이 들었다.

"엄마, 그놈들이 우리 집을 털어갔대요."

말해버렸다. 더 망설이면 더 힘들 것 같았다. 앞뒤 재지 않고 재빨리 입을 여는 것도 나쁘지 않을 것 같았다.

내 말에 엄마는 두 눈을 감았다. 그러고는 그 자리에서 마비된 듯이 한참을 서 있었다. 잠시 뒤엔 고개를 숙이고서 오래된 싱크대의 화강암 표면을 두 손바닥으로 짚고 깊이 숨을 들이마셨다. 난 그저 곁에 서서 이를 악물고 수도꼭지를 움켜쥔 손가락에 힘을 주는 엄마를 안타깝게 지켜볼 뿐이었다.

"난 울지 않을 거야. 울긴 왜 울어."

엄마가 웅얼거렸다.

아빠가 엄마 등 뒤로 다가가 두 팔로 허리를 감싸 안았다.

"커리, 우리 집이, 우리 집이……."

엄마가 속삭였다.

"거스티."

아빠가 엄마의 이름을 부르며 더욱 세게 끌어안았다.

"제발, 제발 부탁하는데 우리는 다행이라고, 그렇다고, 말하지는…… 난…… 절대로……."

엄마가 아빠에게 작은 소리로 속삭였다.

아빠는 엄마의 어깨 위에 이마를 묻었다.

"안 그럴게, 절대."

아빠가 말했다.

"전부 다죠?"

엄마가 아빠에게 되물었다. 그러자 대답 대신 아빠는 엄마의 어깨에 이마를 찧어댔다. 엄마의 두 팔이 축 쳐졌다.

"아빠, 제 방에 가서 좀 누우실래요?"

내가 물었다.

아빠는 고개를 끄덕이더니 개수대에서 겨우 몇 발자국 떨어진 내 방까지 터벅터벅 걸어갔다.

방문을 닫았다. 아빠와 엄마가 나란히 누워 서로를 껴안았다. 이제 우리한테는 여기 있는 것들이 전부였다. 그나마도 프랭크 아저씨한테 빌린 것이 대부분이니 제대로 된 우리 것이라고는 할 수 없지만, 여기 있는 방 네 개는 이제 아저씨 네 것이자 우리 것이었다.

1942년 11월 8일 – 열여섯 살

오늘은 11월 8일, 내 열여섯 번째 생일.

잠결에도 계단을 올라오는 안네의 발걸음 소리가 들렸다.

"일어나! 일어나 봐, 피터! 오늘은 왠지 무언가 기대 되는 날 아니야?"

난 미소로 대답했다.

엄마와 아빠가 열심히 찾은 결과, 보드게임, 면도기, 그리고 내가 그다지 많이 사용하지는 않겠지만, 어쨌거나 면도비누까지 생겼다. 라이터와 담배 두 개비도 어디선가 찾아냈다. 난 생일마다 받았던 선물 꾸러미들과 내가 직접 선택하고 온가족이 차를 마시러 간 추억의 장소들을 떠올렸다. 지금 내 눈 앞엔 몇 가지 선물이 전부지만, 이나마도 모두들 애를 써서 구해온 기적의 선물이라 울컥했다.

난 엄마를 향해 미소 지었다.

"고마워요!"

어젯밤 내 방에 들어온 엄마는 아무 말도 없었다. 내 침대에 앉아 내 손을 잡고 잠시 머무르다가 방에서 나갔을 뿐이다. 나도 안다. 가끔은 아무 말도 할 수 없을 때가 있다는 걸.

오늘은 내 생일, 안네는 아침부터 오늘이 일 년 중 가장 즐거운 날이라도 되는 듯이 부엌을 서성거리고 있었다. 무슨 말이든 해줘야 할 것 같은 느낌이 들었다.

"반갑다, 담배야!"

난 담배 한 개비를 입으로 가져가 피우는 시늉을 했다. 그런 다음 담배를 들고 있는 손을 등 뒤로 숨기고 독일어로 말했다.

"아, 그래서 숨어 있었군! 그래, 네놈이 독일인이라고? 독일인 좋아하네, 유대인 놈이 독일인이 될 수 있기나 해?"

"아니요! 우리는 곧 죽어도 다시는 독일인이 되지는 않을 거요. 지금부터 우리는 네덜란드인이란 말이요."

안네가 흥분하며 받아쳤다.

"아니! 넌 네덜란드인도 독일인도 될 수 없어. 넌 그냥 유대인이야."

내가 다시 독일어로 말했다.

나를 제외하고 모두 웃었다. 나도 내가 왜 그런 말을 했는지 모르겠지만, 전혀 우습지 않았다. 서글펐다.

난 창가에 섰다. 바깥을 보고 싶었다.

"아침 첫 담배 한 모금만한 게 없는데! 고마워요. 아빠."

난 이렇게 말하고 돌아섰다.

엄마의 눈에 눈물이 글썽거렸다.

"난, 난 그저……."

엄마가 뭔가 말하려고 했다.

"알아요."

난 엄마가 거기까지만 말하기를, 제발 그 말만을 하지 않기를 바라는 마음으로 재빨리 끼어들었다. 내가 그래봤자, 내가 얼마나 간절하든, 엄마는 기어이 할 말은 하는 사람이란 걸 알고 있었지만, 역시나 이번에도 내 예상은 빗나가지 않았다.

"네가 우리와 함께 여기 있는 게 참 좋구나."

난 고개를 끄덕이고 억지로 웃으면서 엄마를 쳐다봤다.

"알아요."

난 짧게 대답했다. 사실이 그렇기도 했다. 그리고 나도 이제 가끔은 사랑이 미워하는 마음만큼 견디기 힘들다는 것도, 사랑한 만큼의 상처를 돌려준다는 것도 알고 있었다.

문득 프랭크 아저씨라면 이런 감정에 대해 뭐라고 할지 궁금했다.

안네는 하루 종일 나만 쫓아다녔다.

"음, 피터 반 펠스 씨, 열여섯 살이 되시니 어떠신가요?"

안네는 가상의 마이크를 내 얼굴에 들이대며 물었다.

"걱정 마. 내 일기장에는 익명으로 해줄 테니까. 그러니까 하고 싶은 말이 있으면 마음껏 해도 돼. 아무도 네가 그 말을 했는지 모를 테니까!"

하필이면 안네는 내가 콩이 잔뜩 든 자루를 등에 지고 다락방 계단 꼭대기쯤 올라갔을 때 이 말을 정보랍시고 꺼냈다. 그 바람에 층계 아래쪽으로 몸을 돌리려다 자루가 터지면서 콩알들이 쏟아져버렸다. 이리저리 콩콩, 콩알 튀는 소리가 들렸다.

조그만한 콩알이 튀는 소리가 장난이 아니었다! 그런데도 안네는 가상의 마이크까지 떨어뜨리는 시늉을 하며 머리를 감싸 쥐고는 소이탄처럼 쏟아 붓는 콩알을 피했다. 나로서는 드디어 안네의 입을 다물게 하는 방법을 찾아낸 셈이었다.

콩알이 통통 튀고 구르기를 멈추자, 안네도 고개를 들고 총알 맞은 표정으로 날 쳐다봤다. 이제 막 태어난 병아리가 알 밖으로 머리를 내민 모습이었다. 이번에도 우리는 늘 시끄러운 소리가 지나간 뒤에 하던 대로 그 자리에서 움쩍달싹하지 않았다.

"하느님 맙소사! 지나가던 경찰이 이 굉음을 듣지 않은 건 천만다행이지 뭐니! 너희 둘이 전부 주워 담으렴, 누구 생일이거나 말거나 난 모르겠다."

엄마가 문틈으로 고개를 살짝 들이밀고 말했다.

우리는 콩을 줍기 시작했다.

"넌 꼭 병아리 같았어."

내가 말했다.

"그래? 그런 넌 죄수처럼 보이던 걸."

"뭐, 죄수? 그럴 리가."

"정말 그랬어. 나쁜 짓을 하다가 딱 걸린 표정이었다고."

안네가 입을 막고 웃기 시작했다.

나도 웃음이 나왔다. 우리는 되도록 소리 내어 웃지 않으려고 배꼽에 힘을 주었다. 그렇게 한참을 입을 앙다물고 속으로만 자지러지게 웃다보니 다리 힘이 풀려버렸다.

그 순간 안네의 일기장이 떠올랐다. 나에 대해서도 쓰겠지? 뭐라고 쓸까? 갑자기 궁금해졌다.

오후에는 바깥소식을 듣기 위해 모두 라디오 근처에 모였다.

"피터에게는 최고의 생일 선물이구나. 피터, 들어보렴. 연합군이 북아프리카에 상륙했단다!"

아빠가 목소리를 낮추고 내게 말했다.

"아직 끝이 아닙니다. 심지어 종전의 서막도 아닙니다. 오히려 준비를 완료하고 이제부터 본격적인 전쟁이 시작된 것이라 하겠습니다."

나도 처칠의 목소리에 귀를 기울였다.

어깨 너머로 안네를 보며 미소를 지어보였다. 안네는 입술을 실룩거렸다. 입술 모양으로 무슨 말인가를 하는 듯했다. 내 생일날에도 그 다음날에도, 또 그 다음 다음날에도 안네는 같은 말을 반복해서 복화술로 말했다. 때로는 단어 하나하나 따로따로, 때로는 구절구절 이어 붙여, 기어이 통문장으로 말하길 반복하더니, 마침내 완벽하게 흉내 낼 수 있다고 선언했다.

"아직 끝이 아닙니다. 심지어 종전의 서막도 아닙니다. 오히려 준비를 완료하고 이제부터 본격적인 전쟁이 시작된 것이라 하겠습니다. 들었지, 피터?"

안네는 수백 번도 넘게 그 말을 되풀이했다.

"그러니까 넌 아직 안 끝났다는 거잖아?"

내가 물었다.

뭐가 그리 좋은지, 다른 사람들은 웃고만 있었다.

기차. 플랫폼.

우리들의 종말은 시작되었던 거야.

죽음이 예약된 자들, 죽음의 신을 대신하는 저들에게 선택된 자들.

우리에게 이전의 세상이 있었다는 것조차 믿어지지가 않아.

그럼 이후의 세상은? 이것도 믿을 수 없어.

도대체 살아남은 사람이 있기나 할까?

우리 이야기에 귀 기울여줄 사람이 남아있기나 할까?

나를 에워싸고 있는 시체 속에서 소리가 나. 이미 죽은 자들인데도 한숨소리가 난다고.

난 명령만을 기다리고 있어.

하지만 아직까지 나팔소리도 들리지 않아.

비스타빠치!

일어나!

나를 움직이게 하는 그 말, '비스타빠치'에 일어나 죽음으로 걸어가는 게 바로 나야.

1942년 11월 16일 - 은신처에 도착한 여덟 번째 사람

지난주에 프랭크 아저씨는 새로운 사람이 은신처에 올 거라고 말했다. 모두들 그 이야기를 하는데도 야속하게도 아저씨는 내 의견을 묻지는 않았다.

"잘 됐어요!"

안네가 재빨리 말했다.

"제 방을 함께 써도 괜찮아요. 우리가 한 사람을 더 구할 수 있는데, 그게 무슨 대수겠어요?"

난 안네를 쳐다봤다. 난 치과 의사인 페퍼 선생님일지라도 다른 사람이 우리와 함께 지내는 건 생각하기도 싫었다. 페퍼 선생님은 꽤 괜찮은 분이고, 롯테 아줌마도 우아한 분이다. 그렇더라도 부엌이든, 화장실이든, 거실이든, 그밖에 집 안 어디든 함께 사용할 사람이 늘어난 셈이었다.

엄마아빠는 고개를 끄덕였다.

"쉽진 않겠지만, 안네 말대로 그렇게 할 수 있으면 좋지요."

아빠가 말했다.

하지만 이 말은 어젯밤 프랭크 아저씨아줌마가 없는 곳에서 했던 말과 달랐다.

난 마곳을 쳐다봤나.

"우리가 마곳과 함께 방을 써서 두 분께는 불편이 없도록 할게요."

프랭크 아줌마가 말했다. 갑작스레 내 자신이 창피스러워졌다. 아줌마의 저 말 속에는 엄마아빠를, 특히 나를 배려하려다보니 정작 집주인인 자신들은 사생활도 누리지 못하게 되었다는 원망이 담겨 있었다. 그렇더라도 반대 의사를 내비칠 수는 없었다. 부모님이나 나나 그럴 권리는 없었다. 이곳은 우리가 마련한 은신처가 아니었다. 나는 그 즉시 속내를 들키지 않기 위해 고개를 숙이고 발등을 내려다봤다.

여지껏 내 자신이 페퍼 선생님을 좋아한다고 생각했지만, 지금 내 마음은 그렇지가 않았다. 그분의 얼굴도 이곳에서는 예전과 달라 보였다. 말할 때마다 실룩이는 살집 좋은 볼에는 보조개가 있었다. 페퍼 선생님은 키가 훤칠하고 매사 자신감이 넘쳤지만 틈만 나면 함께 오지 못한 롯테 아줌마 이야기를 꺼냈다. 다행스럽게도 롯테 아줌마는 유대인이 아니었다. 아줌마까지 유대인이었다면 우리 모두는 이곳에서 지금보다 더 부대끼며 살 뻔했다. 내가 롯테 아줌마를 페퍼 선생님보다 더 좋아하는 건 사실이지만, 그렇더라도 달라질 건 없었다.

"이가 아프면 페퍼 선생이 얼마나 소중한지 금세 알게 될 게다."

프랭크 아저씨가 말했다.

하지만 내 경우엔 절대 그럴 일은 없을 것만 같았다.

페퍼 선생님은 바깥 공기를 묻히고 들어왔다. 행동부터 이곳에 있던 사람들과 달랐다. 큰 덩치에 과장된 몸짓과 커다란 목소리는 이곳과 어울리지 않았다. 선생님은 이곳이 너무 침침한지 자주 두 눈을 찡그렸고 가는귀가 먹었는지 상체를 앞으로 쭉 내밀고 우리 말을 들었다.

선생님은 알고 싶지 않지만 도저히 한 귀로 듣고 흘려버릴 수 없는 소식도 가지고 왔다. 그러면서 바깥세상의 상황이 끔찍하다며 몸서리쳤다. 선생님은 놈들이 유대인이란 유대인은 그물망으로 물고기를 싹쓸이하듯 체포하고, 우리가 살던 남쪽 지역은 전화까지 끊어놓았다고 했다. 그래놓고서도 숨은 사람을 더 찾아내려고 이 집 저 집을 들쑤시며 다닌다고 덧붙였다.

"우리 유대인들을 전부 어디로 데려가는 거죠?"

아빠가 물었다.

"소문을 들었잖습니까?"

페퍼 선생님이 되물었다.

그 즉시 반사적으로 한 대 갈기고 싶었다. 저런 투로 말하면 재미있을까? 온갖 소식을 다 아는 사람이라고 이곳에서 비아냥거려?

"웨스터보르크 근처에 수용소가 생겼답니다. 그곳에 들어가면 머리부터 박박 깎아놓는다더군요. 일설에는 강제 노동 수용소로 보내기 전에 거쳐 가는 곳이라던데, 온갖 소문만 무성하니 사실이 뭔지는 아무도 모르죠."

한참 동안 침묵이 흘렀다.

"얼마나 더 기다려야 하죠?"

엄마가 작은 소리로 물었다.

"우리만 고통 받고 있는 게 아닙니다, 부인."

페퍼 선생님이 사람들을 둘러보며 답했다.

"지금은 네덜란드인도 우리와 다를 바가 없습니다. 나치들은 레지스탕스 대원이라면 무조건 잡아다가 죽여 버립니다. 그게 누구인지 따위는 신경도 안 쓰는 거죠. 아무 죄 없는 사람도 제 집으로 가다가 놈들에게 붙잡히면 담벼락에 세워져 총살당하는 게 바깥세상입니다."

페퍼 선생님은 머리를 절래절래 흔들었다. 난 무쉬의 털을 쓰다듬었다. 엄마아빠는 지금 이 상황을 제대로 파악하기만 하면, 당신들의 힘만으로도 언젠가는 모든 것이 예전으로 돌아가게 될 거라는 희한한 미신을 믿고 있는 사람들처럼 이런저런 질문들을 계속했다.

그런 어른들을 바라보며 조용히 한숨짓던 마곳 곁에서 얼굴까지 하얗게 질린 안네가 고개를 가로저으며 일어났다. 무쉬도 내 무릎에서 폴짝 뛰어내리더니 안네를 쫓아 계단을 내려갔다.

잠시 뒤엔 나도 그들을 뒤따라갔다.

안네는 사무실 앞쪽 창문에 서서 등화관제용 커튼 틈으로 건물 바로 아래쪽 거리를 내려다보고 있었다. 나는 안네의 등 뒤에 걸음을 멈추고 서서, 그 애의 어깨 너머로 거리의 한쪽 귀퉁이를 내려다봤다. 그토록 작은 틈새로도 많은 것이 보이다니 기분이 이상했다. 밖은 어둡고 가스등 불빛이 운하를 흐르는 물에 반사되어 반짝이고 있었다. 한 줄로 늘어선 사람들이 길을 따라 걸어가는 모습이 시야에 들어왔다. 유대인들이었다. 얼핏 보면 자유롭게 걷고 있는 것 같았지만, 수많은 경비원들로부터 감시를 당하고 있었다. 어스름 속이라 그 사람들은 그림자로 보였다. 기묘하게 부풀어 유령처럼도 보였다.

"갖고 있는 옷을 죄다 껴입고 있을 거야."

안네가 속삭였다. 눈가가 축축했다.

그들은 운하 바로 옆을 걷고 있었는데, 꽤나 가까워보였다. 팔을 뻗으면 닿을 수 있을 것만 같았다. 안네와 나는 꼼짝도 않고 가만히 서 있었다. 움직이는 게 겁이 났다. 돌연 누군가 고개를 돌려 올려다보고 시커먼 창문 뒤쪽에 서 있는 우리의 정체를 알아챌까봐 두려웠다.

한 아이가 울어대자 대열 속에서 걷고 있던 한 여자가 걸음을 멈췄다. 여자의 한쪽 팔엔 가방이, 다른 팔엔 아이가 들려 있었다. 한꺼번에 둘 다를 들고 갈 수는 없어 보였다. 하지만 경비대원은 여자를 밀면서 윽박질렀다. 여자가 가방을 놓고 아이를 꼭 끌어안았다.

그들이 지나간 거리는 적막했다. 여자의 가방만이 덩그러니 길바닥에 모로 떨어져 있었다. 그 사이 안네의 입김으로 유리창도 뿌예져 있었다.

우리 둘은 아무 말도 하지 않았다.

저 멀리 어스름 속에서 누더기를 걸친 깡마른 사내애가 나타났다. 그 애는 여자의 가방을 열고 양초를 빼낸 뒤 손에 잡히는 대로 옷가지를 꺼내기 시작했다. 거리는 순식간에 가방을 두고 서로 밀치고 싸워대는 아이들로 부산스러워졌지만, 다투는 소리는 들리지 않았다. 그 애들이 어디에 숨어 있다 나왔는지 알 수는 없지만, 잠깐 사이에 제각각 흩어져 다시 거리는 적막해졌다. 어느새 길바닥에는 빈속을 다 드러낸 가방만이 독수리 부리에 쪼인 비둘기 시체처럼 내동댕이쳐져 있었다. 한 남자가 배에서 내려 그 길거리로 들어서고 있었다.

바로 그 순간, 안네가 창문 뒤로 물러나며 내 품안으로 파고들었다. 남자가 우리와 매우 가까이에 있는 것처럼 느껴졌다. 난 두 팔로 아주 잠깐 안네를 끌어안았다. 안네는 몸을 떨고 있었다.

"미안."

안네가 속삭였다.

다시 창밖을 내다봤다. 가방마저 사라지고 없었다. 가스등 불빛만이 텅 빈 거리에서 가물가물 춤추고 있었다.

"빈민가 애들이야!"

안네가 속삭였다. 뺨 위로는 뜨거운 눈물방울이 촛농처럼 흐르고 있었다. 목울대에서 뜨거운 게 느껴져 아무 말도 할 수가 없었다. 느닷없이 안네가 계단 쪽으로 뛰어갔다. 그런데도 내 느낌에는 그 애가 아직도 내 품에 안겨 있는 것만 같았다.

무쉬가 내 종아리에 털을 비벼댔다.

난 아무도 없는 잿빛 거리를 내려다봤다.

사람들이 머물다 간 흔적조차 모두 지워진 거리를.

그곳엔 내 추억만이 남아 있었다.

나만의 추억.

다시 두려움이 몰려들었다.

언젠가는 그마저 잊게 될까 겁나는 무서운 기억이었다.

밤잠을 설쳤다. 또다시 꿈을 꾸었다. 내 두 손에 뭔가가 들려 있었다. 하지만 그것이 뭔지는 보이지 않았다. 다만 돼지 등처럼 뻣뻣하면서도 매끄럽고 둥글다는 걸 느낌으로 알 수는 있었다. 난 그것을 내 가슴 쪽으로 끌어당겼다. 그러고는 갓난아이를 안듯이 끌어안았다. 마치 그것이 안전하게 지켜야 하는 보물이라도 되는 양, 절대 떨어뜨려서도 안 되는 양, 계속 끌어안고 있었다. 엄청나게 무거웠다.

나는 그것을 내려다봤다.

리제의 눈이 나를 노려보았다.

난 빡빡 밀린 머리통을 내 두 손으로 꽉 쥐고 있었다.

기억들이 스멀거려. 자꾸만 떠오르는데 멈출 수가 없어.

사람들 앞에다 내 기억을 펼쳐 보여준다면, 믿어줄까?

남의 일이라고?

내 말을 듣는 척이라도 할까?

우리들이 숨어 있던 그 집에서는 꿈에서 깨어날 수라도 있었지. 하지만 여기 수용소에서는 꿈도 끝이 없어. 눈을 떠도 악몽은 계속되고……

왜 이런 일들이 하필이면 내게 일어나고 당신들한테는 일어나지 않는지 알 수가 없어.

누군들 상상이나 했겠어?

길을 잃어버린 내가 당신들 눈에도 보이는 거야?

아니, 어떻게 거리가 이렇게까지 텅 비어버린 거지?

아! 맞아. 그 여자는 스스로에게 알맞은 결정을 내렸던 거야.

그 여자가 가는 곳에서는 가방 따위는 필요치 않을 테니까.

그렇지만 그곳에선 그 아이도 마찬가지였을 거야.

1942년 11월 18일 - 우리들의 신

눈을 뜨는 시각에도 어둑했지만 잠자리에 들 때에는 깜깜했다. 덕분에 우리는 일찍 잠자리에 들고 늦잠을 잤다. 가끔은 유리창 안쪽에 성에가 잔뜩 낄 정도로 추워서 몸을 떨다가 갖고 있는 옷이란 옷은 죄다 꺼내 입었다. 안네와 마곳은 거기에다 가운까지 덧입기도 했다. 우리는 지루한 시간을 때우기 위해 아무것이나 가리지 않고 했다.

우리는 기다렸다.

뉴스를 기다렸다.

전쟁이 끝나기를 기다렸다.

우리가 살아서 그때를 볼 수 있을까?

언젠가는 프린젠그라흐트 거리를 다시 뛰어다닐 수 있을까?

이런 생각은 하지 않을수록 좋다. 그러려면 수시로 몰두할 것이 필요했다. 난 그림을 그렸다. 이미 이 집 주변의 모든 거리와 골목들을 샅샅이 그렸다. 이 집 뒤편에서부터 우리가 살던 메르베데플레인 거리까지 골목이며 상가며 건물들까지 꼼꼼하게 그렸다. 메르베데플레인 거리에서 잔드부르트 거리까지의 트램 레일도 표시해 두었다. 프린젠그라흐트 거리 주변의 도로들도 빠짐없이 그려 넣었다.

한밤중에 다락방에 앉아 있을 때면 비행기를 타고 있는 내 모습을 상상했다. 사방으로 뻗은 길과 그 길거리마다 문을 연 약국과

카페들을 위에서 내려다보는 상상을 했다. 나는 안네와 마곳과 함께 어떤 길에 어떤 가게들이 있었는지 기억해내려고 애썼다. 트램이 멈춰 서던 정거장을 하나라도 놓치지 않고 전부 기억해내려고 노력했다.

"우리가 그 많은 가게를 모두 가보지는 않았잖아, 안 그래?"

안네가 물었다.

"그러게. 넌 할머니와 아헨에서 지냈으니까!"

마곳이 대답했다.

"맞아, 하지만 독일과 네덜란드는 거기가 거기 아닌가?"

안네가 되물었다.

"피터, 넌 어디 가고 싶어?"

마곳이 뜬금없이 내게 물었다. 난 침대 위에 걸터앉아 양반다리를 하고 가고 싶은 곳이 어디인지 생각해봤다.

"난 모래사장이 있고 무쉬를 위한 수풀이 있는 따뜻한 곳에 가고 싶어. 여긴 너무 춥잖아."

안네가 말했다.

"맞아, 얼어 죽을 것 같아!"

우리 모두 합창을 했다.

"난 미국에 가고 싶어!"

마곳이 대답하며 한숨을 내쉬었다.

"왜?"

안네는 웃으며 그 이유를 물었다.

"지금껏 가보지 않은 낯선 곳이니까. 나도 어디라도 좋으니까 이런 일이 한번도 일어나지 않은 곳에 가보고 싶어."

내가 대신 대답하자, 마곳이 어깨를 으쓱해보였다.

안네가 우리를 뚫어지게 쳐다봤다.

"언니랑 피터 둘 다 제정신이 아냐. 난 한번도 여기에서 떠나고 싶은 적이 없었어. 난 네덜란드에서 죽을 때까지 살고 싶어."

안네가 말했다.

"쿠글러 씨와 결혼도 하고!"

마곳이 웃으며 끼어들었다.

"언니!"

"안네!"

마곳이 지지않고 말했다. 그러는 모습은 꼭 안네 같았다.

"다들 알아서 해!"

안네가 토라져 일어섰다.

난 침대에서 일어나 자리를 비켜줬다. 그런데도 안네와 마곳, 두 자매는 그 자리에 그대로 주저 앉더니, 서로를 마주보며 으르렁거렸다. 둘이 단단히 화가 난 표정으로 상대를 쏘아보았지만 큰 소리가 오고 가지는 않았다. 꽤나 우스꽝스러운 모습이었다. 이윽고 둘은 베개를 휘두르며 싸우기 시작했다. 하지만 그 어느 누구도 말을 꺼내는 사람은 없었다. 난 그저 그 옆에 서 있다가 바닥으로 떨어지려는 마곳의 안경을 집어 들었다. 그러자 안네가 행동을 멈췄다.

"깨졌어?"

"아니."

"휴우, 다행이다. 미안해."

"포기?"

마곳이 물었다.

"응, 항복!"

그러더니 둘은 약속이라도 한 듯 깔깔대기 시작했다.

"쿠글러 씨라니! 아주 기상천외한 생각이야! 언니가 얼마나 급했으면!"

잠시 뒤, 자매가 동시에 나를 쳐다봤다. 당황한 난 마곳에게 안경을 돌려주고는 서둘러 방에서 나왔다. 자매끼리 키득거리는 소리가 계단을 타고 위층까지 들려왔다.

"웃는 모습을 보니 좋구나!"

엄마가 말했다.

하지만 아빠는 내게 할 말이 있다면서 눈짓을 해왔다.

난 먼저 방으로 들어가 아빠를 기다렸다. 아빠는 몇 분 뒤에나 들어오셨다.

"메노라(유대 의식에 쓰이는 큰 촛대)를 만들 수 있겠니?"

아빠가 물었다.

"프랭크 아저씨가 갖고 있던데요,"

난 재빨리 대답했다. 집에 두고 온 메노라를 떠올리기 싫었다. 금요일 저녁마다 초를 꽂아 두었던 그 두꺼운 은촛대가 제 발로 걸어서 이리로 오지 않는 한, 내게 메노라는 잊어버리고 싶은 이미 잃어버린 물건일 뿐이었다.

"네 엄마 기분은 어떨까? 프랭크 아저씨가 매일 밤 여기로 가져다줄까? 이 집 촛대가 네 엄마한테 특별하게 느껴질까?”

아빠가 되물었다.

난 아무런 대답도 하지 못했다.

“대답해보렴.”

아빠가 재촉했다.

“어쩌면 미엡한테 부탁하면……”

난 아빠의 표정을 살폈다. 아빠도 내가 무슨 말을 하려는지 이미 알아챈 눈치였다. 내 생각에도 그러는 건 어리석었다.

“그래! 하지만 미엡이 미치지 않고서야 어떤 공방으로 찾아가서 유대식 촛대를 달라고 할 수 있겠니?”

아빠는 흥분을 가라앉히고 있었다.

한숨을 쉬며 앉았다. 그런 내 옆에 아빠도 나란히 앉았다.

“미안하구나. 내가 알아서 해야 하는 건데. 하지만 네가 메노라를 만든다면 그게 네 엄마한테 얼마나 소중한 것이 될지는 너도 알잖니?”

아빠가 말했다.

“알았어요. 해볼게요. 하지만 제가 만들었다고는 아무에게도 말하지 마세요.”

“그래. 누가 물어보면 내가 만들었다고 말하도록 하자. 아무튼, 아들, 고맙다.”

아빠가 자리에서 일어났다.

“걱정 마세요. 제가 엄마 모르게 창고나 다락방에서 어떻게든 해볼게요.”

아빠 얼굴에 미소가 떠올랐다.

"두 사람이 무슨 꿍꿍이인거죠?"

엄마가 방문을 살짝 열고 물었다.

"당신만큼 육감적이고 매력적인 여자는 없다고 말했소!"

아빠가 대답했다.

"쉬, 프랭크 씨 부부가 들어요!"

"그게 무슨 대수라고? 남편이 자기 아내한테 매력적이라고 말하면 안 된다는 법이라도 있소?"

아빠가 되물었다.

"그만요!"

이번엔 내가 말했다.

"요즘은 부엌에서도 뭘 많이 만들지 못해 여기 있는 식구들이 모두 여위고 가고 있으니……."

엄마가 딴청을 부렸다.

얼마 뒤 종이를 찾아낸 나는 그림을 그리기 시작했다. 하누카 메노라에는 반드시 아홉 개의 초꽂이가 있어야 해서 가장 먼저 밑그림을 그려놓고 작업할 계획부터 세웠다.

뻽의 아버지인 보스키질 씨가 목재를 찾아다 주셨다. 욕심 같아서는 전부가 하나로 연결된 나무 촛대를 만들고 싶었지만, 그건 불가능했다. 그래서 아쉬운 대로 몇 조각을 하나로 연결하기로 마음먹었다.

한밤중에 아래층 창고에서 나무를 조각하는 것은 마음에 들었다. 나무 냄새가 좋았고 혼자 있는 게 좋았다. 창고에서 주로 지내는 고양이 보쉬가 왔다 갔다 하다가 내 곁에 앉는 것도 좋았다. 다시 손으로 뭔가를 만들 수 있게 된 것도 마음에 들었다. 서서히 촛대의 형태가 잡혀가는 것이 보였다. 계획대로 제 위치에 무리 없이 조각을 해나가면 그럴싸한 모양의 촛대가 완성될 것 같았다. 나는 나무의 질감까지 꼼꼼하게 따졌다. 칼이 들어갈 부분으로는 어느 부위가 알맞게 부드럽고 어느 부위가 딱딱할지도 가늠해보았다. 내 손아귀 안에서 나뭇조각들에 곡면이 생겨났다. 촛대는 양쪽 날개에 있는 네 개의 초꽂이들이 한가운데 솟은 아홉 번째 초꽂이를 떠받들고 있는 모양새였다. 여덟 개의 촛불은 각각 은신처에 있는 한 사람 한 사람에 해당되고 가운데 하나는 회당에 봉헌되는 것이었다.

초꽂이 하나하나를 조각할 때마다 한 사람 한 사람에 해당되는 상징을 나무에 표시해두었다. 안네는 모든 것을 볼 수 있으니까

눈이었다. 아빠는 미소, 엄마는 손이었다. 그런 상징들은 금세 떠올랐다. 프랭크 아저씨는 책, 이 역시 떠올리기가 쉬웠다. 하지만 마곳은 어려웠다. 머릿속으로 그녀의 이미지를 떠올려봤지만, 어떤 상징이 적당할지는 좀 더 두고 봐야 했다. 프랭크 아줌마는 바늘이었다. 날카로운 성격 탓이기도 하지만, 아줌마가 우리의 바느질감을 도맡아 주신다는 현실적인 이유도 한몫했다. 페퍼 선생님 것도 쉬웠다. 시큼한 레몬! 결국 마곳은 물결로 정했는데, 어쩌다 그것이 되었는지는 나도 잘 모르겠다. 그럼 내 것은? 잠시 고민하다 난 키파(유대인 남자들이 쓰는 둥근 모자)로 하기로 했다. 당장 어느 나라 사람의 눈으로 보든 나는 유대인일 테고, 앞으로 내가 대단한 사람이 되더라도 그 사실만큼은 변함없을 테니 내게는 유대인의 상징인 키파가 딱 맞을 것 같았다.

　메노라에 상징을 다 새기고 나면 양초를 태우면서 죽은 자들을 위한 기도인 카디쉬를 암송하고 살아남은 우리 자신을 위한 희망의 기도를 할 생각이었다. 난 회당에서처럼 기적을 위한 기도를 읊조리면서도 각각의 초꽂이 아랫부분에 상징을 제대로 새겨 넣는데 집중했다. 작업을 하는 동안 저절로 기도문이 떠올랐다. 나는 하누카(유대어로 '봉헌'의 뜻)의 기도문을 웅얼거리며, 또 내 기도소리를 들으며 상징들을 하나둘씩 완성해갔다. 지금까지 살아오는 동안 기도문을 뼛속 깊이 외워둬야 하는 이유를 알 수 없었는데, 이제야 비로소 왜 그래야만 하는지 알게 되었다. 그렇게 해두어야만 언제 어디서든 기도가 늘 나와 함께 있을 수 있기 때문이었다. 난 계속 기도소리의 리듬에 맞춰 손을 움직이며 나뭇조각에다 내 생각들까지 새겨 넣었다. 드디어 내가 뭔가를 하고 있다는 느낌이 들기 시작했다.

　　주께서는 당신의 백성들을 불쌍히 여기시고, 그들이 고난을 당할 때에, 그들을 위하여 힘을 북돋우시고, 그들에게 넉넉한 자비를 베풀어 주시었나이다.

　　주께서는 죄의 심판을 행하시고 잘못한 자들을 벌하시며 약한 자들의 손에 힘을, 소수자들의 손에 다수를, 순수한 자들의 손에 불결한 자들을, 정의로운 자들의 손에 사악한 자들을, 토라에 따라 살아가는 자들의 손에 무례한 자들을 넘겨주셨나이다…….

　　주께서는 당신의 백성에게 크나큰 구원과 죄의 사함을 이루어주셨나이다.

나는 마지막 부분을 다시 외웠다.

주께서는 당신의 백성에게 크나큰 구원과 죄의 사함을 이루어주셨나이다.

하느님, 제발, 우리에게도 그대로 이루소서.

저와 리제, 그리고 이 세상 모든 유대인들에게 당신의 뜻 그대로 이루소서. 모든 약자와 모든 병자들과 저들이 미워하는 모두와 함께 우리를 구하소서.

메노라를 완성하기까지는 시간이 꽤 걸렸다. 거의 끝나갈 무렵이 되자, 보쉬와도 꽤 친해졌다. 보쉬는 언제나 나를 살펴보고 있다가 내가 작업을 멈추면 곁으로 다가왔다. 그러고는 앞발을 내밀어 나뭇조각들을 조심스레 만져봤다.

"갖고 싶니?"

보쉬에게 물었다.

"얼마인데?"라고 물어보듯 보쉬가 고개를 들어 올리고서 날 쳐다봤다. 그러고는 살그머니 내뺐다.

"아, 그러니까 보쉬, 흥정 따위를 하기에는 너무 고귀한 신분이라는 거군요."

내가 이렇게 떠들어대도 보쉬는 걸음을 멈추지 않았다. 내가 다시 작업을 시작해야 슬쩍 돌아와서 나를 지켜봤다.

난 가끔 근육이 뻐근할 때마다 마룻바닥에 몸을 쭉 뻗고 가만히 누웠다. 그러면 보쉬가 다가와 내 발가락을 핥고 다리 위에서부터 턱 밑까지 제 몸의 균형을 잡으며 살금살금 올라왔다. 그런 다음, 제 수염으로 내 뺨을 간질이다가 제 발바닥을 들어 올려 내 눈두덩을 툭툭 건드렸다.

난 보쉬가 몸을 움츠리고 가만히 내 가슴 위에 누워 있을 때가 가장 좋았다. 그 따뜻한 체온과 내 심장박동에 맞춰 함께 들썩이는 숨소리를 어둠 속에서 듣는 게 좋았다.

둘만의 다정하고 평화로운 시간이었다.

1942년 12월 3일 – 하누카의 첫날 밤

드디어 메노라가 완성되었다. 하누카(유대교의 크리스마스)도 오늘밤부터 본격적으로 시작되었다. 엄마는 감자 팬케이크인 라트케를 만들고 있었다. 우리 집 생각이 났다. 이제는 텅 비어버린 집, 촛불 하나 켤 수 없는, 촛대도 없는 우리 옛집이 생각났다. 내가 유대인이란 사실조차 의식하지 않고 지내던 시절이었다. 물론 그 당시에도 알고는 있었지만, 유대인인 내 모습은 그저 다양한 내 정체성 중의 하나일 뿐이었다.

다시 말해, 유대인이라는 사실이 내 전부는 아니었다.

하지만 지금은 우리 유대인 중에서 얼마나 많은 사람들이 살아남아 있는지 궁금했다. 과연 몇 사람이나 암막 커튼 뒤쪽에 숨어서 메노라에 초를 밝히고 자유를 꿈꾸고 있는지 궁금했다.

나는 완성된 메노라를 내 방으로 몰래 가지고 올라갔다. 저녁 식사를 마치고 프랭크 씨 가족이 아래층으로 내려가는 모습을 확인한 뒤, 부모님 방으로 갔다. 그런 다음 난 문 앞에 가만히 서서 엄마가 내 등 뒤에 숨긴 그것을 알아채기를 기다렸다.

"두 사람, 여기서 뭐해요?"

엄마가 물었다. 아빠와 나는 미소를 지었다.

"기분 좋을 만한 일이 있나보죠?"

엄마가 재빨리 되물었다. 하지만 기분이 우울해 보였다.

왜 그런지 정확히 알 수는 없었지만, 엄마의 슬픔은 내가 감당하기에는 커보였다. 난 한 걸음 뒤로 물러섰다.

"물론 있지. 이리 좀 들어와 봐요."

아빠가 재빨리 대답을 했다. 그러면서 엄마를 우리 앞에 똑바로 세웠다. 걱정이 앞섰다. 메노라가 제대로 된 게 아니라면 어쩌지? 은도 아니고 아름답지도 않다고 실망하면 어쩌지? 나도 내 메노라가 외할머니가 엄마에게 물려준 메노라를 대신할 수 없다는 건 잘 알고 있었다. 내 엉성한 작품이 그 정교한 예술품을 대신할 수 있기를 바라지도 않았다.

"피터."

아빠가 내 이름을 불렀다.

난 머뭇거리다 등 뒤에 있는 메노라를 앞으로 내놨다. 엄마는 숨을 멈추고 그것을 유심히 쳐다보더니 조심스레 손을 뻗었다. 나는 촛대의 구석구석을 매만지고 있는 엄마의 손등을 내려다봤다.

"나는, 나는 말이다."

엄마가 말을 더듬었다. 나를 향해 고개를 든 엄마의 눈에는 눈물이 맺혀 있었다.

"외할머니가 주신 것처럼 아름답지 않다는 건 저도 알아요."

"피터야, 네가 만들었니?"

엄마가 물었다.

난 고개를 끄덕였다.

"내가, 내가 무슨 말을 해야……."

"부인, 그냥 말을 하시오!"

아빠가 웃으며 말했다. 그러자 엄마의 눈에서 눈물방울이 주르

륵 떨어져 두 뺨과 턱을 적셨다.

"난 정말이지……. 난 그러니까…… 다른 메노라에서도 똑같은 느낌이 들 거라고는…… 생각…… 못했는데……. 우리 아들이…… 오, 그리고 당신이…… 아, 피터야, 고맙다……. 너무 아름답구나!"

엄마는 딸꾹질이 나올 때처럼 단어들을 하나하나 어렵게 말했다. 눈물도 계속 흘러내렸다. 엄마의 말처럼 내 메노라가 아름답지는 않더라도 그렇게 생각해주는 엄마가 고마웠다.

1942년 12월 12일 – 부모님과 함께 하누카를

우리는 메노라를 부엌에 보관했다. 매일 밤 프랭크 아저씨네 가족이 아래층으로 내려가면, 우리 가족만 모여서 촛불을 켰다. 프랭크 아저씨네한테는 알리지 않았다. 나는 밤마다 초에 불을 밝히고 그 초에 해당되는 사람을 위해 조용히 기도를 드렸다. 그게 내가 할 수 있는 전부였지만, 초를 아껴야만 했으므로 기도는 되도록 간단히 마쳤다. 난 우리 가족 셋만 있는 것이 좋았다. 불빛에 일렁이는 부모님의 진지한 얼굴을 보는 것이 좋았다. 난 우리가 함께 하는 기도가 좋았고, 그런 다음 갖는 짧은 침묵의 시간과 개별 기도 시간이 좋았다. 내가 프랭크 아저씨를 위해 기도를 드린 어떤 밤에는 촛불이 한 번에 꺼지지 않아서 엄마가 두 번이나 더 입김을 불어야만 했다.

정작 날 위해 기도할 차례가 되었지만, 난감했다. 내가 할 수 있는 유일한 기도는 계속 살아 있게 해달라는 내용이 전부였다. '오, 하느님, 부디 제가 살아있게, 리제도 함께 살아 있게 도와주세요. 그리하여 어느 날 우리가 다시 만날 수 있게 도와주세요.' 하지만 기도 중에도 내 마음속에서는 늘 같은 질문이 맴돌았다. '하느님, 왜죠?' 물론 내 질문에 대한 대답은 한번도 없었다. 수없이 많은 사람들이 죽어 가고 있는데, 나는 왜 살아남아야 하는 거지? 사실, 어떤 해명도 소용 없는 터였다. 그저 그게 내 진정한 바람일 뿐이다.

하누카의 마지막 밤이 되자 식탁 위의 양초들도 거의 다 녹아서 몽당해졌다. 프랭크 아저씨가 양초에 불을 붙이고 우리 모두는 함께 둘러앉아 식사 전 감사기도를 드렸다. 아저씨는 서둘러 기도를 끝냈다. 그 방식이 아저씨네 하누카였다. 안네는 처음으로 니콜라스 성인을 기념한다며 들떠 있었다.

엄마는 프랭크 씨네가 자리에서 일어난 뒤에 다시 몽당한 초에 불을 붙이고는 그 불꽃을 가만히 들여다봤다. 난 엄마가 나를 살려주신 하느님께 감사의 기도를 드리고 있다는 걸 대번에 알 수 있었다. 놀랍게도 엄마가 찾아낸 양초는 내 상징이 새겨진 촛대의 것이었다. 잠시 뒤, 엄마는 고개를 앞으로 내밀며 촛불을 끄려고 했다. 그러더니 갑자기 무슨 생각이 들었는지 동작을 멈췄다. 눈물이 가물거리는 불빛에 반사돼 반짝거렸다.

"난....난....못하겠다!"

엄마가 작은 소리로 말했다. 그 말에 내가 고개를 숙이고 촛불을 껐다. 엄마가 미소를 지었다.

"우리가 끄지 않고 내버려두었다면 팔 일 동안 저절로 타들어 갔을까?"

엄마가 뜬금없는 질문을 했다. 그러면서 바보처럼 실없이 웃었지만, 엄마가 진짜 바보는 아니었다. 오히려 내 형편없는 어휘력 탓에 그런 말을 하는 엄마의 속내를 헤아려 표현할 수 없을 뿐이었다.

"그러려면 기적이 필요해요."

내 대답에 엄마가 고개를 끄덕였다.

"수고했다. 잘 자라, 피터."

"잘 자거라."

아빠도 날 끌어안으며 인사했다. 그렇게 하누카는 끝이 나고, 난 내 방으로 돌아왔다.

다음날 아침, 눈을 떴을 때에는 뭔가 허전했다. 꼭 해야 할 일도 없었다. 난 보쉬를 보러 아래층 창고로 내려갔다. 하지만 보쉬가 보이질 않았다. 이따금 보쉬는 쓰레기통을 뒤지며 온종일 길거리를 싸돌아다녔다. 그런 날이면 집으로 돌아온 보쉬의 털에서 바람 냄새가 났다. 길바닥 냄새도 났다. 그럴 때면 어김없이 보쉬의 털에 얼굴을 파묻고 숨을 깊이 들이마셨다. 황홀했다. 축축한 나무가 탈 때 나는 연기 냄새와 암스테르담의 가을 냄새가 콧속으로 한가득 들어왔다. 푸르른 운하와 노란 가로등 냄새까지 코털을 간지럽혔다. 그렇게 보쉬의 몸에 묻어온 바깥세상의 냄새가 그리웠다.

1943년 3월 18일 - 전쟁에 참가한 터키

"이제 그들도 참전할 거래요. 드디어 행동 개시를 했대요!"

엄마가 말했다.

"담배라도 피워야겠군!"

아빠가 말했다.

"솔직히 우리들을 위해 전쟁에 나선 게 그들이 처음은 아니잖습니까, 두 분도 아시겠지만!"

프랭크 아저씨가 말했다.

침묵이 흘렀다.

"물론 여기 갇혀 지내면서 기다리고 있는 우리가 그런 것까지 기억하는 건 쉬운 일이 아니지요."

프랭크 아저씨가 하려던 말을 계속했다.

"왜 그 사람들은 '세탁'이라고 불러요?"

안네가 어른들 대화에 끼어들었다. 안네는 제 자신이 느닷없이 그런 말을 꺼낼 때마다 우리 모두가 슬픔에 잠긴다는 걸 눈치채지 못했다. 그런 조심성은 없었다. 아저씨가 한숨을 내쉬었다.

"안네, 넌 왜 그렇다고 생각하니?"

"정말 사람들 옷을 빨아주는 건가요?"

아저씨의 질문에 안네는 대답 대신 당황스런 질문을 또 했다.

"어른들도 정확히 무슨 일이 벌어지고 있는지 모른단다, 안네. 그러니 답답할 뿐이지."

아저씨가 안네의 질문에 대답을 회피하고 있다는 느낌이 들었다. 놈들이 아이들까지 싹 쓸어 가버리고 있지만, 차마 사실대로 말하고 싶지 않으신 것 같았다. 하지만 세상 모르는 게 없는 안네라도 귀하게 자라서인지 그런 것까지 눈치채지는 못했다.

"저도 알고 있다고요!"

안네가 버럭 소리를 질렀다. 비록 저녁식사 시간이고 모든 직원들이 퇴근한 뒤였지만, 아직은 조용히 지내야 할 때였다.

"저도 우리를 없애려 한다는 것쯤은 알고 있단 말이에요. 그러니까 우리를 포위하고 잡아가서 어떻게 하는 건데요?"

다들 입을 열지 않았다. 안네도 싸한 분위기를 눈치챘지만, 우리가 자신의 의견에 찬성하지 않는 걸로 여기는 것 같았다. 그런 질문들은 한밤중에 홀로 있을 때 스스로에게 묻고 답해야 한다는 걸 모르는 것 같았다. 창문을 두드리며 지나가는 바람소리와 시간을 알려주는 교회 종소리만 들려올 때, 그런 질문을 해야 한다는 걸 아직은 모르는 것 같았다. 그런 때라도 입 밖으로는 큰소리를 내지 않아야 하는 건데, 안네는 제 자신이 특별대우를 받는 걸 당연하게 여겼다. 심지어 제 기분이 나빠진 것까지 느닷없이 다른 사람 탓으로 돌려댔다.

안네가 벌떡 일어나 계단 쪽으로 뛰어갔다.

"안네!"

아저씨가 안네를 불렀다.

"계단에서는 조심해야지!"

아주머니도 자그마한 소리로 충고했다. 안네가 걸음을 멈추고 뒤돌아봤다.

"엄마는 내 마음이 다치는 건 신경 안 쓰잖아요. 우리가 발각되는 것만 걱정하고 있잖아요."

안네의 목소리가 점점 커졌다.

"안네!"

아저씨의 목소리도 조금 격앙되어 있었다.

"아이를 버릇없이 키웠어."

엄마가 혼잣말을 했다.

마곳은 코로 숨을 들이마시고 입으로 내쉬기를 반복하면서 자기 접시만 뚫어지게 내려다보고 있었다. 난 양해를 구하고 자리에서 일어났다.

"예의바른 애가 있긴 하네요."

엄마가 미소를 지어보였다.

"주여, 지금 제 앞에 내려 오셔서 담배를 건네시며 저를 시험에 들게 하소서."

아빠가 속삭였다. 그 순간, 머리카락에 가려진 마곳의 얼굴에서도 웃음이 번지는 것 같았다. 내 얼굴은 다시 화끈거렸다. 난 엄마가 다 큰 나를 다른 사람들 앞에서 치켜세우는 게 싫었다. 별것도 아닌 우스꽝스러운 일까지 칭찬할 때는 더욱 싫었다.

뒤늦게 터키가 전쟁에 참여하지 않았다는 나쁜 소식이 있었다. 지금은 더 이상 중립을 지키지 않는 입장에 대해 심사숙고 중이라고 했다. 그들도 유대인이라면 그렇게까지 깊은 생각은 필요 없었을 텐데.

1943년 3월 24일 - 개구멍

가끔은 이 은신처의 답답한 공기가 견디기 힘들 때가 있다. 마곳도 나와 같은 느낌일 때가 있다는 걸 눈치챌 수 있었다. 그런데도 마곳은 갑갑함을 허드렛일이나 독서로 버텨나갔다. 난 저녁이나 주말에는 아래층 창고로 내려가 보쉬를 찾아보았다. 어떨 때는 1층에 있는 저장창고로 곧장 내려가기도 했다.

물론 주말이나 저녁에만 아래층으로 내려갈 수 있었다. 그 밖의 시간에는 사무실 직원들과 저장창고 직원들이 그곳에 있었다. 난 양말만 신은 채로 비밀 계단을 따라 살금살금 내려가는 것이 좋았다. 그렇게 은신처로부터 조금씩 멀어지는 것이 좋았다. 밤을 틈타 내려갈 때마다 반드시 대문에 빗장을 질러 두었다. 해가 뜨기 전에는 다시 내려가서 출근하는 쿠블러 씨가 열쇠를 사용해 문을 열 수 있게끔 빗장을 끌러놓는 것도 잊지 않았다.

저장창고는 은신처의 다른 곳과 마찬가지로 어두웠다. 아니, 창문들까지 완전히 막혀 있어서 칠흑처럼 깜깜했다. 게다가 고약한 냄새까지 났다. 언젠가 프랭크 아저씨가 '피터야, 이곳에서는 세상 냄새가 난다.'고 말한 적이 있는데, 아저씨 말 그대로였다. 하지만 난 어느덧 냄새만으로도 정체를 짐작할 수 있게 되었는데, 특히 후추는 보쉬의 재채기를 유발했기 때문에 대번에 알 수 있었다.

안네와 마곳은 으스스하다며 창고를 싫어했다. 그 덕분에 나 혼자 그 넓은 공간을 차지할 수 있었다. 한동안은 눈을 감고 어둠에 적응해야 하지만, 조금 지나면 괜찮아졌다. 게다가 창고 안은 고요했다. 내 곁에서 가르랑거리는 보쉬와 단둘이 있는 것이 마음에 쏘옥 들었다.

난 칙칙한 어둠 속에서 무릎을 꿇고 두 손을 등 뒤로 숨긴 다음 콩이 든 손을 맞추는 놀이를 보쉬와 자주 했다.

"맞춰봐?"

두 손을 내밀며 속삭였다. 뒷다리를 구부리고 앉아있던 보쉬는 머리를 내밀고 내 주먹에 코를 대고 킁킁거리면서 수염까지 실룩거렸다. 그러더니 앞발 하나를 살그머니 들어 내 왼손을 톡 쳤다. 잠시 뒤, 난 내 왼손을 뒤집어 펼쳐 보였다. 콩이 들어있었다.

"역시, 보쉬는 영리해!"

나지막한 내 목소리에 보쉬도 고개를 끄덕였다. 나도 덩달아 고개를 끄덕이며 다시 게임을 시작했다. 이번에도 양손을 등 뒤로 가져가 콩을 숨기려는데, 보쉬가 갑작스레 고개를 돌리며 놀이에 싫증을 냈다.

"어이!"

난 조용히 보쉬를 불렀다.

"쥐?"

하지만 보쉬는 곧장 저장창고 문으로 달려가더니 급하게 방향을 틀어 돌아오다 내 정강이에 머리를 부딪쳤다.

"뭔데?"

난 보쉬의 머리털을 쓰다듬었다. 털 안쪽에서 만져지는 두개골의 크기는 자그마했다. 께름칙했다. 보쉬도 자꾸만 내 손바닥 안쪽을 파고들었다. 난 무릎을 꿇고 어스름 속에서도 형광 빛으로 빛나는 보쉬의 두 눈을 들여다봤다.

"뭘 봤는데?"

목소리를 죽이고 물었지만, 보쉬는 제 모가지를 비틀며 내게서도 뒷걸음질을 쳤다. 그러더니 다시 문 쪽으로 달려갔다. 느닷없이 어디선가 쿵 하는 소리가 났다.

난 벌떡 일어났다. 그 순간 내 심장이 벌렁벌렁 펌프질하는 소리까지 들려왔다. 난 유심히 내 주위를 살폈다. 뭐지? 눈 깜짝할 사이에 무슨 일인가 벌어지고 있었지만, 어둠 속에서 상황 파악이 재빨리 되지는 않았다. 그렇게 얼마나 지났을까, 갑자기 머리 회전이 빨라졌다. 이 저장창고 안에 세워둔 커다란 통이 쓰러지며 그 안에 숨어 있던 사람이 인기척을 낸 것이 거의 확실했다. 보쉬도 내게 그 안에 사람이 있다고 알려주려 했을 터였다. 놈들이 내 목소리를 들었을까? 내가 여기 있는 걸 알고 있는 걸까? 그놈들이 날 알아채도록 내 행동엔 조심성이 없었던 걸까? 보쉬가 날 쳐다봤다. 나도 보쉬의 눈을 바라봤다.

나는 꼼짝도 할 수 없었다. 문손잡이가 돌아가고 있었다. 한 바퀴가 완전히 돌아가는가 싶더니, 문이 요란스레 덜컥거렸다.

난 뒤로 물러섰다.

누구지? 나치 동조자이거나 경찰이라면 곧장 쳐들어왔을 건데, 누구지? 도둑인 게 분명했다. 우리는 도둑들과는 협상할 수 있었다. 아니, 그게 아닌가? 사람들이 굶어 죽어가는 상황에서는 그조차 어림도 없는 건가? 그럼, 유대인 여덟 명의 몸값은? 난 모르겠다. 뭐가 뭔지 모르겠다.

그 사이에 보쉬는 문짝을 긁어대며 야옹거렸다. 위험을 느낀 나도 잽싸게 창고를 빠져나와 소리 나지 않게 층계로 올라갔다. 내 등을 노리는 누군가가 어둠 속에 숨어 있을 것만 같아 두 다리가 후들거렸다. 이 상황이 영원히 끝나지 않을 것 같은 불안감이 그림자처럼 뒤따라왔다.

프랭크 아저씨네는 자신들의 침실 겸 거실에 앉아 있었다. 난 아저씨에게 다가가 조용히 말했다. 그런데도 안네는 그 즉시 눈치를 채고 몸을 떨기 시작했다. 얼굴까지 새하얗게 질리자 마곳이 얼른 안네를 끌어안았다. 아저씨는 곧바로 자리에서 일어나 나와 함께 아래층으로 향했다. 하지만 아저씨는 사무실 앞에서 갑자기 걸음을 멈추더니 뒤돌아서 부엌에 있는 엄마에게 라디오를 당장 끄고 위층에 올라가 있으라고 말했다.

엄마가 내 눈치를 살피고는 두 팔을 뻗어 날 끌어안으려고 했지만 난 눈빛으로 거절의 신호를 보냈다. 무안해진 엄마가 팔을 내렸다.

"준비 되었니?"

프랭크 아저씨가 내게 속삭였다. 난 고개를 끄덕였다. 엄마한테는 미안하지만, 나는 나대로 아저씨가 날 떼어 놓지도, 나대신 아빠를 찾지도 않았다는 사실에 기분이 으쓱해져 있었다. 나는 아저씨와 함께 살금살금 창고로 내려가 계단 밑에 서서 귀를 기울였다. 난 무기가 될 만한 게 주먹밖에 없다는 걸 깨닫고, 꽉 쥔 주먹을 가슴께로 들어올렸다. 창고 안은 완벽하게 어두웠지만, 우리는 서로의 숨소리를 들으며 기다렸다. 사방이 쥐 죽은 듯이 고요하기만 했다.

그때 갑자기 문이 닫히는 소리가 났다.

쾅!

그러고 다시 쾅! 마치 기관총소리 같았다.

"난 올라가서 다들 위층에 있으라고 말해야겠다!"

아저씨가 내게 속삭였다.

그렇게 아저씨가 사라진 뒤, 난 다시 혼자가 되었다.

한 발 앞으로 걸음을 옮기며 주먹을 휘둘렀지만, 아무 일도 일어나지 않았다. 그래도 두려웠다. 뒷덜미가 저절로 움츠러들었다. 결국엔 나도 프랭크 아저씨를 뒤따라 올라갔다. 페퍼 선생님은 자기 방에 있었다. 안네와 함께 쓰는 방이었다.

"위층으로 올라가요."

내가 말했다. 간결하지만 건방진 말투였다.

"네가 어떻게 그딴 식으로 내게 말할 수 있지? 머리에 피도 안 마른 녀석이……."

난 페퍼 선생님 쪽으로 걸어갔다. 심장이 방망이질 쳤지만, 난 그의 목덜미를 잡았다. 꽉 움켜잡았다. 어쩌면 겁이 났기 때문일 수도 있었다. 하지만 그것만이 아닐 수도 있었다.

"저장창고에 사람들이 들어왔어요! 지금 당장 위층으로 올라가세요!"

난 조용하게 경고했다. 페퍼 선생님은 손으로 알아들었다는 신호를 했다. 그제야 나도 내가 놓아줘야만 선생님이 움직일 수 있다는 걸 깨달았다. 페퍼 선생님은 계단을 뛰어 올라갔다. 요란스럽게, 바보스럽게. 나도 뒤따라 올라갔다. 조용하게. 조심스럽게.

아빠를 뺀 나머지 사람들은 거실에 있었다. 우리는 한 사람씩 부엌으로 올라가 작은 소리에도 귀를 기울이며 기다렸다. 늦게 올라온 아빠가 기침을 했다. 마곳이 아빠에게 약을 가져다줬다. 마곳의 행동은 조용하면서도 민첩하고 용감했다. 우리는 긴장 속에서 기다렸다. 안네는 여전히 몸을 떨고 있었다. 하얗게 질린 얼굴로 한동안 아무 말도 없이.

"괜찮아?"

내가 조용히 물었다.

"네가 계단을 올라오는 소리를 들었을 때."

안네가 입을 열었다.

"난…… 난…… 몰랐어. 그게 너와 아빠라는 생각이 드는 게 아니라……."

"쉿! 나중에 말해, 안네."

마곳이 주위를 줬다.

우리 모두는 안네가 무슨 생각을 하고 있는지 알고 있었다. 우리를 잡으러 그놈들이 왔다고 하려던 말을 다 듣지 않아도 알 수 있었다. 아빠가 다시 기침을 했다. 모두에게 고개를 끄덕이며 사과까지 해도, 기침은 멈추질 않았다. 아빠는 또다시 사과를 했다. 기를 쓰고 기침을 참으려 애쓰는 아빠의 얼굴이 빨개져 있었다. 하지만 기침은 멈추지 않고, 나는 그런 아빠의 목을 조르고만 싶었다.

"라디오 껐어요?"

난 엄마에게 조용히 물었다. 엄마는 고개를 끄덕였지만, 안네는 고개를 갸우뚱했다.

"아직 저 쪽에서 라디오 소리가 들려!"

안네가 기겁을 했다.

"공습부대가 와서 건물을 공중 수색하면 어쩌려고?"

그 애는 겁에 질린 목소리를 가까스로 누르며 말했다.

"놈들이 라디오 주위로 빙 둘러 있는 의자 여덟 개를 찾아내고, 우리가 영국에서 송출되는 불법 라디오 방송을 듣는 걸 알아내면……."

"안네, 쉿! 지금 당장은 어떻게 할 수가 없잖아."

마곳이 속삭였다. 난 마곳을 쳐다봤다. 보통 때의 마곳은 말 수가 적었지만, 지금처럼 긴박한 상황에서는 용감하고 침착했다. 오히려 안네가 호들갑스러웠다.

프랭크 아저씨가 일어섰다.

"밑에서 무슨 일이 벌어지는지 다시 확인하러 가야겠다."

나도 아저씨를 따라 일어섰다. 아빠도 일어섰다.

우리는 페퍼 선생님이 우리와 함께 가지 않을까 기다렸지만, 선생님은 여자들 틈에 그대로 앉아 있었다. 난 망치를 찾아 들었다. 아빠는 외투를 걸치고 끌을 챙겨 들었다. 프랭크 아저씨는 아무것도 손에 들지 않았다. 우리 셋은 어둠 속으로 내려가서 기다렸다. 얼마나 시간이 흘렀을까, 암흑지옥 같은 그곳에서는 아무 일도 일어나지 않았다. 아무런 소리도 나지 않았다.

"이제 놈들이 가버린 게 분명해."

아빠가 작은 소리로 말했다.

우리는 다시 사무실 앞 동으로 살금살금 들어가 의자들의 위치를 바꾸고 라디오를 숨겼다. 그 사이에 건물관리인이 침입자가 있는 걸 알아채고 수색을 나오지 않기를 바라면서, 서둘러 다시 위층으로 올라갔다.

이로써 우리가 할 일은 다했다.

이제 기다리는 일만이 남아 있었다.

난 만약을 대비해 침대 밑에 망치를 숨겼다.

하지만 어느새 잠에 빠져들고 꿈까지 꾸기 시작했다. 반짝이는 철모를 쓴 군인들이 바퀴벌레들처럼 벽에서 기어 나왔다. 밤새도록 몸을 뒤척이다 깨어나 어둠 속에 귀를 기울이며 날이 밝아지길 기다렸다. 온몸이 근질거리는 지독한 악몽이었다.

모두들 아침을 먹으면서도 피곤에 지쳐 거의 아무 말도 하지 않았지만, 안네는 여전히 수다스러웠다.

"어젯밤에 종소리 들었어요? 밤새도록 들리던데, 하지만 결국 나타나지 않았어요. 도대체 어디로 가버린 걸까요?"

안네가 물었다.

"어쩐지 꿈자리가 사납더라니. 그게 다 그래서였나 봐요."

엄마는 무릎까지 치며 딴 말을 했다.

"이런, 애들처럼 교회 종 탓은……, 모두들 처음엔 교회 종소리가 괴롭겠지만, 차츰 그 소리를 듣지 않으면 불안해질 정도로 익숙해질 거요!"

아빠의 말에 다들 미소 지었다.

"음. 난 다시 침입자가 들어올까 신경이 쓰여 깊은 잠에 들지 못했다고 생각했죠."

어제 일자 신문을 읽고 있던 프랭크 아저씨가 말했다. 건조한 말투였다.

"종소리요? 무슨 종소리요? 전 밤새 종소리의 종 자도 듣지 못했는데요."

엄마가 다시 말했다.

"아우구스테, 솔직히, 지금 저희를 놀리시려는 티가 나요!"

프랭크 아줌마가 웃으며 말했다.

"카리용이에요."

마곳이 뜬금없이 끼어들었다.

"모두 아시겠지만, 연주용 종을 프랑스어로 카리용이라고 하죠. 예쁘지 않나요?"

잠시 뒤, 마곳의 얼굴은 발개져 있었다.

"진짜 예쁜 말이네."

나는 맞장구를 쳐주고 난 뒤, 조용히 '카리용'이라고 발음해보았다.

"어, 종소리가 멈췄어요. 무슨 일일까요?"

안네가 다시 호들갑을 떨었다. 그런 다음 곧바로 한 번도 쉬지 않고 울던 종들이 나치 때문에 더 이상 울지 않게 되었다는 이야기를 지어냈다.

"종들은 모든 유대인들이 해방되는 그날에 다시 울리게 될 거예요."

마침내 안네의 이야기가 끝났다. 그러고는 요사이 우리끼리 음식이라고 부르는 풀떼기를 입안으로 쑤셔넣었다.

"뭘 봐?"

안네가 내게 시비를 걸었다.

"넌 어떻게 그렇게……?"

난 입을 다물어 버렸다.

"그렇게 뭘?"

"무슨 재주가 있기에 이야기를 뚝딱 지어내는 거냐고."

내 말에 안네가 어깨를 으쓱해 보였다.

"그럼 넌 도둑이 들어왔다는 생각이 들었을 때 어떻게 아래층으로 내려갔는데? 난 그런 건 못하거든. "

"허허, 우리 모두에게 서로 다른 달란트를 주신 하느님께 감사할 일이로군!"

프랭크 아저씨가 웃으며 말했다.

"세상 사람들이 다르지 않았다면, 전쟁도 없었겠죠."

엄마가 덧붙였다.

우리 모두는 잠시 할 말을 잃고 생각에 빠져들었다. 하지만 이내 뜬금없이 웃어대기 시작했다. 문득 이런 분위기가 제법 마음에 들었다.

1943년 3월 27일 – 마곳과 다락방에서 나누는 잡담

왜 내가 영어까지 배워야 하지? 내 모국어인 네덜란드어로 고맙다고 하면, 영국군이나 미국군이 날 죽이려들지도 몰라서? 그럼 불어는? 불어로 말하는 소리는 듣기도 좋고, 내가 한 단어 한 단어 소리 내어 발음하는 것도 좋긴 하지만, 무슨 뜻인지도 다 알아야 한다는 건가? 난 이미 네덜란드어와 독일어를 할 줄 아는데, 그러면 된 거 아닌가?

프랑스어로 '르뽕뒤, 실브푸레.'는 간단히 줄여 RSVP라고 하면 돼, '부디 회답을 바랍니다'란 뜻이야. 이런 식으로 간단히 줄여 적는 속기를 마곳과 안네는 배우고 있었다. 그러면서 둘은 쪽지에다 뭔가를 끄적거려 서로에게 건네고는 깔깔대며 읽었다. 어지간히 신경이 쓰였다.

"저애들은 뭐라도 배우고 있잖니!"

프랭크 아줌마가 손에 들린 바늘처럼 뾰족한 눈빛으로 날 쳐다보며 말했다.

"좀 무례하시네요!"

엄마가 재빨리 끼어들었다.

"저 애들은 어디서 저런 걸 다 구했지?"

엄마가 투덜거렸다. 난 엄마의 기분을 눈치채고 자리에서 일어났다.

"네 생각은 어때, 피터? 우리가 쪽지를 주고받는 게 신경 쓰여?

RSVP, 뚜 떼 수이트."

안네가 내게 물었다.

"잠시 실례할게요."

난 대답 대신 그 자리를 뜨려고 했다.

"일레봉, 사시 부레(정말 그런가 보네)."

안네의 웃음소리가 들렸다.

"위, 아 벡송 피."

마곳이 불어로 맞장구쳤다. 그녀의 말소리에서도 웃음기가 배어나는 것 같았다.

하지만 난 아무 말도 하지 않았다. 둘이 무슨 말을 하고 있는지 감을 잡을 수도 없었다. 어쩌면 '피'가 발일 테니까, 내 발 냄새가?

난 다락방 창가에 서서 성질이 나려는 걸 참기 위해 숨을 천천히 길게 내쉬었다. 그런 뒤, 고개를 들고 창밖의 나무를 내다봤다. 파릇파릇한 새싹이 가득했다. 손을 뻗어 새싹을 만져보고 싶었다. 손바닥 가득 쌓아놓고 야들야들한 촉감을 느껴보고 싶었다. 리제와 함께 나뭇가지에 걸터앉아 허공 속에서 두 발을 까닥이고 싶었다.

많은 소원을 빌었다. 하지만 그 중 단 한 가지도 이루어지지는 않을 것이다.

가끔은 자포자기의 심정으로 안네가 담배 연기 속으로 사라지길 소원했다가 결국엔 우리 모두 사라질 거란 자각에 그런 걸 소원이라고 기도한 내 자신을 원망했다. 난 항상 그런 식이었다. 얼마 전에는 독일이 점령한 모든 지역에서 유대인들이 추방당하고 있다는 소식이 전해졌다. 거의 정확한 프랭크 아저씨의 소식통에 의하면 5월 1일부터 6월 1일 사이에 네덜란드 남부와 북부 전역에서 '유대인 청소'가 예정되어 있다고 했다.

"라우터(Rauter) 선생에 의해 우리 모두 뿌리째 뽑히겠군(routed out)!"

프랭크 아저씨가 영어로 말했다. 안네는 이를 농담으로 알아듣고 웃었다. 하긴 안네는 스스로 제 자신을 구할 수 있을 만큼 영리하니까 어쩌면 그 말조차 대수롭지 않게 들었을지도 모른다.

그나저나 놈들은 우리를 어떻게 청소할까? 이것이야말로 안네의 중대 관심사였고 내가 알고 싶은 바이기도 했다. 청소라는 표현에 개밋둑과 치명적인 독이 떠올랐다. 장화를 신은 사내애들이 딱정벌레를 밑창으로 짓밟을 때처럼 나치 놈들을 한 명 한 명 차례로 으깨버리고 싶은 기분이 들었다. 이래서 프랭크 아저씨가 저들의 증오로 내 마음을 채워서는 안 된다고 말했을까? 저들만큼 나를 악랄하게 만들어버리기 때문에?

나는 서까래 뒤쪽으로 손을 뻗어 아빠가 숨겨놓은 담배를 꺼냈다. 불을 붙였는데 담배연기에 콜록콜록 기침이 났다.

"괜찮아?"

마곳의 목소리였다. 슬그머니 나타난 마곳에 놀라서 하마터면 담배를 떨어뜨릴 뻔했다. 난 아무런 인기척도 듣지 못했다.

"깨끗하게 청소할 거래."

난 작은 소리로 말했다. 마곳과 이야기할 때는 늘 목소리를 지금처럼 작게 했다. 게다가 마곳은 늘 조용해서 이런 저런 생각을 하는데 전혀 방해가 되지 않았다.

"저들이 우리를 바퀴벌레처럼 깨끗하게 쓸어버릴 거래."

내가 다시 말했다.

"저들에게 우리는 바퀴벌레만도 못한 존재구나."

마곳이 차분하게 대답했다. 마치 그 정도는 화낼 일이 아니라는 듯, 이미 알고 있는 기정사실이라는 듯 담담한 말투였다. 그러면서 내 옆에 앉더니, 앞으로 상체를 내밀고 담배연기를 들이마셨다.

"피워 볼래? 속으로 연기를 빨아들이지만 않으면 돼. 그랬다가는 기침이 나올 테니까."

내가 말했다.

하지만 마곳은 고개를 저었다.

"난 그냥 어떤지 알고 싶었을 뿐이야. 난 담배가 싫어. 냄새가 고약해서."

우리는 한동안 한 마디도 없이 어색하게 앉아 있었다.

"그래도 네덜란드는 아직까지 우리 편이야."

마곳이 속삭였다. 난 가만히 고개를 끄덕였다.

며칠 전에는 독일 장교 복장을 한 네덜란드 레지스탕스 대원들이 노동거래소를 폭파해버렸다고 했다. 게다가 이보다 더 통쾌한 건 그곳에 도착한 소방관들도 호스로 불을 끄는 것처럼 하면서 모든 자료들을 엉망진창으로 만들었다는 소식이었다. 우리는 이 소식을 다시 꺼내며 서로의 눈빛이 마주칠 때마다 미소 지었다.

"그래도 우리는 바퀴벌레가 아냐. 안 그래, 마곳?"

왜 이렇게 되물었는지 모르겠다. 생각 없이 내 입에서 툭 튀어나온 말이 한심했다.

"바퀴벌레라니, 물론 아니지, 피터. 하지만 저들의 계획은 우리 스스로가 그렇게 느끼게 하려는 거야. 계속 그렇게 하다보면 머잖아 힘을 빼지 않고도 자신들이 이길 수 있을 거란 계산이겠지. 심리전인 거야."

난 마곳의 얼굴을 쳐다봤다. 마곳이 지금처럼 많은 말을, 심지어 약간이지만 열까지 내며 하는 걸 들어본 적이 없었다. 마곳의 얼굴이 빨갛게 달아올라 있었다.

"아무튼 우리 아빠 말은 그래."

마곳은 재빨리 한 마디 덧붙이고는 내게서 고개를 돌렸다.

"피터, 그런데 저들이 우리를 어디로 보낼 것 같아?"

잠시 뒤 마곳은 다시 입을 열었다. 그러나 이번엔 날 쳐다보지도, 내 대답을 기다리지도 않았다.

"저들이 우리한테는 무슨 짓을 할까?"

이어지는 마곳의 질문에 난 아무런 대답도 하지 않았다. 그저 힐끗 옆모습을 쳐다보았을 뿐. 얼핏 본 마곳의 안경알에는 반사된 눈빛이 일렁이고 있었다. 난 고개를 돌려버렸다. 그런 질문은 뜨거운 조개탄 같았다. 그런 질문에 대답하려면 맨발로 조개탄 위를 걷는 용기가 필요할 것 같았다. 난 일부러 고개를 쳐들고 나뭇가지에 움튼 새싹들을 바라봤다. 차마 마곳의 얼굴을 다시 볼 수는 없었다.

"모르겠어."

난 개미허리만큼 가는 소리로 말했다.

"하지만 내게는 청소란 말이 정리해버리겠다는 것처럼 들렸어.

몰살 ……, 그게 그러니까 전부 죽여 버리겠다는 뜻인 것 같아."

"도대체 왜?"

마곳 역시 여전히 작은 소리로 되물었다.

난 고개를 저었다.

"언젠가 너희 아버지가 저들 마음은 증오로 가득하다고 내게 말해줬어. 그리고 어떻게든 자신들 마음에서 증오를 없애버리려고 우리까지 없애려하는 거라고."

"피터!"

마곳이 화들짝 놀란 듯이 내 이름을 불렀지만, 여전히 목소리는 그리 높지 않았다. 하지만 그 바람에 내 손가락까지 태울 뻔했던 담배꽁초를 바닥에 떨어뜨렸다. 그때까지도 난 손가락 사이에 담배가 있다는 걸 까맣게 잊고 있었다.

"빨리!"

마곳이 재촉했다.

우리는 불꽃이 완전히 꺼질 때까지 담배꽁초를 발로 꾹꾹 밟았다.

"휴우, 하마터면!"

마곳은 이 말뿐이었다.

우리는 다시 각자의 생각에 빠졌다. 건물에 불이 옮겨 붙으면 갈데없이 동물원 우리에서 쫓겨나는 동물 신세처럼 되거나 옴짝 달싹도 못하고서 건물 안에 갇힌 채 타 죽어야 한다는 걸 알고 있었다. 우리 둘 다 우리 자신이 속수무책으로 갇힌 신세라는 걸 잘 알고 있었다.

마곳은 억지 미소를 지으며 자리에서 일어나 등을 돌렸다. 아직도 난 마곳의 질문에 제대로 답을 하지 못했는데……. 찜찜했다. 사실 그 질문은 내 자신한테는 수도 없이 되묻는 것이지만, 정작 안네를 뺀 그 누구도 감히 입 밖으로 꺼내지 못하는 것이었기에 더욱 찜찜했다.

"마곳?"

내가 이름을 부르자 마곳이 고개를 돌렸다.

"솔직히 나도 그게 왜 우리인지 궁금해."

하지만 내 말에 마곳은 고개만 저었다.

"나도 몰라. 하지만 가끔은 그게……."

마곳이 하려던 말을 멈췄다.

"그게 뭔데, 마곳?"

마곳은 층계 맨 위 계단에 앉으며 두 손으로 턱을 괴었다. 난 가만히 다음 말을 기다렸다.

"가끔은 우리만이 아니란 게 진짜로 다행스럽다는 생각이 들어."

마곳이 다시 입을 열었다.

"내 말은 다른 사람들도 우리랑 마찬가지라는 거야. 어쩌면 이 세상엔 자신들과 똑같지 않은 사람들을 싫어하는 마음을 가진 사람들이 그리 많지는 않을 거라는 생각이 가끔 들 때도 있거든. 아, 머리 아파. 아무튼 잘 모르겠다."

"나도 모르긴 마찬가진데."

"근데 이런 생각을 하면 사악한 걸까? 음, 그게 그러니까 어떤 다른 사람들이 고통을 당하는 건 즐거울 수도 있다는 생각 말이야."

마곳이 물었다.

곧바로 웃음이 나왔다.

"마곳, 설마 네가? 정말 네가 그런 생각을 다? 내가 알고 있는 넌 아무리 노력해도 악해질 수 없는 사람인데?"

"난 내가 그렇게 될 수도 있을 것 같아서."

마곳은 자신이 반드시 그렇게 되도록 노력해야 하는 것처럼, 자신의 말을 곱씹듯이 말했다.

"그렇다고 그렇게까지 열심히 생각할 필요는 없을 거 같은데!"

다시 웃음이 나왔다.

"네 말이 맞아."

마곳도 환한 미소를 지어보였다.

"아, 그럼 이제 난 독서하러 내려가 봐야겠다."

그러면서 마곳은 가파른 계단 아래로 내려갔다. 난 그 뒷모습을 지켜봤다. 마곳은 소리가 나지 않게 사뿐사뿐 움직이고 있었다. 그렇게 해야만 자신도 안전하고, 그렇게 해야만 자기 자신뿐만이 아니라 여기 있는 우리 중 그 누구도 위험에 빠지지 않을 수 있다는 듯이 한 걸음 한 걸음을 조심조심 움직이고 있었다.

역시 마곳다웠다. 그런 식으로 해서라도 살아남으려고 노력하지만 난 그런 이유 때문에 소리라도 내지르고 싶을 때도 있었다. 그럴 땐 당장 뛰쳐나가 장화발로 놈들을 짓밟고 싶어질 만큼 미쳐 돌아버릴 것만 같았다.

난 담배꽁초를 뒤꿈치로 눌러 짓이겼다. 흔적도 남지 않을 때까지 짓이기고 또 짓이겼다. 그런 다음, 흐트러진 재를 집어 들고 입김으로 불어 날린 뒤, 서둘러 계단을 내려갔다.

그날 밤 나는 내 자신이 발이 된 꿈을, 거대한 발이 되어 군인들을 짓밟는 꿈을 꾸었다. 발바닥 아래서 딱정벌레 등껍질 같은 헬멧이 으깨지는 느낌이 들었다. 땅바닥은 미끄럽고 붉은 핏물로 끈적거렸다. 난 웅덩이에 고인 피를 이리저리 튀기며 펄쩍 펄쩍 날뛰고 있었다. 한 번 뛸 때마다 똑같은 단어가 튕겨져 나왔다. 증오…… 증오…… 증오…… 증오. 쉼 없이 모양을 바꾸며 피어오르는 연기 속에서 수많은 증오들은 교묘하게 나를 피해 다녔다. 내가 아무리 빠르게 밟아 짓이겨버리려고 해도 거대한 내 발을 요리조리 피해 다녔다.

그러다 눈이 번쩍 떠졌다. 벌떡 일어나 앉았다. 발바닥을 들여다봤다. 발가락이 시렸다. 난 두 손으로 발을 비비면서 한 줄기 빛이 내 발등에 내리비치기를 기다리기 시작했다.

밤의 심연 속에는 아무것도 없었다.

난 남아있는 어둠의 시간을 가늠이라도 할 수 있게 도와줄 교회 종소리를 기다렸다.

하지만 종소리도 없었다.

온 세상은 암흑 같은 정적에 잠겨 있었다.

짜증이 스멀거렸다.

우리에게 남겨진 게 아무것도 없다니, 이게 살아 있는 걸까? 내 몸뚱이, 이 쓸데없는 몸뚱이가 내 전부란 걸까?

갑작스레 내 자신이 지옥으로 통하는 뻥 뚫린 구멍처럼 느껴졌다.

넌 알고 있었어. 그래, 넌 언제나 알고 있었던 거야.

그때도 넌 느끼고 있었어.

공포.

공포라는 원초적인 본능을.

그들이 전쟁에서 이겨 우리 모두를 이 지구상에서 완전히 몰살시킬 수도 있다는 두려움에 사로잡혀 있었던 거야.

그래, 이대로라면 우리 역사는 멍청한 집들을 허무는 것만큼이나 쉽게 사라져버리겠지.

하지만 난 여전히 내가 네 삶을 살았다는 게 믿기지 않아.

피터, 네가 진짜 나였을까?

지금의 내가 혹시 네가 아닐까?

1943년 12월 – 하누카

여기서 너무 오래 있었기 때문일까? 가끔은 예전의 삶이 꿈처럼 느껴진다. 가끔은 미래에 대한 그 어떤 생각도, 비록 입 밖으로 꺼낸 적은 없지만, 한갓 이루지 못할 꿈에 불과할 거라고 느껴진다.

바깥세상 하늘은 푸르고 시리다. 호두나무는 다시 헐벗었지만, 우듬지 왼쪽 가지에는 갈색을 띤 나뭇잎들이 둥글게 말려서 아직 달라붙어 있다. 나는 안네와 내기를 했다. 안네는 그 나뭇잎들이 겨울 내내 매달려서 어느 봄날에 움튼 새 이파리들이 밀어낼 때까지 제자리를 지킬 거라고 말했다. 나는 2월이 되기도 전에 바람이 데려갈 거라고 말했다.

하지만 난 안네가 맞기를 바랐다.

난 메노라를 둔 장소를 잊어버리고 여기저기를 뒤지다 상자 속에 고이 간직해 둔 걸 찾아냈다. 내가 그것을 만든 지도 꼭 일 년이 되었다. 지난 일 년 동안 어떤 나날들은 화창했고 어떤 나날들은 따뜻했으며 또 어떤 나날들은 추웠다. 또한 어떤 날들에는 행복했고, 어떤 날들에는 우울했고, 또 어떤 날에는 유난히 화가 났으며, 다른 날에는 온종일 지루했다.

난 천천히 촛대에 쌓인 먼지들을 털어내고 내가 새겨 넣은 상징들을 뚫어지게 쳐다봤다.

꼬박 한 해가 지났다.

이제 내 나이도 열일곱 살이다. 그런데도 지금까지 단 한 번도 여자와 사랑을 나눠 보지 못했다. 아니, 꿈속에서는 나눠 봤다. 불쌍하게도 꿈속에서조차 리제의 요모조모를 기억하려고 애썼다. 이를테면 그녀의 부드러운 허리 곡선과 무게감이 느껴지는 봉긋한 가슴과 살구 같은 분홍빛 피부의 감촉과 영롱한 눈망울의 빛깔 등등을.

하지만 실제의 나는 아무것도 모른다.

난 메노라를 손에 쥐고 내가 올렸던 기도에 어떤 반향이 있었는지 되돌아봤다. 내가 간절히 기도했던 소원들의 대답은 어디로 사라진 걸까?

우리 유대인 중 상당수가 사라졌다. 살아남은 우리들은 그 점에 대해서는 생각도 말도 하지 않으려고 노력했다. 우리는 살아남아야 하고 어떻게든 삶은 지속되어야 했다. 말하자면, 우리들은 나뭇가지에 매달려 있는 갈색 이파리들과 다름없었다.

한 해가 거의 다 저물었다. 난 이날 이때까지 내가 1944년에도 이곳에 있게 되리라고 생각해본 적이 없었다.

난 다락방에 서서 공중전을 지켜보았다. 폭탄이 떨어진 도시의 이곳저곳이 화염에 휩싸이는 광경을 지켜보았다. 가을날에는 거위들이 겨울을 나기 위해 떠나는 모습을 지켜보았다. 아침이면 다락방 천장 너머로 떼 지어 날아가는 새들의 날갯짓 소리를 들었다. 다락방 창문으로 잠시 모습을 비춘 철새들은 결국 작별 인사를 남기고 태양을 향해 날아올랐다.

모두 바깥세상의 일이지만, 마곳이 올라오면 둘이서 함께 이 장면을 지켜봤다. 거의 모든 아침마다 우리는 온갖 새들의 노랫소리만으로 새들이 가까이 있는 걸 알 수 있었다. 그러나 오늘 아침에는 청둥오리들이 우리 지붕 위를 날아가고 있었다. 날개를 쫙 펼친 열두 마리가 삼각편대를 이루어 하늘을 도화지 삼아 검은 선을 쭉쭉 그리며 멀어져가고 있었다.

"기적 같아."

마곳이 말했다.

"뭐가?"

내가 물었다.

"저 새들은 아직도 저렇게 날 수 있잖아. 저 멀리까지 날아갈 수 있잖아."

마곳의 말 그대로였다. 난 마곳의 말에 담긴 의미를 잘 알고 있었다. 누구든 우리처럼 갇혀 지내면, 바깥세상이 멀쩡히 돌아가고 있다는 사실조차 기적처럼 느껴지기 마련이다. 어떤 날엔 들판과 화단에서 멀쩡하게 피어나는 꽃들이 이상하게 느껴졌다. 또 어떤 날엔 미엡이 건물 밖으로 나갔다 돌아오는 것마저도 신기하게 느껴졌다. 이 모든 건 우리들의 우주가 공전을 멈추고, 자전까지 멈춘 듯 제자리에서 꼼짝도 하지 않았기 때문이었다. 하지만 우리들의 우주에도 나름의 사이클이 있고, 생명력이 있었다. 물론 우리 자신들도 그 안에서 숨을 쉬고 있었고, 또 언젠가는 활짝 되살아날 그런 봄날도 돌아오리라 믿고도 싶었지만, 글쎄.

"언젠가는 우리에게도 일상이 있는 그런 날이 오겠지."

아빠가 말했다.

우리 여덟 명 모두는 아직 이곳에 살고 있었다, 여전히 철새들이 하늘 어딘가를 날아가고 있는 것이 신기하듯이, 생각하기에 따라서는 이 모든 것도 기적이었다.

하지만 기적을 믿는 건 어려웠다. 그런 믿음에 의지하기보다는 내가 할 수 있는 사소하지만 일상적인 것들을 하나하나 해치우며 하루하루를 살아내는 것이 훨씬 쉬웠다. 나 또한 신념을 갖기 위해 무던히 노력해봤다. 그러나 나 같은 사람이 신념을 계속 지니고 있으려면 진짜 바깥 공기가 필요하다는 것 또한 깨닫게 되었다.

우리에게 이런 일이 일어나도록 내버려둔 하느님을 도무지 믿을 수가 없었다. 유대인을 선택된 민족이라고 선포했다는 그런 신은 앞으로도 믿을 수 없을 것 같았다.

난 나로 인해 누군가 마음을 다치지 않길 바라는 만큼 내 자신이 누군가로부터 억지 설득을 당하는 것도 내키지 않았다. 유대인이라서 다른 민족보다 낫다는 믿음도 신뢰할 수 없었다. 하느님이 애초에 그렇게 선택한 거라면 하느님이라고 해서 우리보다 더 나을 바가 뭐가 있을까 싶은 의심도 들었다. 그렇다면 저들이 하는 짓도 다를 바가 없었다. 하느님이 가장 사랑하는 민족으로서 우리를 선택하신 것이나 놈들이 제일 증오하는 민족으로서 우리를 고른 것이나 크게 달라 보이지 않았다.

둘 다 맞거나, 둘 다 틀리거나 하는 문제일 뿐.

하지만 우리도 사람이란 생각만은 끊임없이 내 머릿속을 맴돌았다. 우리가 숨어 있는 이 집을 단 한 번도 올려다보지 않고 지나가는 거리의 사람들처럼 우리도 평범한 사람이었다. 이 안에서도 자신들의 세상이 다시 오기를 하염없이 기다리는 사람들이 있다는 사실을 짐작조차 할 수 없는 바깥세상의 사람들처럼 우리도 우리 자신을 먼저 생각하는 이기적인 사람이었다.

모르겠다. 난 아직도 양초가 좋고, 앞으로도 계속 기도문을 되뇔 것이다. 그렇다고 해서 다른 누군가가 내 기분을 알아채는 것도 바라지 않는다. 그들에게 내 기분이 어떻다고 말하고 싶지도 않다.

다만 올해는 여기 있는 한 사람 한 사람을 좀 더 관찰하면서 우리에게 남겨진 것들도 구체적으로 생각해볼 계획이다.

이를테면 어쩌면 내가 사랑하게 될 지 모를 마곳에 대해. 말괄량이 안네와 언제나 반짝이는 그 애의 눈빛에 대해. 약간 부족해 보이는 구석도 있지만 여전히 멋지고 한편으론 성가셔도 언제나 선량한 엄마에 대해. 그리고 썰렁한 농담과 걸핏하면 화를 내는 성격을 지녔지만 아들을 남자로 만들기 위해 애쓰는 아빠에 대해.

앞으로는 내가 잘 알고 있다고 여겼지만 어느덧 가물가물하게 되어버린 것까지 죄다 기억해내려고 노력할 것이다. 요컨대 두려움 없이 큰소리로 웃을 때의 느낌과 오래 걷고 난 뒤에 찾아오는 다리 통증과 무얼 먹을 것인가에 대한 고민 등등. 그리고 학교를 그리워하기 보다는 학교를 싫어할 권리 같은 것까지.

요즘도 가끔씩 학교 갈 준비를 하라는 엄마의 목소리가 계단을 타고 올라와 잠을 깨워 몸을 뒤척일 때가 있다. 그럴 때면 겨우 눈을 뜨고 벽을 바라보며 기억을 더듬거리다 내가 있는 이곳의 현실을 깨닫게 된다.

그리고 내 믿음으로 달라질 수만 있다면, 부디 그렇게 해달라고 기도를 할 생각이다.

문득 주더 암스텔란 거리를 걸어서 등교하는 내 모습이 생생하게 떠오른다. 낙엽들이 운하를 따라 떠내려가고 있는 어느 가을날이었다. 따사로운 햇빛이 금빛으로 찰랑이는 이른 아침이었다. 저 멀리 친구 녀석 하나가 나를 향해 외쳐댄다.

"어이, 반 펠스!"

나도 손을 흔들어준다.

"있다가 오아시스에서 만나!"

그런 다음 난 고개를 끄덕이고 계속 걷는다.

여기까지만. 이 정도만으로도 헛된 꿈일 뿐이니까. 하루하루를 평범하게 살아갈 수 있는 바깥세상에 대한 동경조차 이곳에서는 망상에 지나지 않으니까 여기까지만.

"피터!"

몸을 돌렸다. 아빠가 서 있었다.

"네가 그 메노라를 가지고 내려오지 않는다면, 네 엄마가 아무 촛대나 세우겠단다."

아빠는 내 코앞까지 바짝 다가와 섰다. 우리는 함께 창밖을 내다봤다. 곧 어두워질 시간이었다. 어느덧 겨울이 절반을 지났지만, 이 집은 여전히 어두침침했다. 암스테르담의 겨울답게 눅눅하기까지 해서 더 춥게 느껴졌다. 안네마저 밝고 명랑해지기 위한 노력을 멈춰버리게 만들만큼 사람을 무기력하게 만드는 스산한 추위였다.

아빠는 미소를 지으며 가까이에 있는 빨랫줄을 손가락으로 훑었다. 걸려 있는 옷들은 낡을 대로 낡고 닳을 대로 닳아져 있었다. 프랭크 아줌마가 침침한 불빛 아래에서 시력이 망가지도록 바느질을 해댔지만, 옷에 난 구멍들은 커져만 갔다. 여기 있는 동안 우리 모두에게는 각자가 맡은 역할이 있었다. 프랭크 아저씨는 우리의 마음을 한데 모았고 아줌마는 우리 옷들을 한데 모았다. 엄마는 우리의 건강을 보살폈고 아빠는 물건들을 고치고 가끔씩 우리의 성질을 건드리기도 했지만, 그럴싸한 농담으로 한바탕 웃기기도 했다.

그래도 난 어른들 사이의 말다툼이 지금보다 조금은 더 줄어들기를 바랐다.

"안네가 종이인형들을 말린다고 걸어둔 일 기억나니?"

아빠의 질문에 난 고개를 끄덕였다.

"가톨릭 교도인 마리아 드 베디치 옆에 개신교도인 윌리엄을 나란히 두다니, 인종모독이지, 암, 그렇고말고!"

아빠가 한 마디 덧붙였다.

"히틀러도 내버려두지 않을 게다."

난 미소 지었다. 아빠의 농담은 갈수록 더 나아지고 있었지만, 쉽사리 잊히기도 했다.

"아!"

아빠는 손가락 사이에 난 조끼 구멍을 가리켰다.

"이것 좀 봐라. 안쓰럽지! 네 엄마는 늘 아름다운 옷만 입던 사람인데, 정말 예뻤는데. 분홍색 실크 옷, 그건 피터 너도 봤겠지만……."

아빠는 하려던 말을 멈추고, 재빨리 고개를 돌려 창밖을 내다봤다. 하얀 새 한 마리가 날갯짓으로 날아올랐다. 아빠는 허리를 펴고 미소를 지었다. 아니, 사실 나도 아빠의 미소를 본 건 아니지만, 왠지 그럴 것만 같았다.

아빠가 혼잣말하기 시작했다. 난 꼼짝하지 않고 듣고만 있었다.

"아, 구스티, 당신은 참 아름다웠는데. 내가 감히 뭐라 표현할 수 없을 만큼 아름다웠는데……."

그러더니 아빠는 목소리를 키웠다.

"네 엄마는 겹겹이 옷을 입고 있었단다, 피터! 그 당시에는 신부를 그렇게 감쌌단다. 신랑이 풀어줘야 하는 선물처럼 겹겹이. 게다가 모든 게 최고였단다. 네 엄마가 입고 있던 그 실크 옷은 어린 처녀였던 네 엄마의 뺨처럼 분홍빛이었지. 네 엄마는 그 옷을 여기까지 가지고 왔던데. 아, 그랬던 게 이제는 실크 손수건 크기로 작아져버렸으니……. 피터, 너도 알겠지만, 우리 집이 털렸다는 말을 전해들은 날, 네 엄마는 밤새도록 그 옷 조각을 손에서 놓지 못하더라. 너덜너덜해진 그 실크 천 조각을 말이다. 아이쿠, 내가 지금 정신이 나갔나? 아들 녀석한테 이런 이야기를 늘어놓고 있다니!"

난 웃지도 움직이지도 않았다. 하지만 아빠가 계속 말해주기를 바랐다. 나도 이렇게 고백하고 싶었다. "아빠는 모르셨죠? 제가 밤마다 두 분 소리를 들을 수 있단 걸 모르셨죠?"라고.

솔직히, 우리 집이 털렸다는 소식을 들은 그날 밤에는 엄마아빠의 소리가 다른 날보다 더 잘 들렸다.

아빠가 창문에서 눈길을 돌렸다. 손에 들려 있던 조끼 구멍 주변의 천이 조금 전보다 더 찢겨져 있었다. 아빠는 내가 아무것도 모른다고 생각하는 걸까? 당신의 슬픔이나 옛 시절에 대한 그리움을 헤아리지 못한다고 생각하는 걸까?

그래도 아빠한테는 적어도 내게 아예 없거나 거의 없는 것과 다름없는 과거라는 게 있었다.

"그럼 메노라를 가지고 내려와라."

아빠는 이 한 마디를 남기고 내려갔다.

1944년 1월 5일 - 피하고 싶은 안네

가끔은 안네가 날 바라보는 시선 때문에 불안했다. 땔나무를 얼마만한 크기로 잘라내야 할지 가늠할 때처럼 노려보는 눈빛이었다. 그런 그 애가 신경 쓰이는 것이 그 애가 좋아서인지 아닌지, 나도 내 마음을 잘 모르겠다.

안네가 내 방으로 들어왔다. 안네는 두 손으로 제 뺨을 감싸고 머리를 삐딱하게 기울였다. 오늘은 또 누구를 흉내 내고 있는지 알 수 없지만, 한동안 저러고 있을 건 분명했다. 난 널브러져 있기 가장 편한 침대에서 일어나 책상 앞에 앉으며 한숨을 내쉬었다. 십자말풀이나 마저 하려고 하는데, 안네가 내 침대에 앉더니 엉덩이까지 들썩이며 내 어깨 너머로 정답을 알려주었다. 난 별생각 없이 불러주는 답을 빈칸에 채워 넣었다.

"마곳 언니는 여기 오면 뭐해?"

안네가 물었다.

"마곳은 여기 오지 않아, 다락방으로 올라가지."

"오!"

고개를 돌릴 때마다 날 빤히 쳐다보고 있는 안네와 눈이 마주쳤다. 기분이 묘했다. 그렇다고 그 눈을 피하려고 일부러 노력하다 보면 사팔뜨기가 되어버릴 것만 같았다. 한숨이 나왔다. 리제가 저 자리에 앉아 있으면 좋겠다는 생각이 들었다.

안네는 쉬지 않고 떠들어댔다. 자주 빨개지는 내 얼굴을 지적하면서도 얼마 지나지 않아 자연스레 사라질 거라며, 어느 기사에서 본 내용으로 날 안심시켰다. 안네는 자신이 읽은 걸 빠짐없이 전해줄 생각인지 쉴 새 없이 떠들었고, 난 고개만 끄덕거렸다. 한 마디도 끼어들 틈이 없었다. 사실 난 제대로 듣고 있지도 않았다. 리제의 얼굴이 자꾸 아른거렸다. 날 가만히 보고 있던 리제의 반짝이던 눈빛이 그리웠다. 그런 리제 곁에서는 내 얼굴도 빨개진 적이 없었다.

난 십자말풀이에 집중하며 각각의 단어 뜻을 떠올리려고 노력했다. 잠시 뒤 안네가 일어났을 때에도 잘 가라고 인사만 건넸다. 서둘러 내 방에서 나가주길 바라는 마음을 수다쟁이 안네도 결국엔 눈치챈 걸까?

안네가 나가자마자 침대로 몸을 던졌다. 그런 다음 온몸을 움츠리고 머리를 감쌌다. 하지만 리제의 모습은 다시 떠오르지 않았다. 대신에 안네의 희한한 머리 모양과 이상야릇한 표정이 자꾸자꾸 떠올랐다. 화가 났다. 안네가 내 방에 들어오게 내버려두고 예의를 차리느라 나가달라는 말도 꺼내지 못한 내 자신에게 화가 났다. 나와 리제 사이의 추억까지 방해하려 드는 안네에게 화가 났다.

리제, 넌 어디에 있는 거니?

살아 있는 거니, 죽은 거니?

벌써 하늘에 올라가 날 내려다보고 있는 거니?

눈물이 흘러내렸다.

뜨겁게 북받쳐 오른 설움은 눈물이 되어 흘러내렸다.

1944년 1월 24일- 모두의 관심을 받는 안네

안네는 새해를 맞아 새롭게 변화된 모습을 보여주겠다고 선언했다. 그래서인지 오늘은 색다른 모습으로 저녁식사 자리에 앉았다. 뒤통수에서 하나로 묶은 머리카락들이 이마와 귀밑에서는 몇 가닥씩 삐죽삐죽 삐져나와 있는 헤어스타일이었다. 그런데도 안네는 그 삐져나온 머리칼이 눈을 찌르도록 내버려두었다.

마곳은 약간 쉰 듯한 케일과 나를 번갈아보며 미소 지었다. 내겐 그 미소가 따지지 말고 입안으로 밀어 넣고 삼키라는 뜻으로 읽혔다. 마곳과 내가 조용히 저녁을 먹는 동안 어른들은 이런 저런 대화를 주고받았다.

"오늘은 누구인지 맞춰볼까? 안네, 한 번 돌아보렴!"

엄마가 말했다.

"여자애 꼴이 그게 뭐니!"

프랭크 아주머니가 안네를 나무랐다.

"그런 꼴을 하고서 거리를 돌아다닐 수나 있겠어?"

아줌마의 핀잔에 다들 입을 다물었지만, 안네는 피식피식 웃어대기 시작했다.

"밖으로 나갈 수만 있다면, 사람들 눈에 내가 어떤 꼴로 보이든 신경 안 쓰고 뛰쳐나가겠죠."

안네가 재빨리 받아쳤다.

"안네!"

프랭크 아저씨가 안네를 부르자, 마곳이 고개를 숙이고 아주 작게 한숨을 내쉬었다. 하지만 안네는 이미 자리에서 벌떡 일어나 뒤돌아선 뒤였다. 마곳이 안네의 접시를 집어 들었다.

"내려 놔라, 마곳."

아저씨가 부드럽게 명령했다. 그러자 마곳은 다소곳이 접시를 내려놓고 식탁 위에 놓여 있는 유리잔을 내려다봤다. 잔에 담긴 물에 일렁이는 아저씨의 얼굴은 부어보였다.

"앉아라."

아저씨가 점잖게 말했다. 일어나려던 마곳은 다시 자리에 앉고, 대신 아저씨가 그 접시를 집어 들고 식탁에 등을 돌린 채 앉아있는 안네에게 가져다줬다. 하지만 안네는 모두가 식사를 마치고 설거지를 할 때까지도 그 자리에 그대로 앉아만 있었다.

"네 언니가 네 감정 뒤치다꺼리나 해야 할 의무나 이유 따위는 세상 어디에도 없다."

아저씨가 목소리를 낮추고 안네를 야단치는 소리가 들려왔다. 이내 안네도 고개를 끄덕이더니 저녁을 먹기 시작했다. 하지만 고개를 꼿꼿이 들고 있어도 여기저기 삐져나온 머리카락 탓인지, 안네의 뒷모습은 우스꽝스러웠다.

"도와줄게."

난 마곳 옆에 서서 설거지를 시작했다.

"안 도와줘도 되는데."

난 마곳의 말을 무시하고 행주로 그릇을 닦기 시작했다. 문득 침침한 곳에서도 침착하고 말끔하게 그릇들을 닦고 있는 우리 모습이 근사하게 느껴졌다.

"다들 언니한테는 완벽하다고 칭찬만 하고."

안네가 심술을 부렸지만, 마곳은 대꾸하지 않았다. 계속해서 안네가 투덜거려도 마곳은 한숨만 내쉬었다.

"피터, 보쉬가 암놈이라고 했지?"

안네가 갑자기 깔깔거리며 내게 말을 걸었다.

"안네, 피터 좀 괴롭히지 마!"

마곳이 자신의 목소리를 억누르며 말했다. 난 잠자코 다른 그릇을 닦았다.

"피터가 그랬어. 보쉬가 새끼를 낳을 거라고!"

안네의 말에 또다시 얼굴이 화끈거렸다.

"내가 직접 확인까지 한 건 아니야. 보쉬 배가 불러서 그냥 꺼낸 말이었어."

난 변명을 했다.

"누구라도 실수는 하는 거야, 안네, 너도 마찬가지고!"

마곳이 침착하게 말했지만, 안네는 그 말까지 무시했다.

"여자인지 남자인지 알아볼 수 있어? 어떻게?"

안네는 또다시 내게 물었다.

"음."

뭐라고 해야 할지 난처했다.

"나도 있잖아."

무안해진 마곳이 속삭였다.

"그래서 뭐?"

안네가 쏘아붙였다.

"고양이는!"

입을 열자마자, 얼굴이 또다시 화끈거렸다.

이 둘이 고양이라면, 등허리를 움츠리고 서로에게 송곳니를 드러내며 으르렁거렸을 것이다. 안네라면 그러고도 남았을 것이다. 그럼 마곳은 꼬리를 세우고 뒷걸음쳤을 것이다.

"원한다면 나랑 같이 내려가. 보쉬가 남자란 걸 보여줄게."

난 설거지를 끝내자마자 이렇게 말했다.

그래도 설마, 정말로 내려가자고 할 줄은 생각지도 못했다. 그런데 안네는 나를 앞장세워 계단 아래로 내려왔다. 보쉬는 보이지 않았다. 난 창고 벽에 등을 기대고 앉아 안네와 함께 기다렸다. 아무 말도 하고 싶지 않았다. 여기는 나만의 공간, 침묵의 장소였다. 이곳에서 수다쟁이 안네와는 그 무엇도 하고 싶지 않았다. 좀 더 기다리다 결국 우리는 자리에서 일어났다.

안네를 위층에 데려다 놓고 잠시 뒤에 나 혼자 다시 내려갔다. 이번엔 오래된 코르크 타일 위에 그림을 새겨 넣을 생각이었다. 제법 시간이 걸릴 거란 점이 무엇보다 마음에 들었다. 제일 먼저 타일 양쪽에 커튼과 창문 모양을 파냈다. 그런 다음 운하 위에 떠 있는 수상가옥을 그렸다. 선을 따라 조각도로 파내는 단순작업이 남들한테는 별로 어려운 일이 아니겠지만, 어쨌거나 난 소질이 없었다. 하지만 역시 시간이 걸리는 일이라 좋았다. 무엇이든 시간을 잡아먹는 일이라면 다 좋았다.

창고 안이 너무 깜깜해서 칼끝을 감각에 맡기고 파내야만 했다.

살금살금, 들릴락말락, 발소리가 들려왔다. 난 재빨리 코르크 타일을 감추고 보쉬를 들어올렸다. 보쉬가 야옹거리며 몸을 배배 꼬았다. 안네가 문틈으로 제 머리를 빼꼼이 들이밀었다. 안네는 삐져나온 몇 가닥을 제외하고는 머리카락을 전부 뒤로 해서 하나로 묶고 입고 있던 옷 위에다 낡고 해진 외투까지 걸치고 있었다. 여기는 언제나 추웠다. 그래서 어떤 날은 갖고 있는 여별의 옷가지를 다 껴입었는데, 운이 좋으면 오래 전에 구멍 난 외투의 천 조각이 안쪽 옷에 새로 생긴 구멍을 막아주기도 했다.

"안녕!"

"어!"

안네가 보쉬 곁으로 다가와 손을 내밀었다.

"지금 고양이랑 뭐 하고 있었던 거야?"

안네가 물었다.

보쉬가 안네의 손에서 벗어나려고 몸을 비틀었다. 그러는 동안 난 목덜미부터 꼬리까지 빽빽하고 거친 털을 손바닥으로 훑어주었다. 보쉬는 이내 얌전해졌다.

고개를 들었다. 내 손을 바라보던 안네도 고개를 들었다.

"뭐?"

내가 물었다. 난 제발 안네가 알아서 사라져주길 바랐다. 나 혼자서 내 작품이 형태를 잡아가는 걸 보고 싶었다. 어둠 속에서 보쉬가 서성거리며 가르랑거리는 소리를 듣고 싶었다.

"그러니까 어떻게 얘가 수컷이라는 거야?"

안네가 물었다. 그 즉시 내 볼이 화끈거렸다.

"좋아. 여기. 바로 여기야."

난 보쉬의 몸을 뒤집어 내밀었다.

"보쉬는 수컷이야. 젖이 없는 대신 이게 있으니까 수컷이 맞
아."

난 손가락으로 그것을 가리켰다. 그것을 단어로 말하려니 힘들
었다.

"아! 그럼 사람 남자하고 똑같은 거야?"

안네가 되물었다.

"그래, 사람처럼 털이 부숭부숭 난 건 아니지만!"

난 보쉬에게서 눈을 떼지 않고 대답했다. 보쉬는 제 몸을 뒤집
기 위해 발버둥치고 있었다.

웃음이 났다. 우리 둘 다 웃기 시작했다.

안네가 그 방면으로는 아는 게 없는 건 확실했다. 그 뒤로도 안
네는 이런 저런 질문을 해댔는데, 임신하지 않는 방법에 관한 것
이 대부분이었다. 그러고도 성이 안 차는지, 우리 엄마아빠가 아
이를 하나만 가지길 원했는지도 물었다. 서먹했던 우리 둘 관계의
개선을 위해서라면, 내가 안네보다 어느 쪽이든 조금 더 많이 아
는 사람이 된 것도 나름대로 괜찮았다.

보쉬가 앞발로 내 손을 탁탁 쳤다. 놀아달라는 뜻이었다. 콩 알
하나를 내 손에 숨겼다.

"피터, 여자랑 남자는 다르지?"

안네가 불쑥 물었다.

"그래."

난 슬쩍 미소를 지었다. 안네가 알고 싶어 하는 것이 정확하게 무엇인지 궁금했다. 내가 아는 거라곤 안네의 호기심이 뭔가에 꽂혔을 땐 누구도 말릴 수가 없다는 것이었다. 그 애의 얼굴에서 창피한 기색이 빤히 드러났을 때 조차도 안네를 말릴 수는 없었다.

"있잖아, 음부가 성기란 건 나도 알고 있거든. 근데 여자들 것 이름은 아는데, 남자들 것은 뭐라고 불러?"

안네가 난데없는 질문을 던졌다.

난 너무 놀란 나머지 잠시 동안 아무 말도 할 수 없었다.

난 안네의 거침없는 표현에 충격을 받았다.

난 여자애가 노골적인 질문까지 하는 것에 충격을 받았다.

난 계집애한테 남자의 성기를 지칭하는 단어를 알려줘야 하는 것에 충격을 받았다.

"그리스어의 별별 단어까지 아는 애가 그걸 모른다고?"

내가 되물었다.

"글쎄, 책에 있는 것만 알고 있어서 그래."

안네가 대답을 하며 빙그레 웃었다.

무슨 말을 해야 할지 난감했다. 문제를 일으키고 싶지 않았다. 프랭크 아저씨가 소중한 당신 딸에게 페니스 같은 단어나 가르쳐 준 걸 알면 날 뭐라고 생각할까? 이쯤에서 대화를 그만둬야 하는 건 아닐까?

"우리 부모님한테 물어볼게. 이 부분에 나름대로 경험이 있으신 분들이니까."

내 입에서 불쑥 이런 해결책이 나왔다.

안네는 고개를 끄덕였다. 농담이란 걸 눈치채지 못하고 심각하게 받아들인 것 같았다. 그래도 다행스러웠다. 내가 당신 딸을 타락시키려 들었다고 아저씨의 오해를 받는 건 싫었다. 내겐 안네가 날 타락시키려 든다는 생각이 오히려 더 강하게 들었지만, 그걸 증명해 보일 수도 없었다.

난 열쇠를 집어 들고 계단으로 향했다.

"내가 너희 부모님한테 물어봐도 돼?"

안네가 물었다.

"글쎄."

난 머뭇거렸다.

"피터, 너희 엄마는 너하고 그런 얘기를 한 적이 없다고 들었는데, 내가 물어봐도 돼?"

안네는 끈질겼다.

"들었다고?"

당황한 내가 되물었다.

"응, 여러 번."

안네가 대꾸했다.

"그래? 그럼 네가 직접 물어봐. 우리 엄마는 그런 이야기라면 나보다 많이 알고 계실 게 분명하니까."

대답과 달리 내겐 엄마가 안네한테도 그런 이야기는 하지 않을 거란 믿음이 있었다.

난 환한 웃음을 지으며 계단으로 올라갔다.

1944년 2월 1일 -안네의 일기장

안네가 부엌 식탁에 앉아 뭔가를 끄적거리고 있었다. 얼핏 보기에는 한참 전부터 쓰고 있다는 그 유명한 일기장에다 일기를 쓰고 있는 것 같았지만, 가까이 가서 보니 자기 이름만 계속 쓰고 있었다. 유명해질 미래를 위해 미리부터 사인 연습을 하고 있는 것 같았다. 나를 알아본 안네가 연필을 내려놓고 한숨을 쉬었다. 몸속 깊은 곳에서 올라오는 긴 한숨이었다.

"우리를 알고 있는 사람이 있을까?"

안네가 소곤거렸다. 혹시라도 있을까, 엿듣는 사람을 염두에 둔 작은 목소리였다. 우리가 이런 질문을 하는 걸 들키는 날엔 고양이가 쥐를 보고 달려들 듯이 끝장이 날까 걱정하는 목소리였다. 난 안네 옆에 앉았다.

"난 모르지, 그런데 넌 무슨 말이 하고 싶은 건데? 여긴 우리 밖에 없잖아. 혹시 너 지금 유대인 전부를 말하는 거야?"

내가 되물었다.

"아니, 그건 아니야!"

안네의 대답에는 어색한 미소가 섞여 있었다.

"여기 이 집엔 우리만 있잖아. 남아 있는 유대인들을 생각하면 너무 우울해져서……."

안네가 속삭였다. 지금까지 없던 친근감이 느껴지는 속삭임이었다.

"영원한 건 아닐 거야. 내 바람이기도 하지만."

내가 말했다.

"그게 아니면?"

안네가 되물었다. 눈밑이 칙칙한 게 낯빛이 어두웠다. 어쩐지 슬프고 수척하고 지친 표정이었지만, 그래도 아직은 어딘가 어리숙했다.

내 손으로 안네의 머리를 쓸어 넘겨주었다. 나도 내가 왜 그랬는지는 모르겠지만, 그 애한테도 위로가 필요할 것만 같았다. 안네가 그런 날 보며 미소 지었다.

내가 연습장을 엿보려 하자, 재빨리 덮어버렸다. 역시 일기장인 게 틀림없었다. 난 그 즉시 모른 체했다.

"난 가끔 말이야, 그래, 아주 가끔씩 내가 만든 걸 가만히 들여다보고 있으면 언젠가 내가 여기에서 사라져도 그 물건들은 그대로 있을까 궁금해져."

내가 말했다. 안네가 내게 하려던 말과 통하는지는 모르겠지만, 내가 해줄 수 있는 최선의 대답이었다.

"그게 아니라."

안네가 속삭였다.

"뭐가 아니라는 거야?"

내가 되물었다.

"말이나 이야기는 그런 것하고 다르단 말이야."

그 순간 우리 둘의 머리가 닿을락 말락 했다. 난 손을 뻗어 일기장을 집어 들었다. 이번엔 안네도 그러는 날 막지 않았다.

"하지만 이건 앞으로도 그대로 있겠지? 아닐까?"

난 일기장에서 눈을 떼지 않고 물었다. 가슴속이 답답해졌다.

"내 생각엔 여기 있는 단어들은 우리가 없어져도 그대로 있을 것 같은데. 안 그래?"

난 어렵사리 물었다.

안네가 날 뚫어지게 쳐다보고 있었다. 하지만 기분 나쁘지는 않았다. 아니, 되려 기분이 좋았다. 내가 안네에게 감동을 준 것 같았으니까.

"놈들은 책도 태운대. 수북하게 무더기로 쌓아놓고 태운대."

안네가 속삭였다.

난 고개를 끄덕였다.

"나도 알고 있어, 안네. 하지만 너희 아버지 말씀처럼 놈들이 우리 생각까지 태울 수는 없어. 조금도."

안네도 고개를 끄덕이더니 다시 날 빤히 쳐다봤다.

"왜 넌 말을 아껴, 피터?"

안네의 재촉에 난 미소로 답했다. 문득 안네 프랭크의 마음속에 질문이 없을 때도 있는지 궁금했다.

"글쎄, 내가 더 말한다고 무슨 변화가 생길까? 난 그냥 자주 말문이 막히고 얼굴이 빨개질 정도로 화가 나. 그럴 땐 차라리 내가 두 살짜리 사내애라면 좋겠어. 말 대신에 주먹을 한 방 날려주게."

"페퍼 박사님처럼?"

안네가 웃으며 물었다.

난 고개를 끄덕였다. 페퍼 선생님은 늘 나를 짜증나게 했다.

"난 너무 말이 많아!"

안네가 말했다. 난 아무 말이라도 하고 싶었다. 우리끼리 딱히 통하는 건 없어도, 지금은 안네도 내가 내 이야기를 꺼내놓길 원하는 것처럼 느껴졌다. 그래서 난 무쉬의 털을 쓰다듬으며 자분자분 이야기를 꺼내놓기 시작했다. 아무짝에도 쓸데없는 자잘한 것까지 늘어놓으며 내 곁에 있는 안네의 눈을 보니 처음 여기 왔을 때의 내 모습이 떠올랐다. 잔뜩 겁먹고 아무 생각도 할 수 없었던 외톨이인 내 모습이. 그러고도 거짓말처럼 말이 술술 나왔다. 안네는 무릎을 끌어당기고 소파 위에 쪼그려 앉아서 말수가 많아진 날 가만히 쳐다보고 있었다. 나도 그 애가 그러고 있는 편이 편했다. 조금 느슨해진 안네를 보고 있으니 안심이 되면서, 내가 하려는 말에 일일이 신경 쓰지 않아도 될 것 같았다. 내 이야기가 따분하면 언제라도 화제를 바꿔놓을 테니까. 아무 때라도 이야기꾼의 바통을 빼앗아 버릴 테니까.

1944년 2월 3일 - 어이가 없어서, 말문이 막혀서

나도 안네나 마곳처럼 단어를 많이 알면 좋겠다. 그림을 그리는 대신 글로 표현할 수 있으면 좋겠다. 그래서 여기에 갇혀 있는 심정을 문장으로 옮겨 적을 수 있으면 좋겠다. 언젠가 학교선생님 중 한 분이 고문에 대한 이야기를 들려준 적이 있었다. 선생님은 육체적 아픔만이 고통이 아니라고 했다. 그런 걸 미리 아는 것도 고통이라고 했다. 여기에 갇혀 있는 느낌도 그와 비슷할 것 같았다. 사실 우리 모두는 알고 있으면서도 모르는 척했다. 아는 걸 드러내면서 스스로 괴롭힐 필요까지는 없다고 여겼다. 어차피 죽게 될 것을 미리부터 떠든들 괴로움만 커질 테니까.

우리가 그 고통을 극복할 수 있을까?

이런 질문들은 우리를 갉아먹고 있었다. 이 따위 궁금증이 한밤중에 벽 뒤쪽을 긁어대는 벌레들처럼 맨정신을 속속들이 먹어치우고 있었다. 까무룩 잠에 빠져드는 순간에도 질문이 떠오르면 침대에서 발딱 일어나 해답을 찾으려 들었다. 한밤중에 벽 뒤에서 찍찍대는 쥐새끼 소리라도 들은 것처럼, 그놈을 당장 쳐 죽이고 싶어졌다. 하지만 그와는 반대로 가능하기만 하다면 포근하고 따뜻한 잠에 푹 빠져들고 싶기도 했다.

여기서는 질문 따위는 없는 척하며 지내야 한다.

하지만 실제로 우리 부모님은 쥐새끼 걱정을 멈추지 않았다. 이빨을 갈며 어디선가 불쑥 나타날 것 같은 쥐새끼 걱정에 밤잠까지 설쳤다. 연합군의 공격은 언제 시작될까? 영국군은 왜 좀 더 빨리 오지 않는 걸까? 이 비행기 소리는 영국군일까, 미군일까? 지금은 괜찮을까? 비상식량까지 사라진다면 어떻게 될까? 독일군은 진짜로도 강할까? 네덜란드는 얼마나 버틸 수 있을까? 그리고 여기 있는 우리 유대인 여덟 명의 몸값은 얼마나 될까? 이 따위 질문들이 모두의 머릿속을 유령처럼 맴돌며 떠나질 않았다. 어제와 다를 것도 없고 내일이 와도 별로 달라질 것이 없는 질문들은 마치 시계탑 창문 밖으로 튀어나오는 해골인형들처럼 자동태엽에 감겨 있다가 우리 머릿속에서 불쑥불쑥 튀어나왔다.

정말 끝이 없었다.

하지만 실제로는 끝이 보이는 것도 같았다. 모두 곧 끝날 것이라며 흥분하기도 했다. 그러면서도 다들 떨고 있었다.

내 생각엔 우리가 사라지면 사무실 직원들이라도 짐을 덜 수 있을 것 같았다. 나로서는 페퍼 선생님이 호들갑을 떠는 모습을 더이상 보지 않아도 되니 다행이라면 다행일 것 같았다. 평소에도 페퍼 선생님은 일어났다 앉았다, 일어났다 앉았다, 한시도 가만있지를 못했다. 코를 쥐었다, 뺨을 문댔다, 얼쩡대는 모습을 볼 때마다 손가락들을 죄다 잘라버리고 싶었다. 그런 선생님 때문에 허겁지겁 먹다가도 식탁에서 자주 일어서야만 했다. 그럴 때마다 밥맛이 뚝뚝 떨어졌다.

"피터, 앉아!"

"실례할게요. 전 배가 고프지 않거든요."

"건방지게 굴지 마라!"

언제나 내가 자리에 도로 앉아야만 했다. 하지만 무례한 사람은 내가 아니었다. 식탁에서 코를 만지작거린 사람도 내가 아니었다. 그런데도 페퍼 선생님의 뻔뻔한 모습까지 보지 않으려면 내 접시에 코를 박고 있어야만 했다.

"애들이 건방지게 구는 건 참을 수가 없소."

페퍼 선생님이 이렇게 말하면, 한숨부터 나왔다. 그럴 때면 마곳은 순수한 연민의 눈빛을 내게 보냈고, 안네는 지금 곤경에 빠진 사람이 자신이 아니란 점을 다행으로 여기는 것처럼 굴었다.

한스가 떠올랐다. 꽤 오랫동안 잊고 지낸 친구지만, 지금 이 자리에 있으면 좋겠다는 생각이 들었다. 프랭크 아저씨네는 왜 딸들만 있는 걸까? 마곳이 남자애라면 다락방에서 공놀이라도 할 수 있을 텐데. 이럴 때 한스라면 페퍼 선생님을 실컷 욕해줄 수 있을 텐데. 난 내 눈앞에 앉아 있는 사람이 마곳이 아니라 한스이기를 바랐다. 한스가 어디에 있는지 궁금했다. 아니, 궁금하지 않았다. 아니, 아니다. 녀석과 나는 농담으로 우리 두 사람은 누가 봐도 독일인 같아서 히틀러 유겐트에도 가입할 수 있을 거라고 말하곤 했다. 그런 녀석이 혹시 스파이였을까? 여기에서 나가면 나도 스파이가 될 수 있을까?

스파이 짓이라면 제법 잘 할 것 같았다.

그런 생각을 하자, 기분이 들뜨기 시작했다.

지금 당장이라도 벌떡 일어나, 계단으로 후다닥 뛰어 내려가, 거리로 뛰쳐나갈 것만 같았다.

그럼 어떤 일이 일어날까? 어쩌면 별일 없을 지도 모른다.

"저는 이만 일어나도 될까요?"

"그러렴."

엄마는 다른 누군가 답하기 전에 재빨리 말했다. 프랭크 아줌마는 그런 엄마와 내 태도가 내키지 않았는지 가볍게 코웃음을 쳤다. 난 내 방으로 돌아갔다. 바로 부엌 옆이니까 당연하게도 사람들의 목소리는 계속 들렸다. 침대에 벌러덩 누웠다. 스파이가 된 내 모습을 상상해봤다. 지금 막 나치 정보국에 잠입해 노동 사무소를 폭파하는 내 모습을 떠올렸다.

날아갈 것 같았다.

기분이 좋았다. 불어와 영어 숙제를 하러 일어나야 할 때까지는.

불어로 사랑한다는 '쥬 땜므'였다.

이태리어로는 '띠 아모.'

독일어로는 '이히 리베 디히.'

네덜란드어로는 '익 하우 봉 하우.'

안네와 마곳은 라틴어와 그리스어로도 사랑한다고 말할 수 있을 것이고, 속기로도 쓸 수 있을 것 같았다. 어쨌거나 둘 다 잘 해보라지. 하지만 살면서 고대 로마의 신이나 그리스의 신과 사랑에 빠지는 일이 얼마나 있을까?

아무튼 난 여기서 빠져나간 뒤엔 다양한 국적의 여자들과 다양한 언어로 사랑을 나눌 생각이었다. 물론 독일인 여자는 제외하고. 그러나 리제를 찾게 된다면, 오직 한 여인한테만 온갖 언어로 사랑한다고 말해줄 생각이었다.

잠시 뒤, 여기서 나가게 되었을 때 할 일들을 적기 시작했다.

먼저 돈을 벌 것.

먹고 싶은 것은 다 먹어볼 것.

매일 다른 옷을 입고 중절모도 하나 살 것.

유대인도 기독교인도 아닌 남자가 될 것.

후후! 그런 다음엔 가구를 직접 만들 것이다. 바다에서 수영도 하고, 고양이들도 키우면서 살 것이다. 다시는 페퍼 선생님이나 프랭크 씨 가족들과 만나는 일은 없도록 할 것이다.

하지만 곧바로 상업영어 공부를 시작해야만 했다. 출하운송장이니 철도선적서니 하나같이 지루하기 짝이 없지만, 그래도 난 이렇게 편지를 쓰기 시작했다.

담당자님께,

예방 접종약을 요청하신 양만큼 선적하였음을 알려드리게 되어 기쁩니다. 이번 건은 전량 모두 이번에 석방된 유대인들을 위한 것입니다.

이미 알고 계신 바와 같이, 그들은 지금까지 수 년 동안을 갇혀 지냈습니다. 그러니 이 약에 대한 수요 역시 상당히 높을 것으로 생각되는 바입니다. 첨부한 영수증의 금액을 조속히 송금해 주시길 바랍니다.

그럼 안녕히 계십시오.

피터 반 펠스.

나는 상업영어 표현마다 밑줄까지 그어야 했다. 하지만 프랭크 아저씨께 보이면서까지 표시해 달라고 하지는 않았다. 물론 내겐 꽤 도움이 되겠지만!

어쩌면 마곳도 도와줄 수 있겠지, 아니어도 상관 없지만!

그래도 뭐, 가끔씩 발그스름해진 그 애 얼굴을 보는 건 좋으니까.

1944년 2월 13일 – 눈엣가시인 페퍼 선생님

페퍼 선생님 때문에 돌겠다. 잠시도 가만 앉아 있지를 않는다. 자신의 행동하나 제대로 통제하지 못하는 사람과 이런 좁은 장소에서 함께 사는 것은 어려운 일인데, 처음부터 단호하게 상대하지 못한 게 후회된다. 라디오를 듣기 위해 모두 귀를 기울이고 있을 때에도 페퍼 선생님은 쉴 새 없이 일어났다 앉기를 반복하며 수신기를 만지작거렸다. 그래봤자 더 나아진 것이 없는데도 한결 나아진 척하는 뻔뻔함을 더 이상 참을 수가 없었다.

"제발, 가만 좀 놔줄 수 없어요?"

내가 짜증을 냈다.

"언제 손을 뗄 지는 내가 판단해."

페퍼 선생이 답했다.

"엉터리 영감탱이!"

나도 모르게 불쑥 이런 말이 튀어나왔다. 얼굴이 화끈 달아올랐다.

"그만, 프리츠, 그만 정신 사납게 굴고 제발 좀 앉아서 조용히 듣게 내버려 둬요!"

아빠도 짜증을 부렸다. 엄마는 아빠 말에 응원의 눈빛을 보냈다. 난 마룻바닥만 내려다봤다.

1944년 2월 14일 – 다락방 상상놀이

다락방에 누워 볕을 쬐고 있었다. 몸이 으슬으슬 떨렸다. 오한이 느껴지며 으스스했다. 하긴 이 집은 어디나 춥고 어디든 먼지투성이니까 감기기운을 느끼는 건 당연했다. 내 왼쪽으로 빨래들이 말라가고 있는 빨래건조대가 보였다. 난 가끔 장난삼아 빨래의 위치를 바꿔놓기도 했는데, 엄마의 커다란 속바지를 프랭크 아저씨의 속옷 옆에 걸어 두는 식이었다. 그럴 때면 피식피식 웃음이 나왔지만, 빨래가 뒤섞인 걸 알아낸 엄마는 노발대발했다.

얼굴 위로 떨어지는 볕살에 집중했다. 지금이 여름은 아니라는 사실을 잊으려고 노력했다. 우리가 아직 메르베데플레인 부근의 주더 암스텔란 거리에 살고 있고 오늘은 소풍 삼아 해변에 와 있다고 상상했다. 가까이서 파도가 철썩이고 내 등 밑에서 모래가 서걱거린다. 뻥 뚫린 파란 하늘과 상쾌한 공기가 나를 감싸고 있다. 잠시 뒤엔 모래를 털고 일어나 간식을 먹고, 집으로 돌아갈 때에는 동네 아이들이 즐겨 찾는 아이스크림 가게 오아시스에 가려고 한다. 안네는 늘 그곳에 가자고 졸라댄다. 자신은 하루도 빠짐없이 일 년 내내 아이스크림을 먹을 수 있다고 우겨댄다. 사람들은 그런 안네를 좋아한다. 상상 속의 난 어떤 장면에서는 잔드부르트 해변에 있고 또 어떤 장면에서는 바닷물 위에 둥둥 떠 있다. 마치 투명인간이 되어버린 것처럼 내 몸은 무게가 전혀 나가지 않는다.

안네와 마곳도 이따금 메르베데플레인 거리 어느 집의 평평한 지붕 위에 앉아있는 척했다. 그럴 때마다 안네는 자기 옆에 할머니도 함께 있다고 말하지만, 마곳은 언제나처럼 아무 말도 하지 않았다. 추억에 푹 빠져 있는 게 분명했다. 난 가끔 그 둘을 번갈아 보았다. 그러면 바짝 붙어 앉아 있는 두 사람의 머리칼이 뒤엉켜 하나로 보일 때도 있었다. 하지만 오늘은 나 혼자다.

"피터?"

난 안네가 구석에서 책 상자를 뒤적이고 있는지 몰랐다. 오늘따라 안네가 너무 조용해서 인기척도 느낄 수가 없었다. 요즘 들어 안네는 얌전하게 굴었다. 이 방 저 방 다니면서 여기저기 부딪히고 물건들을 넘어뜨리던 얼마 전과는 달랐다.

"어?"

난 눈을 살짝 떴다. 창밖에서 날 내려다보고 있던 밤나무 이파리들에 햇살이 닿아 반짝였다. 오후의 태양이 갈색 나뭇가지에도 후광을 드리우고 있었다. 가을이 깊어지면 나뭇잎들이 황금 동전처럼 노랗게 물들기 마련이지만, 이따금 갈색으로 물들거나 드물게는 빨갛게 물이 오른 것도 있었다. 그러다가도 결국엔 무더기로 떨어져버렸지만.

"나도 저렇게 할 수 있으면 좋을 텐데."

난 혼잣말을 했다.

"뭐를 말이야?"

안네가 물었다.

"떠다니는 것, 나뭇잎처럼."

안네의 머리가 내 얼굴 옆에 있는 게 느껴졌다. 여기서 해가 드는 곳이라고는 조각보만큼 작으니 달리 누울 곳도 없었다.

"그러다가 한꺼번에 죽는 거야, 바보야!"

안네가 말했다.

난 눈을 감았다. 아무 말도 하지 않았다. 겨울이 저물어 갈 즈음의 햇살은 황홀하고 멋졌다. 안네와 난 그냥 그대로 누워 있었다. 이대로 둘이서 햇빛 속을 떠다니고 싶었다. 하지만 그러는 건 어차피 불가능했다. 아직까지는 2월이고, 서로의 체온에 의지한 채 오래 누워 버티기엔 너무 추웠다. 우리는 그 자리에서 일어나 앉았다.

"난 가끔 페퍼 선생님이 정말 싫어."

내가 왜 이 말을 불쑥 꺼냈을까? 안네가 날 쳐다보며 웃었다.

"성가시긴 해도 그렇게 나쁜 분은 아니야."

안네가 말했다.

"나도 어제는 그렇게까지 무례하게 굴려던 건 아니있어. 어찌다 보니 그냥 나도 모르게 해서는 안 되는 말이 툭 튀어나온 거지."

"알아."

"아니, 넌 몰라. 넌 무슨 말을 해야 될지 몰라서 쩔쩔 매지 않잖아."

"아니, 그렇기 때문에 가끔 내가 말을 많이 하는 거야."

"난 말이야. 가끔은 이 주먹으로 아저씨를 한 방 먹이고 싶어! 안네, 네가 페퍼 아저씨한테 말해줄래? 그러면 들어주는 척이라도 할 거 아냐."

안네는 내 말에 웃기만 했다.

"피터, 정말로 그러길 원해?"

한참 웃다가 안네가 입을 열었다. 하지만 난 더 이상의 질문에 대답하기 싫었다. 질문이라면 질릴 대로 질려버렸다. 잠시 조용히 있고 싶었다. 지금 내 곁에는 하늘과 나무와 얼굴 위로 떨어지는 따뜻한 햇살만 있으면 좋을 듯 싶었다.

내 손가락 하나를 안네의 입술에 살짝 갖다 댔다. 안네의 눈이 동그래졌다. 손가락에 닿은 그 애의 입술은 각질이 있고 부드러우면서도 건조했다. 안네는 눈동자조차 움직이지 않았다. 내가 손을 치우자 그제야 살포시 미소 지었다. 웬일인지 이번만큼은 한 마디 말도 꺼내지 않았다.

우리는 한 조각의 볕이 벽을 타고 올라갈수록 줄어드는 모습을 가만히 지켜보았다. 안네가 내 어깨에 머리를 기댔다. 난 안네의 어깨에 팔을 둘러주었다. 안네의 어깨뼈는 고양이 뼈처럼 앙상했다. 그렇게 한참을 함께 붙어 앉아 있었다. 기분이 좋았다.

수용소에서 봄날을 떠올려봤자 좋을 건 없어. 많을 때엔 한 침상에 다섯 명까지도 있지만, 온기라곤 전혀 없으니까 따뜻해질 수 없잖아. 다섯 명? 우리라고? 그래봤자 모두 혼자야. 모두 다 의지할 곳 없는 혼자야. 제각각 한 시간을 더 버티기 위해 저마다의 운명과 싸우고 있는 불쌍한 인간들이라고. 하루만 더, 하룻저녁만 더. 이렇게 우리는 다른 사람들을 밟고 버티고 있는 거야. 어쨌거나 함께 버티고 있는 거라고. 하지만 결국엔 누구든지 혼자 버텨내야만 하는 게 인생이잖아.

그 누구든 죽음의 신이 눈앞에서 어른거릴 땐 혼자잖아.

1944년 2월 16일 - 마곳의 생일

아침에 마곳에게 선물을 주었다. 도어스토퍼, 장난스러운 선물이었다. 사실, 우리는 문을 열어둘 필요가 없었다. 그보다는 문을 닫고 지낼 수 있는 시간이 더 필요했다. 마곳은 눈을 감으며 미소를 지었다.

"고마워, 피터!"

"뭐, 별걸 다, 난 그냥, 그러니까……."

"언젠간 내게도 필요하지 않겠어?"

마곳이 상냥하게 말했다.

"그럴지도!"

난 안심이 되었다. 마곳은 언제나 내 의도를 알아주는 것 같았다.

안네는 하루 종일 내 방을 들락날락거렸다. 다락방으로 올라가려면 어쩔 수가 없었다. 처음엔 커피 때문에, 그 다음엔 감자 때문에, 하여간 이유가 많았다.

"내가 마곳 언니 기분을 망치고 있어! 하지만 내가 몸이라도 움직여 도와주는 것 말고 또 뭐가 있겠어?"

안네가 말했다.

난 재빨리 일어나서 다락방 계단 위에 놓아둔 종이들을 치웠다. 내 그림들이라 숨겨야 했다. 요즈음 안네가 내게 홀딱 빠져 지내는 것 같은 느낌이 들었는데, 그럴수록 내가 그 애를 좋아하기까지는 시간이 좀 더 걸릴 것 같았다.

"안네가 계속 내 방을 드나들어."

난 마곳에게 고자질했다.

"이런, 이런! 그 애는 지금 남자들이 자신을 향해 연정을 품지 않기를 바라는 척하면서도 스포츠카를 타고서 뽐내고 다니는 디 나 더빈을 흉내 내고 있는 거야."

마곳이 갑자기 자신의 입을 막았다.

"좀 심했나? 미안."

마곳이 덧붙였다.

"아니. 제대로 말했는데, 뭐."

난 맞장구를 쳐줬다. 맞는 말이었다. 불쌍한 안네, 피터 반 펠스와 다락방 구석에 쪼그리고 앉아서 영화배우나 꿈꾸다니!

난 망상 따위는 하지 않았다. 하긴 안네 입장에서도 우리가 이 은신처에 갇혀 지내지 않았다면, 나를 두 번 보는 일은 없었을 것이다. 안네의 열한 번째 생일이 떠올랐다. 그때 난 열세 살이었고, 초콜릿을 선물했었다. 그 애는 고맙다고 하면서도 누군가 들어오는 건 아닌지, 내 어깨 너머로 문 쪽을 지켜봤는데, 아직도 난 그럴 땐 어떻게 행동해야 하는지 모르겠다.

아무튼 다락방에서 서로를 붙들고 함께 있는 시간은 즐거웠다. 잡담을 나눌 상대가 있다는 것만으로도 좋았다. 하지만 내겐 한 가지 문젯거리가 있었는데, 그건 다름 아닌 내 자신이었다. 난 정말이지 안네의 연인을 대신해줄 마음이 내게 조금이라도 있는 건지 알 수가 없었다.

"통풍창을 닫을까?"

계단을 올라가다 말고 안네가 물었다. 난 머리를 흔들었다.

"내가 할게. 대신 내려올 때는 노크해 줘."

나도 함께 올라가주길 바라는 낌새가 느껴졌지만, 그럴 수는 없었다. 이럴 땐 어떻게 해야 하는 건지 난감했다.

안네도 다락방에서 십 분쯤은 잘 버틸 수 있겠지만 얼어 죽을 만큼 추운 건 어쩔 수 없을 터였다. 아직도 내가 올라와주길 바라고 있을까?

모르겠다.

난 내 방에 앉아 안네가 내려오기만 기다렸다.

"어휴, 너무 오래 걸렸어. 작은 건 보이지도 않고."

안네의 목소리가 떨렸다.

난 안네가 들고 있던 냄비를 받아주었다. 그 애 말대로 감자들은 하나같이 달걀 크기로 작았다. 난 안네를 보며 웃어주었다. 그러자 안네가 몸을 떨었다. 이럴 땐 또 무슨 말을 해줘야 할지…….

"내 눈엔 다 괜찮은데."

기껏 생각해냈다는 게 고작 이따위였다. 안네는 내가 차라리 아무 말도 하지 않았더라면 하는 눈치였다.

"괜찮아. 걱정 안 해도 돼. 나도 누가 날 좋아해주길 바라는 마음이 어떤 건지, 무언가를 간절히 바라는 마음은 또 뭔지 잘 아니까."

나도 이렇게 말해주고 싶었지만, 정작 그 비슷한 말은 꺼낼 수도 없었다. 내가 멍하니 감자만 바라보고 있자, 안네는 내 눈 앞에서 사라져버렸다.

하지만 안네가 다시 내 눈 앞에 나타났을 땐 참을 수가 없었다.

192

처음엔 어떻게든 구슬려 보려고 했다. 다락방에 올라가 보자고도 하고 감자를 가져다주기도 했다. 그런데도 안네는 계속 땐청을 부리며 나를 이겨먹으려고 했다. 그래, 내가 졌다, 졌어. 나도 씩씩거리며 안네가 내 방에서 나가도록 내버려뒀다. 그런 뒤 책상 앞에 앉아 두 손으로 머리를 감싸쥐었다. 그때 계단으로 저절로 눈길이 갔는데, 계단 꼭대기에 안네가 앉아 있었지만 모른 체했다.

난 올라가지 않을 거야. 미쳤어? 그러고 싶지도 않은데.

"작업 한 거 볼 수 있어?"

결국 기다리길 포기한 안네가 계단 아래로 내려와 내게 물었다. 머리칼을 뒤로 넘기고, 머리를 한 쪽으로 살짝 기울이며 여배우 미소까지 지어 보였다. 나도 어색하게 웃어주었다. 그러자 안네는 내 침대에 걸터앉았다. 난 그대로 책상 앞에 앉아 있었다.

나는 아무 말이나 꺼냈다. 우리 집에 있던 물건들, 정원 일, 엄마가 해주신 맛있는 음식과 같은 시시껄렁한 것들을 안네에게 주절주절 들려주었다. 안네가 내게서 별의 별것들을 다 끄집어내고 있다니, 기분이 이상했다. 하지만 이야기꺼리는 점점 심각한 것으로 변하고 어느새 전쟁 이야기가 오고갔다. 심지어 내 입에서 러시아와 영국이 머잖아 이 전쟁을 끝내줄 거라는 말까지 나왔다. 꼭 그리 될 거라고, 그들은 우리와 달라도 많이 다르다는, 꼭 하지 않아도 될 말까지 늘어놓았다.

"그래, 우린 유대인이야. 세상 사람들이 유별나다고 하는 유대인이야. 그런데 그게 뭐?"

안네가 말했다.

"하지만 우리라고 꼭 튀어야 할 필요는 없어."

생각치도 않은 말이 튀어나왔다.

"그게 무슨 소리야?"

안네가 겁먹은 목소리로 되물었다. 얼굴이 달아올랐다. 난 내가 얼마나 가망 없는 사람인지, 또 얼마나 자주 생각 없이 말하게 되는지 변명을 늘어놨다. 어떻게든 이 상황을 수습하고 싶었으니까.

"난 유대인이 아닐 수도 있었어. 그러니까 내 말은 나도 기독교인으로 태어날 수 있었다는 거야."

내가 설명했다.

"그러고 싶어?"

안네가 되물었다.

"아니, 꼭 그렇다는 건 아니고. 아휴, 내 말뜻은 그게 아니라, 우리라고 다른 사람이 되면 안 되는 거냐고?"

내 어색한 반문에 안네는 떨고 있었다.

"그럼 어느 편이 되고 싶은 건데? 모두가 같다면, 도대체 지금 우리가 무엇 때문에 싸우는 건데?"

안네가 또다시 물었다.

"모든 사람들이 다 같지는 않아. 우리는 둘 다 유대인이지만, 너와 나도 똑같지는 않잖아, 안 그래? 어쨌든 내 생각엔 최소한 이 전쟁만 끝나면, 누가 날 유대인으로 보든 말든, 그런 건 중요하지 않다는 거야."

"왜 거짓말까지 하려는 건데?"

안네가 목소리를 높였다.

"거짓말이 아니야. 그건 말이야……."

하지만 말문이 막혔다. 지금은 내 생각을 혼잣말로 하거나 무쉬한테 꺼낼 때와 달랐다. 제대로 설명을 할 수 없었다. 알고 있는 단어가 턱없이 부족했다.

"네 말대로 유대인은 앞으로도 영원히 선택받은 민족이야. 이제 됐냐?"

난 짜증을 냈다.

"뭐, 좋은 쪽으로 선택된 게 앞으로도 변함없다면 복 받은 거지."

안네가 피식 웃었다. 이럭저럭 아슬아슬한 고비는 넘어갔다. 이제 안네가 떠들어댈 차례였다. 역시나 안네는 잠깐도 쉬지 않고 제 말을 이어갔다. 그 애의 목소리를 듣고 있자니 조금씩 기분이 나아졌다. 잔드부르트 모래해변에 앉아 끝없이 밀려드는 파도의 속삭임을 듣고 있는 느낌도 들었다.

"피터, 솔직히 너도 무섭지?"

안네가 불쑥 물었다. 난 두려움을 떠올렸다. 내가 그런가? 나도 무서운 걸까? 그래, 가끔은 그랬다. 이 집에 누군가 침입했다는 생각이 들었을 땐 겁을 먹었다. 하지만 평소엔 두려운 느낌이 들지 않았다. 그 어떤 것에도 나는 겁을 집어먹지 않았다. 그 보다는 이 비극이 왜 하필 우리에게 일어나게 되었는지를 영원히 알아내지 못하게 될까 두려웠다. 그것 말고는 내 자신이 제일 무서웠다. 내 머릿속에 불쑥불쑥 떠오르는 생각들이 무서웠고, 기껏 생각을 정리해 놓고서도 뭘 어찌 해야 할지 몰라 긴장하는 내 자신이 두려웠다. 그러니까 안네의 질문에 꼭 대답을 해야 한다면, 내가 해주고 싶은 말은 바로 이거였다.

내가 제대로 알고 있는 게 있기는 한 걸까? 내 마음도 내 것이 아닌 것 같아서 불안한 게 아닐까?

두려울 수밖에 없었어. 난 그럴 수밖에 없었어. 우리 모두는 두려움 속에서도 자기 자신을 들여다봐야 했으니까.

연인들은 몸이 마음보다 훨씬 강하다는 걸 쉽게 배우지. 보통사람들이 배우려면 쉽지 않은 것인데도, 아니, 어려운 것인데도, 서로를 끔찍이 사랑하는 사람들은 그딴 건 배울 필요도 없다는 듯이 자신의 몸을 기꺼이 바치지.

그래, 잘난 사람이든 못난 사람이든 결국엔 마음의 거처인 몸에 깃든 생명력을 지키기 위해 죽음이란 최전선에서 끝까지 싸우는 건 마음이 아니라 몸이란 걸 인정해야 해. 그래, 정신보다 몸이 강하다는 걸 인정하려니 두렵겠지, 두려울 수밖에 없겠지.

1944년 2월 17일 – 속내를 드러낸 안네

하루 종일 안네는 내 곁을 맴돌았다. 내 곁에 없을 때에도 그 애가 옆방에서 엄마에게 뭔가를 읽어드리는 소리가 들렸다. 한 단어한 단어, 또박또박 들리지는 않았지만, 웅얼거리는 소리는 들을수 있었다. 평소 말할 때와는 다르게 목소리가 좋았다.

"놀랍구나! 정말 그 모든 걸 너 혼자서 생각해 낸 거니? 아니면, 그런 꿈을 꾸는 거니?"

엄마 목소리였다.

"아줌마도 알고 계시겠지만, 의인화잖아요. 음, 그리스 신화에서는 나무와 강을 비롯한 모든 것을 신으로 만들잖아요. 전 그냥그 아이디어를 좀 따왔을 뿐이에요. 그랬더니 〈이브의 꿈〉에서 장미는 거만함을, 블루벨은 겸손함을 상징하게 된 거예요."

"음, 그럼 뒤죽박죽 양께서 우리는 뭐라고 했을까?"

엄마가 이렇게 질문하자, 안네는 대답 대신 제 글을 다시 읽기시작했다. 잠시 뒤 엄마가 웃기 시작했다. 그러자 글 읽는 소리가갑자기 멈췄다. 이번엔 안네까지 깔깔거렸다. 나로서는 두 사람이왜 저러는지 알 수 없었다.

"그래, 그러니까 네 이야기 속에서 우리 펠스 집안사람들은 몸통이고 너희 집안사람들은 뇌라는 거구나!"

엄마가 말했다.

"아, 꼭 그런 건 아니고요."

안네가 대답했다.

"읽어주는 목소리는 듣기 좋네."

난 방 안으로 고개를 들이밀고 말했다. 안네의 얼굴이 발그스름해졌다.

"잠깐만."

안네가 나를 따라 계단을 내려오려고 했다. 지켜보고 있던 엄마가 눈살을 찌푸렸다. 그러자 안네는 계단을 도로 올라갔다. 나도 곧 내 방으로 돌아갔다.

"이것 좀 들어봐!"

결국 내 방으로 들어온 안네는 내게도 소리 내어 글을 읽어주기 시작했다. 천천히 읽어준 덕분에 난 그것들이 안네가 만든 문장들이란 걸 대번에 알아챌 수 있었다. 안네는 언제나 자기만의 이야기를 만들고 있었다. 난 책상 위에 엎드린 채 귀를 기울였다. 안네는 정원 벤치에 앉아 있는 소녀에 관한 이야기를 하고 있었다. 그 소녀는 안네 자신 같았다. 한 소년이 빠르게 그 애한테 다가섰다. 두 팔에 가려진 내 얼굴이 서서히 달아올랐다. 내 표정을 들키지 않은 게 다행스러웠다. 소년은 열일곱 살이었고, 그 둘은 대화를 나누고 있었다. 소녀의 말이 내 머릿속으로도 스며들었다.

"내가 사람들이 말 걸기 두려워하는 사람으로 보인단 말이지?" 소녀의 대사였다.

"널 더 많이 알게 된 지금은 아냐." 소년의 대사였다.

안네는 우리 이야기를 쓰고 있었다. 이야기 속의 소년은 다름 아닌 나였다. 아니, 나라고 밖에 생각할 수 없는 인물이었다. 안네는 계속해서 읽었다. 내가 했던 말과 안네가 했던 말은 주인공들의 대사가 되어 있었다. 그들은 우리가 함께 했던 일을 거의 그대로 따라하고 있었다. 우리의 말과 행동이 이리저리 뒤섞여서 안네가 읽어주는 이야기로 둔갑해버렸다. 뭐라고 반응해야 할지 갑갑했다. 무슨 말을 해줘야 할지 답답했다. 난 고개도 들지 못하고, 이야기에만 귀 기울이고 있었다. 이제 소년과 소녀는 신에 대한 대화를 나누고 있었다. 신에 대한 의심과 회의는 내 것이었다. 신에 대한 사랑과 확신은 안네의 것이었다. 우리가 나눈 모든 것들이 글 속에 고스란히 옮겨져 있었다. 오, 하느님 맙소사, 내가 마음속 깊이 품고 있던 진짜 의심까지 안네한테 털어놓지 않은 건 얼마나 다행인지. 바로 당신에 대한 의심, 하느님이라는 존재에 대한 의심까지 탈탈 털어놓지 않은 건 얼마나 다행인지!

"피터?"

안네가 읽기를 멈추고 내 이름을 불렀다. 내 반응이 몹시 궁금하단 눈치였다. 난 고개를 들었다. 하지만 어떻게 호응해줄까? 도둑맞은 기분을 곧이곧대로 말해줘도 될까?

"어쩌면 신도 의인화된 존재일 거야."

난 가까스로 에둘러 말했지만, 안네는 내 말을 귀담아듣지 않았다. 이 정도로는 성이 안 차는지, 두 눈을 동그랗게 뜨고서 더 많은 의견을 내놓으라는 신호를 보냈다. 난 고개를 돌려 딴청을 부리고 싶었다. 지금 내게서 뭘 원하는지도 모르겠는데, 무슨 칭찬을 듣고 싶다는 건지 알 수 없었다. 다만 한 가지만은 분명히 해두고 싶었다. '난 네가 이러지 않았으면 좋겠어. 네 마음대로 나를 이야기 속에다 밀어 넣어서 내 자신이 하찮아진 느낌이 들지 않게 해줬으면 좋겠어. 그만 해. 난 이제 너하고 말하는 것조차 안전하단 생각이 들지 않으니까.' 하지만 이내 내 입에서 듣기 좋은 말이 나오리란 기대에 들뜬 표정을 짓고 있는 얼굴에 대고 차마 이 말까지는 할 수 없었다.

다행히 엄마가 내 방문 앞에 서 있었다.

"생각이 이리 많은데도 네 머리카락이 빠지지 않은 게 신기하구나. 그래서 안네 네가 곱슬머리인지는 모르겠지만."

엄마가 태연한 말투로 안네를 비꼬았다. 난 감사한 마음으로 엄마를 쳐다봤다. 엄마도 내게 윙크를 건넸다.

"난 내가 재미로 쓰는 게 아니라는 걸 너도 알아주길 바랐어. 나도 진지할 수 있단 말이야!"

안네가 나를 빤히 쳐다보며 말했다.

난 고개를 끄덕였다. 하지만 누군가 제 멋대로 책장을 넘기면서 날 함부로 끌어내리는 느낌에 시달리고 싶지는 않았다. 이렇게 멀쩡히 살아 있는 내가 무슨 생각을 하는지 알 수 없는 사람들이 나에 대한 안네의 생각만을 읽고서 날 오해하는 건 끔찍했다. 난 아무 말도 할 수가 없었다. 하지만 안네는 내 진짜 속마음을 알아채지 못했다. 아니, 알고도 저러는 걸까? 모르겠다. 분명한 건 안네가 웃으면서 내 앞에서 사라졌다는 것뿐, 그것으로도 그 즉시 약간의 안심은 되었지만 하루 종일 찜찜한 기분이 드는 건 어쩔 수 없었다.

1944년 2월 23일 - 안네와 함께 보내는 시간

햇살이 빛났다. 매일 아침 나는 다락방으로 올라가 자리를 잡고 앉았다. 안네도 아침마다 거의 빠짐없이 올라왔다. 우리는 양지바른 쪽에 앉아 있곤 했다. 그러고 있는 것이 제일 좋았다. 아무 말 없이 고요한 창밖을 내다보고 있는 것이 좋았다. 내가 이 집에 갇혀 지내지 않았더라면, 나무 한 그루, 특별할 것 없는 그저 그런 나무 한 그루도 얼마나 멋진지 알 수 없었을 것이다. 나뭇가지로 떨어지는 한 줄기 찬란한 햇빛이나 그 가지에서 떨어지는 영롱한 빗방울의 소중함도 알 수 없었을 것이다. 그렇다고 내가 언젠가 여기서 나가면, 끝없이 광활한 바다와 수평선과 같은 풍경을 그리겠다는 건 아니다.

기지개를 펴고 자리에서 일어나 난로에 집어넣을 나무를 패기 시작했다. 안네가 따라왔다. 난 속으로 '안 되는데. 떠들면 곤란한데'라고 생각했지만, 내 걱정과 달리 안네는 나무를 쪼개는 내 모습을 말없이 지켜보았다. 웬일로 조용한지, 한동안 그 애가 곁에 있는 것도 깜박할 정도였다.

난 나무를 패는 것이 좋았다. 집중할 수 있어서 좋았다. 통나무를 세워놓고 눈대중으로 어디를 내리칠지 가늠하며 도끼질을 하는 것 자체가 좋았다. 제대로 맞췄든, 삐딱하게 맞췄든, 결국엔 쪼개졌다. 난 그렇게 도끼를 휘두르는 것이 좋았다. 이따금 혼자 그 일을 하고 있을 때면, 도끼를 휘둘러 놈들을 산산조각으로 만드는 내 모습이 상상되었다. 그러면 잠시는 우쭐해졌지만 결국엔 한숨이 나왔다. 오늘도 도끼질을 마치고서야 얌전히 내 곁에 있어준 안네가 떠올라 고개를 돌려 미소 지어보였다.

"숲 속 오두막 밖에서 나무패는 상상을 할 때도 있어."

내가 말했다. 안네가 미소 지었다. 우리는 창밖 너머로 마을에서 바다로 쭉 이어지는 하늘 길을 내다봤다. 하늘은 더 없이 맑고 차가웠다. 청량한 공기가 얼굴에 닿는 느낌을 상상하기 위해 잠시 두 눈을 감고 깊이 숨을 들이쉬었다.

"진짜 멋지다!"

내가 조용히 말했다. 안네는 고개만 끄덕였다. 그 순간, 조금 놀랐다. 안네가 말 없이도 말을 할 수 있게 되다니, 신기하면서도 좋았다.

1944년 2월 26일 - 걱정하는 프랭크 아저씨

"하지만 날씨가 너무 예뻐요. 제발요, 아빠!"

안네가 졸랐다.

"안 된다, 안네."

프랭크 아저씨의 목소리는 점잖았다. 내가 안네였다면 더 이상 조르지 않을 것 같았다. 아저씨는 늘 단호했다. 하지만 안네는 입술을 내밀고 미간을 찌푸렸다.

"제발, 아빠."

안네는 다시 졸랐다.

"안 된다고 하지 않았니."

아저씨는 여전히 미소를 지으며 말했다.

"왜 안 된다는 거죠?"

안네의 목소리가 작아졌다.

"날씨가 좋아도, 아무리 하기 싫어도, 해야 할 일은 끝내놓아야지."

"하지만 전 매일 하고 있잖아요. 결국 쓸데없는 짓이 될 수도 있는데 이곳에서조차 매일매일 하고 있잖아요."

안네가 말대꾸를 했다.

"안네!"

이번엔 아줌마가 나지막한 소리로 안네를 막았다. 하지만 아저씨는 나지막한 목소리로 계속 타일렀다.

"그럴 때일수록, 쓸데없어 보일 때일수록 우리에게는 매달릴 것이 필요한 법이란다. 그러니까 이제 그만 하고 자리에 앉아 공부해야지."

아저씨가 안네를 달랬다.

안네는 크게 한숨을 내쉬며 휙 돌아서더니 계단을 쿵쾅거리며 내려가 제 방으로 쏙 들어갔다. 그런 안네의 뒷모습에도 아저씨와 아줌마는 서로의 얼굴을 보며 어깨를 으쓱했다.

"그럼 전 빨래를 좀 더 널어둬야 하는지 보러 가볼게요."

아줌마의 말에 아저씨가 아줌마 어깨를 가볍게 두드렸다.

"이디스, 여긴 당신이 없었다면 엉망이었을 거요."

아저씨가 칭찬하자, 아줌마가 미소를 지었다. 내 눈에도 아저씨의 칭찬이 아줌마한테 큰 힘이 되는 것처럼 보였다. 내 존재에 대해서도 저렇게 믿어주는 사람이 곁에 있으면 참 좋겠다는 생각이 들었다.

내 방으로 돌아왔다. 프랭크 아저씨를 그려보고 싶었다. 꽤 오랫동안 해보고 싶었지만, 어쩐지 용기가 나지 않았다. 내가 아저씨를 제대로 그려낼 수 있을지 알 수 없었다. 하지만 이제라도 아저씨의 모습을 머릿속에 그리다보면 제대로 얼굴을 그릴 방법이 떠오를 것만 같아 침대에 벌러덩 누웠다.

"피터?"

나를 부르는 목소리에 눈을 떴다. 프랭크 아저씨가 내 방 문 앞에 서 있었다. 재빨리 일어나 앉았다. 다행히 내가 종일 누워서 빈둥거린다고 생각하시지 않은 눈치였다.

"그러니까 전 지금, 그게 그러니까……"

난 말을 더듬었다.

"방해해서 미안하지만, 우리 이야기 좀 할 수 있을까?"

정신을 차리려고 뺨을 때렸다. 아저씨가 문을 닫았다. 문밖은 고요했다. 이제 우리 두 사람의 목소리를 엿들을 수 있는 사람은 없을 것 같았다. 난 아저씨가 내게 무슨 말씀을 하려는지 궁금했다.

아, 아니, 사실은 눈치채고 있었다.

"안네 말이다."

아저씨가 입을 열었다. 난 고개만 끄덕였다. 아저씨의 얼굴은 온화했다. 두 눈동자는 안네처럼 까맣고 호기심으로 가득 차 있었다.

"조금 곤란한 상황인 걸 너도 알고 있다고 생각하는데, 안 그러니, 피터야?"

아저씨는 나를 떠본 뒤 내 대답을 기다렸다. 난 아무 말도 하지 않았다. 무슨 말을 해야 할지 알 수 없었다.

"안네는 아직 어리단다."

아저씨가 뜸을 들였다.

"게다가 고집까지 있고."

아저씨의 표현에 웃음이 나왔다. 아저씨도 미소 지었다.

"전 절대로……."

내가 입을 여는 순간, 아저씨가 한 손을 들어올렸다.

"너희 둘 중 누구 하나를 탓하려고 내가 여기 온 건 아니란다."

아저씨의 목소리는 여전히 다정했다.

"난 너하고 대화하면서 생각을 좀 해보자고 온 거란다."

난 고개를 끄덕였다.

"내 생각엔 말이다. 너희 청춘들이 이렇게 집 안에 갇혀 지내다 보면 이런저런 선택의 여지도 없을 거고……."

난 다시 고개만 끄덕였다. 달리 뭘 어쩔 수도 없었다.

"하지만 여기엔 안네만 있는 게 아니란다, 피터. 너도 알다시피 그 애 언니인 마곳은……."

아저씨가 한숨을 내쉬었다.

"그래, 그 애가 안네처럼 사람들 관심을 끌기 위해 노력할 아이는 아니지."

난 또다시 고개를 끄덕였다.

"내겐 두 딸애가 있지만, 네겐 한 아이뿐인 것 같으니……."

그 순간, 얼굴이 화끈거렸지만, 억지 미소를 지었다.

"아무튼 어쩔 셈이냐?"

아저씨가 물었다. 하지만 난 아저씨가 진심으로 내가 대답하기를 원하는 건지, 그냥 혼잣말을 하는 건지 헷갈렸다.

"모르겠어요."

"그래. 하지만 너도 고민해봐야 하지 않겠니?"

"그럴게요, 아저씨. 그런데요. 마곳은 저를 남동생처럼 생각하는 것 같아요."

"음, 하긴 피터 네가 여기 있는 그 누구보다도 그 애 마음을 잘 알고 있을 수도 있겠지."

아저씨와 난 한참 동안 아무런 이야기도 나누지 않았다. 하지만 난 요사이 안네가 남자 몸에 얼마나 관심이 많은지, 우리 둘이 나란히 다락방에 앉아 있으면 또 얼마나 기분이 좋아지는지도 알려 드리는 편이 맞는 건 아닐까 싶었다. 그러면서도 한편으로는 아저 씨도 나처럼 여자와 사랑을 나누지 못하게 될까봐 걱정한 적이 있 는지 궁금했다. 내 경우엔 벌거벗은 두 몸을 상상하는 것만으로도 얼굴이 빨개져서 입 밖으로는 도저히 꺼낼 수도 없는 엄청난 일인 데, 어른들은 어떻게 농담처럼 말할 수 있는지도 궁금했다.

"그럼 안네는?"

아저씨가 물었다.

"제가 보기엔 안네는 사람들이 자신을 좋아해주길 바라는 것 같았어요! 여기에선 특히 제가요."

불쑥 튀어나온 말이었다. 내 말에 아저씨가 소리 내어 웃었다.

"그 앤 제가 없는 이곳을 상상조차 못 할 거예요."

내친 김에 솔직히 말했다.

"피터야, 넌 꾸밈없는 훌륭한 인품을 가졌구나."

"감사합니다."

이번엔 얼굴 전체가 숯덩이처럼 화끈거렸다.

"아저씨?"

"그래, 말하렴."

"저희를 숨겨주셔서 감사합니다."

물론 이 말은 예의상 꺼낸 말이었다.

"그리고 걱정 안 하셔도 돼요. 아저씨한테 죄송한 일은 절대 하 지 않을 거예요."

아저씨가 내 어깨를 두드렸다.

"나도 네게 그럴 생각이 없다는 건 알고 있다. 하지만 네 나이 때의 남자들은 몸의 욕망이 의지보다 강하니 좀 걱정되는구나. 게다가 안네는 이제 고작 열네 살이라. 물론 그 녀석은 제 자신이 나이보다 훨씬 성숙하다고 우기지만 말이다. 피터야, 내 딸이라도 항상 신중할 수는 없단다."

"저, 저는 아니……."

"솔직히 나도 우리 안네가 제 언니한테 우쭐대며 이기려 드는 그놈의 성질부터 이겨내지 못하게 될까 가끔 두렵단다. 둘 다 지금까지야 그런 적은 없지만, 그래. 지금 내가 너한테 뭘 이야기를 하는 건지……. 아무쪼록 우리 마곳도 제 동생을 잘 다스려야 하는데, 우리 장녀는 너무……."

"복잡하네요."

그만 아저씨 말에 끼어들었다. 하지만 아저씨 말마따나 안네의 성질머리는 고약했고 마곳은 지나친 순둥이였다.

"좀 그렇지? 그래서 난 너희 셋이 친구처럼 지내는 게 최선이라 생각한단다."

아저씨가 결론을 말했다. 반사적으로 고개는 끄덕였지만, 머리가 멍했다.

"이 아저씨도 네 입장에서 좀 더 생각해보려 노력하마, 피터."

난 다시 고개를 끄덕였다.

"그런데요, 아저씨?"

"왜 그러니?"

"종전 뒤에도 아저씨는 지금처럼 유대인인 거죠?"

방에서 나가려던 아저씨가 걸음을 멈추고서 날 쳐다봤다.

"우리한테 그런 선택권이라도 있다고 생각하면 기분이야 좋지만, 글쎄다."

아저씨는 머뭇거렸다.

눈앞이 뿌예졌다. 아저씨가 아래층으로 내려간 뒤에도 내 머리는 계속 멍했다. 한참이 지난 뒤에야 정작 아저씨가 내 질문에는 아무 답도 하지 않았다는 게 떠올랐다.

1944년 2월 27일 - 다락방에서 안네와 나눈 잡담

어쩌면 프랭크 아저씨 생각이 맞을 것이다. 우리는 서로를 조금 덜 보며 지내야 하는데, 이 공간에서 그러기는 쉽지 않았다. 늘 붙어 지내는 사람들 사이에서 진짜 문젯거리는 말이었다. 말에는 중독성이 있으니까. 다행히 아빠가 담배를 찾을 때마다 엄마가 잔소리를 하듯이 내게도 충고를 한다면 내가 어떻게 돌변할지 엄마는 알고 계셨다. 지금처럼 갇힌 공간에서는 농담이든 잡담이든 말에는 특유의 전염성이 있으니까 서로 조심하는 게 현명하다. 그렇지만, 어젯밤 우리는 페퍼 선생님의 흉을 끝도 없이 늘어놓았다. 각자 아저씨가 마음에 들지 않는 이유를 하나둘 꺼내놓았다.

"그분은 빈둥거려."

"맞아."

"페퍼 선생님은 언제나 물건을 잡기도 전에 만지작거리잖아. 윽, 더러워!"

"자신이 하는 건 언제나 옳대!"

"뺨에 있는 보조개 있잖아. 그걸 뾰족한 핀으로 콕 찌르고 싶다니까."

"난 그 아저씨가 입만 열면 벼룩이 옮은 것처럼 온몸을 긁고 싶어지던 걸. 당장 쫓아내야 된다니까."

"무쉬한테 벼룩이 옮았을 때 기억나?"

"무슨 기도를 15분 내내 하는지. 그리고 왜 윗도리는 입고 다니지 않는 건데, 으윽!"

생각만으로도 속이 메슥거렸다. 안네는 깔깔거리며 페퍼 선생님이 한밤중에 코를 훌쩍이거나, 짐승처럼 킁킁거리며 콧바람을 뿜어내는 흉내를 냈다. 난 자리에서 일어났다.

"피터?"

안네가 내 이름을 부르면서 제 머리를 비스듬히 기울였다.

"그런 사람이랑 한 방을 쓸 수밖에 없는 넌 진짜 역겹겠다."

내가 위로랍시고 말했다. 안네가 두 팔로 다리를 감싸 안고 몸을 앞뒤로 흔들기 시작했다.

"어째서?"

안네가 물었다.

난 미소를 지어 보였다. 안네는 내가 자신을 쓰다듬어주길 기다리고 있는 고양이 무쉬 같았다. 내게서 도를 넘지 않는 애무와 지금 분위기에 어울리는 말을 기대하고 있는 것 같았다.

"넌 어린애가 아니잖아."

내가 답했다.

"아니야?"

안네가 되물었다. 그러면서 머리칼을 어깨너머로 쓸어 넘겼다. 그 순간, '우리 안네는 아직 어린애란다.'라고 하던 프랭크 아저씨의 목소리가 들려왔다. 안네가 다시 한번 자신의 어깨 너머로 머리칼을 쓸어 넘겼다. 그 모습이 브로마이드 속의 여배우를 떠올리게 했다. 안네는 어느새 비스듬히 날 올려다보며 눈빛으로 호소하고 있었다. 그 애의 눈에서는 햇빛에 닿은 쇳가루 같은 빛이 났다.

난 자석처럼 찰싹, 안네 옆에 붙어 앉았다.

"그래, 넌 이제 어린애가 아니지."

난 안네를 쳐다보며 말했다.

그러자 안네가 고개를 뒤로 젖히고 속눈썹을 내리깔며 실눈을 떴다. 난 그 애의 눈을 피해야 했다. 눈을 들여다보면 마음이 흔들려 제정신을 유지할 수 없었다.

다시 살짝 보았을 땐 안네도 좀 전의 자세를 고쳐 잡고 편안한 모습으로 돌아와 있었다.

"왜 그래, 피터?"

안네가 물었다.

"아, 아, 아무것도 아냐."

말을 더듬거렸다. 사실 그 애한테서 내 이름을 듣는 순간, 리제가 떠올랐다. 리제의 가냘픈 목소리가 떠올랐다. 내 이름을 부르는 그 애의 목소리를 신호로 꿈속에서 춤추던 리제의 모습이 번쩍 떠올랐다. 내 손바닥으로 받쳐 든 리제의 박박 깎인 머리칼이 따갑게 떠올랐다. 어디선가 털컥거리며 철로 위를 달리는 기차바퀴의 쇳소리도 들려왔다. 말로는 다 할 수 없는 슬픈 느낌이 한꺼번에 밀려들었다. 안네로부터 눈길을 돌리게 만드는 리제의 모든 것들이 한순간에 몰려들었다.

안네는 미소 짓고 있었다. 어쩌면 내 속마음도 모르고 내가 자신의 작업에 거의 넘어왔다고 생각할 지도 모를 일이었다. 내가 자신의 교양과 위트에 넘어갔다고 믿고 있는지도 모를 일이었다. 하지만 난 실타래처럼 엉켜 있는 복잡한 내 마음조차 알 수 없었다. 다만 그러고 있는 안네의 모습을 보고 있자니 쓸쓸해질 뿐이었다. 당장 나 혼자 있고 싶었다. 아니, 무쉬와 함께. 아니, 아니. 그보다는 지금 당장 여기가 아닌 곳에서 안네와 단둘이 있고 싶었다.

언젠가부터 안네는 뭔가를 갈구하는 눈빛으로 날 바라보았다. 조만간 나 역시 자신을 궁금해 하며 갈망하게 되리라는 희망으로 가득 찬 눈빛이었다. 난 그걸 견딜 수가 없었다. 희망이라니, 벌거벗은 사람을 보는 느낌이었다. 더 이상 안네의 기대 따위를 받아줄 자신이 없었다. 내 자신이 그런 중압감을 버텨낼 수 있을 것 같지 않았다.

"이제 내려가야지."

난 되도록 부드럽게 말했지만, 안네는 시무룩해졌다.

"넌 참 괜찮은 사람이야."

안네는 가라앉은 분위기를 바꾸려고 느닷없이 화제를 돌렸다. 난 손을 내밀어 안네를 일으켜주었다. 그런 다음, 덧문까지 열어주고 그 애가 가파른 계단을 편하게 내려갈 수 있도록 잡아주었다. 맨 아래쪽 계단까지 내려간 그 애는 내 쪽으로 몸을 틀어 인사했다.

"고마웠어."

예의바른 숙녀처럼 정숙한 말투였다.

그러고는 그 즉시 등을 보이며 걸어가기에 안심했는데, 갑자기 방문 앞에 멈춰서더니 반쯤 몸을 돌리고 미소를 지어 보였다. 훈련된 미소였다. 수천 대의 카메라로 찍어 온 세계 사람들에게 보여주려는 방송용 미소였다.

나만 지켜보고 있는 이런 곳에서 그런 웃음은 아무 쓸모가 없었다. 오히려 오글거리고 어색할 뿐이었다.

내가 잘 하고 있는 거겠지?

품위는 지키고 있는 거겠지?

모르겠다.

난 이제 아무것도 모르겠다.

기억에도 중독성이 있어. 그것들은 개구리가 알을 낳는 것처럼 알을 까거든. 어미 쥐들이 새끼를 낳는 것처럼 불어나거든. 나치의 상상처럼 우리는 번식했어. 벌거벗은 채로 그들 앞에 서 있었어. 희망만 벌거벗겨진 게 아니었어. 다시는 회복되지 못할 영원한 상실처럼 최후까지 벌거벗겨진 거였지. 그들이 우리에게서 벗겨간 것은 옷가지와 금붙이만이 아닌 거야. 우리들 존재의 밑바닥까지 전부 벗겨간 거지. 하지만 우리가 겪은 이야기는 일부만이라도 반드시 살아남아야 해.

말해 봐.

제발 내게 말해 봐.

너 거기 있니?

내 말 듣고 있니?

나한테서 도망치려고 그러는 거니?

너와 나 우리 둘 다 무얼 더 견뎌야만 하는 거니?

1944년 2월 29일 – 또 한 번의 침입 사건

아빠가 단단히 화가 나 있다.

"피터!"

"네?"

"저 아래층을 엉망진창으로 내버려두고 넌 여기서 뭐하는 짓이냐?"

"무슨 말씀이세요?"

"우리가 부탁한 몇 가지도 제대로 못하는 거냐?"

"잘 하고 있어요."

"저런 꼴로 사무실을 내버려두고도 잘 하고 있다는 말이 나와? 문까지 열어 두고서?"

"제가 그런 것이 아니에요."

"이제 거짓말까지 하다니. 앞문은 잠겨 있던데, 그럼 너 말고 여기 또 누가 있다는 거야?"

"모르겠어요. 저는 사무실에서 벱 아줌마를 도와드렸고, 나올 땐 깔끔하게 정리했다고요!"

"게으른 줄로만 알았는데, 이제 둘러대기까지 하다니!"

그때 엄마가 다락방에서 깨끗한 빨래를 한아름 안고 내려왔다.

"피터가 안 그랬다면, 안 그런 거죠."

엄마가 내 편을 들었다.

"논리적으로도 절대 그렇지 않은데도 지금 둘 다 장님인 척 하는 거요?"

아빠가 소리를 질렀다.

그러곤 삽시간에 쥐 죽은 듯이 고요해졌다.

"만에 하나, 내 아들이 그랬다면 난 눈이라도 감아주겠어요. 당신도 가끔은 그래주면 안 돼요?"

"아래층까지 활짝 열어두고 그 안에서 뭘 찾아내려고?"

아빠가 씩씩거렸다.

"네 방 하나 지저분한 것도 모자라서 너저분한 여자애까지……."

"여보!"

"아빠!"

엄마와 난 동시에 아빠의 입을 막았다.

"난 누구라도 생각할 수 있는 걸 말했을 뿐이오. 우리가 멀쩡히 눈을 뜨고 빤히 보고 있는데도 그 계집애는 피터를 강아지처럼 졸졸 쫓아다니잖소. 내가 젊었을 땐 여자애들한테 자존심이라도 있었는데……."

"당신이 여자애나 여자의 자존심에 대해 뭘 안다고 그래요?"

엄마가 작은 소리로 따져 물었다. 손으로는 마른빨래를 분풀이하듯 털고 있었다.

"사랑에 자존심이 끼어들 틈이 어디 있다고 그래요? 행여라도 그놈의 자존심이 이런 벽 틈으로 잘도 끼어들겠네요. 당신은 늘 담배나 뻐끔거리고 싶지 다른 감정이 남아있기나 하고요?"

"아! 몇 개비도 안 남은 담배까지 포기하라면, 이 빌어먹을 세상의 골칫거리가 해결될 것 같소?"

"그럴지 누가 알아요?"

"이젠 터무니없는 소리까지 아무렇지도 않게 하는군."

"그런 당신은요? 당신이야말로 지금 얼토당토않은 일로 트집만 잡고 있잖아요?"

난 방에서 빠져나왔다. 말다툼이 반나절쯤은 가뿐하게 넘어갈 태세였다.

"봐요. 당신이란 사람은 언젠가 내 아들을 쫓아낼 사람이라니까!"

"어디로? 아우구스테, 내가 그 애를 옆방 말고는 갈 데도 없는 이곳에서 어디로 쫓아낸다는 거야? 이 멍청한 여편네가 정신이 있는 거야, 없는 거야."

"나더러 멍청하다는 말, 당장 그만 두지 못해요? 이 파…… 파리 같이 둔해빠진 남자야!"

난 다락방 계단으로 올라가 나무들보에 머리를 기댔다. 거친 나뭇결이라도 의지가 됐다.

저녁을 먹는 동안 안네는 자꾸만 나와 눈을 맞추려고 했다. 마곳은 살짝 고개를 숙이고 모른 체했다. 그런 우리 세 사람을 프랭크 아저씨가 지켜보고 있었다. 난 될 수 있는 대로 빠르게 먹어치우고, 내 방으로 건너왔다. 그래도 마음이 안정되지 않아 좁은 방 안을 서성거리다 바깥 공기라도 잠시 쐬려고 창가에 멈춰 섰다.

이윽고 책상에 앉아 그림을 그리기 시작했다. 프랭크 아저씨를 그리고 싶었다. 하지만 이번에도 제대로 표현해 낼 자신이 없었다. 어찌된 게 아저씨의 얼굴이 떠오르지 않았다.

그렇다고 잠이 오지도 않았다. 화만 계속 났다. 난 차라리 일찌 감치 일어나 동이 트기를 기다리기로 했다. 여전히 온갖 잡념들은 시계의 톱니바퀴처럼 머릿속을 맴돌았다.

'우리가 뭘 어쨌다고 여기 이렇게 갇혀 있어야 하는 걸까? 아빠 는 왜 날 내버려 두지 못하는 걸까? 엄마아빠는 왜 늘 말다툼을 하는 걸까? 왜 모든 게 나 때문이라는 걸까?'

결국엔 방에서 나와 아래층 사무실이 진짜로 엉망인지 내 눈으 로 확인해보기로 했다. 난 여전히 어두침침한 새벽 여명 속으로 살금살금 걸어 들어갔다. 아무 소리도 들리지 않았다. 바깥세상에 서 실제로 전쟁을 하고 있다는 사실이 믿기지 않았다.

얼굴에 와 닿는 아침공기가 느껴졌다. 하지만 처음부터 알아채 지는 못했다. 계단에 서서 산들산들 불어오는 바람의 상쾌한 느낌 을 즐겼을 뿐이었다. 그 바람은 얼굴에만 와 닿는 게 아니었다. 그 바람은 단순히 밤나무 가지를 흔들어대는 소리가 아니었다. 거기 엔 온몸으로 느껴지는 섬뜩한 뭔가가 있었다. 순간적으로 어떤 상 황인지 파악이 되었다. 층계 아래쪽 앞문이 잠겨 있지 않고 열려 있는 게 분명했다. 누군가 건물 안으로 들어온 게 분명했다. 그래 서 사무실도 엉망진창으로 해놓은 게 확실했다. 또 다른 강도라 니! 난 앞쪽 사무실을 확인해봤다. 쿠글러 아저씨의 서류가방이 보이지 않았다. 영사기도 보이지 않았다.

난 계단 위로 뛰어 올라가 프랭크 아저씨를 깨웠다. 아저씨는 날 다시 아래로 내려 보내며 문을 잠그라고 했다. 그제야 겁이 나 기 시작했다. 진짜로 누군가 침입한 거라면?

느닷없이 밖을 내다보고 싶은 마음이 불 같이 일어나는 걸 참을 수 없다면? 거리로 뛰쳐나가 몇 초만이라도, 딱 일 초만이라도 서 있고 싶어진다면? 그러면 무슨 일이 벌어지게 될까? 우선 내 눈으로 거리를 볼 수 있을 테지. 창문으로 내다본 한 구역만이 아니라 거리 전부를 볼 수 있을 테지. 사실 그동안 밖으로 뛰쳐나가 거리 한복판에서 고개를 쳐들고 하늘을 보고 싶은 마음은 제대로 된 끼니를 먹고 싶은 식욕만큼이나 강렬했다.

난 재빨리 문을 닫아 걸었다. 그런데도 몸이 덜덜 떨렸다. 재빨리 문에 기대섰다. 발소리가 들렸다. 어디쯤일까? 내가 그랬다면, 내가 밖으로 걸어 나갔다면, 저놈들이 날 알아보았을까? 독일군 군화발 소리일까? 네덜란드 사람의 나막신 소리일까? 만약 들키게 된다면 날 고발할까? 날 불쌍히 여기고 놓아줄까? 하지만 발소리만 듣고서 놈의 정체를 알아낼 수는 없었다.

나는 위층으로 돌아갔다.

프랭크 아저씨네 가족들이 아침상이 차려진 식탁 옆에 서 있었다. 하지만 엄마아빠는 거기서 조금 떨어진 침대에 누워 있었다. 그러니까 아직 부엌은 아니었다.

"법정을 열겠습니다. 왕과 왕비를 심문하실 분?"

아빠가 베개를 세우며 말했다.

"누군가 사무실에 들어와서 쿠클러 아저씨의 서류가방을 훔쳐 갔어요. 놈들은 우리말을 엿듣고 있을지도 몰라요."

안네가 긴장한 목소리로 말했다.

"아빠가 피터 너한테 하실 말씀이 있겠구나."

엄마가 빈정거렸다.

"그럼 네가 아래층을 엉망으로 만든 게 아닌 건 분명해졌네."

아빠가 내게 말했다.

"그래서요?"

엄마가 아빠를 몰아세웠다.

"내가 널 오해했어."

"그게 다예요?"

엄마가 아빠를 다그쳤다.

"그 얘기가 아니잖아."

아빠가 짜증을 냈다.

"자, 그럼 미안하다고 말하고 더 이상 그러지 말아요."

"전 괜찮아요. 그나저나 아래층 문이 왜 아직까지 열려 있었던 거죠?"

내가 물었다.

모두 가만히 있었다.

"내가 어젯밤 아래층으로 내려가서 놈들에게 방해가 되었겠지."

아빠가 뒤늦게 대답했다.

"저들이 이곳에 사람이 숨어 있다는 걸 눈치챘을까요?"

안네가 재빨리 물었다. 얼굴이 하얗게 질려 있었다.

"괜찮을 거야. 바보같이 그러지 마. 우리 모두 아직 이렇게 멀쩡히 있잖니."

마곳이 안네의 어깨에 팔을 둘렀다.

"안네, 우리가 여기 있는 걸 아는 분들은 많단다. 그분들이 우리한테 먹을 걸 가져다주고, 우리를 돌봐주시잖니."

프랭크 아저씨가 조용히 말했다.

"하지만 쿠글러 아저씨의 서류가방을 훔쳐가는 사람을 어떻게 믿어요?"

안네가 되물었다.

"그런데 어젯밤에 문을 어떻게 잠가둔 거였죠?"

내가 끼어들었다.

"열쇠를 갖고 있는 사람이 있었겠지. 하여튼 그건 직원들이 출근하면 내가 알아보도록 하마. 자, 그럼 그때까지 뭐든 좀 먹도록 하자."

프랭크 아저씨가 말했다.

모두들 일제히 엄마를 쳐다봤다. 엄마도 주위를 둘러봤다.

"아이쿠, 아직 저희가……."

엄마가 멋쩍어하며 말했다.

"저희가 비켜드려야죠."

프랭크 아저씨가 맞장구쳤다.

"네, 잠시 여러분이 나가주신다면, 저도 침대에서 나와 식사를 준비해놓을게요."

엄마가 너스레를 떨었다.

나머지 사람들은 내 방으로 몰려갔다. 그새를 참지 못 하고 페퍼 선생님은 자꾸만 방귀를 뀌었다. 그럴 때마다 안네와 마곳은 깔깔거렸다.

"어휴, 진짜!"

프랭크 아줌마가 투덜거렸다.

"다 됐어요!"

엄마가 사람들을 불렀다. 우리는 참았던 숨을 내쉬고 다시 부엌으로 들어갔다. 숨을 참느라고 얼굴까지 새빨개진 안네와 눈이 마주쳤다. 처음엔 미소만 지었지만, 금세 거의 동시에 웃음이 터져 나왔다. 우리는 재빨리 소리가 나지 않도록 입을 막았다.

프랭크 아저씨가 날 빤히 쳐다보았다. 난 곧바로 눈길을 돌렸다.

"제발 안네야."

아줌마가 주의를 줬다.

"피터 좀 그만 괴롭히렴."

이번엔 나직이 속삭였다.

안네도 웃음을 멈췄다. 하지만 아줌마가 얼굴에 찬물이라도 끼얹은 표정이었다.

"안네?"

내가 부르자, 안네가 내 쪽을 바라봤다. 여전히 뚱한 표정이었다.

"아침 다 먹고 십자말풀이 끝내는 것 좀 도와줄래? 너도 알다시피 나 혼자서는 끝까지 해낼 자신이 없어서."

내가 말했다.

그러자 안네는 머리칼을 넘기며 자신의 엄마를 노려보았다.

"당연히 도와줘야지."

안네가 어깨를 으쓱하며 대답했다.

프랭크 아저씨가 눈썹을 치켜뜨고 날 쳐다봤다.

"마곳도 와줘. 하지만 우리끼리 알아서 답을 다 풀 때까지 지켜만 본다고 약속해."

내가 아저씨 눈치를 보며 말했다.

마곳은 상냥한 미소를 지으며 고개를 끄덕였다. 안경 너머로 마곳의 두 눈까지는 보이지 않았다. 피곤이 몰려왔다. 사람들에게 신경 쓰는 일이 날 금세 지치게 했다. 오늘이 주말이었으면 좋겠다. 저장창고로 도망가 보쉬와 단둘이 있고 싶다. 하지만 오늘은 평일이고 아직 아침식사도 마치지 않았다. 물론 제대로 된 아침식사라면 커피대용품과 빵에 발라먹을 버터 조각이나 잼이라도 있어야 했다. 하긴 있어봤자 우리가 원하는 만큼 먹을 수 없을 건 뻔하지만. 페퍼 선생님이 먼저 퍼 먹고 나서 지금보다 더 고약한 방귀나 뿡뿡 뀌며 다니겠지만. 그럼 방귀에서 딸기 냄새가 나지 않는 게 유감스럽겠지만 말이다.

은신처 바깥에서 발소리가 들렸어. 발소리가 점점 가까이 들려왔어. 발소리가 문 앞에서 멈춰 섰지. 지금 다시 생각해도 그때 건물 바깥에서 누군가 기웃거리고 있었던 것 같아. 하기는 안에 누가 있는지 궁금하겠지. 그래, 그래서 모두가 퇴근한 뒤에 살금살금 계단으로 올라와 사무실까지 들어왔겠지. 그놈도 아빠가 엉망진창이 되었다며 날 야단치는 작은 소리까지 다 들었을 거야.

그 사람은 우리가 은신처에 있다고 생각했을 거야.

우리를 찾았으니 다시 올 거라 생각하며 돌아갔겠지.

그날 오후

저녁이 되어서야 저장창고로 피신할 수 있었다. 난 제일 먼저 벽에 등을 기대고 눈을 감았다. 그림 그리기도 코르크 조각도 내키지 않았다. 그저 어둠 속에서 홀로 생각에 잠겨 있고 싶었다.

거의 바깥에 나갈 뻔했어.

길거리를 내리쬐는 햇빛을 봤어.

이곳에 온 뒤로 우리는 어둠 속에서 살기 시작했다. 다행히 눈은 어둠엔 곧 익숙해졌지만, 여름날 다락방으로 올라갈 때엔 눈이 멀어버릴 것만 같았다. 어느덧 우리의 시력도 예전 같지 않았다. 밝은 곳에서보다 어두운 곳에서 더 잘 보였다. 가끔은 이곳에서 영영 나가지 못하면 모두 장님이 될 거라는 끔찍한 생각이 들기도 했다. 물론 이 역시 장담할 수는 없다. 하지만 여전히 어둠 속에서 생산적이기 보다는 빈둥거리고 있는 것만은 분명했다. 빛이라도 한줄기 나타나면 숨어 있는 걸 들켜버린 바퀴벌레들처럼 허둥대며 사라질 게 분명했다.

"안 그래, 무쉬?"

무쉬가 내 허벅지에 올라와 웅크리고 앉았다. 날 올려다보는 무쉬의 두 눈이 빛났다. 손을 내밀었다. 그러자 무쉬는 코를 킁킁거리며 내 손바닥에 제 작은 머리를 들이밀었다. 덕분에 내 기분도 나아지고 있었다.

난 어둠 속에서라도 따뜻한 무쉬를 끌어안고 오크통으로부터 은은하게 번지는 술 냄새를 맡으며 우리를 둘러싸고 있는 적막감을 마음껏 누리고 싶었다. 그런 내게 남자답지 못하다고 비난을 하든 말든 신경 쓰고 싶지도 않았다. 내 생각엔 싸우지 않는다고 해서 남자답지 않다는 건 편견 같았다. 물론 집오리처럼 앉아만 있다가 총에 맞는 것도 남자다운 것과는 거리가 있지만, 이곳에서 빠져나갈 탈출통로 하나 확보해두지 않았다고 해서 남자답지 않다고 단정 짓는 것도 단순한 판단일 수 있었다. 그렇게 생각한다면 꿈속에서 리제의 손 대신에 내 손으로 그 짓을 하는 것 역시 남자답지 않기는 마찬가지일 터였다. 정작 남자답지 않다고 나를 비난하는 사람들도 막상 여기에서 지내게 된다면 그런 것들이 진정한 남자다움과는 별개란 걸 깨달을 수 있을 터였다. 어떤 게 남자다운 짓인지를 따지는 건 바깥세상에서나 신경 쓰는 한가한 문제였다. 어둠에 갇힌 우리는 그들과는 차원이 다른 게임을 하고 있는 중이었다. 아예 목숨을 걸고 하는 생존게임 말이다.

"안 그래, 무쉬?"

창고 안을 왔다 갔다 하던 발걸음을 멈췄다. 내가 한참을 그러고 있는 것조차 모르고 있었다. 무쉬가 툭하면 내 가랑이 사이를 왔다 갔다 하는 것처럼 나도 무심결에 창고 이쪽 끝에서 저쪽 끝까지 왔다 갔다 하고 있었으면서도.

바닥에 앉았다. 무쉬도 내 허벅지에 털을 비볐다. 그러면서 녀석은 갸르릉거리며 기계에 시동 거는 소리를 냈다.

생존, 살아남는 것. 하지만 살아남으려면 다른 무엇보다 자존감이 필요했다. 난 정말 그렇다고 생각했다. 프랭크 아저씨는 언젠가는 모든 것이 해결될 거라는 믿음으로 당신의 자존감을 지키고 있었다. 아저씨는 어떻게든 우리 모두가 생존할 수 있으리라 철썩같이 믿었지만, 내겐 그런 확신이 없었다. 다른 때는 몰라도 나 홀로 어둠 속에 있을 때는 더욱 그랬다.

"살 수 있겠지, 무쉬?"

무쉬는 내 질문에 다시 갸르릉거렸다.

가끔씩은 프랭크 아저씨도 창밖을 내다보는지 궁금했다. 시간이 지날수록 길거리의 군중 숫자도 줄어들고 있었다. 점점 줄어들어 여기 있는 사람들의 숫자만큼만 모여 있는 게 보였다. 우리 유대인은 수챗구멍으로 소용돌이치며 빠져나가는 구정물과 같은 신세였다. 조만간 한 명도 남김없이 사라져버리고, 텅 빈 욕조만이 남게 될 것 같았다.

놈들은 내가 스스로를 유대인이라 생각하든 말든 신경 쓰지 않을 터였다. 저놈들은 내가 유대의 신을 믿든 안 믿든, 유대교의 계율을 지키든 말든, 관심두지 않을 터였다. 정작 저들에게 중요한 것은 내 피 속을 흐르는 그것이었다. 그 더러운 것 한 방울이 내 믿음까지 오염시켰다고 믿고 머잖아 자신들까지 오염시킬 거라며 겁내고 있었다.

놈들은 그런 혐오심을 품고서 우리를 더러운 놈 취급하고 있었다.

"그렇지, 무쉬?"

하지만 무쉬는 대답하지 않았다.

이 집에서는 시간이 남아돌아갔다. 여기서는 온종일 우울해하며 침대에서 뒹굴며 지낼 수도 있지만, 벌떡 일어나 공부에 집중

하거나 그림을 그리고 글을 쓰고 책을 읽을 수도 있었다. 그렇게 우리에게 멀쩡한 미래가 기다리고 있는 척하며 지낼 수도 있었다. 하지만 그러려면 그에 따르는 의혹들을 감당해야만 했다. 그나마도 마곳처럼 혼자서 감당하는 게 최선이었다. 마곳은 언제나 혼자서 생각을 곱씹었다. 내 경우엔 생각이 느려 터져서 가벼운 대화에 낄 기회도 좀처럼 잡을 수가 없었다. 어쩌다 기회가 생겨도 말까지 느려 터져서 먼저 말하겠다며 나서는 사람들한테 발언권을 빼앗기고 말았다. 안네는 자신의 질문에 모두가 귀 기울여주기를 바랐지만, 그 애의 말을 듣고 있으면 머리에 쥐가 났다. 다른 사람들도 나처럼 어지러운지, 정신없이 아무 말이나 떠들어댔다. 사실, 나머지 사람들은 하릴없이 반복되는 똑같은 말싸움을 들어줘야만 했다. 듣고 있다가도 엄마는 얼굴을 붉히며 화를 냈고, 프랭크 아줌마는 신탁의 언어를 전하는 카산드라처럼 냉랭한 목소리로 안네를 나무랐다. 그럴 때마다 프랭크 아저씨도 한숨을 내쉬었는데, 할 수만 있다면 전부 머리통이라도 쥐어박고 싶은 눈치였다. 그런 중에 아빠까지 웃기지도 않는 구린 농담으로 분위기를 띄우려 했지만, 대체로 이미 다 꺼진 화톳불처럼 대화가 시들해진 뒤였다.

그러니까 조용히 혼자 묻고 답하는 것이 최선이었다. 이를테면, '이 상황은 언제나 끝날까? 이 전쟁이 끝나면 우리 중에 살아남은 사람은 있을까? 연합군이 가까워지면, 나치가 우리를 죽일까? 이 꼴로 만드시려고 신이 우리를 선택했다고 믿어야 하는 걸까?⋯⋯. 도대체 왜?'와 같은 질문 목록을 혼자서 만들어야 한다.

그 작업만으로도 한도 끝도 없을 터였다.

보다시피, 난 그 어떤 질문에도 답변 하나 제대로 못하는 놈이다. 난 안네와 마곳 자매나 리제처럼 똑똑하지도 않고, 이해력도 부족해서 답도 없는 멍청한 질문만 해대는 놈이다. 게다가 난 자신의 생각도 통제 못하는 놈이다. 다만 너무 많은 질문을 던지다 보면 어딘가에는 꼭 틀린 것도 있으리란 의심만 많은 놈일 뿐이다. 그러니까 맞는 것이 하나라도 더 있으려면 더 많은 것을 마음속에 품어야 한다. 그러는 게 확률적으로도 낫다.

언젠가 우리들은 허구의 인물이 될까? 결국 안네가 지어내는 이야기 속에나 등장하는 인물들 중 하나가 될까? 그게 아니라면, 나치가 지어낸 이야기 속에서 쥐도 새도 모르게 없애버려도 되는 인물로 그려지게 되는 건 아닐까?

감히 그 놈들이 어떻게?

어떤 짐승이기에, 사람 탈까지 쓰고 그런 짓을 할 수 있을까?

1944년 3월 3일 - 옛 생각에 빠지다

쉴 새 없이 눈이 내리고, 난 다락방에 서서 안네를 기다리며 밤나무 가지 위로 하얗게 쌓인 눈을 바라보고 있었다. 하늘에는 별들이 총총하고 밤공기는 맑았다. 신비스럽게도 짙푸른 밤이었다. 언젠가는 내 삶의 구석구석을 그림으로 담아낼 수 있으리라 생각했지만, 지금 같이 깊고 짙은 푸른색으로 표현해낼 수는 없을 것 같았다. 이처럼 깊고, 이처럼 아름답게 그릴 수는 없을 것 같았다. 밤하늘에 빛으로 구멍을 낸 별들을 내가 무슨 수로 그려낼 수 있을까? 반 고흐도 결국엔 해내지 못했다. 걸을 때마다 발바닥 밑에서 뽀드득거리던 눈의 촉감이 그립다. 눈뭉치를 던지던 추억도 그립다. 눈이 많이 쌓인 날에는 학교도 종종 문을 닫았다. 그러면 신이 난 우리들은 떼로 몰려다니며 눈뭉치를 상대편에 던지고 하루 종일 메르베데플레인 거리를 싸돌아다녔다. 가끔은 키 작은 관목이나 키 큰 나무 뒤에 몸을 숨기기도 했었다. 머리칼은 축축하고, 얼어붙은 두 볼은 빨개졌지만, 차가운 공기 속으로 새하얀 입김을 내뿜어 다양한 모양을 만드는 걸 즐겼다. 다락방 창밖을 내다보며 지금 교회 종이 울리면 좋겠다는 생각을 했다. 종이 울리지 않는다면 해방이 되어도 알 방법이 없다던 안네의 말은 그럴싸했다. 내 뺨으로 떨어지는 눈송이를 다시 한번 느껴보고 싶었다. 눈은 모든 걸 하얗게 묻었다. 우리까지 새하얗게 묻었다. 언젠가, 혹시 언젠가 이 세상이 전부 녹아버리면, 우리들도 여기에서 그대로 없어져버리겠지?

눈이야.

하지만 난 눈밭에 서서 아름답다고 말할 수도 없게 되었어.

정말 아우슈비츠의 눈은 끔찍했는데. 그곳에서는 내리는 눈까지도 끔찍해서 매서운 추위에 온몸이 뒤틀릴 것만 같았는데.

손가락 하나 까딱할 힘도 없었잖아. 이를 딱딱거리면서 마지막 낮숨까지 태웠지만 몸은 점점 깊어지는 눈구덩이 속으로 파묻히고 말았잖아. 얇은 파자마 차림으로 눈밭에서 한 시간이 지나고 하루가 지나고 또 하루가 지날수록 살아날 확률은 희박해졌어. 그래, 죽어가고 있던 거였어. 악몽보다 더 끔찍한 그곳에서. 그래, 어떤 말로도 아우슈비츠의 맹추위를 대신할 수는 없지.

수용소 막사, 구타, 형편없는 죽.

내일은 살아남을지 죽을지도 모르는 그곳에서 선택되면 공포도 끝이 났지.

올 거야, 다시 감시대원이 올 거야.

매일 아침 잠결인지 꿈결인지 모르는 그곳까지 장화발로 침입해서 악몽보다 더 끔찍한 또 하루 속으로 나를 쳐넣을 거야.

비스타빠치!

일어나!

1944년 3월 7일 - 안네와 함께

"그런데, 피터!"

안네가 속삭였다. 행복해보였다. 두 눈이 반짝였다.

"그렇게 생각하는 거 맞겠지?"

"무슨 생각인데?"

"우리 엄마가 틀렸다고. 엄마는 우리더러 늘 다른 사람들 삶이 얼마나 더 힘든지 생각하며 버텨내야 한다고 말하잖아."

"가끔 도움이 될 때도 있잖아."

내가 조용히 말했다.

"그래? 그럼 왜 늘 하늘을 쳐다보는 건데? 그러는 넌 어째서 대단한 기쁨이라도 되는 냥 나무를 패려하는데?"

안네가 물었다. 웃음이 나왔다.

"그렇게 웃지만 말고, 뭐라고 말을 해봐!"

하지만 안네도 날 따라 웃었다.

"뭘?"

내가 되물었다. 안네가 방석을 던졌다.

"아무것도 모른다면 입 다물고 있어도 용서해줄게. 그나저나 나는 왜 네덜란드에서 가장 짜증나는 남자애랑 갇혀 지내야 할까?"

말과는 다르게 안네의 표정은 짜증스러워 보이지 않았다.

난 안네가 던진 방석을 쉽게 잡았다. 우리 둘은 서로를 바라보며 웃었다. 문제가 될 건 아무것도 없어 보였다.

"넌 말이 너무 많아. 그게 너희 엄마한테는 걱정거리고. 네가 하늘을 쳐다본다고 뭐라 하진 않으시잖아? 물론 너희 엄마는 엄마고, 너는 너지만."

난 방석을 도로 던져줬다. 하지만 방석은 안네의 얼굴을 맞히고 다락방 바닥으로 떨어졌다.

"안네?"

안네는 꼼짝도 하지 않았다. 아플 정도로 세게 던지지는 않았는데 꼼짝도 하지 않았다.

"안네?"

난 안네에게 다가가 얼굴을 조심스럽게 쓰다듬었다. 안네가 미소 지었다. 그 미소가 얼굴로 번져 웃음꽃이 피었다. 나와 함께 있는 동안 안네는 늘 그렇게 웃었고, 난 그게 좋았다. 가끔씩은 터져 나오려는 웃음을 참으려고 입술에 지퍼를 채우는 척했다. 그럴 때도 웃음이 나왔다. 속으로 삼키는 웃음이었다.

난 아랫배를 부여잡고 웃고 있는 안네를 일으키려고 팔을 뻗었다. 안네가 내 손을 잡았다. 우리는 앉은 채로 창밖을 내다봤다. 하늘은 푸르고 아름다웠다. 눈밭에 반사된 햇살이 눈부셨다. 눈 쌓인 밤나무 가지마다 자그마한 새싹들이 맺혀 있었다. 안네는 깊은 한숨을 내쉬며 내 어깨에 머리를 기댔다. 난 눈을 감았다. 안네의 향기가 났다. 그제야 비로소 안네의 손을 놓아주지 않은 걸 알아챘다. 자그마하고 깔끔한 손이 내 손 안에 있었다. 싸늘했다. 안네는 늘 추위를 탔다. 다른 손으로 안네의 손을 감싸 쥐었다. '따뜻하게 해주고 싶었을 뿐이라고요.' 마음속으로 프랭크 아저씨에게 설명을 했다. '따뜻하게 해주고 싶었을 뿐이란 말예요.' 아니, 변명일까? 아무튼 우리는 거기 그대로 앉아서 창밖을 좀 더 내다봤다.

"그런데, 안네. 너도 알고 있겠지만, 바깥에 있는 사람들은 고통을 받고 있어. 이제 유대인은 거리에 없어. 먹을 것도 없고. 죽음의 수용소로……, 그러니까 너희 엄마 말씀대로 다른 사람들 상황은 최악일지도 몰라."

시간이 얼마나 지났을까, 난 조심스레 입을 열었다.

"하지만 우리는 여기 있잖아."

안네는 한숨을 내쉬며 내 품을 파고들었다. 꿈만 같았다.

"우린 아직 여기 있어, 안 그래? 비록 다락방 작은 창이지만, 하늘도 우릴 내려다보고 있고. 우리는 여기 있어. 그리고……."

안네가 속삭임을 멈추고 내 얼굴을 빤히 쳐다봤다.

난 안네에게 해줄 말이 많이 있기를 바랐다. 안네는 허공을 자유롭게 날아오르는 갈매기 같아 보였다. 내 자신은 나뭇잎 한 장을 내미는 데 반 년이나 걸리는 저 밤나무 같았다. 한숨이 나왔다. 안네의 말이 옳았다. 가끔은 지금 있는 곳이 천국일 수 있다는 그 애 말은 옳았다. 바로 지금처럼, 딴 생각은 싹 다 잊은 바로 이 순간처럼.

하지만 난 내 생각을 말로는 표현할 수 없었다. 그런 건 내 능력 밖의 일이었다. 그 대신 안네의 이름을 속으로 되뇌었다. 안네, 안네, 안네……. 돌연 안네가 내 얼굴을 들여다봤다. 잠시 뒤 우리는 서로의 얼굴을 가만히 마주보았다. 창 너머 하늘과 나무도 우리를 지켜보고 있었다. 그렇게 우리는 뭔가를 기다렸다.

막연한 기다림, 무슨 일이 닥쳐올지 모르면서도 기다릴 수밖에 없는 공포 속의 기다림이었다.

1944년 3월 22일 - 안네 생각

안네는 늘 열심이고 정직하고 긍정적이었다. 게다가 내가 리제를 원할 때마다 무쉬를 안아주는 것처럼, 그 애의 마음속에도 갈망이 들끓고 있는 게 느껴졌다.

그런 안네를 안아주고 싶은 내 마음은 잘못된 걸까?

그나마도 안네를 행복하게 해줄 수 있어서 기쁜 내 마음도 잘못된 걸까? 정말 그런 걸까? 모르겠다.

여전히 난 한밤중에도 가끔씩 다락방으로 올라가 총격소리에 귀를 기울였다. 내 머리 위로도 비행기들이 날아다니겠지만, 더이상 겁이 나지는 않았다. 이유는 모르겠다. 다만 어떤 일이 일어나든 내가 막을 수 없으리란 막연한 자괴감 때문일 듯 싶었다. 머리 위로 포탄이 떨어지면, 우리도 끝장이었다. 건물에 화염이 옮겨 붙으면, 불붙은 건물 밖으로 내쫓기게 될 터였다. 그렇게 우리는 발각될 운명이었다. 난 가끔 그럴 경우, 독일인인 척하면 어떨까 생각해보았다. 독일인인 척? 아니, 난 이미 독일인인데, 그게 아니었나? 그래, 모두 다 미쳐 가고 있는데, 그래서 아주 간단한 것조차 도무지 이해되지 않는데, 난들 어쩌라고?

벱 아줌마가 올라왔다. 아줌마는 공군 이야기를 하면서 기침을 계속했다. 아줌마는 전보다 말랐다. 우리들도 모두 말랐다. 우리에겐 식량이 넉넉하지 않았다. 아무도 배불리 먹지 못했다. 모두

시들시들 아프기 시작했다. 벱 아줌마는 나치 공군기들이 포탄을 퍼부어 구조식량을 싣고 오는 비행기들을 격추시키고 있다고 전했다. 프랭크 아저씨는 머리를 절레절레 흔들며, 세상에 망조가 들었다고 말했다.

"식량이 부족하기는 나치도 마찬가지일 거예요. 그러니까 우리가 받아먹는 꼴을 봐줄 수 없어 공중포격을 해대는 거겠죠!"

엄마가 말했다.

"아우구스테, 늘 음식 때문만은 아니에요."

프랭크 아주머니가 엄마의 말을 받아쳤다.

그렇게 말싸움이 시작됐다. 성이 난 프랭크 아줌마는 우리 옷가지를 바늘로 찔러댔다. 한 마디 할 때마다 바늘이 옷 속으로 들락날락거렸다. 엄마의 얼굴은 시뻘겋게 달아올라 있었다. 난 내 방으로 돌아갔다. 하지만 여전히 다투는 소리가 들려왔다.

"미안합니다."

난 죽은 비행사들을 떠올리며 중얼거렸다. 벱 아줌마는 그들이 죽은 건 아니라고 말했지만, 난 그들이 죽었다고 생각했다. 내가 만일 내일 죽는 걸 알게 된다면, 안네한테 키스를 해달라고 할까? 키스 이상을 부탁할까? 안네 역시 내일이 우리의 마지막 날이라는 걸 알게 된다면, 그러라고 대답할까? 키스를 한 게 우리가 내일 죽게 될 운명이란 걸 알아버렸기 때문이라면, 그것도 문제가 될까?

그러고 싶은 내 마음이 단지 그 때문일까?

모르겠다. 내 마음이라도 난 정말 모르겠다.

안네가 조용히 내 방으로 들어왔다.

안네는 불안하고 초조한지 두 손을 꼬고 있었다. 난 일부러 거리를 두려고 소심하게 굴었다. 하지만 마음이 짠했다. 나와 가까워지려고 이토록 애쓰고 있는 애를 밀어내는 내 행동이 날개 없는 새를 발로 차버리는 짓만큼이나 잔인하게 느껴졌다.

"지금 다락방에 갈 수 있어?"

안네의 요청에 난 고개를 끄덕였다. 그런 다음 먼저 올라가 덧문을 열고 안네가 들어오는 걸 도와줬다. 처음 이 집에 왔을 때는 여기 계단이 가팔라서 한 칸 한 칸 천천히 올라왔지만, 지금은 거의 뛰다시피 성큼성큼 올라왔다. 우리는 바닥에 방석을 깔고 앉았다.

"나한테 화나 있는 거야, 피터?"

안네가 물었다. 무슨 말을 해야 할지, 어떻게 대답해야 할지 몰라 속이 답답했다. 화는 나 있었지만, 안네 때문은 아니었다. 난 이곳에 갇혀 있는 우리들의 처지에 짜증이 났고, 우리를 감시하는 어른들과 일거수일투족을 함께 해야 하는 상황에 짜증이 나 있었다. 아무래도 안네의 엄마가 나를 인정하지 않는 것 같고 아저씨마저 마곳을 더 신경 쓰는 것 같아 화가 나 있었다.

"화낼 일이 어디 한두 가지야?"

내가 툴툴거렸다.

"우리 엄마 말대로 내가 귀찮은 거야?"

안네가 뾰로통하게 물었다. 불만을 티내지는 않았지만, 꼭 알아내고야 말겠다는 말투였다. 진실이 뭐든 간에 반드시 알아내고야

말겠다는 고집스런 안네다운 말투였다. 슬그머니 웃음이 나왔다.

"웃을 일은 아니잖아!"

안네가 되받아쳤다.

"자, 들어봐. 일단 내 말부터 들어봐."

내 말에 안네가 얌전해졌다. 하지만 난 뜸을 들였다. 무슨 말부터 꺼내야할지 망설여졌다. 입을 열기까지 제법 시간이 걸렸다. 얼굴이 달아올랐다. 창밖에서는 새들이 울고, 저 아래 길바닥에서는 트럭 하나가 시끄러운 소리를 내며 지나가고 있었다. 다락방으로 올라오는 인기척이 들리지도 않는데, 난 자리에서 일어나 덧문을 닫았다.

"안네. 들어봐. 다른 게 아니라, 여기 갇혀 아무것도 모르면서 그저 궁금해 하기만 한다면……."

잠시 말을 끊었다. 안네는 가만히 듣고만 있었다.

"내 말은 그러니까, 여기서 우리 삶이 끝나버린다면 우린 어떻게 되고, 만에 하나라도 우리가 여기서 발각되는 날엔 나머진 어떻게 될 거냐는 거야. 지금껏 비밀 탈출통로도 확보해두지 않았는데 이제 우리한테 그럴 기회가……."

안네는 여전히 조용했다. 너무 조용해서 계속 말하기도 어려웠다.

"사랑에 빠지거나 서로를 알아갈 기회가……."

단어가 떠오르지 않았다. 너무 많은 말을 해버렸다. 갑자기 말문이 막혔다. 얼굴이 달아올랐다. 안네가 그런 나를 진지한 눈빛으로 쳐다보고 있었다. 다음 말을 재촉하는 눈치였다.

"무슨 생각하니?"

내가 물었다.

"지금 무슨 소리를 하는지 모르겠어."

안네가 몸을 떨며 대답했다.

"안네! 우리 둘 다 영영 여기서 나가지 못하게 되면 어쩌지?"

"그만."

안네가 외마디 소리를 질렀다. 짧지만 절박한 외마디 단어였다.

"제발, 피터, 그만 해!"

안네는 떨리는 몸을 어쩌지 못했다. 손을 내밀어 안네의 어깨를 붙잡았다.

"미안, 정말 미안해. 안네."

내가 꺼낸 말들이 후회스러웠다.

"그런 건······."

안네도 뭔가를 말하려고 했지만, 목소리마저 심하게 떨렸다.

"난 하고 싶은 게 많아. 난 그 일들을 해야 해. 그러려면 살아야 해, 피터. 우리는 반드시 살아 나가야 해!"

"그럴 거야. 그렇게 될 거야."

난 작은 소리로 안네를 위로했지만, 속으론 두려웠다.

"걱정 마, 안네. 너희 아버지가 그렇게 만들어주실 거야. 그까짓 건 식은 죽 먹기일 거야."

난 안네를 힘껏 끌어안았다. 그렇게라도 해야 갈데없이 흘러넘치는 두려운 감정이 우리를 집어 삼키기 전에 멈출 수 있을 것 같았다. 얼마 지나지 않아 떨림은 전율로 바뀌었다.

"미안."

안네가 속삭였다.

"그런 말 하지 마."

나도 작은 목소리로 대답했다. 안네는 깊은 한숨을 들이마셨다.

"난 두려워. 난 내 안에 품고 있는 것들이 결국엔 빛도 보지 못하게 될까봐 두려워."

"알아, 나도 그래."

난 안네의 몸을 흔들어 달래주었다.

"뭐가……."

안네가 딸꾹질을 했다.

"뭐가 가장 두려워? 음, 하지 못할 것 같은 일엔 말이야."

안네가 고개를 들고 날 쳐다봤다. 난 고개를 돌려버렸다. 차마 입 밖에 꺼낼 수는 없었다. 아니, 할 수 있는데 피해버렸을까? 서로에게 속마음 전부를 알려줄 수는 있을까? 그런 게 가능할까? 난 당황스러웠다.

"아니, 너부터 하고 싶은 일이 뭔지 말해봐."

내가 나긋하게 말했다.

안네는 한순간의 망설임도 없이 하고 싶은 일들을 꺼내놓았다. 마치 말할 시간이 얼마 남아 있지 않은 걸 알아버렸다는 듯, 온갖 단어들이 입술 사이로 툭툭 튀어나오고 있었다.

"이야기야. 나한테는 엄청나게 많은 이야기가 있어, 피터. 얼마나 많이 있느냐면, 사람들 숫자만큼이야. 우리 모두한테는 저마다의 이야기와 생각들이 있잖아. 가끔 난 평생 동안 그 이야기들을 해도 다 못하고 죽을 거란 생각이 들어."

안네가 내 팔뚝을 잡았다. 손아귀에서 힘과 열정이 느껴졌다.

"그런데 내가 먼저 물었잖아."

안네가 방긋 웃었다.

난 침을 삼켰다.

"피터?"

안네의 재촉에 한숨부터 나왔다.

"뭔가 있는 게 분명한데."

안네는 계속 부드럽게 채근하고 있었다.

"난 여자와 잠을 자지 못하게 될까봐 두려워."

난 작은 소리로 말했다. 하지만 나지막하게 꺼내놓은 이 말이 우리 사이를 파고들었다. 그 순간, 안네가 내 팔뚝에서 손을 치웠다.

"아!"

안네는 외마디를 내뱉으며 일어나 내게서 거리를 뒀다. 눈망울은 얼굴만큼이나 커져 있고 입술을 실룩거렸다. 하지만 안네는 아무 말도 하지 않았다. 그러더니 돌연 두 손으로 얼굴을 감싸 안고 웃어대기 시작했다. 어깨까지 들썩거렸다.

"난 그런 건……."

안네도 말문이 막힌 것 같았다.

"난 지금껏 단 한 번도 네가 그런 말을 하리라고 상상해 본 적이 없는데."

"나도 없어."

내가 맞장구쳤다.

그러자 나도 웃음이 나왔다. 우리 둘 다 웃느라고 아무 말도 할 수가 없었다. 안네는 크게 심호흡까지 하며 눈가의 눈물을 닦았다.

"안네?"

잠시 뒤 난 그 애의 이름을 불렀다.

"응?"

"이건 네 일기장에 쓰지 말아줘."

"어째서?"

"글쎄."

"알았어. 안 쓸게."

안네가 곧바로 답했다. 그러고도 우리의 대화는 끝없이 이어졌다. 둘만의 이야기는 석양빛이 시들고 땅거미가 내려앉은 뒤에도 계속 되었다. 마치 말에도 자체의 생명력이 있어서 우리 입에서 떨어져 나온 순간부터 저절로 살아 움직이는 것만 같았다.

"우리가 여기 갇혀 지내지 않았다면, 넌 나란 사람을 알지도 못했을 것 같아."

안네는 내 말에 웃으면서 내 손을 잡으려고 팔을 뻗었다.

"아, 피터! 만약 그랬더라면 난 한 그루의 나무와 힐끗 바라 본 하늘이 얼마나 멋진지 알 수 없었을 거야. 아마 지금과는 다른 사람이 되었겠지. 하지만 지금보다는 형편없는 사람일 테지. 솔직히 예전엔 내 자신에 대한 확신이 없었거든."

"넌 여러모로 놀라워!"

"너도 그래."

"안네?"

"응?"

"바깥세상에 살 때 난 여자 친구가 있었어. 리제라는."

"리제 리버만?"

다른 사람이 그녀의 이름을 부르는 소리를 들으니 가슴이 아려왔다.

"넌?"

"피터라는 남자애가 있었어. 피터 쉬프."

우리는 아무 말도 없이 서로의 손을 잡고서 어둠 속에 그대로 앉아 있었다. 우리는 리제와 피터에게 무슨 일이 벌어지고 있는지, 그들이 살아 있는지 죽었는지조차 알지 못했다. 다만 우리 마음속에 살고 있다는 것만을 확인할 수밖에 없어 가슴이 쓰라렸다.

아래층으로 내려가기 위해 자리에서 일어났을 때, 난 안네의 이마에 키스를 했다. 안네는 내 손을 꽉 잡았다. 잠시 아무 말도 할 수 없었지만, 그럴 필요도 없었다. 우리 각자의 곁에는 이제 그들 대신 우리 둘만이 있다는 걸 확인했으니까.

1944년 3월 26일 - 감정이 끓어 넘친 날

안네가 내 마음의 문을 열자, 숨겨둔 감정들이 흘러넘쳤다.

"난 피터 반 펠스, 내가 여기 있어. 안네 프랑크, 난 이야기 속에만 존재하는 게 아니라 진짜야. 그런 내가 널 끌어안고 키스한다면?"

난 이렇게 말하고 싶었다. 하지만 그래서는 안 된다는 것쯤은 알고 있었다. 프랑크 아저씨와 마곳 입장도 생각해야 한다는 것도 알고 있었다. 난 깊은 한숨을 내쉬고 안네가 하는 말에 집중했다.

"난 주부는 되지 않을 거야!"

안네의 말에 웃음이 나왔다.

내 생각에도 안네는 주부가 될 수 없을 것 같았다. 주부가 되기에는 너무 덜렁거렸다. 이야기를 쓰다가 저녁식사 준비를 깜박하거나, 몽상에 빠져서 시장 보는 걸 깜박할 수도 있을 것 같았다.

"넌 노력해도 가정주부는 될 수 없을 거야."

"나도 가능해. 다만 내가 하고 싶지 않은 것뿐이야."

안네가 자신만만하게 말했다.

"뭐, 그럼 그런 것에 별로 신경 안 쓰는 남편감을 찾아보면 되겠다."

난 웃으며 말했다.

"남편은 안 둘 거야."

"정말?"

안네는 사악한 눈초리로 날 쳐다보며 한 손을 삐딱하게 내밀고는 손가락 사이에 담배를 들고 있는 척했다. 그런 다음 연기를 깊이 빨아들이고 내뿜는 시늉까지 했다.

"넌 여자는 가정주부가 되어야 한다고 생각해? 요즈음 같은 시대에?"

안네가 나른한 목소리로 물었다.

난 미소를 지었다. 해주고 싶은 말이 많았다.

"아이를 가지고 싶으면 그래야지."

그러자 안네가 포즈를 바꾸고 먼 데로 시선을 돌리는 척하더니, 다시 내 얼굴을 뚫어지게 쳐다봤다.

"그럴 일은 없을 거야. 그게 꼭 의무는 아니잖아, 안 그래?"

안네의 말투는 반항적이었다.

"꼭 그렇지는 않지만."

"내 몸에서 아이가 나오는 건 상상도 할 수 없어. 그런 건 소설 같아."

느닷없었다. 난 이런 말에는 무슨 말을 해줘야 하는지 몰라서 입을 다물고 있었다.

"끔찍하다는 생각 안 들어?"

안네가 물었다.

난 어깨를 으쓱해보였다.

"뭐 그렇다고 끔찍하다고 하기는 좀……. 아무튼 여기서 나가면 우리가 원하는 건 뭐든지 할 수 있을 거야."

"난 글을 쓰고 싶어, 피터."

"넌 벌써 쓰고 있잖아."

내가 맞장구를 치자, 안네가 곁으로 다가와 내 손을 잡았다.

"하지만 내가 위대한 작품을 쓸 수 있을까? 사람들의 삶까지 바꿔놓을 수 있는 최고로 좋은 작품을 쓸 수 있을까?"

안네가 되물었다.

"쓸 수 있을 거야."

나는 맞장구를 계속 쳐줬다. 안네라면 무엇이든 할 수 있을 것 같았다. 바라는 대로 뭐든지 될 수 있을 것 같았다.

가끔은 나도 안네 이야기의 배경 속에 함께 있을 수도 있겠다는 생각이 들곤 했다. 지금 내가 여기 있는 것처럼 그럴 수도 있겠다는 생각이 들곤 했다.

안네를 지켜주기 위해서라면 내가 현관 문까지 수시로 확인해줄 수도 있을 것 같았다. 그래도 괜찮을 것 같았다.

안네의 어깨에 한쪽 팔을 둘렀다. 우리는 마룻바닥에 누워 있었는데, 안네의 꿈 이야기가 별빛처럼 쏟아졌다. 하지만 꿈 이야기는 언제나 저 멀리 있는 밤하늘의 별처럼 딴 세상에 있었다. 아직 오지 않은 먼 미래에 있었다.

안네는 내가 자기 때문에 이곳을 더 좋아하게 됐다는 걸 눈치채지 못했다. 안네는 내 모든 것을 바꿔 놓았다. 난 여기로 올라와 햇볕을 쬐며 나란히 누워 있을 기회를 목 빼고 기다렸다. 안네의 이야기에 귀 기울이다 나뭇가지를 흔드는 바람소리를 듣고 싶었다. 감겨오는 눈을 뜨고 갈매기가 저 멀리 날아가는 모습을 보고 싶었다. 그렇게 영원히 머물고 싶기도 했다.

난 그러는 것이 좋았다. 하지만 안네는 그 이상을 원했다. 그 무언가를 내게서가 아니라, 세상으로부터 구하려 했다.

"키스해본 적 있어?"

느닷없이 안네가 물었다.

멋쩍어진 난 다락방 지붕을 받치고 있는 들보를 올려다봤다.

"아니,"

하지만 대답과 달리, 손등에 입을 맞추며 작별인사를 했을 때 느꼈던 리제의 피부 감촉을 기억해내려 애썼다. 리제의 손은 언제나 따뜻하고 부드러웠는데.

"나도 없어."

안네가 일어나 앉았다. 그러더니 혀로 제 입술을 핥았다. 난 그 모습을 올려다보며 미소 지었다. 하지만 이내 다시 입술을 꼭 다문 안네의 표정은 야무지면서도 어딘지 불안해 보였다.

"내 생각에 키스는 그렇게 작정하고 하는 게 아니라, 어쩌다 우연히 하게 되는 게 아닐까 싶은데?"

물론 우리가 이렇게 된 것도 우연이라면 우연이 아닐까? 어쩌면 우리한테는 기다리고 말고 할 시간이 없을지도 몰랐다. 상대를 선택할 기회조차 없을지도 몰랐다.

우리한테는 이곳밖에 없었다. 오로지 지금 현재뿐이었다. 거기에다 키스를 받는 기분이 어떤 것인지 알고 싶어 하는 안네와 여자와 사랑을 나눠보고 싶은 나, 이렇게 단 둘뿐이었다.

그런 안네의 상대로는 영화배우는 아니더라도 폼 나는 사내가 좋겠고 내겐 리제가 더 좋겠지만, 그들을 여기로 데려올 수는 없었다. 우리한텐 우리가 전부일 뿐, 다른 상대는 아예 없었다.

나도 일어나 앉았다. 하지만 이 상태에서 뭘 더 할 수는 없었다.

"이제 내려가야지."

내가 말했다.

내가 잘못한 걸까?

아니면, 안네가 내 말에 안심한 걸까?

이것도 아니라면, 실망했던 걸까?

모르겠다.

그럼 안네는 내 마음을 알까? 제 자신의 마음은 알까?

만약 시간을 거꾸로 돌려 그때로 돌아간다면? 온갖 것이 궁금하고 온갖 것을 다 해보고 싶은 안네가 아직 거기 그대로 있다면? 지금 알게 된 것을 그때의 내가 알고 있었다면, 난 다르게 행동했을까?

우리가 생각했던 것보다 시간이 없다는 것을 진작 알았더라면, 시간이 우리를 기다려주지 않는다는 걸 그때도 알았더라면.

1944년 3월 27일 – 다락방에서 안네와 함께

안네가 나 때문에 미소 지을 때마다 기분이 좋았다. 어느새 나도 윙크로 되갚아줄 수 있게 되었다. 언젠가부터 단순히 기분을 묻거나 다락방으로 올라가고 싶은지 묻는 것만으로도 안네를 미소 짓게 할 수 있었다. 아직까지 내 경우엔 얼굴을 그리다말고 보조개가 잘 드러나지 않는다고 한쪽 눈을 찡그리듯 윙크했지만, 솔직히 말해 지금껏 그 애 얼굴을 자세히 본 적도 없었다. 그래서 안네의 눈이 정확히 어느 정도의 갈색인지 모르고 있었다. 그 애의 턱선이 샤프한 머리만큼이나 뾰족한 줄도 모르고 있었다. 물론 그런 것조차 몰랐다고 내가 내 자신을 너무 다그치고 있는 것인지도 모른다. 호기심 많고 생각도 많은 안네조차 사람들의 그런 부분에 대해서는 잘 알지 못할 텐데 말이다.

어느덧 이 은신처에도 새로운 화젯거리가 생겼고 사람들은 틈만 나면 우리 이야기를 나눴다.

"안네, 오늘도 작은 집에 가는구나. 하지만 잊지 말고 우리한테 꼭 돌아와야 한다."

페퍼 선생님은 안네가 내 방으로 들어오려 할 때마다 이렇게 말했다. 그래도 안네는 웃으며 아무렇지 않은 듯이 행동했다. 그럴 때면, 프랭크 아저씨의 짐작대로 안네는 이런 상황까지 즐기고 있는 것 같아 보였다. 하지만 난 늘 그렇듯이 아무런 대꾸도 않고 속으로만 분노하고 있었다. 난 페퍼 선생님이 비아냥거리는 게 싫었다. 도대체 우리 일이 자신한테 무슨 해가 된다고 저러는 걸까? 어른들도 우리 나이 때는 하나부터 열까지 부모님한테 설명을 해야 했을까? 적어도 우리 둘의 사생활을 인정해주는 척이라도 하는 게 어른다운 게 아닐까? 아니, 아니, 내 바람이 지나친 걸까?

1944년 3월 29일 – 안네의 일기장은 금싸라기

　어젯밤 라디오 뉴스에 게릿 볼케쉬타인 국무장관이 나와 전쟁이 끝나면 모든 은신처에서 작성된 글들을 증거로 모을 예정이라고 발표했다. 그러자 은신처 전체가 안네의 일기장 이야기로 술렁거렸다. 모두들 일기장의 내용을 알고 싶어 했다. 모두들 안네가 자신에 대해서도 써주길 바랐다. 프랭크 아저씨는 증언자에 대한 이야기를 꺼냈고, 아줌마는 증거에 대한 이야기를 꺼냈다. 아빠는 안네가 벌써 잊어버렸을지도 모른다며 좋아하는 농담을 다시 늘어놓았다. 줄곧 입을 다물고 있는 마곳과 나를 뺀 나머지 사람들 모두는 잘된 일이라며 기뻐하고 있었다.

　"제 이야기가 들어 있는 게 싫다면요?"

　난 정말 그렇게 되는 게 싫어서 지겨운 케일과 감자뿐인 저녁식탁을 내려다보며 물었다.

　"빨리 받아 적어라, 안네!"

　아빠가 말하자, 모두 웃었다. 하지만 난 지금 여기 있는 이 사람들이 안네가 열정을 쏟아붓는 자신의 일기장에 얼마나 큰 의미를 두고 있는지 알고 있을지 궁금했다. 그러면서 한편으론 사람 마음이 나뭇잎만큼 가벼워질 수 있다는 사실에 소름이 끼쳤다. 일기장 하나 때문에 상황이 한순간에 반전될 수 있다는 사실에 진저리가 쳐졌다. 안네는 흥분한 사람들이 떠드는 동안 그들의 얼굴을 빤히 쳐다보기만 했다. 난 그런 안네와 눈을 맞추려고 했지만, 안네는 시선을 마곳에게 돌리고 제 언니의 반응을 기다렸다.

"멋진 일이야."

마곳의 말투는 여전히 상냥했지만, 그 말 속에는 가시가 있었다.

"앞으로 네가 글쓰기에 매진할 시간을 더 줘야겠구나."

프랭크 아줌마가 말했다. 안네가 놀란 표정을 지었다.

"제 방에서는 안 됩니다. 안네가 지금보다 더 많은 시간을 제 방에서 보내게 할 수는 없습니다. 그리고 지금처럼 지나친 격려는 옳지 않습니다."

페퍼 선생님이 말했다.

"전혀 문제될 게 없습니다, 페퍼 씨. 안네는 우리 방에서 시간을 보낼 거고, 그럼 선생께 폐를 끼칠 일은 없을 겁니다."

프랭크 아저씨가 대꾸했다.

그러자 마곳이 눈을 감았다. 그럼 마곳은 어디로 가 있으라는 걸까? 아무도 마곳에게는 의사를 묻지 않았고, 많이 서운했을 마곳 역시 그 질문을 꺼내지 않았다.

"고마워요, 아빠!"

안네가 미소 지었다. 그런 안네에게 프랭크 아줌마도 고개를 끄덕이며 허락을 표시했다.

"엄마도 고마워요."

하지만 마곳에게 고마워하는 사람은 아무도 없었다.

난 안네가 우리 한 사람 한 사람을 어떻게 생각할지 미리 짐작할 수 있었다. 그 애한테 우리 엄마는 멍청하고 자기 아빠한테나 잘 보이려는 뚱보일 테고, 마곳은 완벽한 딸인 척하며 내숭이나 떠는 언니일 테고, 그렇다면 나는? 생각만으로도 끔찍했다. 내가 그 애한테 했던 말들이 떠오르면서 머릿속이 지끈거렸다.

1944년 3월 30일 - 글 쓰는 안네를 바라보며

다락방에서 기다렸지만, 안네는 올라오지 않았다. 프랭크 아저씨 방으로 내려가 찾아봤지만, 그곳에도 안네는 없었다. 난 안네의 침실 문을 노크했다.

"글을 쓰고 있는 동안은 아무 소리도 못 들으니까, 그냥 들어가 봐."

마곳이 알려줬다.

문을 열었다. 안네는 책상 앞에 앉아 고개를 숙이고서 종이 위 글자들을 손가락으로 훑고 있었다. 내가 온 것도 모르는지, 고개 한번 들지 않았다.

"안네?"

내 목소리에 놀란 안네가 허리를 펴고 쳐다봤다. 멍한 듯 해도 여전히 눈빛이 이글거렸다. 그 애는 잠시 그렇게 쳐다보더니 내 이름을 불렀다.

"피터?"

"우리 다락방에서 만나기로 했잖아."

"아, 맞다, 그랬지."

잠시 안네는 넋이 나간 사람 같았다. 나 때문에 놀라 화가 난 사람 같았다.

"난 괜찮으니까 그럼 나중에 보자."

난 나지막하게 말했다.

"나중 같은 건 없어."

안네는 중얼거리며 책상 쪽으로 고개를 다시 돌렸다. 하지만 내가 방에서 나가려는 것도 모르는 눈치였다. 난 문을 닫고 잠시 기대 서 있었다. 허전하고 허탈했다.

책을 보고 있던 마곳이 고개를 들고 내게 말을 걸었다.

"매우 인상적이지?"

마곳의 목소리는 무덤덤했지만, 난 고개를 끄덕이며 그 자리를 떴다.

나중에 안네를 다락방에서 만났을 때에도 난 그 이야기는 꺼내지 않았다. 왠지 숨겨야 할 비밀 같았다.

이제 낮 동안에는 안네가 시간을 낼 수가 없어 우리 둘은 어두워져서야 다락방에서 만났다. 하지만 양초를 켤 수 없었기 때문에 희끄무레한 어둠 속에 앉아 있어야 했다.

"며칠 전에 저장창고에서 보쉬랑 있는 걸 몰래 지켜봤어."

안네가 먼저 말을 꺼냈다.

"넌 항상 여기 있는 사람들을 감시하잖아, 안 그래?"

내가 물었다. 사실 모든 게 달라진 것 같다는 말을 어떻게 해야 할지 몰랐다. 뭐가 어째서 다른 지도 알 수 없었다.

"너…… . 넌 보쉬와 무쉬가 있지만, 난…… ."

안네가 뭔가를 말하려다 입을 다물었다. 그러더니 갑자기 두 손으로 머리를 감쌌다. 흐트러진 머리카락이 얼굴을 가렸다. 안네는 눈물을 흘리고 있었다.

"나도 보고 싶어! 너무 보고 싶어!"

안네가 훌쩍거리며 말했다.

"누구를?"

내가 물었다.

"뭇체"

"네 고양이 말이니?"

안네가 고개를 끄덕였다. 대뜸 웃음이 나오려 하는 걸 참으며 무쉬 없는 내 생활을 떠올려 봤지만, 상상도 할 수 없었다.

안네에게는 마곳이 있다는 생각도 해보았지만, 고양이와 같을 수는 없었다. 사람들은 저마다 생각과 의견이 있고 온갖 것에 참견을 하지만, 무쉬는 고맙게도 그냥 곁에 있어 주었다. 난 안네의 두 볼을 닦아주다가 와락 끌어안았다. 안네의 소리 없는 눈물이 내 손바닥을 적시며 흐르는 빗물처럼 느껴졌다. 안네도 몸을 떨며 되도록 입을 다물고 있으려고 노력했다.

"내가……. 바라는 건……."

"뭘 바라는데?"

"그건……. 그건"

안네는 훌쩍이다 말고 딸꾹질을 했다.

"나만의 것도 있었으면 좋겠어."

난 아무 말도 하지 않았다. 어쩌면 그래서 좀 더 꽉 끌어안았는지 모르겠다. 잠시 동안 안네가 혼자 말하도록 내버려두고 난 나대로 생각에 빠져 들었다. '그거라니, 나를 두고 하는 말이겠지? 저 애 혼자 독점하고 싶은 게 나일 수도 있겠지?'

어느새 진정된 안네는 자신의 얼굴에 들러붙은 머리카락을 떼어냈다. 나도 거들었다. 곱슬곱슬한 머리카락은 축축했고 울음을 그친 안네의 얼굴은 엉망이었다. 지금까지 난 여자애들이 세상이 끝나기라도 한 것처럼 우는 걸 본 적이 없었다.

여기에서 얼마나 있었는지 모르겠다. 다른 사람들이 아래층에서 우리 둘을 어떻게 생각할지 걱정되기 시작했다. 안네는 오늘이 일도 일기장에 쓰겠지? 어떤 건 혼자만 알고 있어야 하는 건데, 도대체 안네한테 그런 게 있긴 할까?

"미안."

안네가 퉁명스럽게 말했다. 창피하고 당황한 듯했다.

"미안해하지 않아도 돼."

하지만 나도 난처했다.

"난 그냥 우리가 잃어버린 것들이 속상해서 울었어."

"그랬겠지. 써 지지 않는 걸 계속 생각만 하다보면 기분이 더 가라앉지 않겠어?"

내가 물었다. 하지만 안네의 대답은 또 다른 질문이 되어 돌아왔다.

"넌 그리운 거 없어?"

또다시 조용해졌다. 안네가 내 대답을 기다리고 있었다. 하지만 일기장에 기록되어 정부에 보내지지 않더라도 어떤 질문과 대답은 그 자체로 위험했다.

"물론 있지!"

난 작은 소리로 대답했다.

"어떤 건데?"

안네도 조용히 되물었다.

막상 무슨 말을 해야 할지 막막했다. 대답하려니 그 많은 것들 중에서 무엇부터 말해야 할지 헷갈렸다. 사실 너무 많은 것이 그리웠다. 하지만 입 밖으로 꺼냈다가는 무슨 수로 도로 주워 담을지 생각하니 깜깜했다. 안네가 내 대답을 기다리는 동안, 난 어둠 속에서 그런 것들을 고민하고 있었다.

"난 비가 그리워. 내 얼굴에 떨어지는 빗방울들이 그리워."

잠시 뒤에 난 이렇게 둘러댔다. 겨우 이 말을 꺼내면서도 나는 솔잎 같이 상쾌한 빗방울들이 내 얼굴로 떨어지는 상상을 했다. 비를 맞았던 기억이 생생하게 되살아났다. 몸살이 나서 온몸이 쑤시는 듯한 그리움이었다.

"바깥을 좀 봐! 그 어떤 말로도 표현할 수 없을 만큼 그리운 풍경이야."

안네가 한숨을 내쉬며 말했다.

안네는 여전히 훌쩍거렸다. 내가 눈물을 뚝 그치게 할 수 있다면, 모든 것을 경우에 맞게 대처할 수 있으면 좋겠는데. 나도 상황에 딱 들어맞는 단어들을 안네만큼 많이 알면 좋겠는데. 하지만 난 그만 울라는 말도 꺼내지 못하는 한심한 놈이다. 난 무작정 안네를 끌어안았다. 기분이 묘했다. 지금 내 행동이 올바른 건지, 이걸 또 안네는 일기장에 뭐라고 써놓을지 알 수 없는 노릇이었다.

하지만 아무 생각도 나지 않을 때까지 안네를 좀 더 꽉 끌어안아주고 싶었다. 안네의 흐느낌은 멈추지 않았다. 난 그런 안네가 제대로 서 있도록 붙잡아주다가 트렁크 위에 조심히 앉혔다. 안네는 훌쩍이며 내 어깨 위로 머리를 기댔다. 눈물이 셔츠를 축축하게 적셨다. 안네는 떨고 있었다.

가만히 있자니 또다시 짜증이 났다.

우리한테 기회란 게 있기는 할까?

선택할 것이 있기는 할까?

없다. 우리한테는 아무것도 남아 있는 게 없었다.

창 너머 어둠 속에서는 바람이 밤나무 가지들을 흔들어댔다. 이윽고 느닷없이 새 한 마리가 울어대기 시작했다. 늦은 밤이란 사실이 떠올랐다. 하지만 안네는 새소리를 따라 흐느껴 울었다. 당혹스러웠다. 안네가 이토록 깊은 슬픔을 억누르고 지낸 건가 싶었다. 잠시 뒤에 난 빨랫줄에 널어둔 안네의 앞치마를 가져다주었다. 안네가 얼굴을 훔쳤다.

"좀 나아졌어?"

불쑥 꺼낸 질문에 얼굴이 달아올랐다. 바보 같은 질문이었다. 누가 이런 상황에서 어떻게 더 좋아질 수 있다고? 역시 어리석은 질문이었다. 난 안네가 아무 말이나 해주길 기다렸지만, 그 애는 한참 동안 입을 열지 않았다.

"응, 진짜 괜찮아졌어."

마침내 안네가 자그마한 소리로 대답했다.

"다행이야. 걱정했잖아."

내 말에 안네는 코를 훌쩍거렸다.

"가끔 난 우리가 놓치고 있는 게 너무 많다는 생각이 들어."

안네가 속삭였다.

난 고개를 끄덕였다.

"엄마의 닭죽, 완두콩이 들어 있는!"

"뭐?"

안네가 되물었다.

"내가 놓친 것 중 하나라고."

난 웃으며 대답했다.

"어째서 바보들 같이 반 펠스 사람들은 음식에 집착하지?"

"그럼 넌 일기 쓰는 걸 멈출 수 있고?"

"없지."

안네가 웃었다.

나도 그 애가 우리 가족을 두고 한 말이 무슨 뜻인지는 알지만, 그래도 음식이 공책과 펜보다 하찮다는 건 빈정상했다.

빨랫줄에 걸려 있는 페퍼 선생님의 커다란 바짓가랑이를 잡아당겨 안네의 코 앞에 놓았다. 안네가 낄낄거렸다.

"다시 갖다놔. 난 만지기도 싫단 말이야."

"안네?"

내가 이름을 부르자 안네가 고개를 끄덕였다.

"너한테도 너만의 것이 있지 않을까?"

하지만 안네는 대답 대신 고개만 저었다.

"있잖아. 일기장."

내가 말했다.

그 순간, 안네가 나를 올려다보았다. 얼굴 윤곽들이 또렷하게 보였다. 그릴 수만 있다면 당장이라도 그림으로 옮기고 싶은 표정이었다.

그때 그 표정은 요즘도 꿈에서 보는 얼굴이야. 지금 난 깨어 있는 걸까, 아직도 꿈속인 걸까? 내가 살아 있는 걸까, 벌써 죽은 걸까? 모르겠어. 여기서는 항상 그 애가 내 곁에 있다는 것만 알 수 있어.

안네의 눈망울은 커다랗고 손은 늘 바빴어. 기억 하나하나를 전부 기록하려고 바삐 움직이고 있었으니까.

안네는 언제나 귀를 기울였지.

안네는 하나도 놓치지 않으려고 모든 것을 유심히 살폈지.

언제나, 언제나, 언제나 깨어 있으려고……

1944년 4월 9일 – 안네와 나누는 바깥세상 이야기

거의 잠이 들었을 때, 안네가 손에 방석을 들고 방문 앞에 나타났다. 우리는 다락방으로 올라가 둘만의 소파를 만들기 시작했다. 난 방석을 트렁크 위에 깔고 두 개의 궤짝 쪽으로 밀어붙였다.

"됐어."

내가 말했다.

"세트 전체는 얼마죠?"

안네가 물었다.

"판매용은 아니지만, 손님은 무료로 이용하실 수 있습니다. 앉으시죠."

"아, 예!"

안네가 외마디 감탄사를 내뱉으며 자리에 앉았다.

"저녁 어스름에 모차르트를 들으며 브랜디 한 잔과 담배 한 모금을 하는 것 만한 게 없더군요."

"저도 그렇답니다."

난 맞장구를 쳐줬다. 내 식으로 차츰 안네의 게임을 배워나가고 있었다. 내 실력도 점점 나아지고 있었다. 하지만 안네는 조용히, 그리고 가만히 앉아만 있었다. 나도 그 옆에 앉아 창밖으로 시선을 돌렸다.

이제 곧 여름이라 깜깜한 밤이 되려면 시간이 꽤 걸렸다. 하늘도 완전히 어두워질 때까지는 온통 짙푸른 청색으로 물들어 있었다. 나뭇가지의 실루엣도 살이 올라 있었다. 그 위에서 물오른 봉오리와 동글동글 말린 잎사귀들이 활짝 터질 순간을 기다리고 있었다. 어둠을 등지고 꽃봉오리들이 맺혀 있었다. 우리는 가만히 앉아 있었다. 난 천천히 안네의 어깨에 팔을 얹었다. 안네도 살포시 내게 기댔다. 무쉬까지 우리 둘의 허벅지를 베고 엎드려 온기를 나눠줬다. 늦봄이지만 아직까지 밤에는 추웠다. 사실 이곳은 계절과 상관없이 추웠다. 온갖 옷가지를 꺼내 겹쳐 입어도 으슬으슬 추웠다. '이렇게 입으면 그 누구도 우리가 얼마나 말랐는지 알아챌 수 없을 게다.' 아빠는 이렇게 말하곤 했다.

'하지만 우리가 아직 그 정도로 앙상한 건 아니지 않을까? 아직, 아직은.'

안네와 다락방에 있는 동안 내 마음은 평화로웠다.

"난 불안하고 걱정돼. 안 그래?"

안네가 물었다.

난 안네의 머리카락에 파묻힌 내 머리를 끄덕였다.

"모든 게 줄어들고 있어. 음식도 석탄도……."

안네가 갑자기 말을 멈췄다.

"유대인들도."

내가 깨알만한 소리로 덧붙였다. 그런데도 우리는 웃음을 터뜨렸다. 그러지 말아야 한다는 것도, 웃을 일이 아니란 것도 알고는 있었다. 웃음을 멈췄다. 안네도 거의 동시에 멈췄다.

"미엡이 그러는데 이제는 거리의 그 빈민, 아니 그 가난한 어린

애들도 도둑질한대."

"목숨이 걸린 문제니까."

내가 말했다.

"나도 알아."

안네가 재빨리 대답했다. 어느새 안네도 내가 그 애들을 빈민가 아이들이라고 부르는 걸 얼마나 꺼리는지 아는 눈치였다. 우리도 그 애들 처지라면 다르지 않았을 것이라는 사실을 이해하는 눈치였다.

"자꾸만 헝가리로 끌려간 사람들이 생각나. 어떻게 짐승만도 못한 놈들이 그 많은 사람들을 죽일 수 있지, 피터? 그건 악마나 하는……."

"쉬! 우리가 할 수 있는 건 없어. 아직은."

난 안네가 계속 말하도록 내버려두지 않았다. 질문마다 속 시원한 대답을 해줄 수도 없지만, 질문에도 요지가 없었다.

안네가 갑자기 허리를 일으키고 앉자 무쉬가 폴짝 내 무릎 위로 뛰어내렸다.

"아니, 우리도 할 수 있어. 우리 나름대로 알릴 수는 있어."

안네가 말했다.

"너야 할 수 있겠지."

"아니. 그 정도는 누구라도 할 수 있는 거야."

안네는 다시 내 말을 되받아쳤다.

"글쎄."

"미엡이 그랬잖아. 바깥세상이 끔찍하다고. 네덜란드 사람들까지 서로에게 등을 돌리고 약탈을 한다고 했잖아."

"우리는 다행이지. 안 그래? 어쨌거나 따뜻하게 먹고 지내면서 버텨낼 거니까."

내가 말했다.

"나도 알아. 참 맞춤하게 따뜻하기도 하지!"

안네가 속삭이며 내게 몸을 바짝 붙였다.

"글로 써놓으면 영원히 남으니까 중요한 거야."

안네가 불쑥 화제를 돌렸다.

"멋진 일이긴 하지."

난 미소로 동의했다. 정말 그렇다는 생각이 들었다. 안네 프랭 크처럼 늘 이야깃거리가 있다면 외로움도 모른 채 멋지게 살게 될 것 같았다. 들려줄 이야기가 있고, 글로 옮겨놓고 싶은 사람들도 있는데 아이디어까지 샘솟으면 더욱 근사할 것 같았다.

안네가 내게 기댔다. 만족스러운 듯했다. 나도 기분이 좋아졌 다. 안네가 갈망하고 있는 것을 해줄 수 없어서 갑갑한 때와는 달 리, 모처럼 '그래, 그래'라고 말해도 되는 편안한 순간이었다.

"피터, 나한테 말해준 네가 하고 싶다는 그 일들을 생각해봤는 데……. 난 말이야……."

우리 둘 다 서로의 몸을 만지고 있던 것도 아닌데, 느닷없이 들 려온 나지막한 휘파람 소리에 벌떡 일어나 앉았다. 아빠가 층계로 올라오고 있었다.

"페퍼 선생은 너희가 자기 방석을 훔쳐갔다고 하던데."

안네와 나는 약속이라도 한 듯이 얼굴을 바라보고 씩 웃으며 계단으로 뛰어 내려갔다.

"이런 젠장, 안네 너 때문에 오늘밤은 벼룩들하고 팔짝 팔짝 뛰게 생겼어."

페퍼 선생님은 방석을 자신의 허벅지에 탈탈 털며 투덜거렸다.

"그건 아니죠, 아저씨. 거기엔 저만 앉았고요. 그리고요, 제 몸엔 벼룩 같은 건 없다고요."

안네가 웃으며 말했다.

"벼룩들은 높이뛰기 선수인 거 알지?"

마곳이 목소리를 낮춰 말했다. 그 말에 페퍼 선생님이 폴짝 폴짝 뛰어다니는 모습이 상상되어 웃음이 나오려했지만, 안네와 나는 입술을 꽉 물었다.

"아이쿠, 페퍼 선생. 이제 우리를 등에 업고도 자유를 향해 폴짝 폴짝 뛰어가실 수 있게 되었으니 축하드립니다."

아빠가 말했다.

"농담 집어치워요!"

페퍼 선생님은 씩씩거리며 자기 방으로 잽싸게 들어갔다.

난 내 방으로 돌아와 침대에 누웠다. 안네가 오늘 내게 하려던 말이 무엇인지 궁금했다.

안네 생각에 넋이 빠져 있어 잠시 놓쳐버렸어. 그날 밤, 사실 발자국 소리가 점점 가까워지고 있었지만, 아무도 듣지 못했던 거야. 침입자가 들어왔는데도 아무 소리도 듣지 못했던 거야. 다들 너무 안일하게 지내다보니 그곳이 얼마나 위험한지도 잊고 있었던 거지.

밖으로, 바깥세상으로,

우리는 언제쯤 그곳에서 나가게 될까만 생각했던 거야.

그날 늦은 저녁 – 다른 침입자의 낌새

비밀책장 뒤쪽에서 나오자마자 그 소리가 들렸다. 두 번이나 쾅하고 닫히는 소리였다. 심장이 뛰었다. 가만히 멈춰 서서 다시 소리가 날까 싶어 기다렸지만, 또다시 들리지는 않았다. 난 신발을 벗고 비밀 계단으로 내려갔다. 뒤도 보지 않고 조용히 쭉 내려갔다. 저장창고의 문은 닫혀 있었지만 커다란 판때기가 바닥으로 떨어져 있고, 그 틈새로는 바람이 밀려들었다.

난 다시 뛰어올라가 프랭크 아저씨에게 내 숙제를 도와주실 수 있는지 물었다. 안네가 내 거짓말을 눈치챘다는 걸 알았지만, 엄마한테 말하지 않기만 바랐다. 우리는 연장을 집어 들고(아빠와 난 연장을 들었지만 프랭크 아저씨는 이번에도 거절했다) 서둘러 창고로 내려갔다.

"경찰이야!"

아빠의 목소리 뒤로 문밖에서 길바닥을 뛰어가는 발자국 소리가 들렸다. 그 소리는 점점 더 멀어져갔다. 잠시 뒤 어둠 속에서 우리는 판때기를 주워 들고 제자리에 가져다 댔다. 소리를 내지 않고 원래대로 붙여놓는 것은 불가능했다. 그럼에도 불구하고 우리는 우리가 서 있는 곳이 불과 몇 센티미터의 나무판 벽을 사이에 두고 바깥과 맞닿아 있다는 사실을 떠올리지 않으려고 노력했다. 한밤중에 망치질 소리가 새어나갈 수밖에 없는 상황도 생각하지 않으려고 노력했다.

"그 정도면 됐어요."

프랭크 아저씨가 나지막하게 말했고, 우리 모두는 숨을 깊이 들이마신 채 귀를 기울였다. 위험천만한 상황이 끝났다는 게 믿기지 않았다. 난 다시 한번 숨을 내쉬고 몸을 돌렸다. 하지만, 바로 그때 나무판이 쩍 갈라지는 커다란 소리와 함께 기껏 박아둔 판때기가 문짝에서 떨어져나갔다.

뒤돌아보니 판때기가 떨어져나간 틈새에는 군화 하나가 끼어 있었다. 커다랗고 까만 군화였다. 누군가 쥐도 새도 모르게 저장창고의 깜깜하고 깊은 곳까지 쳐들어오려고 군화를 밀어 넣은 것처럼 보였다. 누군가 그렇게 우리를 위협하고 있었다. 난 곧장 망치로 틈새를 두드려 그것을 바깥쪽으로 밀어내고 판때기로 막으려 했다. 하지만 망치 대가리가 쪼개진 판때기에 닿자마자 박살이 났다. 그러자 아빠가 사정없이 도끼로 바닥을 내리쳤다. 스파크가 튀어 올랐다. 잠잠해질 즈음, 다시 어딘가로 뛰어가는 발소리가 들리더니 금세 조용해졌다. 아빠와 난 곧바로 서로의 등을 맞대고 호흡을 가다듬었다.

"그 정도면 된 것 같군요. 이제 다시 맞춰 놓읍시다."

프랭크 아저씨가 말했다. 건조한 말투였다.

하지만 우리가 판때기 조각들을 바닥에서 집어 들려는 바로 그때, 한꺼번에 많은 발소리가 들려왔다. 우리는 동작을 멈췄다. 갈라진 틈새로 손전등 불빛이 일렁거렸다. 불빛 뒤로는 남자와 여자의 형체가 어른거렸다.

"뭐지……."

아빠가 말끝을 흐렸다. 난 그런 아빠를 잡아끌며 곧장 그 자리를 벗어났다. 이제 우리는 도둑인 척해야만 했다. 아빠와 프랭크 아저씨는 서둘러 여자들에게 달려갔다. 그러는 동안 난 사무실로 뛰어 들어가 도둑이 든 것처럼 어질러 놓고 창문도 열어두었다. 잠시 뒤 아빠는 페퍼 선생님이 화장실에 있었던 걸 기억해내고 선생님이 층계 위쪽으로 올라가도록 도왔다. 모두 다 숨은 걸 확인하고서야 나는 책장을 닫을 수가 있었다. 난 잠시 닫힌 책장 뒤쪽에 서서 귀를 기울였다. 아무 소리도 들리지 않았다. 그런데도 나는 망치를 손에 쥐고 기다렸다.

프랭크 아저씨가 여자들을 위층에 숨겨놓고 내 방으로 들어왔다. 우리는 방 창문을 열어놓고 또다시 귀를 기울였다. 무섭도록 조용했다.

그때 갑자기 그들의 소리가 났다. 사무실로 들어선 발소리들이 계단을 올라와 책장 앞에 멈춰 섰다.

문이 달가닥거렸다.

아무도 입을 열지 않았다.

아무도 움직이지 않았다.

그 순간 난 우리 모두의 숨이 멎어버린 줄 알았다. 다들 그렇게 생각했다. 하지만 우리는 꼼짝달싹하지 않았다. 그때 다시 책장 너머에서 달가닥거리는 소리가 들려왔다. 그 소리는 잠시 멈추는가 싶으면 또다시 들려왔다. 그럴 때마다 책장이 털거덕거렸다. 내 심장도 벌렁거렸다.

갑자기 양철 깡통이 선반 위에서 떨어졌다.

'놈들은 알고 있는 거야. 그러지 않고서야 왜 이딴 짓을 하겠어?'

눈앞이 깜깜하고 등줄기로 식은땀이 흘러내렸다. 이제 우리 모두 꼼짝없이 죽겠구나 싶었다. 사무실로 걸어 들어가는 발소리가 점점 또렷하게 들리더니, 창문을 닫고 아래층으로 내려가는 소리가 이어졌다. 그런데 어찌된 영문인지, 문 밑 틈새로 여전히 흐릿한 불빛이 새어 들어오고 있었다. 무슨 이유로 불을 켜놓고 나간 거지? 다시 조사를 하러 오려는 건가? 무기라도 챙겨가지고 다시 오려는 건가? 이 모든 질문들이 마른번개처럼 순식간에 머릿속에서 번쩍거렸다.

우리는 다시 부엌에 모였다.

"너무 불안해서 요강이 필요한데!"

아빠가 이 말을 꺼내자마자 밤이면 요강으로 쓰는 양동이를 다락방에 놔둬서 이곳에서는 소변볼 데가 마땅치 않다는 사실이 떠올랐다. 결국 우리 남자들은 내 깡통을 쓰기로 했는데, 그나마도 금이 가서 오줌이 새어나왔다. 금세 오줌냄새는 방 안을 떠도는 불안감과 뒤섞였다. 냄새는 빠르게 두려움을 키웠다. 그 냄새의 정체가 다름 아닌 우리 자신의 것이었기 때문에, 시나브로 각각 제 자신들이 낯설고 창피해지기 시작했다.

난 안네와 함께 식탁 아래 엎드려 있고 싶었다. 겁먹은 안네를 안아주고 싶었다. 안네가 아니라면 그 무엇이든 끌어안고 꽉 붙들어 매고 싶었다. 하지만 당장 손에 잡히는 건 담배밖에 없었다. 난 별수 없이 담배를 꺼내 물었다. 하지만 기침이 걱정되어 연기까지

들이마실 수는 없었다. 난 개수대 밑에 쪼그려 앉았다. 문득 어둠 속에서 손전등을 들고 있던 두 사람의 정체가 궁금했다. 제발 그 둘이 산책을 나왔다가 우연히 여기로 들어오게 된 젊고 괜찮은 네덜란드 사람이기를 기도했다. 혹시라도 그들이 공포에 질린 우리 얼굴을 보았다면 증오가 아닌 동정심을 베풀어주길 기도했다.

눈을 감고 있다고 해서 잠이 올 것 같지는 않았다.

결국 난 기다시피해서 내 방으로 향했다. 순간, 간이 떨어질 뻔했다. 새벽 어스름 속에 귀신이 서 있었다. 아니, 귀신처럼 창백한 안네가 서 있다가 나를 뒤따라왔다. 우리는 나란히 창가에 앉아 태양이 떠오르길 기다렸다. 둘 다 아무 말도 하지 않았다. 서로에게 묻지 않아도 같은 생각을 하고 있다는 걸 느낄 수 있었다. 이렇게 끝날까? 오늘이 우리의 마지막 날이 되는 걸까? 난 안네 옆에 몸을 바짝 붙여 앉았다. 그 애의 떨림이 고스란히 내 몸으로 전달되었다. 머릿속에서는 오로지 한 가지 생각만이 문장이 되어 쉴 새 없이 맴돌았다. 차마 말할 수는 없지만, 정작 뱉어내고 나면 별 것 아닐지 모를 문장이었다.

'나랑 사랑을 나누자.

우린 너무 춥고 너무 지쳤잖아.

나랑 누워 껴안고 있으면 잠들 수 있을 거야.'

하지만 우리는 병정인형처럼 꼿꼿이 앉아 말없이 창밖만 내다봤다. 등 뒤쪽에서 들려오는, 이제 계획을 세우자며 속삭이는 다른 사람들의 목소리에 화들짝 놀랄 때까지.

하지만 난 결국 침대로 돌아와 까무룩 잠이 들어버렸다.

눈이 떠졌을 때엔 미엡과 그녀의 남편인 얀이 문 앞에 서 있었다. 나는 벌떡 일어나 부엌방 문간에 섰다. 모두 눈물을 흘리며 이야기를 나누고 있었다. 방 안에서는 아직도 지독한 냄새가 났다. 나는 누가 시키지도 않았는데, 표백제를 챙겨와 냄새를 없애기 시작했다. 깡통에서 오줌이 흘러넘쳤다. 그 즉시 다락방으로 올라가 양동이를 찾아 들고 내려왔다. 프랭크 아저씨만이 날 거들어주었다. 오줌으로 가득 찬 양동이가 무거웠지만, 내 안에 차오른 두려움만큼 무겁지는 않았다.

"잘 했다, 피터." 아저씨의 칭찬이 귓등으로 들렸다. 그래도 고개는 끄덕거렸다. 오줌은 내다버릴 수 있었지만 극도로 차오른 내 두려움을 정화조에 쏟아버리기는 어려웠다. 사무실 직원들이 출근할 때까지는 이제 삼십 분 정도밖에 남아 있지 않았다. 그 안에 요술빗자루를 빌려오든 마녀의 빗자루를 훔쳐오든 해서 이 난장판을 정리해야만 했다. 다행히 아저씨와 내가 다시 돌아왔을 때에는 남아 있던 사람들이 집 안을 감쪽같이 치워놨다. 난 부엌에 모여 이야기하고 있는 사람들을 물끄러미 쳐다봤다. 내가 이곳에 온 첫날이 떠올랐다. 그날 느꼈던 후덥지근한 공기와 침침하고 갑갑한 느낌이 고스란히 되살아났다. 새벽까지 잠을 설쳤기 때문인지 머리가 지끈거렸다. 나를 비롯해서 여기 있는 모든 사람들이 사라져 텅 비어버린 이곳을 상상해 보았다. 하지만 우리는 이미 사라진 사람들이라며, 내 안의 또 다른 내가 속삭이기 시작했다. 틀린 말이 아니었다. 여기 은신처를 제외하면, 바깥세상 그 어디에서든 우리의 흔적은 이미 말끔하게 지워져 있었다.

우리가 떠나고 나면, 이곳에서 우리가 머물렀던 것조차도 일부 사무실 직원들을 제외하고는 아무도 눈치채지 못할 터였다. 난 머리를 가로저으며 정신을 차리고 대화에 집중하려 애썼다.

얀은 저장창고에서 우리를 본 사람들은 감자를 배달해주는 반 호벤 씨 부부라고 알려주었다. 다행이도 경찰에 신고를 하지는 않았지만, 두 사람은 이곳에 누군가 숨어 있는 게 아니냐고 물었다고 했다. 얀 아저씨의 설명에 다들 안도의 웃음을 지으면서도 여전히 불안한지 한 마디씩 보태기 시작했다.

"그 전에도 몰래 들어온 흔적이 있던데, 그건 누구일까요?"

"우리가 여기에서 얼마나 더 버틸 수 있을까요?"

점심을 먹고 사람들은 모두 잠에 빠져들었다. 난 내 침대에 누워 누렇게 바랜 천장에서 금이 간 부분을 올려다봤다. 두 눈이 소금을 친 것처럼 맵고 뻑뻑했다. 참다못해 일어난 나는 아래층 화장실로 내려가 얼굴을 씻었다. 거울 가장자리로 안네의 모습이 비쳤다. 그 애는 두 눈을 동그랗게 뜨고서 내 등 뒤에서 나를 지켜보고 있었다.

"다락방에 가고 싶니?"

내 질문에 안네가 고개를 끄덕였다. 난 안네의 손을 잡고 다락방으로 올라갔다. 그런 뒤, 한 팔을 안네의 어깨에 두르고 그 애의 머리카락이 드리워진 반대편 어깨에는 내 머리를 기댔다. 잠시 손가락으로 머리카락을 쓰다듬고 있는데, 안네가 슬그머니 내게 안겼다. 내가 얼굴을 보자 조금 부끄러운지 표정을 감추려고 내 몸통을 끌어당겼다. 그러는 안네의 몸집은 마르고 왜소했다.

"고마워."

안네가 속삭였다.

"뭘?"

"넌 용감했어."

안네가 작은 소리로 대답했다.

"그렇지 않아."

나도 작은 소리로 말했다.

"넌 우리를 위해 나섰던 거야. 지저분한 것까지도 치워줬고."

"우리 모두 다 같이 한 거야."

난 가만히 안네의 눈을 들여다봤다. 감동을 받은 눈빛이었다. 그 애가 내게 안겨 있는 느낌까지 한결 좋게 만드는 눈빛이었다.

"피터?"

"응"

"난 줄곧 생각해 봤어. 네가 한 말들을. 그리고 어젯밤 이후로 난……."

계단 꼭대기에서 불쑥 마곳의 모습이 보였다.

"여기 와서 앉아. 우리는 햇볕을 쬐고 있었어."

내가 권했다. 한동안 우리 둘이 마곳을 알게 모르게 따돌린 것 같아 미안했다.

"안 좋은 일이 일어났는데도 해는 멀쩡히 떠오르는 게 참 아이러니하지? 내려와서 차 마셔. 차를 준비해놨어."

마곳은 이 말만 남기고 웃으면서 사라졌다. 우리도 자리에서 일어났다.

아래층에서는 모두들 걱정을 내려놓고 즐거워하고 있었다. 어른들은 진짜 레모네이드를 만들어 마시고 있었다.

축하할 일이라도 생긴 것 같은 분위기에 잠시 어리둥절했지만, 나 역시 갈증에 목이 마르던 참이었다.

잠시 뒤엔 내 방으로 혼자 돌아왔다. 그러면서도 안네가 따라와주길 은근히 바랐다. 감동에 젖어 반짝거리던 그 애의 눈빛이 스르르 서로를 어루만지는 행동으로 이어져 자연스럽게 입맞춤을 하게 되길 기대하다가 어느 틈엔가 잠이 들어버렸다.

1944년 4월 14일 - 안네와 사랑에 빠진 날

안네는 쉬지 않고 말했다. 내가 자신의 얼굴을 쓰다듬고 머리카락을 매만져줄 때에도 말을 멈추지 않았다. 손가락에 돌돌 말리는 안네의 머리칼 감촉이 좋았다. 나를 둘러싼 모든 것이 다 좋았다. 침입자 사건 이후로 모든 것이 달리 보이기 시작했다. 모든 것이 새롭게 보이기 시작했다.

세상이 특별하고 멋지게 느껴졌다. 창밖의 밤나무에 앉아 합창하는 새들의 노랫소리와 푸른 하늘에 떠 있는 태양과 바람에 펄렁이는 나뭇잎 모두가 기적 같았다. 언젠가 우리가 여기에서 나가는 날에는 꽃봉오리들도 피어날 것 같았다. 단 한번도 본 적 없던 크기로 활짝 피어날 것 같았다.

얼굴을 간질이는 햇살이 느껴졌다. 안네의 얼굴빛을 더 환하게 밝혀주는 햇볕이 반가웠다. 안네가 사랑과 희망에 관한 시를 내게 읽어주는 동안에도 한 줄기 햇빛은 줄곧 그 애의 눈두덩을 비추고 있었다.

행동, 사랑, 용기, 그리고 희망으로
시련을 맞닥뜨릴 수 있도록 해주시고
더 나은 사람이 되도록 도우소서.

"멋진데."

내가 말했다.

"음, 네가 날 그렇게 느끼도록 쓴 거야."

안네가 대답했다.

"정말? 난 네가 글을 써서 기분을 달래는 줄 알았는데."

안네가 날 쳐다봤다. 그 애만의 예리한 표정으로 날 빤히 쳐다
보고 있었다.

"아니, 아니."

안네가 느릿하게 말했다.

"가끔은 말이야, 피터. 어떤 말은 감정이 있어야만 나오거든."

가끔은 수용소에서도 안네의 말이 떠올라. 그 애가 내게 해준 말들이 머릿속에 나타났다가 또 어디론가 사라져버려. 마치 날 놀리려는 것처럼, 원망하는 것처럼. 하지만 이곳에서 다른 세상을 향한 동경 따위가 무슨 의미가 있겠어.

잠시 희망을 품게 만들 뿐, 안네는 빨리 사라져버리잖아, 너무 빨리 사라져버리잖아. 안네는 사랑과 용기와 희망이 가득한 방으로 걸어 들어갔어. 하지만 한 줄기 빛처럼 빠져나가 버렸어. 눈부신 빛처럼.

그러면 세상마저 어두워졌어.

그래, 이런 건 살아 있는 죽음이야.

지금 난 무덤 속에 살아 있는 시체야.

1944년 4월 15일 - 내 자신이 용서 안 되는 시련

두 눈을 멀뚱멀뚱 뜨고 침대에 누워 있었다. 잠이 올 것 같지 않았다. 두려움이 밀려왔다. 떨치려고 해도 자꾸만 엄습해오는 공포가 나를 집어삼킬 것만 같았다.

두 눈을 꼭 감았다. 질끈 감았다. 온몸을 공처럼 둥글게 말기까지 했다. 공포가 날 건너뛰길 바라며, 몸을 최대로 자그마한 공처럼 만들려고 애썼다. 하지만 내 안으로 그림자를 드리우는 공포의 덫에서는 빠져나올 수 없었다.

집 안은 후덥지근하고 산소가 부족했다. 그렇다고 창문을 열 수도 없었다. 답답해도 참아야 했다. 내겐 반드시 기억해내야 할 것이 있었다.

잠이 오지 않았다. 그저 졸릴 뿐이었다. 꿈속에서조차 나는 벌거벗고 몸을 떨며 무엇인가를 기억해내려고 애쓰고 있었다. 사람들 모두 벌거벗고 있었다. 전부 다 몸을 떨고 있는데, 유대인이 아니면 불구거나 정신병자들이었다. 그들 속에서 난 열쇠 하나를 찾겠다고 휘청거리며 돌아다녔다. 꿈속의 사람들은 수 천 명쯤 되었지만, 난 그곳에서조차 혼자였다.

웨스터토렌의 종소리가 들렸다. 다시 들을 수 있게 된 것이 반가워서 눈을 떴다. 하지만 그들은 사라지고 없었다. 또 악몽을 꾼 것이었다.

다시 잠들 수 없었다. 머리가 멍했다.

어디선가 나를 부르는 안네의 목소리가 들리는 것 같았다.

"피터, 피터!"

내 손을 잡는 느낌이 들었다. 겨우, 눈이 겨우 떠졌다. 안네가 보였다. 기억나지 않던 그것도 떠올랐다.

"큰일 났어. 빗장을 끌러놓지 않았어!"

난 침대에서 벌떡 일어나 앉았다. 안네는 아무 말도 없이 내 손을 쥐었다.

"아침 먹어야지."

잠시 뒤 안네가 말했다. 심장이 벌렁벌렁 뛰기 시작했다. 빗장을 끌러두지 않았다니! 밤마다 사람이 들어올 수 없게 문에 빗장을 걸어두고, 아침이 되면 도로 끌러놓는 건 내 임무였다. 그래야 쿠글러 씨가 열쇠만 따고서도 안으로 들어올 수 있었다. 어이가 없고 할 말이 없었다. 오늘 쿠글러 씨는 어떻게 들어왔을까? 무슨 일이 있었을까?

"가자. 우리도 다시 한번 알려줘야 했는데······."

안네가 불안에 떠는 내 손등을 두드리며 말했다. 주섬주섬 옷을 주워 입었다. 부엌 쪽에서 나지막한 말소리가 들려왔다. 안으로 들어서자마자 사람들이 동시에 나를 쳐다봤다. 어찌된 영문인지, 화가 난 표정이 아니라 안쓰럽게 여기는 표정들이었다.

"어서 와서 앉아라, 피터."

프랭크 아저씨가 말했다.

"우리 아들, 어서 아침 먹자. 응? 아무리 밥맛이 없어도 한 술 떠야지."

엄마가 말했다.

아빠도 미소 지으며 나를 바라봤다. 난 음식을 내 그릇에 옮겨 담았다. 하지만 씹을 수는 있어도 삼킬 수는 없었다. 맞은편에 앉아 있던 안네가 팔을 뻗어 내 왼손을 잡았다. 프랭크 아저씨는 내 어깨를 꽉 움켜쥐었다.

"이 일이 이렇게 된 데 대해 피터에게 가장 많이 미안하구나."

프랭크 아저씨가 입을 열었다. 난 침을 꿀꺽 삼키고 미리부터 울지 않으려고 애썼다.

"무슨 일이 있었는데요?"

조심스레 물었다. 반드시 알아야만 했다. 사람들도 모두 아저씨를 쳐다보고 있었다.

"음, 그게, 너도 예상했겠지만, 안쪽에 빗장이 걸려 있어서 쿠글러 씨가 출입문을 열 수 없었단다."

한동안 더 말씀이 없어, 난 아저씨가 할 말을 다 했다고 생각했다. 그런데도 다른 사람들은 아저씨를 쳐다보고 있었다. 안네는 그 틈을 타 내게 윙크를 했다.

"결국 쿠글러 씨는 옆 건물, 케그 씨네로 갔단다."

프랭크 아저씨가 이어 말했다.

'어, 안 되는데, 케그 씨네는 안 되는데.' 난 혼잣말을 했다. 어쨌거나 이제 케그 씨까지 상황을 눈치챘을 게 분명했다. 출입문에 빗장까지 걸어두는 까닭이 안쪽에 사람이 있기 때문이란 걸 모를 수는 없었다. 다시 한번 침을 삼켰다. 아무도 입을 열지 않았지만, 여기저기서 한숨소리가 들렸다. 생각하기조차 두려운 상황이었다.

매우 심각하고 재수 없게 돌아가는 상황이었다. 아무도 나에게 뭐라고 비난하지 않았지만, 모두가 나를 원망하고 있다는 건 느낄 수 있었다.

"결국 쿠글러 씨는 사무실 창문을 깨고 들어왔지만……."

침묵이 흘렀다.

"불행하게도 케그 씨네에서 우리 다락방 창문이 열려 있는 걸 눈치챘나 보더라. 우리가 부주의했던 거지. 우리 모두가 다."

아저씨 말에 난 고개를 숙였다. 아무래도 내가 가장 부주의했다는 자책감이 들었다.

"죄송해요."

내가 입을 열자, 엄마가 미소를 지어 보였다.

"다락방 창문을 열어둔 건 저였어요. 잠깐 빨래에 바람을 쐬려고요. 어젠 날이 유난히 화창했잖아요."

엄마가 날 두둔했다.

"저희도 피터한테 문단속을 하라고 알려줬어야 해요."

마곳이 말했다.

"맞아. 그게 언니가 맡은 일이잖아. 물론 나머지 사람들도 미리 챙겼어야 했지만."

안네가 끼어들었다.

"그래, 그래, 누구랄 것 없이 모두의 책임이다."

프랭크 아저씨가 상황을 정리하려 했다.

페퍼 선생님은 입도 뻥긋 하지 않았다.

난 자리에서 일어나 이해해주셔서 고맙다는 인사를 건넸다. 그러고는 곧장 내 방으로 돌아왔다. 하지만 저장창고로 내려가 보고 싶었다. 무쉬를 찾아내 함께 있고 싶었다. 한동안 아무도 날 찾지 않는 그곳의 어둠 속에 쪼그려 앉아 있고 싶었다. 하지만 사람들이 모여 있는 부엌을 지나 그곳으로 내려갈 엄두가 나지 않았다. 난 다락방으로 올라갔다. 햇살은 눈부시고 하늘도 푸르른 아름다운 날씨였다. '어떻게 잊어버릴 수 있지? 모두를 이토록 위험한 상황에 빠뜨리고 어떻게 감당하려고 한 거지? 내가 어떻게 된 건 아닐까? 미친 건 아닐까? 그래, 안네 프랭크한테 빠져 있던 게 문제였어. 얼빠진 놈.'

"그래주면 좋겠지만, 지금은 아니란다, 안네야. 그건 나중에 하고 지금은 잠시 혼자 있게 내버려두렴."

엄마의 말소리가 들렸다.

난 마룻바닥에 앉아 햇볕을 쬐었다. 시간이 얼마나 흘렀는지 알 수 없지만 이곳에서 마냥 이러고 있을 수만은 없는 노릇이었다. 그렇다고 이미 벌어진 일들을 내 힘으로 돌이킬 수도 없었다. 당신이 누명을 뒤집어쓰더라도 날 도우려했던 엄마의 얼굴이 떠올랐다. 엄마는 하느님이 당신 기도를 들어주셨다면, 전쟁은 진즉에 끝났어야만 했다고 내게 입버릇처럼 말하던 사람이다. 그 즉시 자리에서 일어나 아래층으로 내려갔다. 다행히 프랭크 아저씨네는 보이지 않았다.

엄마가 날 끌어안았다. 아무 말도 필요 없었다. 난 아빠 쪽을 향해 고개를 끄덕였다.

"아들아, 네가 운이 나빴을 뿐이다. 암, 누구나 그럴 수 있고말고."

아빠까지 날 위로하려 애썼다.

'하지만 다른 사람이 아닌, 바로 제가 불운을 가져온 거잖아요.' 난 속으로 웅얼거렸다.

그런 다음, 난 프랭크 아저씨를 뵈러 아래층으로 내려갔다.

"제가 모두를 위험에 빠뜨렸어요."

내 고백에 아저씨는 미소를 지었다. 고개까지 끄덕이며 그렇지 않다고 다독였다.

"네 실수이긴 하다만 우리가 곤란하게 된 게 전부 너 때문만은 아니잖니, 안 그러니, 피터야?"

아저씨가 위로했다.

"하지만, 하지만요……."

난 머뭇거렸다.

"한번 지나간 일은 영원히 지나간 일이다."

아저씨는 내가 말할 기회를 가로챘다.

"이제 그만 곱씹어라. 그 일로 인해 배웠으니 앞으론 그러지 않으면 된다."

난 또다시 고개를 주억거렸다.

"지금 저랑 불어로 말해주실 수 있어요?"

내 입에서 뜬금없는 부탁의 말이 튀어나왔다.

아저씨 옆에 좀 더 있고 싶어서였다. 아직은 위로가 더 필요해서였다. 잠시라도 내 죄책감을 잊기 위해서라도 집중할 게 필요했다. 난 낯선 동사들의 어미와 올바른 문법 등을 따져가며 뜻이 전달될 수 있도록 순서에 맞는 문장을 만들어 보고 싶었다. 그렇게 모든 부분 부분이 질서를 갖춰가는 걸 아저씨와 함께 지켜보고 싶었다.

"물론이지."

아저씨는 대답과 동시에 책 한 권을 꺼내 펼쳤다. 곧바로 프랑스어 말하기 연습은 시작되었지만, 난 역시 서투른 초보였다.

"봉주르!"

아저씨가 먼저 말했다.

"싸 바?"

내가 물었다.

"싸 바 비엔, 메르씨, 에 뚜아?"

"싸 바."

"퀘스끄 뚜 부다 아쉬떼 세 마땅(오늘은 무엇을 사고 싶으신가요)?"

아저씨가 또다시 물었다.

하지만 대답으로 내 입에서 튀어나온 말은 프랑스어가 아닌 '약간의 자유'란 뜻의 네덜란드어였다.

순간 얼굴이 화끈거렸다. 하지만 아저씨는 웃고 있었다.

"슬프지만, 피터야, 그건 돈 주고도 살 수 없는 거란다."

아저씨가 대답했다. 난 아무 말도 할 수 없었다.

우리는 불규칙 동사로 넘어갔다.

쿠글러 아저씨는 우리한테 화가 나 있었다. 그렇지 않더라도 우리는 변화를 시도해야만 했다. 나는 매일 저녁 여덟 시 반에서 아홉 시 사이에 건물 안을 돌아봐야 했고 아홉 시 이후에는 그 누구도 화장실을 사용할 수 없게 되었다. 페퍼 선생님은 사무실은 바라지도 않았지만 기어이 화장실에서 일하게 되었다며 툴툴거렸다.

하지만 바뀐 것 중에서도 최악은 한밤중에 내 방 창문을 열 수 없게 된 것이었다. 바로 옆 건물에서 눈치를 챘으니 어쩔 수 없단 건 이해하지만, 바깥 공기마저도 완전히 차단되어 버린 셈이었다. 관 뚜껑이 꽝하고 닫혀버린 느낌이 들었다.

내가 저지른 바보짓이 떠오를 때마다 속이 뒤집히고 심장이 벌렁거렸다. 안네도 말은 하지 않았지만, 내 기분이 나빠 보일 때마다 날 힐끗 보며 미소 지었다.

저녁식사 시간에도 음식을 먹을 수가 없었다. 그 누구도 심지어 페퍼 선생님까지도 그 일을 다시 언급하지 않았다. 고맙게도 다들 다른 이야기로 관심을 돌려 어색한 분위기를 바꾸려 했다. 대화가 한창일 때, 보는 사람이 아무도 없다고 생각한 안네가 내게 윙크를 했다. 처음엔 안네가 눈을 씰룩거린다고 생각했다. 하지만 프랭크 아저씨가 연합군이 조만간 이곳에 상륙할 게 확실해졌다고 했을 때 다시 한번 눈을 찡긋거리는 걸 보고서야 윙크란 걸 알게 되었다. 난 주위를 둘러봤다. 아무도 눈치채지는 못했다. 안네는 다시 얌전해지더니, 또다시 한쪽 눈을 재빨리 감았다 떴다. 슬그머니 웃음이 나왔다. 그 순간엔 나도 내 마음을 어쩔 수가 없었다. 짓궂은 안네는 내 미소에 답한다며, 한 손을 제 입술에 살짝 댔다 떼어내는 손 키스까지 보냈다.

저녁을 먹고 우리는 내 침대에 나란히 걸터앉았다.

"조금만 움직여봐."

안네는 엉덩이를 이리저리 움직이더니 날 안으려 했다. 날 감싸 안으려고 자세까지 고치고 양팔을 뻗었지만, 여전히 우리의 앉은 키 높이가 달라 불편했다. 결국 안네는 제 앉은키를 높이려고 내 베개까지 깔고 앉았다.

"이쪽으로 좀 더 와."

안네가 제 어깨 위로 내 머리를 기울이며 말했다. 나도 안네가 안아줘서 더 이상 외롭다는 생각이 들지 않았다. 하지만 잠시 뒤 안네는 또다시 엉덩이를 이리저리 움직여 침대 한가운데까지 물러나 앉았다. 어느새 얼굴에는 장난기가 가득했다. 난 홀린 듯이 두 손을 내밀고 그 애의 얼굴을 감쌌다. 두 눈을 감고 '안-네, 안-네, 안-네.' 이름을 되뇌었다. 그러는 동안 안네는 내 입술 위에만 없을 뿐 내 주위 어디에나 있었다.

잠시 뒤 눈을 뜬 난 안네의 머리를 내 어깨 위로 기울이고 손목시계를 내려다봤다. 분침이 움직이고 있었다. 가만히 그 움직임을 지켜보고 있자니 곧 집 안을 둘러보고 현관문을 확인해야 하는 저녁 여덟 시 삼십 분이었다. 누가 뭐라 해도 우리의 일상은 다시 시작되어야만 했다. 하지만 난 꼭 그렇게 하지 않아도 되는 날이 빨리 오길 바랐다.

이대로 좀 더 있고 싶었다. 좀 더 오래 내 어깨에 머리를 기댄 안네의 머리칼을 손가락으로 쓰다듬고 싶었다. 그럼에도 불구하고 난 자리에서 일어났다. 안네도 따라 일어섰다. 당장 무슨 말을 해야 할지, 뭐라고 내 마음을 표현해야 할지 적당한 말이 떠오르지 않았다.

"난……."

어렵게 말문을 열었지만, 안네는 미소만 짓고 있었다. 아무래도 적당한 말이 떠오르지 않아 머뭇거리는데, 안네가 내 팔뚝에 제 손을 살포시 올리더니 이내 몸을 돌려버렸다.

"안네?"

그 순간 내가 그 애의 입술에다 키스하려 했었는지, 아니면 눈이나 이마에 하려고 했는지는 잘 모르겠다. 하지만 어디에든 키스를 하려 했던 건 맞다. 안네가 내 쪽으로 몸을 돌렸을 때, 난 정신없이 그 애의 뺨에, 머리칼에, 부드럽고 따뜻한 귓불에 입을 맞췄다.

정신을 차리고 보니, 안네는 이미 사라진 뒤였다.

창가에 서서 숨을 깊이 들이마셨다. 내 입술을 만져봤다. 안네의 머리카락 한 가닥이 내 손가락 사이에 끼어 있었다. '안네?' 가만히 이름을 불러보았다. '안네?' 고개를 가로저었다. '안네?' 부엌으로 들어갔다.

"준비 다 됐냐?"

아빠의 질문에 고개를 끄덕였다.

"그럼 갔다 오너라."

아빠가 말했다.

하지만 엄마는 날 빤히 쳐다보았다. 한 마디 말도 없이, 그러더니 내 어깨를 톡톡 두드렸다.

"조심해라, 피터."

엄마가 당부했다.

난 아무 말도 하지 않았다. 하지만 엄마는 뒤따라 나와 계단 아래로 내려가는 나를 계속 지켜보았다.

그날 늦은 저녁 – 엿들은 부모님의 대화

문가에 서서 귀를 기울였다. 아빠는 벽에 기대놓은 간이 침대를 내려놓고 있었고, 엄마는 문 바로 옆에 있는 개수대 근처에 서 있었다.

"피터가 제 정신이 아니에요, 여보. 전혀 그 애 답지 않다고요. 왜 그러는지는 당신도 알고 있잖아요. 안 그래요? 피터 방에서 빠져나가는 그 자그마한 계집애 표정을 당신도 봤죠? 그런데도 그 애 엄마는 나무라는 것 같지도 않더라고요. 오, 이런, 이런, 말도 안 돼요! 자기 딸내미는 너무 완벽해서 문제의 빌미를 만들지 않는다나요. 글쎄, 그게 말이 돼요? 일이 이 지경에 이르렀는데 그 여편네는 또 뭐라고 할까요?"

"아!"

아빠는 한 마디 신음을 내뱉었다.

"여보! 게다가 그 잘난 딸을 둔 여편네가 나한테 뭐라고 말했는지 알아요? 글쎄, 나더러 질투하는 거래요. 내가 열네 살짜리 계집애를 질투한다나요. 참, 어처구니없는 노릇이지, 여보? 당신도 뭐라고 좀 해봐요."

아빠의 대답 대신 내 귀에는 웅얼거리는 환청이 들렸다.

"그 조그만 애는 계집애고 피터는 남자예요. 더군다나 피 끓는 사내애라고요, 안 그래요?"

이윽고 엄마가 다시 말했다.

이번에도 내 귀에는 아빠의 대답 대신 낮은 웅얼거림만 계속 들렸다.

"여보, 우리 피터가 어느 순간 자제 못하면 어떡해요? 헤르만, 우리 땐 그러지 않았잖아요. 여보, 내 말 듣고 있어요?"

아빠의 웅얼거림을 배경음으로 엄마의 흥분한 목소리가 커지자, 난데없는 아빠의 웃음이 터져 나왔다.

"우리가 비슷한 상황에서 참고 기다렸다고 생각한다면, 당신 기억력은 빵점이오."

갑자기 고요해졌다. 하지만 난 기다렸다. 잠시 침묵이 흘렀다. 그러더니 침대가 삐걱거리기 시작했다. 난 최대한 빠르게 문에서 멀찍이 떨어졌다.

1944년 4월 16일 - 저장창고에서

더 이상 혼자가 아니었다. 저장창고에 있을 때조차도 내 마음은 안네와 함께였다. 난 어둡고 고요한 비밀의 장소에서 우리가 함께 있는 걸 상상했다. 둘이서 함께 할 수 있는 것들을 떠올리다가도 안네가 향신료 냄새를 들이마실 때는 어떻게 껴안아줄 지 고민했다.

탁자를 지나가는데, 뭔가가 내 엉덩이를 스치며 떨어졌다. 발밑을 보니, 연필 한 자루가 있었다. 일단은 별 의심 없이 연필을 집어 들고 다시 탁자 위에 반듯하게 올려놓으려는데, 문득 그것이 언제부터 탁자 위에 있었는지 궁금해졌다.

단서들은 있었어. 여기저기 흔적들을 많이 남겨둔 거였어.
누군가 우리를 감시하고 있다는 증거 말이야.
그 시간이 가까이 오고 있는 거야.
하지만 난 귀를 기울이지도, 눈을 부릅뜨고 지켜보지도 않았어.
그저 욕망덩어리였지.
안네를 향한 욕망으로 가득 찬 살덩어리였지.

우리는 남는 시간을 다락방에서 보냈다. 서로를 껴안고 이야기에 이야기를 더하면서. 그러고도 뭔가 부족한 듯이 느껴져 이야기를 추가하면서 빈둥거렸다. 내 안에도 그토록 많은 생각과 말들이 들어차 있었는지 예전엔 미처 몰랐다. 안네 또한 그런 내 모습에 놀란 듯했다. 나 또한 전과 달라진 안네의 모습이 놀라웠다.

"그나저나 사랑이 뭘까?"

어느 날인가 뜬금없이 안네가 물었다.

"사랑의 느낌을 알려면 꼭 결혼을 해야 한다고 생각해?"

"그건 아니지."

내가 대답했다.

"내 말이! 우리 부모님을 봐. 서로 어떻게 사랑해야 하는지 생생하게 보여주는 멋진 사례잖아?"

"글쎄,"

난 말하기가 주저되었다.

"난 우리 부모님이 말다툼은 자주 하셔도 서로 사랑한다는 생각이 드는데."

문득 엄마의 분홍 실크 옷을 기억하던 아빠가 떠올랐다. 두 분 침대가 밤새 삐걱거리던 옛집이 떠올랐다. 하지만 혹시라도 안네가 일기장에 기록할까봐 알려주지는 않았다.

"우리 아빠는 엄마를 사랑하지 않아."

"너, 정말 그렇게 생각해?"

내가 되물었다.

"두 분은 말싸움도 안 하잖아."

내가 덧붙였다.

"그렇기는 하지! 하지만 싸움도 열정이 있어야 하는 거래잖아."

난 안네의 이 말을 곱씹어 봤다. 안네와 나도 말다툼은 하지 않는데, 그렇다면 우리는 왜 그런지 궁금했다.

1944년 4월 27일 - 안네와 나눈 첫 키스

팔베개를 벤 안네와 내 침대에 누워 있었다. 이제 그 느낌은 무쉬가 내 무릎을 베고 있을 때처럼 자연스러웠다. 내 손이 원피스의 부드러운 옷감 밑으로 미끄러질 때마다 안네의 어깨 굴곡도 만져졌다.

무쉬는 우리 둘 사이를 파고 들려고 했다. 그럴 때마다 난 안네를 질투하는 무쉬를 밀어냈다.

문득 안네가 울고 있다는 느낌이 들었다. 내 어깨로 조용한 흐느낌과 작은 들썩임이 느껴졌다. 내 옷으로도 눈물이 번지고 있었다. 어떻게 저 작은 몸속에 이토록 많은 감정이 들어 있는지 그냥 좀 신기했다. 난 안네의 몸을 좀 더 세게 끌어안았다. 말은 필요치 않았다. 안네는 제 자신이 울고 있단 걸 내가 눈치 챈 건 알고 있을까? 안네는 자기를 안고 미소 짓고 있는 내가 음흉하다고 생각하는 걸까? 왜 아무 말도 안하는 걸까? 어째서 자신의 슬픔에 대해서는 한번도 말하지 않는 걸까?

여덟 시 반이 되어 일어났다. 다시 집 안을 둘러봐야 할 시간이었다. 안네는 창가로 다가가 섰다. 아무렇지 않다는 듯이 여느 때와 똑같이 하고 있는 안네를 보니 쓴웃음이 나왔다. 달라진 게 있다면 오늘은 내게 잘 다녀오라고 말했준 것이었다. 하지만 그 애는 몸을 떨고 있었다. 난 두 팔을 내밀었다. 내가 안아주면 떨림이 멈추리라 생각했다. 영원히는 아니더라도 지금 당장은 멈추게 할 자신이 있었다. 난 두 팔을 뻗었다. 안네도 제 두 팔을 뻗어 내 목을 감싸 안았다. 그렇게 우리 두 사람은 벽에 몸을 붙이고 기대섰다. 내 목둘레를 지그시 누른 안네의 팔에서 온기가 느껴졌다. 내 뺨 위로 보드라운 입술이 닿았다. 잠시 움찔했지만, 내 입술도 반사적으로 안네의 입술을 찾아 그 애의 얼굴을 더듬고 있었다.

서로의 입술이 포개지자, 멈출 수가 없었다. 내 의지나 생각 따위는 중요하지 않았다. 안네 아버지의 뜻을 존중하려고 지금까지 자제해왔던 내 노력이 일순간에 물거품이 되는 것도 상관하지 않았다. 신사답게 내 것이 아닌 것은 함부로 취하지 않으려던 마음도 물거품이 되어 증발해버렸다.

안네의 몸이 내 몸에 찰싹 달라붙어 있었다. 우리 두 사람의 입술도 딱 붙어 있었다. 그 상태에서 그대로 멈출 수가 없었다. 안네가 날 밀쳐낼 때까지 떨어지고 싶지도 않았다. 우리는 입술을 붙인 채로 서로의 눈동자를 뚫어지게 쳐다보았다. 눈물방울이 어룽진 안네의 눈망울은 여전히 반짝거렸다. 단순히 눈물 때문만은 아니었다. 그 안엔 내가 알 수 없는 그 무엇이 담겨 있었다.

"안네."

하지만 안네는 내 앞에 없었다. 내게 변명할 기회도 주지 않고 휙 돌아서 사라져버렸다. 문득 일기장이 떠올랐다.

'안네는 지금 당장 일기장에 적어놓고 싶었던 거야.'

무쉬가 내 발밑에서 어슬렁거렸다. 꼬리를 올리고 이를 드러내며 짜증을 부렸다. 난 그런 무쉬를 두 손으로 들어올렸다.

"왜?"

자리에 앉으며 신경질을 부렸다. 무쉬가 고개를 쳐들더니 내 손바닥으로 파고들었다. 내가 손가락으로 제 귀 뒤쪽을 쓰다듬어주길 바라는 행동이었다. 그러더니 내 허벅지 위로 사지를 쫙 뻗고 엎드렸다. 안네가 이렇게 했다면 어땠을까? 안네가 내 허벅지를 베고 누워 내 손을 가져가 제 몸을 쓰다듬게 했다면?

"안 돼, 그만."

난 속으로 소리를 내질렀지만, 그 외침의 진정한 뜻은 강렬한 바람이었다.

그 애도 나처럼 두려웠던 것인데.

이것이 처음이자 마지막이란 게 두려웠던 것인데.

우리에게 내일 따위는 없으니까.

오로지 여기 그리고 지금뿐이니까.

1944년 4월 29일 – 안네를 기다림

다시 안네와 단 둘이 있고 싶어 죽을 지경이었다. 난 입안을 헹구고 세수를 하고 일찍부터 내 책상에 앉아 안네가 내 방으로 들어오길 기다렸다.

"피터?"

안네는 자리에 앉자마자 질문부터 꺼냈다.

"우리 이야기를 아빠한테 해야 한다고 생각해?"

"물론이지."

난 재빨리 대답했다.

"네가 옳다고 생각하는 대로 하면 돼."

하지만 마음은 대답과 달리 가라앉았다. 우리의 행동을 멈출 구실을 찾기 위해 자기 아빠한테 말하려는 것처럼 느껴졌다. 안네는 나와 키스를 한 번도 해본 적 없는 것처럼, 마치 내 비서라도 된 것처럼 멀찍이 떨어져서 고개를 끄덕였다. 내 몸은 기억하고 있는데, 저 애의 몸은 잊어버린 걸까? 난 어젯밤 잠들기 직전까지도 내 가슴에 그녀의 작은 가슴이 닿아있는 착각마저 들었는데. 짧지만 매우 강렬한 욕망이었는데……

정신을 차리고 보니 안네는 계속 떠들고 있었다.

"넌 내가 믿을 만한 사람이 맞지, 피터?"

난 얼굴을 붉혔다. 당장이라도, '그런 말을 하려면 그만둬. 도대체 무슨 의도인데? 나한테서 뭘 원하는 건데? 네가 먼저 시작했잖아.'라고 말하고 싶었다. 아니, 솔직히 이젠 멈출 수가 없게 되었다고, 널 미칠 듯이 바란다고 내친 김에 고백하고 싶었다.

안네는 땅거미가 내려올 때까지 쉬지 않고 떠들었다. 난 가만히 듣고만 있었다.

"괜찮은 거야?"

안네가 또다시 물었지만, 한참 동안 무슨 말을 해야 할지 떠오르지 않았다.

"난 널 영원히 봐줄 수 있고, 네 말이라면 영원히 들어줄 수도 있어."

결국엔 이렇게 말해버렸다.

"잠깐만, 기다려봐."

안네가 내 방으로 다시 돌아왔을 땐 그 애 손에 일기장이 들려 있었다. 너무 소중해서 프랭크 아저씨가 밤마다 침대 머리맡 서류 가방 속에 보관한다는 안네의 보물 일기장이었다. (아저씨는 우리 여덟 명을 숨기는 건 혼자서도 충분히 감당할 수 있는 일이라는 듯이 안네의 일기장까지 책임지려 했다!) 난 빤히 그 일기장을 바라봤다. 그러자 안네가 일기장을 내밀었다. 난 두 손으로 받아 쥐고도 어찌할 바를 몰라 했다.

"어서 읽어봐."

안네가 재촉했다.

"보여줄 곳이 몇 쪽인지 표시해 뒀어. 침입자가 있던 그날부터 쭉 생각해 온 걸 말하려고도 해봤지만, 아무래도 내겐 언제나 글 쓰기가 더 쉬웠어."

표시되어 있는 부분을 펼쳤다. 안네의 글씨체는 깔끔하고 작았다. 난 안네가 보여주려고 한 부분을 찾아 빠르게 읽기 시작했다. 단어들이 나를 향해 툭툭 뛰어오르는 것 같았다. 안네는 사랑에 대해, 사랑이 무슨 의미인지에 대해 묻고 있었다. 안네는 사랑이 육체적인 것만은 아니라고 써 놓았다. 몇 개의 단어들이 도드라져 보였다. 안네는 사랑은 쪼개질 수 없으며, 오로지 두 사람만의 것이라고 정의 내렸다. 그 대목에서 얼굴이 화끈거렸다. 나에게 리제가 누구인지, 리제에게 있어서 나는 또 누구인지를 잠깐 생각해 봤다. 안네가 말하려는 게 나와 리제 사이의 관계 같은 것인지도 궁금했다.

나는 그 구절을 두 번 읽었다. 고개를 들었을 때, 안네는 줄곧 날 지켜보며 반응을 기다리고 있던 눈치였다. 난 안네가 무슨 말을 하려 하는지 알아내고자 나름대로 노력했지만, 실제로는 일기장에 적혀 있는 내용이 고스란히 안네의 생각인지 캐묻고 싶었다.

"순결이 정말로 중요한 걸까? 결혼은 꼭 해야 하는 걸까? 혹시 내가 사랑한 사람이 나 아닌 다른 사람을 마음에 두고 있는데, 내가 좋아한다고 해서 그 사람의 육체적 사랑도 받아들여야 할까? 그럴 수 있을까?"

난 안네가 쓴 이 구절도 또다시 읽어봤다.

"정말 이대로 고민한 거야?"

내가 물었다. 안네는 고개를 끄덕였다.

"많이 생각해 봤어. 내일 종말이 올 수 있단 건 나도 알아."

"네 순결을 잃는 것에 대해서도 조금이라도?"

"상대가 그만한 가치가 있고 나 아닌 다른 사람과 사랑에 빠져 있지만 않는다면."

안네는 내 속까지 꿰뚫어볼 기세로 빤히 쳐다봤다.

"내가 널 믿어도 되냐는 말로 내 뜻은 이미 전했어."

안네가 덧붙였다.

"하지만 2인자가 되는 건 참을 수 없어."

이 말까지 덧붙이면서 안네는 웃음을 터뜨렸다.

"정말?"

내가 되물었다.

"안네 프랭크, 넌 정말 대단해."

"고마워."

안네는 미소를 지으며 무릎을 살짝 굽혔다.

일기장을 덮어 손에 쥐고 창가에 서 있는 안네를 쳐다봤다. 작지만 야무지고 생각이 많은 여자애, 언제나 자기만의 세상에 빠져 있는 여자애, 언제나 바라는 것이 많고 알고 싶은 것도 많은 여자애가 지금 내 눈엔 전부였다. 내가 좋아하는 여자애는 여기 있는 우리 모두가 자신의 글 속에서 조연이 되더라도, 제 자신은 누군가의 2인자가 될 수 없다고 선언하는 당돌한 여자애였다. 그럼에도 불구하고 내가 빠져들 수밖에 없던 여자애가 바로 안네 프랭크였다.

순식간에 이런저런 생각으로 머릿속이 복잡해졌다. 오직 안네 생각뿐인데도 이미 꽉 차버렸다. 리제가 들어설 틈도 없이, 나와 안네 생각만으로도 머릿속은 미어터져버릴 것 같았다.

"그래. 넌 날 믿어도 돼. 내가 널 2인자로 만드는 일은 없을 거야."

난 이 정도에서 마무리하려고 일기장을 돌려주었다.

"우리가 여기에서 나가면, 넌 날 잊을 거야, 안 그래?"

안네가 느닷없는 질문을 또 꺼냈다. 그러면서 머리를 한쪽으로 살짝 기울이고 영화배우 같은 미소까지 지으며 내가 자신을 봐주길 바랐다. 하지만 이번에도 자신이 갖고 있는 백만 가지 가면 중 하나를 꺼내 쓴 색다른 모습이었다. 나로서는 이 애의 진짜 모습이 무엇인지 헷갈렸다. 은근슬쩍 화가 났다. 무슨 생각으로 나를 이렇게 대하는 건지 알 수 없는 노릇이었다. 나를 놓고 자신이 리제를 이기는 걸 아무렇지 않은 게임 정도로 여기는 것 같기도 해서 기분이 상했다.

"그렇지 않아, 안네. 날 그런 나쁜 놈으로 생각하지 말아줘!"

난 화를 참으며 말했다. 어떤 일이 생겨도 내가 안네 프랭크를 잊게 될 것 같지는 않았다.

"왜 아니라는 거야?"

안네가 되물었다. 이번엔 눈썹까지 치켜뜨고 입술을 삐죽거리고 있었다. 난 고개를 돌려버렸다. 기분 같아서는 한 대 때려주고 싶었다. 버르장머리를 고쳐놓고 싶었다. '이런 건 게임이 아냐, 안네, 그리고 넌 영화배우도 아니고. 지금 네 눈앞에 서 있는 사람은 순간 순간 아랫도리가 빳빳해지는 그냥 그런 사내애일 뿐이야'라고 말해버리고 싶었다. 하지만 뭐든 기록하려고 하는 애 앞에서 성적인 표현은 금기였다.

"이제 넌 그만 나가주는 게 좋겠어."

내가 냉랭하게 말하자 안네는 일기장을 빼앗아들고 방에서 나가려 했다.

"피터?"

안네가 삐친 듯한 목소리로 내 이름을 부르며 뒤돌아봤다. 자그마한 얼굴이 하얗게 질려 있었다.

"난……. 미안, 안네. 하지만 넌 너무 변덕스럽고 진지하지 않아서 가끔은 사람을 미치게……."

"나도 내가 어떤지 알아, 피터. 하지만 나도 혼란스러워."

안네가 대꾸했다.

"네가?"

"응, 당연히."

"그래 보이지 않는데!"

내 말에 안네가 머리를 가로저었다. 그 모습은 잠시 제 자신을 부정하는 것처럼 보였다.

"나도 알아, 안다고. 나도 가끔 일기장 속의 나만 진짜 내 자신으로 생각된단 말이야, 불쌍하게도!"

안네가 울먹거렸다.

"난 네 일기장이 싫을 때가 많았어!"

"왜?"

"너한테는 일기장이 늘 먼저이고 나는 나중이잖아. 그래서 가끔은 네가 나와 함께 있으려는 것조차도 일기장에 뭔가를 쓰기 위해서라는 생각까지 들었단 말이야."

"피터!"

"그럴 수도 있잖아!"

안네가 다시 앉았다. 우리 둘 다 한숨을 내쉬었다.

"그럼, 난…… 난 앞으로 네가 싫다고 하는 건 쓰지 않을게."

잠시 뒤 안네가 입을 열었다.

"정말?"

안네의 얼굴은 벌겋게 달아올라 있었다.

"응, 하지만 소설엔 슬쩍 집어넣을 수도 있어. 그렇게 하면 똑같은 건 아니잖아. 피터, 내 말이 맞지?"

안네가 내 얼굴을 빤히 들여다봤다.

"아니, 아닐 수도 있어, 안네. 그리고 네가 사람 속을 어떻게 아는데? 다른 사람이 소설 속에 널 넣은 적이 있기나 해? 네가 쓴 〈캐디의 일생〉이란 소설 속에 나오는 불쌍한 한스의 기분이 어떨지 생각해 본 적 있어?"

내가 되물었다. 당황했는지 안네는 자신의 일기장을 가슴에 꼭 끌어안았다.

"그게 눈에 거슬렸어?"

"그냥 지나치기 어려웠어."

"내가 고의로 그런 건 아니지만, 거기까지는 생각 못 해봤어. 난 그냥 쓴 거야. 그게……. 한스는 어쩌다 보니 소설 속에 들어간 건데."

안네가 방어적인 태도로 말했다.

"그랬겠지. 하지만 그 장면은 사실이 아닌데도 사실인 것처럼 보였어."

"그런 느낌이었어?"

안네가 물었다.

"그래, 훔쳐다 놓고 진짜인 척하는 느낌이었어."

나도 모르게 솔직한 표현이 튀어나왔다. 안네가 당황한 내 얼굴을 쳐다봤다.

"미안해. 난 정말 몰랐어. 하지만 글을 쓸 때는 멈출 수가 없어. 내 말은 글을 쓰다보면 가끔 그렇게 꾸미게……."

안네는 침을 삼키고 눈물로 그렁거리는 두 눈을 깜박였다.

"이제 다른 사람과 사랑에 빠졌다는 거야?"

다시 사랑이란 말이 불쑥 튀어나왔지만, 한 번 뱉어낸 말은 주워 담을 수가 없었다. 내가 리제를 사랑했던 것처럼, 안네가 글쓰기를 사랑하는 것처럼, 우리 둘이 서로 다른 것을 마음에 품고 있는 것처럼, 어떤 건 표현하지 않아도 이미 돌이킬 수 없는 사실이었다.

하지만 안네는 아무런 말도 없이 내 방에서 뛰쳐나갔다.

난 곧장 저장창고로 내려가 벽에 기대앉았다. 얼마 뒤 머리를 똑바로 쳐들었지만, 이내 깊은 한숨과 함께 고개는 고꾸라졌다.

우리가 곧 죽을 수도 있다는 가능성이 사랑을 나누길 갈망하는 내 마음을 정당화해줄 수 있을까?

'리제가 어딘가에 살아 있는 거라면?

프랭크 아저씨를 실망시키는 거라면?

안네가 조금도 그럴 뜻이 없다면?'

보쉬가 나타나길 기다렸지만, 보쉬는 끝내 보이지 않았다.

'보쉬, 너 지금 어디 있는 거니?'

보쉬마저 와주지 않는다면 혼자서 뭘 어찌해야 할지 알 수 없었다. 보쉬가 없는 이곳은 상상할 수도 없었다. 녀석의 털에서 묻어나는 바깥 공기의 상쾌한 냄새와 내 몸을 밟고 다니던 작은 발바닥의 간지러운 감각이 그리웠다. 도대체 어디 있는 거니, 보쉬?

"모르겠어. 난 정말 모르겠어."

혼자서 중얼거렸다.

"난 모르겠어. 이젠 무엇이 옳고 틀린지 구별할 수도 없어."

난 계속 미친놈처럼 중얼거렸다. 정말이지 난 아무것도 아는 것이 없었다.

1944년 4월 30일 - 프랭크 아저씨의 질문

"피터?"

프랭크 아저씨가 문 앞에 서 있었다. 난 자리에서 벌떡 일어났다.

"난 널 믿을 수 있을 거라 생각했다."

아저씨가 말했다.

"믿으셔도 돼요."

"이해를 못하는구나, 피터!"

아저씨가 애써 젊잖게 말했다.

"이번 일은 단순히 집안일이 아니라, 내 딸 일이다"

난 고개를 끄덕였다.

"그 애와 사랑에 빠진 거냐?"

아저씨가 물었다.

난 어깨를 으쓱해 보였다.

"모르겠어요. 우리는 함께 있는 걸 좋아해요. 전 안네와 제가 서로를 행복하게 해주고 있다고 생각해요, 아마도요."

"만지고 싶고?"

아저씨가 물었다.

"피터, 나도 너 만할 때가 있었다."

그 즉시 난 '아저씨 때는 이렇지는 않았을 걸요.'라고 속엣말을 하면서도 드러내지는 않았다. 내가 아저씨를 실망시켰을까?

"제 자신은 통제할 수 있어요."

잠시 뒤 난 이렇게 말했다.

아저씨는 깊은 한숨을 쉬었다.

"너도 우리 안네도 할 수 있겠지. 하지만 남녀가 둘만 있을 때는 이야기가 다르단다."

아저씨가 말했다.

'그래서 결국엔 아줌마랑 결혼하시게 된 건가요?' 내 속엣말이 티 나지 않기를 바라면서 재빨리 머리를 숙였다. 하지만 고개를 다시 들어보니, 아저씨는 미소를 띠고 있었다.

"피터야, 사랑은 네 마음대로 조절할 수 있는 게 아니란다. 네가 할 수 있는 최선은 그저 떨어져 있는 거란다. 어떠냐? 그게 내가 네게 요구하는 것이기도 한데, 그러니까 굳이 네 자신을 시험에 들게 하지 말라고 부탁하려는 건데, 이해하겠니? 너희 둘이서만 시간을 보내지 말아달라고 부탁하는 내 마음을?"

난 다시 고개만 끄덕였다. 달리 할 말도 없었다.

아저씨는 잠시 가만히 서 있더니 자리를 떴다.

안네한테 배신감 같은 게 느껴졌다. 결국 안네는 우리 이야기를 아저씨한테 털어놓았다는 건데, 왜? 왜?

저장창고로 내려갔지만, 보쉬는 이번에도 보이지 않았다. 걱정이 되었다. 혹시라도 고양이를 먹는 사람이 있을까? 자꾸만 안 좋은 생각이 머릿속을 맴돌았다. 난 어둠 속에 멍청히 앉아 기다리고 또 기다렸다. 하지만 보쉬는 어디로 사라져버렸는지 돌아오지 않았다. 찾으러 나가고 싶은 마음은 굴뚝같아도 나갈 수는 없었다.

1944년 5월 5일 – 화가 난 안네

"우리도 우리가 원하는 걸 할 수 있어!"

안네가 말했다.

"어른들은 지금 우리처럼 되는 게 어떤 건지도 잘 모르잖아. 많은 기회를 놓쳐버렸는데! 우리도 스스로 판단하고 자기 자신을 믿고서 옳다고 생각하는 것은 해야 하는 거야. 안 그래, 피터?"

"우리 둘에 관계된 거라면."

내가 대답했다.

안네는 딴청을 부리며 나와 눈을 마주치려고도 하지 않았다. 하지만 나는 잠자코 기다렸다. 그러다 안네가 갑작스레 고개를 돌렸을 땐 우리끼리 어떻게든 서로의 눈 속에서 조용히 그 질문의 해답을 찾아보려고 했다.

차양 아래쪽은 열기가 대단했다. 안네는 더위에 지친 몸을 흔들며 얼굴에 붙어있던 머리카락 한 가닥을 훅 불어 떨어뜨렸다.

"너무 더워."

안네가 중얼거렸다. 그 애는 양지바른 바닥에 팔다리를 쭉 뻗고 누워서 볕을 쬐고 있었다. 햇살에 눈이 부신지 눈도 감고 있었다. 난 천천히 일어나 덧문 앞쪽에다 콩 주머니를 옮겨 놓았다. 하지만 여전히 바람은 통하지 않고, 우리 둘의 숨소리만 새근새근 들렸다. 안네 옆에 누워 있던 나는 한쪽 팔꿈치를 괴고 햇빛이 내려앉은 안네의 얼굴을 가만히 들여다봤다. 얼굴 가득 흐릿한 미소가 번지고 있었지만, 눈을 뜨지는 않았다.

"그만 좀 쳐다봐!"

안네가 말했다.

"넌 참 예뻐."

내가 말했다. 사실이었다. 안네는 예뻤다.

그런 다음 난 팔을 쭉 뻗어 안네의 손을 찾아 깍지를 끼었다. 그러고는 얼굴을 돌려 그 애 이마에 입술을 맞췄다. 안네도 피하지 않았다. 오히려 제 얼굴을 조금 들어 올리고는 내 입술에 자신의 입술을 포갰다. 이번에는 둘 다 눈을 뜨고 있었다. 우리는 서로를 빤히 쳐다보면서도 키스를 했다.

"안네?"

내 속삭임에 안네가 눈을 더 크게 뜨고 고개를 끄덕였다. 심장이 방망이질 쳤다. 무슨 일이 일어나고 있는지 알 수가 없었다. 정신을 차리고 웃어보려 했지만 그조차도 마음대로 되지 않았다. 얼굴 근육 하나조차 내 마음대로 할 수 없었다.

난 안네의 긴 머리칼 속으로 내 손을 밀어 넣었다. 그 애의 목덜미는 내 손아귀에 다 잡힐 정도로 가늘었다. 목 밑에서부터 뒷머리로 이어지는 작고 섬세한 뼈들을 조심조심 만져보았다. 곧바로 온몸에서 전율이 일어났다.

안네도 가늘게 몸을 떨고 있었다. 어느새 우리 둘 다 눈을 꼭 감고, 내 손가락만이 그 애의 등뼈를 따라 미끄럼을 타고 있었다. 무쉬가 갸르릉거릴 때처럼 안네의 호흡이 바뀐 것이 느껴졌다. 안네는 팔을 위로 들어 올려 숨을 길게 내쉬고 다시 몸을 뒤집으며 눈을 감았다. 내 손에 그 애의 가슴이 만져졌다. 난 그 자세 그대로 집중을 하고 있었다.

"안네?"

"피터?"

안네가 서서히 눈을 떴다. 난 그 애의 머리칼 안쪽으로 다시 내 손을 밀어 넣었다. 머리칼은 부드러운 듯하면서도 조금 억셌다. 우리는 양지바른 곳에서 서서히 서로의 몸을 밀착시켰다. 따뜻한 안네의 몸을 어루만지자 완벽한 곡선을 지닌 나무조각품을 쓰다듬는 느낌이었다. 내 손이 닿는 즉시 되살아날 그리스신화 속의 여신 같았다. 하지만 너무 힘껏 끌어안는 바람에 그 애의 몸이 어디부터 시작하고 나의 몸은 어디에서 끝나는지 조차 잊어버리고 말았다.

안네가 재빨리 몸을 뒤로 빼며 자리에서 일어나 앉았다. 날카로운 반응이었다.

"오!"

안네가 숨을 헐떡이며 날 내려다보고 있었다. 나도 자리에서 벌떡 일어나 앉았다.

"괜찮아."

난 재빨리 속삭이며 몸을 조금 뒤로 움직였지만, 솔직히 괜찮지는 않았다. 모든 것이 조금 전으로 돌아와 있었다. 햇빛도, 창문도, 빨래도 그대로였다. 하지만 안네가 내게서 좀 더 거리를 두려는 순간, 우리 주변의 모든 것이 한꺼번에 빙빙 돌기 시작했다. 나는 안네의 손을 꽉 붙잡았다.

"피터! 피터!"

안네가 작은 소리로 외치고 있었다.

난 깊은 숨을 들이마시며 정신을 차리려고 노력했다. 내가 누구이고 지금 어디에 있는지 기억해내려고 노력했다.

"안네?"

"난 괜찮아. 난 그냥……. 내가 생각했던 것 보다 훨씬 더 생생하게."

안네가 말을 더듬었다.

내가 고개를 끄덕이자, 안네는 내 손에 잡혀 있던 제 손아귀에 힘을 쥐었다.

우리는 한동안 말없이 앉아 있었다. 내 숨이 고르게 될 때까지, 안네와 함께 한 햇빛 속에서 한순간에 녹아버린 세상으로 다시 대화가 찾아올 때까지.

"안네."

"응……."

"이건 네 일기장에 쓰지 말아줘."

"안 쓸게."

안네가 내 손을 놓으며 말했다.

"피터?"

"응……."

"일기장에 쓰려고 내가 너와 함께 있는 건 아냐."

"고마워."

대답을 듣고 자리에서 일어나 창밖을 내다봤다. 하늘은 창백한

푸른색이고, 저 멀리 바다는 한 줄의 검은 띠로 보였다. 나는 고통스럽기까지 한 육체의 욕망이 가라앉기를 기다리며 그것들을 바라보았다.

우리 둘은 침묵을 지키며 창문의 양쪽 끝에 떨어져 서 있었다.

"전쟁이 끝나도 계속 네덜란드에 있을 거야?"

안네가 물었다.

"아니, 난 어디든 따뜻한 곳으로 갈 생각이야."

난 한숨을 내쉬었다.

"네덜란드인으로 살고 싶지는 않은 거야?"

"난 여기서는 아무것도 되고 싶지 않아."

"어떻게 그렇게 말할 수 있어?"

"내가 그렇게 말하면 안 된다는 법이라도 있어?"

"그건 옳지 않으니까."

안네는 또박또박 대꾸했다. 이런 말투로 말하는 안네를 보자마자, 내 품에 안겨 있던 상황으로 돌아가면 좋겠다는 생각이 들었다. 하지만 안네는 그런 것 같지 않았다.

"우리가 똑같은 하느님을 믿는 크리스천이면 같은 민족인 거야. 크리스천이 잘못하면 유대인 전체가 그런 거나 다름없는 거야. 왜 그런지 알아?"

안네가 툴툴거렸다.

"물론 그렇게 생각할 수도 있겠지. 하지만, 안네, 우리 유대인 중 일부가 스스로를 특별하다고 생각하기 때문에 사달이 나는 거야."

"그러니까 공격을 받을 때일수록 우리라도 유대전통을 지켜야지. 우리 민족의 자부심을 지켜야지."

"우리한테는 자부심이 있어. 오히려 좀 지나쳐서 문제지."

"피터!"

"그래도 난 자신의 행동에 책임을 져야한다는 네 생각은 마음에 들어. 그렇지만 내가 우리 민족을 대표하지 못한다고 해서 잘못된 건 아니잖아?"

"아니, 그게 아니라……."

안네가 깔깔거리기 시작했다. 안네의 해맑은 웃음소리는 침침한 다락방을 밝히는 불빛 같았다. 진짜 그랬다. 그게 아니면, 연필로 스케치할 때의 사각거리는 느낌 같았다. 안네는 뭐가 웃긴지, 잠시 뒤엔 마룻바닥을 데굴데굴 굴러대기 시작했다.

"왜 그래?"

"생각해봐. 네가 이 세상에 홀로 남은 남자애라면……."

안네는 웃음을 참지 못했다.

"재미없어."

"이 땅에 남은 마지막 유대인 남자, 피터 반 펠스. 이제 네 임무는 유대인의 혈통을 잇는 거야!"

내겐 안네의 말투가 내용보다 웃겼다. 우리 둘은 서로를 껴안고 웃음소리가 나지 않게 하려고 조심하며 바닥을 굴렀다.

"넌…… 내 옛날 수학책 같을 거야."

안네는 자신이 표현이 마음에 드는지 또다시 깔깔거리며 웃어댔다.

"그러다 언젠가 완전 중고 책이 되겠지. 온갖 이름이 적힌!"

이번엔 내가 거들었다. 너덜해진 내 모습을 상상하니 웃음을 참기 어려웠다. 그러면서도 긴 줄에 서서 기다리고 있는 여자애들이 떠올랐다. 하나 같이 종족 보존을 위해 자신들의 의무를 다하려는 선한 유대인 여자애들이었다. 안네는 여전히 바닥에 엎드려 어깨를 들썩거리고 있었다.

"안네!"

대답이 없었다.

"안네, 웃을 일이 아냐!"

내 말에 안네가 웃음을 멈췄다. 시작도 느닷없었지만 멈출 때도 한순간이었다.

"나도 알아, 피터."

조용해졌다. 이제 우리는 온갖 증오심이 갈라놓은 세상으로부터 떨어져 찢어진 책처럼 퍼질러 있었다. 놈들의 증오심이 어느덧 둘 사이마저 쭉 찢어놓은 것처럼 서로에게서 멀찍이 떨어져 있었다.

"미안해."

안네가 자그맣게 말했다.

"나도."

"그래서 어디로 가려고?"

"멀리. 태양이 빛나는 밝은 곳으로. 너, 내가 좋아하는 단어가 뭔지 아니?"

내가 물었다.

"모르는데."

"엘도라도!"

"뭐? 엘도라도?"

안네가 피식 웃으며 되물었다.

"글쎄, 나도 모르겠어. 아마 황금이라는 뜻일 거야, 맞지? 사람들이 환장하며 찾아내려 하는 보물이 묻힌 곳. 찾아낸 사람을 부자로 만들어준다는 황금의 도시 말이야."

그렇게 되풀이해서 그 단어를 설명하는 사이, 문득 그것이 내겐 안네란 생각이 들었다. 안네야말로 내가 더 파들어 가고 싶은 황금광이었다.

"이 세상 모든 부자들이 돈에 환장한 건 아닌데!"

안네가 실망한 듯 조용히 말했다.

하지만 얼마 뒤 계단에서 안네를 엘도라도라고 부르자, 안네는 그제야 내가 말한 것이 돈이 아니란 걸 알게 되었다.

"귀엽긴 하지만, 사람을 그렇게 부르면 안 되는 거야."

안네가 내게 충고했다.

그럼에도 불구하고 내게 안네는 충분히 그렇게 불릴 자격이 있었다. 혹시 황금보다 더한 가치가 있는데도 아직 발견된 것이 아니라면 최초의 발견자인 내겐 그럴 자격이 있을 듯했다.

우리가 마음껏 웃고 떠들고 생각을 드러낼 수 있는 그런 세상이 실제로 있기는 할까?

살아야겠다는 생각만 남겨두고 모든 걸 빼앗기고 빨가벗겨진 사람이 최후엔 어떻게 되는지 알아내려고 날뛰는 놈들이 없는 곳이 이 세상에 있기는 할까?

프랭크 아저씨는 그런 곳에서도 날 구해주셨어.

우리가 함께 있는 동안에는 끝까지 날 도와주셨어.

이제 죽 이야기를 해야 돼. 내가 얼마나 배를 채우고 싶었는지도 말해야 해. 내 속을 조금이라도 데워줄 수만 있다면 좀 더 얻으려 했던 그 놈의 희멀건 죽 이야기도 꺼내야 돼. 아, 맞다. 오줌 이야기도 해야 되겠다. 한밤중에 몇 번이나 깨어나 터질 것 같은 방광 때문에 고생하게 될 걸 빤히 알면서도 조금이라도 더 먹으려 했던 물 같은 죽 말이야.

오줌을 참다못해 깨어났을 땐 얼어 죽을 만큼 추웠잖아. 별들은 너무 높은 곳에 떠 있었어. 죽어서도 닿을 수 없는 너무나도 먼 곳에 있었지. 하지만, 그 별빛마저도 깨질 듯이 투명하고 차가웠어. 그런데도 그날 밤엔 어떤 까닭인지 그 별마저 아름답다는 생각이 들었던 거야. 잠시, 아주 잠깐이었지만, 별들을 올려다보며 서 있었어. 다시 사람이 된 것 같았지. 하지만 그런 생각도 눈 깜짝할 사이에 사라져버렸어. 생각마저도 얼어붙을 만큼 추웠으니까.

1944년 5월 26일 – 글쓰기만 좋아하는 안네

모든 것이 변해가고 있었다. 연합군의 공격이 있을 거란 소문에 은신처 사람들도 엎치락뒤치락했다. 어떤 날은 내일 폭격이 있을 거라고 했다가, 곧바로 나치가 네덜란드를 통째로 가질 수 없게 되자 유대인들을 쥐 잡듯 잡으려고 사방에 쫙 깔려 있다고 했다. 그러니까 도망은 어림도 없을 거라는 뜻이었다.

바깥세상에서는 굶주린 사람들이 죽어가고 있었지만, 숨어 있는 우리 역시 늘 배가 고팠다. 신선한 음식을 맛보고 싶어도 우리에게는 몇 달 동안 통 속에 묵혀둔 음식밖에 없었다. 그나마도 얼마 남지 않았고, 남은 것들은 썩어가고 있었다.

모두가 연말쯤에는 해방이 되길 원했다. 안네는 바깥세상으로 다시 나갈 생각에 들떠 있었다. 머잖아 자신의 일기장이 은신처에서 벌어진 일들의 물증이 될 거란 기대로 지나치게 들떠 있었다.

"하지만 대부분이 이곳에서 벌어지는 일이라 지루하잖아."

내가 말했다.

"어떻게 쓰느냐에 따라 다르지."

안네는 아무렇지도 않은 듯이 이렇게 답했다. 그러자 오히려 내가 괜한 말을 꺼낸 것 같아 무안해졌다.

다른 사람들 몰래 나 혼자서 창고로 내려왔다. 밀가루 부대가 쓰러져 있었다. 보쉬가 결코 덤벙거리지 않는 느긋한 성격이란 걸 알면서도 보쉬 짓이길 바랐다. 그대로 부대를 둬야 할지 치워놓아야 할지 알 수 없었다.

"네가 들여다 놓았니?"

프랭크 아저씨가 물었다.

"아니요."

"그럼 그대로 둬라."

아저씨는 걱정하는 눈치였다. 또한 아저씨의 말속에는 한 주 정도는 아래층으로 내려와서는 안 된다는 뜻도 담겨 있었다. 더 갑갑한 느낌이 들었다. 난 즉시 그곳을 나와 저장창고로 내려갔다.

창고 문이 뻑뻑해 간신히 문을 열었다. 무쉬가 나를 따라 안으로 들어왔다. 녀석은 자신이 두려워하던 보쉬가 더 이상 이곳에 없다는 것을 알고 있는 듯했다. 무쉬도 내 옆에 앉았다. 등을 활처럼 휘어지게 웅크리고, 코를 바닥에 댄 자세로 두 눈을 치켜뜨고 날 올려다보고 있었다. 다락방에서도 햇살에 눈이 부실 때면 이렇게 하곤 했다. 무쉬는 어딘가를 빤히 쳐다보다가도 햇빛 속으로 폴짝 뛰어들었지만, 정작 거기에는 아무것도 없었다. 하지만 이번엔 달랐다. 마치 눈에 보이지 않는 적을 보고 있는 듯이 불안해했다. 갑자기 무쉬가 허공 속으로 뛰어오른 보쉬의 유령을 보고 있는 건 아닐까 싶은 생각이 들었다. 역시 터무니없는 망상이므로머리채를 흔들어댔다.

불안에 사로잡힌 난 벽에 몸을 바짝 기대고 천천히 미끄러지듯 문 쪽으로 움직였다. 쐐기가 문틈에서 살짝 밀려나 있는 것이 보였다. 그제야 문이 꼼짝하지 않았던 이유도 알아챘다. 그와 동시에 내가 어찌 할 수 없다는 사실에 힘이 빠졌다. 당장 쐐기를 밀어

넣을 수도 없었다. 그렇다고 문틈에서 살짝 어긋나게 벌어진 문을 꽉 닫을 수도 없었다. 헐거워진 쐐기는 문짝에서 오른쪽으로 삐져나와 있었다. 난 유심히 그것을 쳐다봤다. 차라리 없애버릴 수도 있지 않을까 생각하며 한참을 쳐다봤다. 누가 저렇게 놓았을까?

나는 완전히 닫히지 않는 문틈으로 조심히 빠져나온 뒤 문을 살짝 닫아놓고는 프랭크 아저씨를 찾아갔다.

"알려줘서 고맙다, 피터. 하지만 당분간 우리끼리만 알고 있도록 하자."

난 고개를 끄덕였다. 다시 아래층으로 내려갈 엄두는 나지 않았다. 더 이상 그러고 싶지도 않았다. 하지만 무쉬가 다락방에 있는지는 확인하고 싶었다.

보쉬 생각이 났다. 보쉬가 다녀간 흔적은 어디에도 없었다. 나도 보쉬가 돌아오지 않을 걸 예감하고 있었다. 벌써 몇 주째 나타나지 않았다. 하지만 난 아직도 어느 순간 보쉬가 내 곁으로 슬그머니 다가와 내 손바닥에 제 머리통을 비벼대길 바라고 있었다. 사라진 보쉬 생각은 잠시도 내 머리에서 떠나지 않았다.

안네한테는 후광이 드리워져 있었다. 내가 어루만져주면 안네는 이내 생각에 빠져들거나 자신이 하는 말에 도취되어 버렸다. 하지만 생각이 말이 되어 술술 나오길 간절히 바랄 때조차 안네의 태도는 침착했는데, 그것이 내 눈엔 대단한 장점으로 보였다. 비록 내가 안네만큼 말하기에 열정을 갖고 있는 건 아니지만 부럽긴 했다.

"피터?"

"응?"

"쓰고 있어. 난 쓰고 있다고!"

"알고 있어."

"난 사람들도 알아주길 바라는 거야, 피터. 난 그들도 우리가 느낀 것을 느껴보길 바라는 거라고. 공포에 사로잡혀 지내는 것이 어떤 건지, 자신들이 포근한 침대에서 잠들어 있는 동안에도 창밖을 내다보며 같은 민족 사람들이 끌려가는 걸 바라봐야 했던 우리 심정이 어떤 건지, 사람들이 굶어 죽어가고 있는 걸 빤히 알면서도 밥을 먹을 수밖에 없는 참담한 심정이 어떤 건지, 죄다 알려주고 싶은 거라고. 그들이 안다면, 그들도 우리처럼 느낀다면, 다시는 이런 비극은 일어나지 않을 거 아냐, 안 그래?"

안네의 눈빛이 이글거렸다. 굉장한 기운이 느껴졌다.

"우리도 편히 자는 건 아니잖아, 안네, 안 그래?"

난 부드러운 말투로 물었다. 내가 왜 이렇게까지 조심하는지는 알 수 없었다. 안네는 우리들 중 그 누구보다도 두려움이 많은 애였다. 지나치다 싶을 정도로 자주 몸을 떨어대는 애였다. 안네 자신도 제 자신의 그런 약점을 알고 있었다. 그렇지 않은 척하며 어른스럽게 굴어도 내 품에 안겨 있을 때조차 속으로 떨고 있는 게 고스란히 느껴졌다. 그러니까 안네는 티가 나든 안 나든, 늘 두려움이나 흥분이나 절망 따위에 떨고 있는 셈이었다. 그런 안네가 요즘 들어서는 희망에 젖어 있었다. 그 애를 이렇게 만든 건 물론 그 애의 일기장이었다. 일기장이야말로 그 애가 이 모든 걸 잊지 않고 기억해내려는 의지를 품고 있었다. 꾸준히 일기를 쓰는 것 역시 여기 있는 나머지 사람들처럼 그저 기다리는 것이 아니라, 하루하루 희망을 놓지 않고 살아내는 걸 의미했다.

"우리는 오래 버텼어. 오래 기다렸다고, 피터! 넌 그런 생각이 들기나……."

안네는 하려던 말을 꺼내지 않았다.

"그런 생각이라니?"

내가 물었다. 안네는 자제하고 있었다. 그러는 게 보였다. 안네는 온 세상에 들리도록 소리 지르고 싶은 게 아니라 자꾸만 들떠 오르는 감정을 누그러뜨리려고 애쓰고 있었다. 하지만 아무리 그래도 마음은 다시 붕 떠올랐다. 내 머리 위로 붕붕 떠다녔다. 머릿속의 단어들이 공중부양하고 새로운 글에 대한 이런저런 아이디어들마저 날아올라 날갯짓을 하고 있었다. 글쓰기, 글쓰기, 젠장, 글쓰기가 뭐라고!

"하느님한테 이유가 있어서 우리를 살려준 것 같지 않아?"

안네가 불쑥 물었다.

"하느님한테는 어떤 목적이 있지 않았을까? 절망은 죄악이잖아. 특히 지금 우리처럼 이 모든 걸 누리고 있는 사람들한테는 더욱 그런 거잖아?"

그러면서 안네는 창 너머 밤나무 잎사귀 사이로 완연한 여름날을 드리운 햇살을 향해 기지개를 활짝 폈다. 넘치는 희망과 믿음으로 발랄해진 안네도 여름 같았다. 그러나 금세 축 처져 가라앉아버릴, 짧아서 더 위태로운 여름 같았다.

"하느님이란 작자가 왜 그래야만 하는데?"

내가 비아냥거렸다.

"뭐?"

안네가 창에서 시선을 거두고 나를 바라보았다. 내 말에 제대로 충격을 받은 표정이라 나라도 다시 무슨 말이든 떠들어대야 할 것 같았다. '하지만 말이라면 안네가 질리도록 해서 지긋지긋한데 그걸 내가 또?'

"안네, 수많은 선량한 사람들을 구해주지 않은 하느님이 우리가 뭐 특별히 좋다고 구해주겠어?"

난 침까지 삼키고 되물었다.

안네는 가만히 있었다. 또다시 어이없다는 표정이었다.

"난 며칠 전에 내 친구인 하넬리 꿈을 꿨어. 그 애 알지? 끌려간 애."

안네가 뜬금없는 꿈 이야기를 꺼냈다. 하지만 더 이상의 설명은 필요치 않았다. 우리는 모두 끌려간 사람들의 꿈을 꿨다. 그렇다고 해서 꿈속에서 본 그 사람들 이야기를 꺼내지는 않았다. 그럴 필요도 없었다. 악몽을 꾼 다음날이면 표정으로도 알 수 있었다. 무거워진 눈꺼풀 위에도, 느려진 동작 하나하나에도 끌려간 그들이 있었다. 설명 없어도 대번에 알 수 있었다. 그렇기에 우리는 밤새 악몽에 시달린 사람을 눈치껏 피해 다녔다. 배려라면 배려일 수도 있었지만, 다들 악몽의 영향을 받는 것을 두려워했다. 내 경우는 어땠는지 잘 모르겠다. 내가 아는 건 그럴수록 혼자 있을 시간과 공간이 절실하다는 것, 그리고 그런 뒤에도 꿈 이야기는 꺼내지 말아야 한다는 것 정도다. 어쨌거나 끌려간 사람들에 관한 꿈 이야기를 하지 않는 건 우리끼리 지켜온 불문율이었다.

"안네, 우리 모두가 그런 꿈을 꾸잖아."

난 간단하게 대답했다. 내 두 손으로 받쳐 든 리제의 박박 깎인 머리가 떠올라 입술을 꽉 물었다. 내 경우엔 이미 내 악몽만으로도 충분히 버거웠다.

"피터, 난 하넬리한테 못되게 굴었어. 여기에서 나가면, 그 애한테 그동안 못했던 걸 다 해줄 거야."

안네는 흥분 상태였다. 한숨이 저절로 나왔다. 보통 사람들이 느끼는 감정을 갑절로 느끼는 안네가 옆에 있는 것조차 버겁게 느껴졌다.

"넌 아저씨 말씀처럼 아직 철부지 소녀야, 안네. 그리고 애들은 자주 별 뜻 없이 못되게 굴기도 하거든, 새끼 고양이처럼."

"하지만 그 애가 죽었으면 어떻게 하지? 미안하다는 말도 못했는데 그랬으면 어떡하지?"

안네는 흐느끼고 있었다. 너무 작고, 너무나도 연약한 애가 넋까지 나간 듯이 보였다. 나도 모르게 안네를 끌어안았다. 그러지 말았어야 했는데, 그렇게 한들 상황이 나아질 리 없는데, 내가 왜 또 그랬는지 모르겠다. 하물며 자기 글과 생각과 책을 더 좋아하는 안네가 나와 사랑을 나누는 일은 하늘이 두 쪽 나도 없을 거라고 믿고 있었건만, 내가 왜 바보처럼 그랬을까? 정말 모르겠다. 어쨌든 그 덕분에 안네의 마음이 조금 누그러졌다. 몸도 좀 따뜻해졌다. 나 역시도 아주 조금 남자다워진 느낌이 들었다. 물론 착각이겠지만, 그 순간만은 내 자신이 다 큰 성인남성 같은 느낌이 들었다. 돌연 내가 올바른 처신을 하고 있다는 자신감이 들었다. 내 힘으로 이 아슬아슬한 상황을 무사히 넘겼다는 자신감, 아니, 내 손으로 안네를 안전하게 지켜냈다는 자신감이었다.

어젯밤 꿈에 안네가 나왔다. 나는 공중그네를 타고 하늘 높이 올라가 있었다. 물구나무 자세로 흔들리고 있었다. 잠시 뒤 사람들이 낙엽처럼 우수수 떨어지기 시작했다. 그들의 몸뚱이가 장대비처럼 떨어지고 있었다. 난 손을 뻗어 그들을 붙잡으려 했다. 누군가의 손에 내 손이 닿았다. 꽉 움켜쥐었다. 하지만 순식간에 내 손가락 사이로 스르르 빠져나갔다. 땅으로 곤두박질친 사람들이 저 밑에, 저 아래 구덩이에 쌓여 갔다. 얼핏, 수천 명은 돼 보였다. 모두 머리를 빡빡 밀린 사람들이었다. 모두 눈을 부릅뜨고 있었다. 난 다시 있는 힘껏 팔을 뻗었다. 손끝에 닿는 차가운 손가락이 느껴졌다. 잽싸게 꽉 쥐었다. 안네의 목소리가 들려왔다. '피터, 피터' 어디선가 안네가 날 부르고 있었다. 우리의 눈이 마주쳤다.

"안네?"

그 애의 시선은 날 놓아주지 않았다. 눈으로 무슨 말인가를 애타게 하고 있었다. 하지만 무슨 뜻인지 알 수 없었다. 결국 그 애 손이 내 손아귀에서 미끄러지기 시작하더니……,

떨어졌다. 결국, 방울방울 떨어져 빗물처럼 뒤섞인 수백, 수천, 수백만 몸뚱이들 사이로 사라져버렸다. 추락, 그러고는 끝이었다. 세상은 텅 비어버리고 거꾸로 매달린 나 홀로 어둠 속에서 운명의 손아귀가 흔들어대는 그네를 타고 있었다. 내 손아귀에는 안네가 건네준 너덜너덜한 종이 조각 하나만 바람에 펄럭이고 있었다.

다음날 아침, 사람들은 내 주변을 겉돌았다. 알아서들 나에게 혼자 있을 공간을 주려고 했다. 어젯밤 악몽의 흔적이 내 얼굴에 남겨져 있다는 걸 알 수 있었다.

자, 잘 봤지? 우리는 알고 있었어. 그들이 가까이에 와 있다는 걸 알고 있었어. 하지만 물고기 신세였지. 벌써부터 한 모금 공기라도 더 마시려고 펄떡펄떡 뛰어오르는 물고기 신세였던 거야. 주더 암스텔란 시절에는 이런 걸 갖고도 농담을 했지. "다음 배급품은 뭐죠?" 그럼 아빠는 이렇게 대답했지. "우리가 숨 쉴 공기를 주지 않겠니?"

맞아요. 아빠의 생각대로예요. 하지만 놈들은 공기를 가스로 바꿔 줬어요. 사람들을 살려준 게 아니라 사람들을 죽였어요.

지금 이것도 꿈일까?

또 다른 악몽일까?

또 다른 이야깃거리일까?

결국 늘 일어나는 일이 또다시 일어나기 마련이니까, 내가 알던 사람들도 미소를 지으며 자리를 뜨겠지. 내 말 따위는 들은 적도 없다고 몇 마디 나불거리면 그만일 테니까. 그런 다음에는 제 갈 길로 가 버리면 끝인 거야. 세상사 모든 게 그렇듯이.

1944년 6월 6일 – 영국군의 공격 개시

  영국군이 프랑스 북부 해안 전역을 폭격 중이란 소식을 듣고, 창밖을 내다보았다. 빗방울들이 운하 위로 떨어지고 있었다. 나도 얼굴에 떨어지는 빗방울을 느껴보고 싶었다. 지금까지 아무것도 바라는 게 없던 사람이 간절히 바라는 첫 소원처럼 이번만큼은 꼭 이루어지길 기원했다. 지금 당장 초능력을 가질 수만 있다면, 난 빗방울처럼 투명하게 되고 싶다. 밖으로 나가도 안전한 투명인간이 되고 싶다. 안네에게도 이 같은 내 소원을 말했지만 안네는 내 얼굴을 빤히 쳐다볼 뿐이었다.

  "어리석은 생각이야."

  안네는 내 생각이 한심하다며 보고 있던 잡지를 뒤적거렸다.

  "투명인간이 되면 실제로도 존재하지 않게 되는 거야."

  난 안네가 페이지를 넘기며 혼자 깔깔 대는 것을 보면서 정말로 그럴지 생각해봤다.

  "어때? 내 말대로 되겠지, 아니야?"

  글쎄, 난 모르겠다. 다만 안네가 내 속을 빤히 들여다보고 있다는 생각만 들었다.

  "잘 모르겠어. 내 몸은 실제로 계속 여기에 있지만, 그와 동시에 밖으로 나갈 수 있다면……."

  안네는 이런 걸로 고민에 빠진 내가 한심한지 한숨을 내쉬었다. 요사이 난 안네를 자주 한숨 짓게 했다. 한동안은 프랭크 아저씨가 안네를 계속 만나는 내게 단단히 화가 나 있었는데, 이제는 전쟁이 끝날 날만 손꼽아 기다리는 안네가 내게 화가 나 있었다. 일기 쓰기에 몰두하고 싶은 자신을 바라만 보고 있다는 이유였다.

"피터, 그렇게 투명인간이 되어 밖으로 나갈 수 있다면 그때도 정말로 네 자신일 거라 생각해? 솔직히 그 투명인간이 지금까지 너와 똑같은 경험을 한 진짜 너라고 할 수 있을까?"

어느새 안네는 미소를 지었다. 아니, 웃으며 날 놀리고 있었다. 이럴 때면 내 생각들은 아무 짝에도 쓸데없이 느껴졌다. 난 고개를 돌렸다. '네까짓 놈이 뭘 알아. 제대로 아는 것 하나 없는 바보 같은 녀석 주제에, 내가 누구냐고?'

창이 보였다. 안과 밖을 가르는 창을 부수고 싶었다. 주먹질로 산산조각 내고 싶었다. 피를 보고 싶었다. 하지만 내가 아무리 그래봤자, 지금 나를 향한 안네의 마음처럼 유리만 둥글게 휘어지면서 내 주먹을 가둬놓을 것 같았다.

"할 말 없어? 거기 신기한 거라도 있나보지."

안네가 또다시 커다랗게 한숨을 내쉬며 말했다. 그러고는 넌더리가 나는지 펼쳐 놓은 잡지에 제 머리를 박았다. 기다렸다. 난 기다렸다. 내 안에서 들끓는 분노가 조금이나마 가라앉기를.

"할 말이야 많지."

"뭔데?"

안네가 고개를 쳐들었다.

찰나의 정적이 다락방 전체로 싸늘하게 퍼져 나갔다. 뭐든 말을 해야 했다. 그 순간, 단어들이 금방이라도 튀어나올 기세로 목구멍까지 올라온 게 느껴졌다.

안네도 느낀 것 같았다. 그래서인지 갑자기 내 입을 막으려고 손을 내밀었다.

"피터, 난 말이야."

늦은 오후였다. 다락방으로 봄날의 석양빛이 스며들고 있었다. 황혼녘은 늘 좋았다. 해질 무렵이면 내 안에 묶여 있던 말들도 긴장의 고삐를 늦추고 좀 더 쉽게 빠져나왔다.

"난 피터야."

내가 부른 내 이름이 내 안에서 메아리쳤다. 꿈속에서 내 이름을 부르던 리제의 목소리가 겹쳐 들려왔다. 그 가느다란 손가락이 내 손가락 사이에서 미끄러지자 간절하게 내 이름을 부르던 안네의 목소리로 바뀌었다.

"피터 반 펠스."

난 다시 한번 내 이름을 불러보았다. 어떤 이유에서인지 내 이름이 멋지게 들렸다. '피터 반 펠스' 또다시 내 이름을 불러보았다. '그래, 지금 여기 있는 내가 피터다.'

문득 내가 여기 있다는 것이 기적으로 느껴졌다. 단순히 내가 살아 있기 때문만은 아니었다.

"그래, 그게 네 이름이고, 피터가 너이긴 하지만, 그렇다고 그게 네 정체성의 다는 아니잖아, 안 그래?"

안네의 느닷없는 질문에 웃음이 나왔다. 피식 나온 웃음소리가 내 귀에도 이상하게 들렸다.

"그럼 됐잖아. 난 그냥 피터 반 펠스면 됐어. 유대인도 네덜란드인도 독일인도 아닌 나는 그냥 나인 거야."

나도 불쑥 대꾸했다. 내 진짜 속마음을 소리 내어 말해버린 것 같아 기분이 묘했다.

"그래, 피터 반 펜스. 너무 비겁해서 자신이 유대인인 것도 인정 못하고, 너무 겁쟁이라서 우리 이야기는 꺼내고 싶지도 않은 피터 반 펠스!"

어둠 속에서 안네가 씩씩거렸다.

"그래, 나 겁쟁이다!"

불쑥 이렇게 말했지만, 정말로 인정한다는 건 아니었다. 리제를 눈앞에서 떠나보내야 했을 때, 내 속마음과 달리 죽음에 맞서 싸우지 못했으니 내 자신이 겁쟁이란 것은 아니었다. 바깥에 나가 돌아다녀도 될 만큼 날 알아보는 사람도 없을 텐데, 그러지 못했으니 겁쟁이란 것도 아니었다. 내가 겁쟁이라고 인정해버린 까닭은 바로 지금 이 어둠 속에서 안네가 나를 힐난하고 있는 동안에도 말한 마디 못한 까닭이다. 어떻게 해야 나다운 모습을 지키는 것인줄 몰랐으니 겁쟁이가 맞다. 꿀 먹은 벙어리마냥 굴었으니 겁쟁이가 맞다. 그래, 이런 이유로 내 자신이 겁쟁이라고 말했을 뿐이다.

"아니, 안네, 네가 틀렸어."

내 입에서 이 말이 불쑥 튀어나왔다. 그 즉시 어둠 속에서도 안네의 주먹에 힘이 들어가는 게 또렷하게 보였다.

"언젠가 세상 사람들도 저 놈들이 무슨 짓을 했는지 알게 될 거야. 놈들의 이야기가 아닌 우리 이야기니까. 그때가 되면 너도 유대인이란 사실이 자랑스럽겠지."

안네는 바들바들 떨며 말했다.

"좋아, 좋다고!"

내가 맞장구쳤다. 진심이었다.

"그게 바로 내가 바란 거야. 우리 모두 자신이 원하는 대로 될 수 있는 것, 비로소 사람답게 살게 되는 것 말이야! 그러니까 우리도 나치를 빼곤 뭐든 될 수 있는 거야. 알겠니, 안네?"

하지만 안네는 내 말을 듣고 있지 않았다.

"우리는 끝까지 살아남아야 해, 피터. 우리는 증인이 되어야 해."

"그건 네 방식이고, 안네."

한숨이 나왔다.

"그럼 다른 방법은 뭐가 있는데? 이런 일들은 모른 척하면서 마룻바닥에 누워 키스나 하면서 시간을 보내는 게 진짜 행복하다는 거야?"

안네가 되물었다.

"알았어, 내가 네 눈엔 그렇게 보인다는 거지?"

내 반응에 안네의 얼굴이 빨갛게 달아올랐다.

"내가 너한테 물었잖아. 우리 이야기를 전하지 않는다면 달리 할 게 뭐가 있는 건지."

난 안네의 질문에 뭐라고 답을 할 수 없었다. 다만 이 질문에 그치지 않고 계속해서 나를 달달 볶아댈 건 알고 있었다. 안네의 말을 듣다 보면, 그 애가 바라는 대답을 해야 한다는 압박감에 질식할 것 같았다. 그런 안네가 날 눕지도 잠 들지도 못하게 하는 고문기술자 같았다. 끊임없이 내 고막을 울려대는 전차의 종소리 같았다. 난 안네의 옆에 주저앉았다.

"안네, 우리가 살고 있는 네덜란드가 어쩌다 이런 이름이 된 건지 알아?"

내가 차분하게 물었다.

"그거야 지명이기 때문이겠지."

안네가 짜증스럽다는 듯이 고개를 가로저었다.

"그래, 그렇지. 하지만……."

내가 하려던 말이 채 끝내기도 전에 안네가 웃어댔지만, 난 계속 이어서 말했다.

"네덜란드나 암스테르담이 그냥 장소라면? 내 말은 그러니까, 네가 가고 싶은 곳이 그곳인데, 하필 이름이 네덜란드 암스테르담이라서 그렇게 말했다고 쳐봐."

제대로 설명이 될 것 같지 않았다.

"뭔 말인지 알겠네."

안네가 웃으며 말했다. 하지만 이제는 농담마저도 진실로 오해받는 광대가 되어버린 느낌이 들었다.

"정말 알겠어?"

나한테는 한참 걸린 것을 안네는 한번에 이해해버리다니, 이런 게 가능한지 어안이 벙벙했다.

"알겠다니까."

안네가 으쓱댔다.

난 어쩔 수 없이 고개를 끄덕였다.

"그러니까 네덜란드가 너한테는 어쩌다 네덜란드라는 거잖아.

우리를 숨겨준 고마운 네덜란드가 아니라. 암스테르담도 그냥 이름이 암스테르담일 뿐, 어느 날 갑자기 이곳 사람들까지 굶주리게 되고, 어쩌면 우리를 배신할 사람들까지 살고 있는 위험한 암스테르담이 된 예정된 장소가 아니라는 거잖아, 안 그래?"

안네가 내 머리카락을 헝클어트리며 말했다.

"네 말은 한 마디로 사람들이 평범한 장소에 의미를 붙인다는 거잖아. 물론이지, 피터, 네가 개떡처럼 말해도 난 찰떡 같이 알아듣는다고!"

난 안네가 너무 쉽고 빠르게 이해하는 것 같아 기운이 쏙 빠졌다.

"하지만 만약 사람들이 그렇지 않는다면?"

"이건 또 무슨 소리야?"

안네는 내 머리카락에서 손을 떼며 되물었다.

"만약 우리가 장소나 종교 등에 의미를 붙이지 않는다고 하면?"

난 말끝을 흐렸다.

"바보야, 그런 건 불가능해. 그런 건 인간답지 않은 거라고."

안네가 대답했다.

"정말?"

나도 모르게 크게 말했다.

"이 세상에 독일도, 네덜란드도, 프랑스도, 벨기에도 없다면, 전쟁도 없지 않겠어?"

다행히 내 이번 질문에는 안네도 곧장 대답을 못했다. 그 모습을 보자 뜬금없는 용기가 생겨났다.

"게다가, 안네, 이 세상에 기독교인도 유대인도 없다면, 모든 사람들이 그저 그냥 사람으로 살아갈 수 있다면, 음, 나는 피터로 너는 안네로만 살 수 있다면……. 아니, 내 말은 그러니까 우리는 지금 그대로인데 유대인만 아니라면, 그럼 우리는 여기 이 다락방에서도 각자 원하는 대로 느끼면서……."

난 잠시 하던 말을 끊고 침을 꿀꺽 삼켰다.

"난 그때도 지금처럼 널 원하고, 넌 여전히 세상을 구하길 원하는 경우라면, 그때도 우리 둘 중 하나는 반드시 선택된 사람이어야만 하는 걸까? 그게 아닐 수도 있지 않을까?"

내 말은 뒤죽박죽이었다. 난 머리를 가로저었다. 지금처럼 많은 말을 한 적도 없었지만, 한번에 많은 의미를 담아서 말한 적도 없었다.

내가 손을 잡으려고 팔을 뻗자, 안네가 내 손을 밀치며 일어났다. 창으로 들어온 어슴푸레한 빛에 짙은 그림자가 길게 드리웠다. 내게서 떨어진 안네는 한동안 아무 말도 하지 않았다. 나 역시 그랬다. 하지만 속으로는 안네가 몸을 돌려 나를 껴안아주기를 바랐다. 이번이 우리한테 남은 유일한 기회라고 생각하길 바랐다. 날 안고 싶어 안달하기를 바랐다.

"고마워, 피터."

안네가 뜬금없이 말했다.

"뭐가?"

"내게 확인시켜줬잖아."

"뭘?"

"내가 진짜로 원하는 것이 글쓰기라는 걸."

"아!"

"그래서 다른 것들은, 심지어 아빠와 너도 내겐 두 번째란 걸."

"알고 있었어, 하지만 난 아직 우리가 어쩌면……."

"피터, 난 다른 생각을 할 여유가 없어. 이 전쟁이 끝나면 우리한테도 말할 기회가 주어질 거란 생각뿐이야. 다른 건 아무래도 상관없어. 게다가 유대인으로 살고 싶지 않다는 네 말도 더 이상은 못 믿겠어."

"아니! 난 유대인으로 태어났고, 그걸 부인할 수 없어. 그러고 싶지도 않아. 하지만 유대인이냐 아니냐는 전적으로 내가 어떻게 하느냐에 달려있는 거야. 다만 난 앞으로도 지금 우리처럼 대우받는다면, 그게 유대인이든 다른 어느 민족이든 되고 싶지 않을 거야."

"뭐 믿는 거라도 있어?"

안네가 물었다.

"있지!"

내가 대답했다. 말을 하려니 기분이 좋아졌다. 설령 이 말 때문에 안네가 날 외면하게 될지라도, 또는 내 말이 다른 누군가에게 아무런 영향을 미치지 않게 될지라도, 나한테는 중요했기 때문이다.

"어떤 거?"

비웃는 말투였다. 난 시선을 돌리고 내 생각을 담아낼 말을 찾는데 집중했다.

"난 사람들의 선함을 믿어."

"좋아, 하지만 신은 못 믿지?"

안네가 되물었다. 충격을 받은 게 틀림없었다. 하긴 나도 내 당당한 말투에 놀랐다. 생각하던 바를 또박또박 말하는 내 자신이 마냥 신기했다. 어쩐지 지금까지의 설왕설래에 쐐기를 박는 말을 한 것 같았다. 그 어떤 신도 부인 못할 진실 같았다. 한편으론 어렵사리 열어둔 우리 사이의 문이 닫히는 소리로도 들렸다.

"나도 모르겠어. 내가 싫다고 한 건 신을 믿고 안 믿고 하는 문제가 아니라, 신을 선택해야 하는 일이었어. 어느 한 종교가 나머지 종교보다 낫다는 걸 받아들이기 싫었어. 내 말은 그러니까 하느님이 결정하는 것이 나치 놈들이 멋대로 결정하는 것과 뭐 그리 다르냐는 거야. 내가 보기엔……."

"아니, 내 눈엔 보이는데, 네가 보지 못하는 거겠지. 넌 어떤 것도 믿지 못하잖아."

안네는 내가 자신을 때리기라도 할 것처럼 느꼈는지, 몸을 떨며 가쁜 숨을 몰아쉬었다.

"난 사람들을 믿어, 안네. 너도 믿고 내 자신도 믿고 페퍼 선생님도 믿어. 난 우리 모두를 믿는다고."

지금이라도 내 진짜 생각을 좀 더 자세히 알려주고 싶었다. 내가 죽어야 한다면, 유대인이란 이유로는 죽고 싶지 않다고 말하고 싶었다. 하지만 내가 나치를 싫어하고 그 놈들이 내세우는 모든 것이 싫기 때문에 기꺼이 죽을 수도 있다고 말하고 싶었다. 그러나 내가 왜 죽어야 하는지, 그 이유마저 납득되지 않는 상황에서는 끝까지 저항하고 싶다고도 말하고 싶었다.

하지만 입을 뗄 수 없었다. 우리 사이에는 더 이상 주고받을 말이 없는 것만 같았다. 안네도 한참 동안 창가에 앉아만 있었다. 난 안네의 어깨를 감싸 안고 싶었지만, 그럴 수는 없었다. 껴안아주고 싶었지만, 그럴 수도 없었다.

안네는 다른 세상 사람 같았다. 내가 가닿을 수 없는 곳에 있는 것만 같았다.

"넌 역시 겁쟁이야, 피터."

안네가 드디어 입을 열었다.

"넌 붙잡혀 가서 저들이 세는 머릿수에 보태지는 유대인이란 사실이 겁나는 거야."

마땅한 반론을 제기할 수 없었다. 어쩌면 안네의 말이 옳고, 정답일 수도 있었다. 모르겠다. 하지만 이것만은 꼭 알려주고 싶었다.

"그래, 난 네 말대로 실천하는 유대인은 아냐. 그렇더라도 놈들이 우릴 발견하면 죽여버릴 거란 사실이 바뀔 수 없다는 건 너도 알고 있잖아, 안네."

"그런 건 선택의 문제가 아냐. 나중엔 어찌될지 모르겠지만, 지금 당장은 아니야, 피터. 상황이 이 지경이 되었는데, 선택은 무슨 선택!"

안네의 말을 듣는 순간, 돌연 안네의 품에 안겨 이렇게 고백하고 싶어졌다.

'미안해. 네가 무슨 말을 하는지 나도 알아. 그러니까 아무것도 신경 쓰지 말고, 서로를 보듬어 주자.'

하지만 그렇게는 할 수 없었다. 난 내 자신이 누구인지 제대로 알기 위해서라도 정신을 차리고 있어야만 했다. 만약 이 순간 안네라도 나긋나긋한 성격이었다면, 내게 이렇게 말해주었을 것이다.

'피터, 우리가 무엇을 원하는 가는 중요치 않아. 중요한 건 우리 자신이 누구냐는 거야. 설령 우리 둘이 지구에 남은 최후의 사람들이라고 해도 마음대로 정체성을 바꿀 수는 없는 거야.'

한숨이 나왔다.

"안네. 그게 바로 내가 말하려던 거야. 내 경우엔 선택의 여지조차 없다는 거야."

난 목소리를 낮추고 조용히 말했다.

"아니, 그렇지 않아. 넌 우리를 버렸어."

안네가 단호하게 말했다.

"안네! 난 널 절대로 떠나지 않아!"

안네의 절망스러운 비난이 파고드는 고통을 어쩔 수가 없어 난 그만 두 팔을 벌렸다.

"넌 이미 우리를 떠났어."

안네는 이 말과 동시에 내 팔을 세게 밀쳐냈다. 난 두 팔을 그대로 벌린 채로 아래층으로 뛰어 내려가는 안네의 등을 멍하니 바라봐야 했다.

"잘했다, 피터! 참 잘했어, 피터!"

다락방 바닥에 주저앉아 중얼거렸다.

안네가 돌아오기를 바랐다. 안네를 안고 싶었다. 안네와 사랑을 나누고 싶었다. 단둘이 이런저런 많은 것을 해보고 싶었다. 하지만 지금이라도 내가 누구인지를 아는 것이 먼저였다. 나조차 내가 누구인지 모른다면, 그 놈들이 말하는 유대인이 될 수밖에 없었다.

아우슈비츠에서 유대인을 세는 방법은 딱 한가지였지.

낮이 얼어 죽을 만큼 춥든, 비가 오든, 뙤약볕이든, 다섯 명씩 묶어 세워두고 더하는 거였지.

나도 숫자로 세어졌냐고?

맞아, 난 그냥 숫자였어. 시신 한 구처럼 그저 몸뚱이 하나일 뿐이었어.

그래, 난 저들의 셈에서 빠질 수 없는 톱니바퀴 같은 신세일 뿐이었던 거야.

1944년 6월 7일 - 희망의 냄새

해가 떨어지고 어두워진 저녁 내내, 비바람이 우리가 숨어 있는 집 주변을 어슬렁거리며 울부짖었다. 잠을 잘 수 없었다. 으르렁거리는 바람소리가 새벽녘까지 침대 머리맡 배관을 타고 내려와 내 귓속을 파고들었다.

밖에서는 끔찍한 일들이 벌어지고 있었다. 모든 것이 다 떨어져 바닥이 드러나고 있었다. 음식도 돈도 남은 게 없었다. 사람들은 굶주렸다. 우리도 마찬가지였다. 이대로 얼마나 더 버틸 수 있을까? 우리가 살아남을 수 있을까? 아무도 알 수 없었다.

밖에서는 멋진 일들도 일어나고 있었다. 연합군의 침공이 시작되었고 윈스턴 처칠은 전쟁의 끝이 보인다고 발표했다. 하지만 숨어 있는 우리는 희망에 의지하는 것마저도 두려웠다. 그럴 때마다 엄마아빠는 실황이 아니라 시험 방송일 거라며 의심했다. 하지만 다락방 바닥에 흘려놓은 무쉬의 오줌처럼 우리의 대화 밑바닥에서도 스멀스멀 냄새가 났다. 보이지는 않지만 냄새는 났다. 다름 아닌 희망의 냄새였다.

1944년 6월 11일 – 안네의 생일을 하루 앞두고

안네의 생일을 맞아 아름다운 것을 선물해주고 싶었다. 우리가 아직도 친구로 지낼 수 있다는 것을 그 애도 알아주길 바랐다. 아무렴, 우리 둘의 생각이 다르더라도 친구로 지낼 수는 있지 않을까?

이제 우리는 우정으로 돌아갈 방법을 찾아야 했다. 안네를 만지고 원하던 기억조차 왠지 이상하게 느껴졌다. 반칙 같았다. 물론 세상일이란 게 가끔은 직접 해보기 전에는 모르는 법이지만 말이

다.

그건 틀렸어요.

아뇨, 그건 맞아요.

이렇게 여기 사람들이 나눈 이야기도 대부분 추측에서 시작해서 추측으로 끝났다.

난 미엡한테 안네에게 줄 꽃을 사다줄 수 있느냐고 물어보았다. 미엡은 늘 우리에게 희망을 가져다주는 사람이었다. 오늘은 영국군이 노르망디의 깐느로 상륙했다고 전해줬다. 숨어 있는 이 집에도 꽃향기 같은 희망의 기운이 감돌았다. 사람들도 활기를 띠기 시작했다.

결국 나는 미엡한테 꽃봉오리를 활짝 피우지 않은 분홍 모란 몇 송이를 사다달라고 부탁했다. 그래야 꽃이 필 즈음 훨씬 풍성하고 한결 아름다울 테니, 가급적이면 아직 덜 핀 꽃이 좋겠다고 설명했다. 그렇게까지 자세히 말하자, 미엡은 수상쩍은 눈빛으로 날 쳐다봤다, 하지만 잠시 뒤엔 고개를 끄덕이며 미소 지었다. 미엡이 사다준 모란 꽃다발은 완벽했다. 난 그 꽃들을 내 책상 위에 올려놓고 저녁 내내 들여다보며 그림을 그렸다. 하지만 제대로 되지는 않았다. 비슷한 듯해도, 모란의 본질까지 담아낼 수는 없었다. 내 얕은 재주로는 싱싱한 초록빛 꽃대 위에서 꽃잎을 활짝 벌리지 않고서도 풋풋한 꽃향기를 내뿜는 모란을 그림으로 표현할 수 없었다. 잠결에도 달빛이 어루만지는 환한 모란이 보였다. 아침에 눈을 떴을 때에도 제일 먼저 책상 위에 놓여있는 꽃들이 보였다. 안네에게 빨리 건네주고 싶었다.

그때가 안네의 열다섯 번째 생일 즈음이었지. 가끔 교만하긴 해도 영리하고 재미있었는데. 깡말랐어도 가끔 미소를 지을 때에는 참 아름다웠는데. 창밖으로 내다보던 바깥세상만큼 아름다웠는데. 그런 그 애가 열여섯 살이 되리라곤 상상도 못했는데.

1944년 6월 12일 - 안네의 생일

안네는 내가 건넨 꽃들을 쳐다봤다.

"고마워, 피터. 정말 예쁘네."

난 아무 말도 하지 않았다. 예전 같으면 이런저런 설명을 해주고 싶고 달뜬 기분도 들었을 것이다. 예전 같으면 이 꽃들이 안네에게 맞춤한 선물이기를 바랐을 것이다. 하지만 지금은 안네가 마음에 들어 하지 않아도 내가 뭘 더 어쩔 수도 없었다.

"어제 저녁 내내 보고 있으니까 기분이 좋더라."

간신히 꺼낸 이 말에도 안네는 날 힐끗 보더니 고개를 핵 돌려버렸다. 안네의 기분은 좋지 않았다. 나도 숨어 있는 이 집에서 생일을 기념하는 기분이 어떤지 알고 있었다. 특별한 기념일엔 지난 일들이 떠오르면서, 곧 있을지 모를 최악의 상황까지도 생각하게 되었다. 최근 들어 연합군의 참전 소식이 있었지만, 여전히 우리에게 생일은 그다지 즐거운 날이 아니었다.

설상가상으로 오늘은 날씨까지 엉망이었다. 안네는 마곳이 준 가느다란 금팔찌를 만지작거렸다. 둘은 깔깔거리며 '기억해' 놀이를 시작했다.

"우리 둘이 메르베데플레인 지붕에 앉아 있던 때를 기억해?"

"한 커플이 결혼하러 왔던 유대회당을 기억해?"

우리 모두는 과거를 기억해내려 했지만, 그것도 미래에 대한 희망이 있을 때나 가능한 것이었다.

프랭크 아저씨가 나를 보며 미소를 지었다. 난 아저씨가 그럴 때마다 뿌듯했다. 그러지 말아야 하는데도 우쭐해졌다. 내가 뭘 어찌해서 안네와 함께 하지 않게 된 것이 아니었는데, 어쩌다보니 그렇게 된 것뿐이었는데도 그랬다.

해방, 우리는 온통 해방 생각뿐이었다.

"주더 암스텔란 거리를 따라 시내로 가는 길 기억나세요?"

아빠가 물었다.

"저는 그 길로 우리 아이들을 학교에 데려다줬어요."

프랭크 아주머니가 재빨리 대답했다.

"내겐 일터에서 집으로 돌아오는 길이었지."

프랭크 아저씨는 미소를 지으며 대답했다.

"항상 뛰어오셨잖아요."

안네가 웃으며 거들었다.

하지만 마곳은 다소곳이 미소만 지을 뿐이었다. 도대체 무슨 생각을 하고 있는지 궁금했다.

특별히 행선지가 있었던 때가 아니더라도 그저 그 길을 따라 걸어 다닌 기억과 느낌이 하루 종일 떠올랐다. 그때마다 나도 모르게 웃음이 나왔다. 어느덧 이 숨어 있는 집에도 희망의 기운이 감돌고 있었지만, 오히려 그 점이 두렵기도 했다. 하지만 어느 누구도 희망에 들떠있는 이 분위기를 막을 수는 없었다. 안네와 마곳은 뭐가 그리 좋은지 계속 웃어댔다.

바깥 날씨도 다시 화창해졌다.

"영국군이 왜 이리 오래 걸리는 걸까요?"

엄마가 투덜거렸다. 요 며칠 동안 너무 설레며 지낸 나머지 달까지도 한 번에 날아갈 수 있을 것만 같았다.

"엄마, 영국군은 우리를 위해 싸우는 거예요."

난 엄마를 다독였다. 우리를 위해 전쟁에 뛰어든 사람들이 전 세계에서 오고 있다는 사실이 또다시 기적처럼 느껴졌다. 지금 이 집 밖에서는 숨어 있는 우리 존재도 모르는 수많은 사람들이 우리를 대신해서 싸우고, 우리를 위해 죽어가고 있었다. 저들의 참전은 모두 우리의 차이를 승인하기 위한 헌신이었다. 난 궁금했다. 내 눈으로 처음 보게 되는 연합군은 영국군일까, 미군일까? 그들은 어떻게 올까? 연합군의 깃발이 나부끼는 탱크를 몰고 거리로 진격할까? 길거리에 서서, '나오십시오, 지금 어디에 숨어 계십니까, 이제 나오셔도 됩니다.'라며 소리라도 지를까? 그럼 여기 숨어 있던 우리들도 한꺼번에 쿵쾅거리며 계단 아래로 뛰어 내려갈까(공습이 있을 때마다 안네가 그랬듯이)? 그럼 우리도 예전처럼 온몸으로 햇빛을 한껏 쐬거나 비바람을 마음껏 맞으며 손에 손을 맞잡고 쏘다닐 수 있을까? 나도 신선한 공기를 마시며 프린젠그라흐트에서 시내로 당당히 걸어갈 수 있을까?

눈 깜짝할 사이, 무쉬가 야옹거리며 꿈틀거렸다. 난 내 품에서 빠져나가려는 녀석의 몸을 꽉 붙잡았다.

그만, 이제 그만 상상해야 한다. 희망고문은 멈춰야 한다.

"우리 불쌍한 무쉬에게 누가 무슨 짓을 한 거야?"

안네가 쪼그려 앉으면서 무쉬의 등을 쓰다듬었다.

"난 가만 있었어."

"뭔가 했겠지. 그치? 못된 피터가 널 괴롭혔지?"

그러면서 안네는 무쉬의 턱밑을 간질였다.

마곳은 고개를 들고 이내 두 눈을 감으며 미소 지었다. 안네와 무쉬는 날 노려보고 있었다. 이제와서 무슨 말로 변명할 수 있을까? 나도 간절히 바란 것뿐이라고? 나도 해방이 되길 간절히 바란 게 전부라고? 거짓말, 이건 내가 생각해도 거짓말 같았다.

"미안."

나로서는 이 말밖에 할 수 없었다.

해방이 된다면 어떨까? 한때는 머릿속에 떠오르는 그림이 있었어. 그림 속에는 계단 아래로 뛰어 내려가는 우리들의 발소리까지 담겨 있었어. 얼굴에 와 닿는 상쾌한 공기와 기분 좋게 울려대는 종소리, 마곳의 표현대로 맥놓이도 담겨 있었어. 집 바깥에서는 나뭇잎들이 환영식의 색종이 조각처럼 팔랑거리고, 우리는 두 팔을 활짝 펼치고서 길바닥을 두 발로 박차며 은하로 뛰어가고 있었어. 사람들은 서로 부둥켜안고 방방 뛰고, 골목으로 거리로 달리고 또 달리며 환호성을 질러대는 장면이었는데, 과연 해방이 되었다면 그랬을까?

상상도 못하겠어.

그때 우리는 거기 없었으니까.

우리는 숨어 있던 그 집에서 방들을 텅 비우고 결국 사라진 존재가 되어버렸으니까.

1944년 8월 4일 - 배신당한 여덟 명

때가 왔다. 하지만 난 집 안에만 처박혀 있어서 때가 온 것도 알아채지 못했다. 집 안 공기가 탁하고 후덥지근해서 모두들 창문이라도 열 수 있기를 갈망했고, 우리 셋은 그런 와중에도 공부를 하고 있었다. 그 순간 허공에 다시 한 점이 나타났다. 은신처의 벽장은 안쪽에서 굳게 닫혀 있었고, 다행히 이번엔 연합군이 놈들을 공격하고 있었다.

반면 프린젠그라흐트 거리 263번지의 창고 문들은 도로 쪽을 향해 활짝 열려 있었다. 나는 그것을 전혀 모르고 있었다. 우리는 전쟁이 끝나기만을 간절히 바랐다. 연합군이 이기고 있었다. 최소한 그 정도는 알고 있었다.

옛 기억이 생생히 살아 돌아올 때처럼 내 몸속에서도 희망이 펄떡펄떡 뛰고 있었다. 억지로 멈출 수도 없었다. 머잖은 어느 날 어느 시각부터 우리도 자유의 몸이 될 수 있을 것만 같았다. 난 다시 머릿속에 거리들을 그려보기 시작했다. 가장 먼저 프린젠그라흐트 거리를 출발해서 메르베데플레인 거리의 집으로 가는 길을 그려보았다. 배경은 가을이었다. 하지만 너무 들뜬 기분으로 욕심을 부리고 싶지는 않았다. 그래서 노랗고 붉게 물든 낙엽들이 환영식 색종이처럼 우리 머리 위로 떨어지는 장면만을 추가했다. 우리는 꽉 닫아놓은 창문 뒤편의 방들을 채운 이 후끈한 열기처럼 지긋지긋한 전쟁도 거의 막바지에 다다라 치열해졌다고 믿고 있었다.

창밖에 군용 차량이 멈춰 섰다. 보안 경찰 하나가 차 밖으로 나와 저장창고 문을 향해 걸어오고 있었다. 인부 하나가 그를 가리키며 건물 위층을 보게 했다. 그곳은 프랭크 아저씨와 내가 숨어 있는 바로 이 방이었다.

"문장이 어떻게 되는 건지 알겠니, 피터? 영어에서는 'it(잇)'을 사용해야 한단다."

난 이마에 맺힌 땀방울을 손등으로 훔치며 생각에 집중하려고 했다. 지난 2년 동안 우리 모두가 가장 두려워했던 일이 곧 벌어질 참이었다. 내 상상 속에서처럼 무서운 사건이 늘상 일어나는 깜깜한 밤이 아니라 해맑은 아침이었다. 유난히도 일찍부터 햇살이 반짝이는 아름다운 날이다. 새들도 서둘러 밤나무 잎사귀 사이에서 합창을 시작했고, 아래층에서는 안네가 여느 때처럼 일기를 쓰고 있었다. 마곳은 의학 서적을 읽고 있었다. 나직한 목소리로 의사가 되고 싶다고, 그러기로 마음먹었다고 다락방에서 내게 말해주었던 때가 이틀 전이었다. 안경 너머로 바라본 마곳의 두 눈은 다윗의 별처럼 반짝였다. 그때 난, '넌 틀림없이 훌륭한 의사가 될 거야.'라고 응원해주었다.

페퍼 선생님은 자기 방에 앉아 샬롯 아줌마에게 전할 갖가지 계획을 적어놓은 편지를 쓰고 있었다. 엄마는 부엌방 소파에 앉아 아빠에게 부채질을 하고 있었다. 내 방까지 두 분이 소곤대는 소리가 들려왔다. 이 은신처 안의 모든 것은 평온했다. 바로 그 순간이 우리 코앞까지 와 있는데도, 단 한 사람도 눈치채지 못했다.

나도 처음엔 안네가 계단을 오르고 있다고 생각했다. 그러나 안네의 발소리치곤 시끄럽고 둔탁했다. 이윽고 옆방에서 잡음이 들렸는데, 난 그때에도 우리 중에 누군가가 너무 더우면 팔이라도 들고 있으라고 농담처럼 말한 걸로만 생각했다.

하지만 곧이어 엄마의 날카로운 비명과 아빠의 낮은 목소리가 잇따라 들려왔다. 그 즉시 반사적으로 프랭크 아저씨와 난 자리에서 벌떡 일어났다. 이미 방문 앞에는 그놈들이 서 있었다. 놈들은 군복 같은 녹색 유니폼을 입은 네덜란드인들이었다. 한 남자는 손에 권총을 들고 있었고, 그 뒤로는 두 명이 더 있었다. 노크 따위는 아예 없었다. 놈들은 낮도깨비처럼 불쑥 나타나 내 방 문간에 서 있었다. 프랭크 아저씨가 날 쳐다봤다. 우리는 그 즉시 알아챘다. 이제 끝장이라는 것을 대번에 알 수 있었다. 이걸로 내 마음속에 그려둔 희망의 그림도 휴지조각이 돼버렸다.

"두 놈 다 손 올려!"

"책을 저리 치워라, 피터."

프랭크 아저씨가 말했다. 우리는 창문과 다락으로 오르는 계단을 바라봤다. 숨을 곳은 없었다. 놈들은 세 명이 더 있었다. 모두 네덜란드 경찰이었다. 그 놈들은 우리에게 손을 들라 하더니 몸수색을 시작했다. 당연히 우리에겐 무기가 없었다. 그러자 문 옆으로 우리를 밀어붙였다. 부엌방에서는 엄마아빠가 나란히 벽에 붙어 서 있었다, 두 분 다 두 팔을 들고서.

"제 가족입니다!"

프랭크 아저씨가 말했다.

엄마와 아빠가 휘둥그레진 눈으로 우리 쪽을 쳐다봤다. 입을 여는 사람은 아무도 없었다. 잠시 뒤, 그 놈들은 우리에게 아래층으로 내려가라고 했다. 눈앞에는 지금껏 우리를 안전하게 숨겨주고 보호해주었던 단단한 책장 문이 헐거워진 채로 흔들리고 있었다. 눈에 보이는 모든 게 충격적이었다. 더 이상 숨을 곳은 없었다.

안네는 훌쩍이는 마곳 옆에 서 있었다. 슬쩍 본 마곳의 얼굴에는 소리 없이 흘러내리는 눈물이 뺨 아래로 이어져 폭포수처럼 떨어지고 있었다. 마곳이 우는 건 상상할 수도 없는 일이었지만, 분명 울고 있었다. 안네가 마곳을 위로한다며 한쪽 발로 마곳의 발목을 감았다. 그러면서도 침착하게 호흡을 가다듬고 놈들을 빤히 쳐다보았다. 프랭크 아저씨는 두 딸의 맞은편에 서 있고, 두 팔을 치켜들고 있었다. 그런 우리들을 향해 한 놈이 총구를 겨누었다.

"거기 당신."

남자가 프랭크 아저씨에게 말을 걸었다.

"보석과 돈을 숨겨둔 곳을 말해."

프랭크 아저씨가 손가락으로 서랍을 가리키자, 한 남자가 그곳을 뒤지기 시작했다. 또 다른 남자도 아저씨의 침실에서 서류 가방을 들고 나오더니 탈탈 털어댔다. 안네의 눈이 휘둥그레졌다. 가방에서 빠져나온 서류들과 일기장이 방바닥에 흐트러졌다. 안네가 가쁜 숨을 들이마셨다. 그런 그 애를 안아주고 싶었다. 바로 그때, 프랭크 아저씨가 움찔했다.

"움직이지 마!"

남자는 우리에게 남아 있는 얼마 안 되는 돈과 보잘 것 없는 보석들을 빈 서류 가방 안으로 쑤셔 넣었다. 심장이 뛰기 시작했다.

이 지경에도 담담해 보이는 프랭크 아저씨가 아무래도 이해되지 않았다. 엄마가 한 말이 떠올랐다. "해방의 날이 다가오면, 놈들은 우리를 찾아내어 쏴 죽일 거예요. 정말 그렇게 되면……."

차라리 그랬으면 좋았을 텐데, 차라리 그때 엄마 옆에서 죽었으면 좋았을 텐데, 그럼 참 쉬웠을 텐데. 내 몸과 마음이 그나마 내 것 같을 때 그냥 날 죽여줬다면, 모든 게 다 끝나버렸을 텐데. 하지만 그때 이미 거의 죽은 것과 다름없던 희망이 되살아날 줄이야…….

그들은 집 안을 샅샅이 뒤졌다. 찬장과 서랍을 빠짐없이 열어보았다. 그러는 모습을 지켜보는 내내, 내 머릿속엔 놈들이 가구들을 몽땅 싣고 가버린 우리 옛 아파트의 텅 빈 방들이 떠올랐다. 우리를 쏘아 죽이지 않는다면 그런 일을 또 지켜봐야 된다는 걸 알고 있었다. 하지만 저 놈들은 우리를 여기서 죽이지 않을 것 같았다. 우리 모두는 땀을 주룩주룩 흘리고 있었다. 두 팔을 오래 들고서 있으려니 온몸이 후들거렸다. 우리는 슬쩍 서로의 눈빛을 주고받다가도 얼른 눈을 돌렸다. 우리는 눈으로 대화를 나누고 있었다. 충격을 받았다고 눈으로 말하고, 앞으로 무슨 일이 일어날지도 눈으로 물었다.

"옷을 싸, 빨리! 서둘러!"

한 놈이 고함을 질렀다. 우리는 두 팔을 내리고 각자의 방으로 돌아갔다. 하지만 무엇을 싸야할지 알 수 없었다.

우리는 다시 아래층으로 내려가 한데 모였다. 안네가 무릎을 꿇고서 깔끔한 서류철에 흩어진 종잇장들을 주워 담고 있었다.

"내버려둬!"

남자가 총알 같이 재빠르게 명령했다. 하지만 안네는 그리 빠르지도 느리지도 않은 속도로 자리에서 일어났다. 그렇게 품위를 지키며 이내 남자를 향해 고개까지 끄덕거렸다. 마치 어떤 인간이라도 존경받을 가치쯤은 있다는 태도였다. 박수를 쳐주고 싶었다. 안네가 자랑스러웠다. 비록 안네도 속으로는 떨고 있겠지만, 난 부디 그 속마음까지는 남자한테 들키지 않기만을 빌었다.

시간이 매우 천천히 흐르는 것 같았지만 실제로는 빠르게 지나가버렸다. 우두머리로 보이는 경찰은 아직도 방 안을 샅샅이 살펴보고 있었다.

"이것은 선생님 겁니까?"

그 우두머리는 나무로 된 함을 발로 걷어차며 프랭크 아저씨에게 물었다. 갑자기 달라진 목소리에 모두 그 사람을 쳐다봤다.

"네, 제 것입니다. 전 1차 세계대전에 참여한 예비역 중위입니다."

프랭크 아저씨가 대답했다. 아저씨의 목소리는 다른 때와 다르지 않았다. 언제나처럼 우리 모두에게 믿음을 주는 이성적이고 부드러운 목소리 그대로였다. 그러자 남자는 허리를 곧추세우며 좀 전까지와는 다른 눈빛으로 아저씨를 쳐다봤다.

"다들 재촉하지 말도록!"

남자는 다른 경찰들에게 지체 없이 명령했다.

"미리 보고를 해두셨어야 했습니다!"

우두머리 남자가 프랭크 아저씨에게 정중히 말했다. 유감스럽 다는 말투였다.

"하마터면 선생을 테레지엔슈타트 강제노동수용소로 보낼 뻔 했습니다."

"저기요, 이제 우리가 여기 있는 걸 알게 되었으니 창문을 조금 열어도 될 것 같은데요."

엄마가 간신히 들릴 것 같은 작은 목소리로 말했다.

난 엄마를 쳐다봤다. 엄마는 매우 용감했다. 하지만 엄마의 말 이 통하게 될지는 알 수 없었다. 혹시라도 엄마의 말이 거슬린 놈 들이 '창문은 안 돼!'라고 날카롭게 외쳐대면 한쪽 구석에서 얼어 붙어 있던 안네와 마곳도 그 부탁이 무엇인지 알아챌 수 있을 터 였다. 아저씨 덕분에 강제노동수용소로 가지 않는다면, 그럼 우리 는 어디로 가게 될까? 사실 우리 모두는 그 답을 알고 있었다. 어 딘가에 죽음의 수용소가 있다는 것까지 알고 있었다.

"조금 치워도 될까요?"

안네가 묻자, 남자가 고개를 끄덕였다. 안네는 다시 바닥에 무 릎을 꿇고 앉았다. 나도 뒤따라 앉아 안네가 일기장과 종이들을 주워 모으는 걸 거들었다.

"걱정하지 마. 미엡이 찾아내서 널 위해 잘 보관해둘 거니까. 오 히려 저 사람들이 여기에 관심 갖지 않게 적당히 해두자."

내가 속삭였다.

"키티를 버려두고 갈 수는 없어."

안네도 속삭였다.

"아니, 그래야만 돼."

난 안네의 손목을 꽉 잡았다.

"네가 갖고 있지 않아야 더 좋은 기회가 생긴다는 것쯤은 알 잖아."

내 말에 안네의 눈에 눈물이 그렁거렸지만, 쏟아지지는 않았다. 우리는 일기장을 깔끔한 서류첩 안에 밀어 넣고 종이다발로 가렸다.

안네와 나는 동시에 일어났다. 내 눈에도 그 애 입장에서 일기들을 내버려두고 떠나는 것이 얼마나 가혹한 일인지 빤히 보였다. 안네의 손을 잡았다. 땀범벅이었다. 안네는 떨고 있었다.

기다리는 일은 끔찍했다. 우리 모두 자리에 앉아 있었지만, 아무도 입을 열지 않았다. 우리에게 벌어지고 있는 이 일이 믿기지 않았지만 모든 건 현실이었다. 물을 마시는 것만 겨우 허락되었다.

"그나저나 점심시간인데."

열두 시 삼분 분이 되자 엄마가 말했다. 지극히 평범한 말인데도, 모두 입을 다물고 아무런 대답도 하지 않았다. 엄마는 소리를 죽이며 울고 있었다. 그 모습을 보자, 놈들에게 달려들 수 있을 것만 같았다. 그러고도 싶었다. 하지만 막상 그런 생각이 들자마자 심장이 벌렁벌렁 나댔다. 아빠도 마찬가지인 게 느껴졌다. 아빠와 내가 그랬다가는 놈들은 우리만 쏘는 게 아니라, 한 사람도 남김없이 죽여 버릴 터였다. 한 시가 되자 놈들이 기다리던 화물차가 집 앞에 도착했다.

"움직여! 빨리!"

우리가 떠나려 할 때, 놈들 중 하나가 종이들을 발로 차며 마룻바닥에 다시 흩트려 놓았다. 프랭크 아저씨가 안네의 손을 잡으며 뭔가를 속삭였다.

우리는 계단으로 내려갔다. 결국 그 일은 터지고 말았다. 그런데도 눈앞에서 벌어지고 있는 상황이 실감나지 않았다. 쿠글러 씨와 클라이먼 씨도 우리와 함께 있었다. 미안한 마음이 들었다. 경찰들은 우리 앞쪽에도 뒤쪽에도 있었다.

밖이다.

우리가 문밖으로 나왔다.

드디어 바깥세상으로 다시 나왔다.

하지만 세상은 지나치게 환했다. 이미 늦은 오후인데도 햇살은 미친듯이 밝고 선명했다. 눈이 부셨다. 우리는 서로의 얼굴을 쳐다봤다. 모두 집 안에서와는 다르게 보였다. 햇빛에 노출된 얼굴들은 하나같이 창백했다. 우리 일행은 화물차 앞에 잠시 서 있었다. 난 고개를 들고 피부에 와 닿는 볕을 쬈다. 날씨는 덥고 후덥지근한 바람이 불고 있었지만 여전히 부드럽고 아름다웠다.

"차에 타!"

그 말에 눈이 떠졌다. 우리 일행은 너나 할 것 없이 고개를 쳐들고 마지막 바깥 공기를 들이마셨다. 그야말로 일 초도 안 되는 짧은 순간이었다. 그리고 그것으로 끝이었다.

"차에 타란 말이다!"

화물차에는 창이 없었다. 차 안은 찜통처럼 더웠고 깜깜했다. 우리가 어디로 가고 있는지 알 수 없다는 두려움에서 비롯된 공포가 삽시간에 몰려들었다.

2부

수용소

1945년 5월 - 마우타우젠 의무 막사에서

그렇게 우리는 여기로 왔다, 지금 방금 이곳으로.

나는 마우타우젠 수용소의 침상에 누워 있어.

하지만 여기서도 내가 반드시 기억해 둬야 하는 단어가 있어. 닿기만 해도 모든 것이 더럽혀지는 단어, 그저 그런 장소의 이름이 아닌 지옥보다 무서운 단어, 애초부터 희망도 욕망도 제거되어버린 단어. 그건 다름 아닌 아우슈비츠야.

내 생각엔 내가 살아 있는 것 같은데, 알 수야 없지.

정말 살아 있는 걸까, 죽은 걸까? 어느쪽이든 아우슈비츠의 유대인에게는 다를 바 없겠지만, 내가 그걸 무슨 수로 알겠어?

놈들이 처음부터 우리를 보내려던 곳은 아우슈비츠였어.

그래, 아우슈비츠에서는 모든 게 악몽이었어. 꿈에서 깨어나도 현실은 그야말로 더 끔찍한 악몽 그 자체였어.

내가 죽어가고 있는 건 분명해.

아우슈비츠에 들어온 사람들은 모두 죽은 자들이었어. 하나같이 걸어 다니는 죽은 자들이었어.

이제 내 차례야.

어떻게 내 말을 시작하지? 이곳에서 말이 되는 것이 있기는 하고?

이제 때가 되었다고 한들 내 말을 들어줄 사람이나 있고?

너도 나처럼 죽지 못했으니 책장을 한 장 한 장 넘기듯 하루하루를 살아가라면?

그래도 이건 단순히 이야기가 아니잖아. 이 일들은 실제로 있었던 사실이야. 여기 있는 우리 모두가 바깥세상에 알리고 싶어 하는 실제로 벌어지고 있는 끔찍한 이야기라고.

여기 사람들 대부분은 순순히 따라왔지. 어디로 가는 줄도 모르면서, 긴 줄에 꿰어 앞사람 뒤통수만 바라보며 한밤중에 수용소로 들어온 거였어. 가지고 있던 옷가지들을 마지막 희망인 냥 모조리 껴입고 기차에 올랐던 거야. 한때는 많았던 우리의 숫자가 그나마도 이제는 몇 명 남지도 않았지만.

어느덧 벌거벗은 몸뚱이들이 무더기로 쌓여가고, 살과 뼈는 가루가 되어 재로 변해버린 수용소에서 매일매일 처참한 일들이 내 눈 앞에서 벌어지고 있었던 거야. 이런 게 현실이라니. 나도 믿기 싫지만 분명 내가 겪었던 현실이야.

미안해, 정말 할 짓이 아니지만, 난 다시 확인해봐야겠어.

누구 없어요?
누구 내 말 안 들리나요?
우리 중에서 살아남은 분, 안 계시나요?
이제 숨 쉬고 있는 건 저 뿐인가요?

너무 고요해, 아무 소리도 안 들려. 내 주위에 널려 있는 이 시체더미 속에서, 썩어가는 몸뚱어리들 중에서 살아 있는 사람이 나 혼

자신인 거야?

소리 지르고 싶어. 지금 나처럼 간신히 숨이라도 쉬면서 누워 있는 사람이 또 있는지 소리쳐 묻고 싶어. 하지만 놈들이 내 소리를 듣게 되면, 가까이 와 총질을 해대겠지.

그래, 우리 중에서 누군가는 반드시 살아남아야 해.

"살아남자, 용기를 내자."

아빠의 속삭임이 들려.

"말해야 한다. 우리 이야기를 전해야 한다."

프랭크 아저씨의 속삭임도 들려.

나를 둘러싼 시체들에서 썩은 냄새가 진동하는데, 지금 이 순간도 현실이겠지? 끊임없이 되풀이 되는 악몽을 꾸고 있으니 모르겠어. 정말 전부 죽은 걸까? 나만 남고 다른 유대인들은 모두 다 죽은 걸까? 여기 바깥에서는 신음소리도, 경비대원들의 발소리도, 음악소리도 들리지 않아. 눈이 자꾸 감겨. 스르르 눈이 감겨.

"살아남자, 용기를 내자." 아빠의 목소리가 들려.

하지만 난 용감하지 않아. 이미 지칠 대로 지쳐있어.

"말해야 돼, 말해야 돼, 말해. 말해, 말하라고."

수많은 목소리들이 내 아픈 몸을 두드리고 있어. 셀 수 없이 많은 영혼들의 목소리들이, 수많은 시신들이 자신들의 마지막 이야기들을 꼭 전해달래. 하지만 난 모든 걸 말할 자신이 없어. 사람을 잘못 본 거야. 여기엔 내가 아닌 안네가 있어야 했어. 내 방문 앞에서 두 눈을 초롱초롱 뜨고 서 있던 안네가 있어야만 했다고. "난 하고 싶은 말이 너무 많아. 내 안에는 온갖 이야기들이 들어 있어, 피터!"

라고 미소 지으며 말하던 애. 때론 웃으며, 때론 울면서까지 이야기
가 하고 싶다고 조바심을 내던 그 애 말이야.

"이런 이야기는 어떻게 전하면 될까?"
난 자포자기 심정으로 안네에게 물어보곤 했어.
"글로 표현하면 돼, 피터. 그냥 시작해."
그럼 안네는 이렇게 속삭여주었어.
"그런데 이런 것을 표현할 단어들이 있기는 한 거야?"
"그게 아니면 우리한테 뭐가 있는데?"
그래, 그 애 말이 떠올라 결국 난 이 이야기를 시작하게 된 거야.

그들은 제일 먼저 우리를 웨스터보르크 임시수용소로 데려갔
다. 그때 안네의 모습은 지금도 생생하다. 갑작스레 바깥으로 나
온 그 애의 눈동자는 햇빛에 놀라 춤추듯이 흔들렸다. 그때까지
우리들은 함께였다. 그때까지 우리에겐 실낱같은 희망이 그래도
남아 있었다. 연합군이 네덜란드로 가까이 다가오고 있었다. 시간
과의 싸움이었다. 그러나 그 즈음에도 화요일마다 기차는 어김없
이 왔고 사람들을 태우고 가버렸다.
결국 그들은 동쪽으로 실려 갔다.
테레지엔스타트, 소비보르, 베르겐벨젠, 그리고 아우슈비츠로
끌려갔다.
수용소마다 걸어가는 유대인들이, 쓰러져 누운 유대인들이, 작
업 중인 유대인들이 강물처럼 흘러 넘쳤다. 죽어가는 유대인들로

그 강물이 이어졌다.

"오, 안네! 이 경우엔 어떤 말을 해야 할지 모르겠어."

"피터, 모두 네 안에 있으니까 찾아보면 돼. 두려워하지 말고 시작해봐." 안네의 목소리가 또 들려.

놈들은 우리들도 기차에 태웠다.

나도 기차에 올라탔다. 기차가 어디로 가고 있는지는 알 수 없었다.

아우슈비츠, 아우슈비츠. 바퀴가 덜컥거릴 때마다 아우슈비츠, 아우슈비츠, 목적지 이름이 우리를 조롱하던 기억이 떠올라. 아니, 아니지, 우리가 어디로 가고 있는지 그때는 전혀 몰랐으니까, 내 기억이 틀릴 수도 있지.

몇 가지만 남겨두고 우리는 필요한 걸 챙겨 가지고 기차에 올라탔다. 기차의 문이 닫히자, 빛이 사라졌다. 아니, 흐려진 기억처럼 한줄기의 가는 빛이 기차간 문 틈으로 스며들었다.

어둠 속에서 서로의 숨소리가 들려왔다. 얼마나 지났을까, 숨소리도 잠시 멈춘 정적 속에서 느닷없이 기차의 바깥쪽 철판을 긁어대는 분필 소리가 들려왔다. 누군가 숫자를 적고 있었다. 기차 안에 있는 사람들의 숫자를.

"연합군이 오고 있으니, 저 놈들도 곧 우리를 놓아주겠죠?"

누군가 이렇게 말하자, 몇몇 사람들이 웃었다. 아직은 오후였다. 또 얼마나 지났을까, 잡다한 소음에 섞여 휘파람 소리가 들리더니, 갑작스레 손바닥으로 쇠문을 세게 두드리는 소리가 들려왔다. 이윽고 경비원들이 소리를 질러대고, 기차는 다시 움직이기 시작했다. 우리의 몸도 한 덩어리가 되어 한쪽으로 쏠렸다. 다들 균형을 잡는다고 옆 사람을 붙잡거나 끌어안았다. 난 안네를 붙잡으려다 내게 바짝 붙어 있던 그 애 몸의 부드러운 느낌이 떠올라 멈칫했다.

기차바퀴는 일정한 간격으로 철컥거렸다. 눈꺼풀이 무거웠다. 고개가 저절로 떨궈졌다. 깜짝깜짝 놀랄 때마다 정신을 차리려고 고개를 흔들었다. 어느덧 한줄기의 빛조차 사라진 기차 안은 완전히 깜깜했다. 서로의 체온에도 아랑곳없이 으스스 춥기만 한 지옥행 기차는 쉼 없이 달리고 있었다.

누군가 신음소리를 냈다. 함께 있던 사람들은 기차가 언제쯤 멈추게 될지, 놈들이 우리를 어디에다 내려놓을지, 모두 어슷비슷한 의구심에 빠져 있었다. 방광은 터질 것 같고, 잠은 제대로 자지도 못해 몽롱하지만, 다리통에 쥐가 나더라도 계속 서 있어야만 했다. 숨소리만 들리는 그때, 어디선가 안도의 신음소리와 함께 오줌 냄새가 났다. 코를 마비시킬만큼 고약한, 금방 눈 뜨거운 오줌 냄새였다.

"미안합니다."

"미안합니다. 정말 미안합니다."

곧이어 용서를 구하는 목소리가 자그마하게 들려왔다. 그 바람에 기차 바닥에도 잠시 앉아있을 수 없게 되어 버렸다.

우리는 기차가 멈추기만을 바라며 줄곧 서 있었다. 이따금 기차의 속도가 느려지는 낌새가 느껴질 때면 졸음을 떨치려고 머리를 쳐들었지만, 기차는 또다시 속도를 올려 달리고 또 내달렸다. 사람들은 기차의 쇠문에 기대 서 있거나 옆 사람의 어깨 또는 뒷사람의 등에다 제 몸무게를 더하는 신세를 졌다. 기차바퀴가 덜거덕거릴 때마다 휘청거렸지만, 몸이 이리저리 쏠리면서도 기차가 꾸준히 어딘가를 향해 움직이고 있다는 사실엔 어느새 둔감해져 있었다. 그저 서로에게 바짝 붙은 채, 각자의 방광을 움켜 쥐고서 참고 또 참아야 하는 실존적 상황에 집착하고 있었다. 그렇게 우리는 기차가 멈추고 우리를 내려놓기만을 간절하게 바랐다.

당장 생리적인 것이 급했던 우리는 기차에서 내린 다음에 벗어질 잇둘에 대한 공포감마저 까먹었던 거야.

해는 다시 뜨고 기차는 계속 달렸다. 어떤 사람들은 자포자기의 심정으로 오줌 바닥 위에 쪼그려 앉았고 또 어떤 사람들은 서로의 몸 위에 포개 누웠다.

엄마도 바닥에 코트를 내려놓았다. 덕분에 우리는 그 위에 잠깐이라도 앉을 수 있어 다행이었다. 우리 일행은 번갈아가며 앉았다. 급한 사람들은 몸을 돌리고 오줌을 누었다. 아직까지 똥이 마렵다는 사람은 다행히 없었다.

기차바퀴의 털걱 소리가 졸음에 틈을 내며 잠결로 끼어 들어 정신을 차렸다. 이번엔 꿈이 아니었다. 기차가 속도를 늦추더니 어느새 끼이익, 멈춰 서고 있었다.

"여기가 어디죠? 이제 우리는 어디로 가는 거죠?"

누군가 소리를 질렀다. 키 큰 남자 하나가 기차 문의 열린 틈새로 안쪽을 뚫어지게 쳐다봤다. 남자는 폴란드인들의 명단을 내리읽기 시작했다. 기차 안쪽 여기저기에서 신음소리가 터져 나왔다. 그러다 갑자기 고요해졌다. 어둠과 정적 속에서 두려움에 질린 땀냄새가 스멀거리더니 이내 걷잡을 수 없는 똥오줌냄새와 섞여 코를 찔러댔다.

"웨스터보르크 수용소 같은 곳이라면, 그리 나쁘지만은 않을 거야."

안네가 속삭였지만, 아무도 대꾸하지 않았다. 웨스터보르크는 임시수용소이므로 우리의 최종 목적지가 아니란 걸 모두 알고 있었기 때문이다.

"아내가 눈을 안 떠요. 깨어나질 않아요."

한 남자의 목소리가 흐느끼기 시작하자, 어스름 속에서 다른 목소리가 웅얼거렸다.

"복 받은 거요."

"나가게 해주시오! 우리를 여기서 나가게 해달라고요!"

흥분한 사람들이 기차의 철문을 두드리기 시작했다.

"함께 움직여야 한다. 무슨 일이 있어도 꼭 함께 움직여야 한다. 잊지 말거라. 저 놈들이 패배하고 있으니 이제 곧 끝날 게다. 설령 우리가 어디에선가 헤어지더라도, 세상 사람들에게 알려야 한다.

우리가 겪은 일이 사람들에게 희망을 줄 수 있다는 걸 잊지 말아야 한다. 스스로 약해지면 안 된다."

프랭크 아저씨가 목소리를 낮추고 말했다.

아저씨의 말은 맞았어. 공짜로 줘버리려 했다니, 우리가 잠시 어리석었어.

소를 실어나르던 화물칸 쪽에서 죽은 자들을 위한 기도문인 카디쉬를 읊조리는 소리가 들려왔다. 기차도 다시 움직이기 시작했다.

기차를 탄 지 사흘째 되는 날이었다. 결국엔 많은 사람들이 참지 못하고 똥을 쌌고, 그 냄새 때문에 토하는 사람들도 생겨났다. 한데 모인 사람들끼리는 서로의 등을 맞대고 서 있었다. 그렇게 서로에게 의지하며 흔들리는 기차의 외벽에 바짝 붙어 서서 미리 차지한 공간을 지키려 했다.

턱 밑으로 안네의 머리카락이 느껴졌다.

"목이 너무 말라, 피터."

안네가 속삭였다.

"그래, 그럴 거야."

달리 해줄 말이 없었다.

시간이 지날수록 온몸에서 힘이 빠져 서 있기가 힘들었다. 언젠가부터 기차는 간헐적으로 멈춰 서서 몇 시간씩이나 정차해 있었다.

"물! 물! 물 좀 주시오!"

사람들이 울부짖었지만, 답은 없었다. 아무도 뭐라고 대꾸할 수 없었다. 찜통처럼 무더운 기차 안에는 코를 찌르는 냄새만이 활개치고 말할 기운조차 없는 사람들은 픽픽 쓰러지고 있었다. 그때, 기차 밖으로 외쳐대는 남자의 목소리가 들려왔다.

"대답 좀 해주시오."

문틈에 코를 박고 서 있는 남자가 소리를 질러댔다.

"대답하라고, 이 후레자식들아!"

남자는 고래고래 소리를 질러댔고, 우리는 기다렸다. 하지만 아무런 답변도 돌아오지 않았다.

"우리도 사람이에요. 사람들이 이 안에 있다고요."

안네까지 다 죽어가는 목소리로 외쳤지만, 놈들은 아무런 대꾸도 하지 않았다. 우리 목소리가 사람의 말소리가 아닌 가축들의 이상한 울부짖음으로 들리는지 완전히 무시해버렸다.

이해가 되지 않았다.

그런데도 기차는 또다시 움직이고 바퀴도 덩달아 덜컥거리기 시작했다. 어느새 기차는 삐걱삐걱 쇳소리를 내며 철로 위를 달리고 있었다.

얼마나 달렸을까? 기차가 또다시 멈춰 섰다. 한 점의 빛도 새어들지 않는 걸로 보면, 바깥은 밤이었고 벌써 몇 번째나 멈춰 섰기에 우리도 이런 상황에 적응이 되어버렸다. 앞으로도 이 같은 반복은 계속될 것 같았다. 아니, 우리가 죽기 전까지는 계속되어 우리의 영혼을 잠식해버릴 것만 같았다.

이미 기차 안에서 몇몇 사람이 죽었다. 나머지 사람들의 영혼도 각자의 몸에서 슬금슬금 빠져나가고 있었다. 깨어있는 건지 꿈을 꾸는 건지도 알 수 없었다. 기차가 목적지에 멈춰 서고, 문이 열렸을 때조차도 살아 있는 건지 죽어버린 건지 알 수 없었다.

이런 것도 표현해줄 단어들이 있을까, 안네?

"물론이야, 불가능한 것은 없어. 괴롭더라도 그곳으로 돌아가야 해, 피터. 그래야만 적절한 단어들을 찾을 수 있어."

어두침침한 기차간에만 있다가 밝은 빛이 한꺼번에 쏟아져 들어오자 눈앞이 깜깜해졌다.

"라우스(밖으로)! 라우스! 쉬넬(빨리)! 쉬넬! 쉬넬!"

고함소리가 들려왔다.

문이 열리자 신선한 공기가 기차간으로 밀려들어왔다. 하지만 우리들의 냄새도 더욱 고약하게 느껴졌다. 그 순간 난 우리들 자신이 수치스럽게 느껴졌다. 다른 사람들도 코를 킁킁거리면서 몸을 웅크리고 숨으려 했다. 수치심을 이기지 못한 몇몇 사람들은 결국 기차에서 뛰어내렸고, 또 어떤 사람들은 기어서라도 밖으로 나가려다 플랫폼으로 굴러 떨어졌다.

우리 일행은 마지막까지 기차간에 남아 있었다. 그렇게 우리 여덟 명만 서로를 쳐다보며 활짝 열린 문 앞에 서 있었다.

줄무늬 옷을 입은 남자들이 보였다. 모두 우리와 같은 유대인이었다. 하지만 우리와는 달리 하나같이 민둥머리였다. 이윽고 걸어

다니는 시체 같은 그들이 다가와 탐조등으로 우리를 비추며 고함을 질러댔다.

그 불빛들은 너무 강렬했다.

"나와! 어서 나와!"

줄무늬 옷들이 고래고래 소리를 지르자, 개들까지 짖어댔다. 겁에 질린 안네가 뒤로 물러섰다.

"여자와 아이들은 왼쪽으로!"

안네가 내 왼편으로 움직이려고 했다. 난 안네를 잡아당겼다. 내 옆에 가까이 두고 싶었다. 아직 우리 여덟 명은 기차에서 내리지 않고 있었다.

"남자들은 오른쪽, 여자들은 왼쪽으로!"

"넌 왼쪽!"

"넌 오른쪽!"

우리는 서로의 손을 꼭 잡고 얼굴을 마주봤다. 그 순간 내가 저들의 말을 알아듣고 있다는 게 신기했다. 그건 독일어였다. 내가 저들의 명령을 알아들을 수 있는 건 당연했다.

하지만 먼저 기차에서 내린 나이 지긋한 남자 하나는 플랫폼에서서 꼼짝도 않고 있었다. 무슨 말인지 전혀 이해하지 못하는 눈치였다. 남자는 콧등의 안경을 치켜 올리고는 어리둥절한 표정으로 주변을 둘러보았다.

"어이, 영감, 내 말 안 들려?"

경비대원 하나가 남자를 윽박지르며 뺨을 후려쳤다. 우리는 넋놓고 지켜만 보고 있었다. 눈까지 부라리며 흥분하지는 않았지만, 이 사태를 무심히 넘길 수 있을 만큼 마음을 놓고 있는 건 아니었다.

"내가 왼쪽이라고 말했지, 병신아!"

나이 지긋한 남자는 머리를 가로저었다. 눈두덩에서 피가 흘러내려 앞이 보이지 않는 것 같았다. 남자가 무기력하게 두 손을 들어올렸다. 그러자 경비대원이 그를 때려눕히고 쓰러진 그의 등짝을 군홧발로 밟아댔다. 페퍼 선생님이 한 발 앞으로 움직이려 하자, 프랭크 아저씨가 재빨리 뒤로 잡아당겼다. 경비대원은 쓰러진 남자 옆에 있던 사람을 쳐다봤다. 확실하지는 않지만, 남자의 아들인 듯했다. 모든 일이 삽시간에 일어나 아직도 내가 직접 목격한 것인데도 믿어지지가 않는다. 하지만 그 즉시 그 아들이 반사적으로 경비대원을 향해 주먹을 빠르게 휘둘렀던 건 내 뇌리에 강렬하게 박혀 있다. 퍽 소리가 났다. 동시에 경비대원의 목이 뒤로 휙 꺾였다. 제대로 한 방 맞은 경비대원은 그 자리에서 비틀거리고, 그 사이에 남자의 아들은 두 주먹을 불끈 쥐고 싸움 자세를 취했다. 잠시 뒤, 몸의 균형을 되찾은 경비대원이 총을 꺼내 남자의 아들을 향해 총알을 발사했다. 플랫폼에 쓰러져 있던 나이 지긋한 남자가 울부짖기 시작하고, 또 다른 경비대원은 그에게도 총질을 해댔다.

줄무늬 옷을 입은 민둥머리들이 허리를 굽히고 죽은 두 사람의 주머니를 뒤지기 시작했다. 그들은 죽은 자의 입까지 벌려 안쪽까지 샅샅이 뒤졌는데, 왜 그렇게까지 하는지, 화가 치밀어 올랐다. 기차간의 악취와 정적을 찢고 우리 눈앞에 날아든 총소리와 놈들의 명령소리 때문에 귀청이 찢어질 것만 같았다.

그런데도 내 기억 속에 남아 있는 그 모든 일들은 무성영화처럼 소리가 없어. 탐조등이 우리를 비추던 순간도, 총알이 발사된 순간도, 터무니없던 명령들에 대한 기억들도 모두 소리 없는 장면으로 재생될 뿐이야. 심지어 내가 알아들었던 그 말소리, 그러면서도 온전히 이해할 수는 없었던 그 단어들까지도 정적으로 남아 있어.

"너희들!"

경비대원은 우리를 가리켰다. 우리는 기차에서 내려갔다.

"왼쪽, 왼쪽, 왼쪽"

우리 남자들은 여자들을 보호하려고 한 발짝 먼저 앞으로 나갔다. 난 엄마의 손을 꽉 잡고 있었다.

"안 돼! 여자는 이쪽으로! 넌 오른쪽! 오른쪽이라고, 새끼야."

엄마와 난 서로를 쳐다봤지만, 계속 그렇게 있을 수는 없었다. 우리는 이미 충격을 받았고, 겁에 질려 있었다. 게다가 너무 목이 말랐고 지칠 대로 지쳐서 생각조차 할 수 없었다. 하지만 당장 저 놈들이 원하는 대로 하지 않으면 우리도 총알받이가 되리란 걸 알고 있었다. 저들의 명령을 받아들이면 그대로 작별이란 걸 알면서도, 결국 엄마와 난 말 잘 듣는 아이들처럼 서로의 얼굴을 슬쩍 보고는 잡고 있던 손을 놓았다.

정말 찰나의 순간이었어. 하지만 세월이 흐른 뒤에도 결코 잊을 수 없는 순간이었어. 어떻게 내가 엄마의 손을 그리 쉽게 놓아버릴 수 있었을까?

"피터!"

"엄마!"

"피터!"

"안네!"

우리는 각자의 눈에 서로를 꽉 붙들어 매두었지만, 결국 엄마도 안네도 어둠 속으로 스르르 사라져버렸다.

우리와 함께 기차를 타고 온 사람들은 살아 있을까? 아님, 이미 죽었을까? 그들도 이런 공포를 알아버렸을까?

내가 어떻게 알아. 그 사람들은 우리 앞에 끌려갔는데, 내가 고개를 들었을 땐 이미 사라져버리고 없었는데. 엄마도 안네도 내가 정신을 차리기도 전에 사라져버렸는데, 내가 뭘, 뭘, 더 어떻게 알아. 어떻게 아냐고.

"이쪽! 이쪽!"

우리는 발을 맞춰 걷기 시작했다. 개코가 아니라도 우리가 다가오고 있다는 건 1마일 밖에서도 냄새로 알 수 있을 터였다.

놈들은 우리가 커다랗고 시커먼 문을 통과한 뒤에도 계속 걷게 했다.

아르바이트 마흐트 프라이(Arbeit Macht Frei).

노동이 너희를 자유케 하리라.

문 위에는 이런 문장이 씌어져 있었다.

어느 수용소에서는 나치들이 죽은 유태인을 검은 쇠막대기에 매달아 놓는다는 소문이 나돌았어. 매일매일 새로 죽은 시체로 바꿔 놓는다고 했어. 우리는 그 소문을 믿었어. 그때는 그게 가능할 거라 생각했으니까 아무도 의심하지 않았던 거야. 이러쿵저러쿵 토를 달지도 않았어. 혼자 투덜거리며 그저 한발을 다른 발 앞에 놓으려고만 했지. 그렇게 해서라도 살아야 했으니까.

놈들은 우리를 한 방에 밀어 넣었다. 우리는 서로를 멀뚱멀뚱 쳐다보았다. 이게 다 무슨 일인가 싶었다. 우리에게도 곧 닥치게 될 일이 뭔지는 자세히 알 수 없어도 대강은 눈치챌 수 있었다. 그곳의 불빛은 매우 밝았다. 사람들은 곧 벌어질 일에 대해 웅성거리기 시작했다. 어디선가 기도문을 읊조리며 울부짖는 소리가 들려왔다.

"저런다고 무슨 소용이 있다고?"

난 툴툴거렸다.

"저 사람한테는 도움이 된단다, 피터."

프랭크 아저씨가 자상하게 대답했다. 난 그만 입을 다물었다. 우리 몸에서는 고약한 냄새가 났다. 동물한테서 나는 냄새와 다를 바가 없었다. 우리의 푸석한 얼굴 또한 수분 부족으로 이상하게 팅팅 부어 있었다.

한 남자가 방 안으로 들어와 명령을 했다.

"일단 모두 옷을 벗어서 여기에 두도록 한다. 그것들은 나중에 다시 가져갈 수 있다."

주변을 둘러봤다. 모두 혼란스럽고 겁에 질린 멍한 표정이었다. 배고픔과 갈증과 생이별을 겪은 얼굴들은 비슷비슷해보였다.

결국엔 성별조차 구별하지 못할 지경이 되었지. 마지막엔 누구나 뼈만 앙상하게 남았으니까, 나도 해골만 남았으니까.

"제발, 물 좀 주시오, 목이 마릅니다."

한 남자가 간절하게 부탁했다.

"있다가."

독일어 대답소리가 들렸다.

우리는 천천히 옷을 벗었다. 벌거벗은 서로의 몸을 보지 않으려고 신경을 썼다. 우리 중엔 노인도 한 사람 있었다. 노인은 안경을 쓰고 있었다.

"이것도 벗어둬야 하나요?"

노인이 물었다.

"모두 벗으라고 말했잖소!"

남자는 우리를 전염병에 걸린 사람처럼 다루고 있었다. 남자는 우리가 어린애라도 되는 것처럼 말하고 있었다. 혼란스러웠다. 남자가 화를 낸 것은 아니었지만, 그의 태도를 이해할 수 없었다. 어째서 저 작자들은 이런 짓들이 정상인 것처럼 행동할까? 왜 하필이면 우리가 이런 수모를 당하게 된 걸까? 벌거벗은 사람들은 남자 앞에서 추위와 배고픔을, 갈증과 절망감을 느끼며 서 있었다. 다들 시키는 대로 하기만 하면 이곳에서도 살아남을 수 있다고 믿는 눈치였다.

"안경도 벗어!"

남자가 다시 한번 명령했다.

"하지만 안경 없이 저희 아버지는 아무것도 볼 수가 없습니다."

"그럼 노인네는 우리한테 쓸모가 없겠군, 안 그런가?"

남자가 되물었다.

줄무늬 옷을 입은 남자들이 안으로 들어왔다. 줄무늬들은 우리의 옷을 샅샅이 뒤져 분리한 다음 자루에 담았다. 그러는 모습을 보고 있자니 우리가 숨어 있던 집 앞 밤나무로 모여든 새카만 까마귀 떼가 떠올랐다.

벌거벗은 사람들은 두 손을 모아 그곳을 가렸다. 부끄러워 고개를 숙였다. 수치심은 우리 몫이었다. 그때까지도 난 아빠나 페퍼 선생님, 또는 프랭크 아저씨의 벗은 모습을 본 적이 없었다. 우리끼리도 서로의 눈을 피했다. 한참 동안을 바닥만 내려다볼 뿐, 그 방 안에는 시선을 둘 곳조차 없었다.

저들은 우리를 샤워실로 데려갔다. 물은 믿기지 않을 정도로 따뜻했다. 지금까지의 두려움과 더러운 냄새와 기차에서의 공포심을 모조리 씻어낼 수 있으리란 묘한 기분이 들었다. 잠시나마 희망을 꿈꾸게 해줄 만큼 따뜻한 물이었다.

"놈들이 우리를 죽일 거라면 이런 절차는 왜 거치게 하는 걸까요?"

페퍼 선생님이 물었다.

"줄무늬 옷을 입은 유대인들은 대체 누구죠?"

이번엔 다른 목소리가 작게 속삭였다. 하지만 그 질문에 대답을 하는 사람은 단 한 명도 없었다.

놈들은 우리에게 면도까지 시켰다. 면도는 줄무늬 위에 녹색 삼각형을 달고 있는 남자가 맡았다.

녹색 삼각형은 범죄자란 표시야. 놈들은 범죄자들에게 면도칼을 쥐어주며 우리의 모가지를 맡겼던 거지.

우리는 줄지어 면도하는 모습을 바라보다가 자리에 주저앉았다. 삼각형들은 우리의 털을 죄다 밀어버렸다. 머리카락과 팔뚝에 난 털과 비밀스러운 곳의 털까지 모조리 밀어버렸다. 난 다른 사람들도 나와 똑같은 생각을 하고 있다는 걸 알 수 있었다. '여자들은 어떻게 되었을까? 놈들이 여자들한테도 이런 짓을 했을까?' 몇몇이 조용히 울기 시작했다.

모두 익숙해졌어. 아니면 죽게 되니까.
그래, 이 일은 그 뒤로도 일요일마다 반복되었지.

난 우리에게 이런 짓을 하고 있는 삼각형들을 쳐다봤다. 도대체 뭐하는 놈들일까? '저 놈들 중에도 진짜 유대인이 있기는 할까?' 한번 떠오른 생각은 멈추지 않고 질문들이 꼬리를 물고 떠올랐다. '어떻게 저럴 수가 있지? 저들도 유대인이라면 도대체 무슨 일이 벌어지고 있는 거지? 꿈을 꾸고 있는 건 아니겠지?'

내가 이런 것까지 이해하려고 노력했다니 참 어이없어. 우리 모두도 저들처럼 될 수 있다고 생각한 거야. 가족과 내 자신의 목숨을 지키려고 동족을 내치는 놈들의 개가 될 수도 있다고 생각한 거야. 피터, 넌 비겁한 놈이야, 피터, 넌 개보다 못한 짐승이야.

우리는 벌거벗은 채 덜덜 떨고 있었다. 몸을 닦을 수건 따위는 처음부터 없었다. 옷과 신발은 가져가버렸고, 우리가 갈아입을 파자마만 저 건너 한쪽 구석에 수북하게 쌓여 있었다. 파자마는 우리들의 털을 싹 밀어버린 삼각형들이 입고 있는 파자마와 같은 줄무늬였다. 난 그 옷을 입고 싶지 않았다. 방 어디에도 신발 따위는 보이지 않았다. 또 다른 구석에 나막신들만 무더기로 쌓여 있었다.

"내 안경을 주시오. 난 안경 없으면 보이질 않소."

나이 든 남자가 소리 질렀다.

"당신 안경은 이제 없어요."

한 남자가 독일어로 조용히 알려주자, 줄무늬 파자마 하나가 남자의 얼굴을 사정없이 갈겼다.

더 이상 놀랄 만한 일도 아니지만, 난 고개를 돌려버렸다. 결국 우리도 줄무늬 파자마를 입었다. 사람들은 발에 맞는 나막신을 찾아 신으려고 기를 썼다.

"발에 잘 맞는 것을 찾아라. 그게 중요하니까."

아빠가 말했다. 페퍼 선생님도 아빠의 말에 동의했다.

"신발 때문에 죽고 사는 게 갈린다."

아저씨가 말했다.

우리는 나막신을 한아름 그러모아 이것저것 신어본 다음, 또 다른 것들까지 끌어 모아 그 중에서도 가장 잘 맞는 것을 찾아 신으려고 노력했다. 몇몇 사람들은 그리는 우리를 미친놈 보듯이 쳐다봤다.

그랬던 사람들은 일찍 죽었을 거야.

어느덧 다른 사람들도 우리의 광적인 신발 찾기에 합류했다.

그랬던 사람들은 좀 더 오래 버틸 수 있었어.

우리 네 사람은 나막신을 신고 허리를 폈다. 서로의 모습을 쳐다보려 했지만, 이내 민망해져 시선을 돌려버렸다. 결국 우리도 파자마를 입고서 거친 욕설을 내뱉는 삼각형 유대인들과 같은 모습이 되었다. 제 동족을 때리고 발길질하고 심지어는 죽이기까지 하는 재수 없는 유대인들과 똑같은 모습이었다. 난 나막신을 끌며 몇 걸음 걸어보려고 했지만, 발을 들어올리는 것조차 버거웠다. 실제로 나막신이 무겁기도 하거니와 나막신이 벗겨질까 두려워서 발을 뗄 수조차 없었다.

그렇게 끝이 났다.

그렇게 우리는 수감자가 되었다.

그때까지 우리는 상황이 어떻게 돌아가는지 제대로 알 수 없었지만, 이내 조금씩 윤곽이 드러나기 시작했다.

여기는 아우슈비츠, 죽음의 수용소라고 불리는 곳이었다.

그러나 놈들은 거기서 끝내지 않았다. 한 놈이 내 소맷자락을 걷어 올리자마자, 타는 듯이 강렬한 통증이 손목을 찔러댔다. 또 뭘까? 고개를 숙이고 손목을 보았다. 숫자가 새겨져 있었다. B-9286.

난 더 이상 피터 반 펠스가 아니었다.

난 낙인 찍힌 B-9286 수인이었다.

전   후

사람   수감자

봐, 손목을 돌리면 바로 여기 보이잖아.

입고 있던 옷이 사라지고 머리카락도 없어지더니, 이름까지도 사라져버렸다.

이제 우리는 한갓 숫자에 불과했다.

소를 싣고 가는 차량 측면에 적힌 숫자처럼, 우리 손목에도 푸르뎅뎅한 숫자 문신이 새겨졌다.

모든 것이 끝나버렸다.

이미 생지옥으로 들어가는 문을 넘어섰다.

우리는 아우슈비츠의 수인이었다.

온갖 기억들이 두껍게 쌓인 시체더미처럼 무겁게 날 짓누르고 있어. 난 왜 엄마의 손을 그렇게 빨리 놓아버렸던 것까? 그때는 무슨 일이 벌어지는지 몰랐어. 생각할 시간 따위도 없었잖아.

"피터!" 엄마는 내 이름을 부르며 끌려갔어. 다른 여자들도 모두 끌려갔어. 지옥의 굴뚝 속으로, 내가 손을 놓아버린 거야. 결국엔 내가 모두를 버린 거야.

나조차도.

하지만 아직은 아니야.

내가 말할 거야.

내가 전할 거야.

여기 누구 없어요?

내 말 듣고 있는 사람 없어요?

처음 몇 분 동안은 단 몇 초도 몇 시간처럼 느껴졌어. 온몸의 털이 깎이고 줄무늬 파자마를 걸치고 숫자로 불리게 된 우리도 예감은 하고 있었지만, 설마 실제로 그런 일이 있으리라고는 생각조차 못했던 거야. 사랑하는 엄마와 아내와 딸들과 헤어지고 결국 남자들끼리도 분리되어버린 마지막 이별의 충격에서 헤어날 수 없었지. 하지만 그건 군홧발에 차이고, 죽도록 두들겨 맞고, 교수형에 처해지거나 총살을 당하거나 가스실로 끌려가게 될 앞으로 닥칠 수많은 시련 중 첫 단계였을 뿐이었어. 그곳에서는 생을 마감하는 방법도 참 가지가지였으니까.

우리 중에서도 충격을 딛고 빠르게 적응하는 사람들은 그나마도 살아남을 확률이 높은 편이라 할 수 있었어. 하지만 독일어를 할 줄 아는 우리 일행도 놈들을 이해할 수는 없었어. 우리가 어떻게? 무슨 수로?

놈들이 왜 그랬는지 아는 사람이 있기는 할까?

목숨이 거의 끝나가는 지금도 난 이해가 안 되는데.

나치 독일인들은 자신들이 무슨 짓을 하고 있는지 알기는 알까?

그런데 왜 내가 수치스럽지?

다른 사람들이 죽어가는 걸 지켜보면서 내 목숨 하나 건지려고 아등바등한 건 창피한 노릇이지만, 사람들을 구하는데 아무 짝에도 도움이 되지 않았다는 자괴감도 어쩔 수 없지만, 그래도 그렇지, 지긋지긋한 수치심이 여기 누워 죽기를 기다리는 나까지 괴롭히고 있다니.

그래, 내 안에도 아우슈비츠 수용소를 지탱해준 뼈다귀들이 있는 거야. 내 손목의 짙푸른 문신처럼 눈에 보이지 않는 잉크로 내 안에 깊숙이 새겨져 있는 죄의식이 있는 거야. 그래, 그러니까 죽은 뒤에도 이 끈질긴 수치심이 날 놓아주는 일 따위는 없을 거야.

"안네, 너라면 이런 걸 어떻게 말할까?"

"피터, 우리가 내일을 생각하지 않고 걸어왔듯이 한 마디씩 한 마디씩 더해가며 함께 가면 돼."

"들어줄 사람도 없는 걸."

"그럼 허공에 쓰면 되지, 놈들도 우리의 생각까지는 태울 수 없을 거 아냐."

"그래, 그렇게. 기억을 되살리며 너에게 갈게."

그래도 겁이 나, 난 혼자야.

난 마지막까지 살아남은 유대인이라고.

경비대원은 우리를 향해 고함을 질러댔다.

"다섯 놈씩 서! 다섯! 다섯이라고 말했잖아! 네 놈들이 사람이야, 짐승이야?"

프랭크 아저씨는 사람들을 모으고 네덜란드어, 영어, 불어로 설명하기 시작했다. 아저씨는 우리가 해야 할 일이 무엇인지 알아듣는데 도움이 된다면 어떤 언어로든 설명하려 애썼다. 경비대원이 그런 아저씨를 비웃었다.

"어이, 거기. 교수 새끼 맞아? 너 같은 놈들은 절대로 오래 못 버티거든."

프랭크 아저씨는 대답하는 대신, 재빨리 눈치껏 대처했다. 아저씨는 놈들의 말뜻을 알아채고 바쁘게 보이도록 서둘렀다. '고개 숙여 경례.' 우리의 첫 번째 호출이자 점호 시간, 수감자로서 해야 하는 첫 번째 임무였다.

"다섯 명씩, 2미터씩 떨어져 서요."

프랭크 아저씨가 통역을 해주는 말을 듣고 우리는 눈치껏 따라 했다. 벌써부터 얻어터지거나 총을 맞고 쓰러지는 사람이 되지 않으려고 다들 바짝 긴장하고 있었다.

안네와 나는 아저씨의 어색한 네덜란드어를 흉내 내며 웃곤 했었다. 하지만 네덜란드어는 아우슈비츠에서는 별 도움이 되지 않았다. 살아남는데 도움이 되는 것은 독일어뿐이었다.

"그것도 진짜 독일어예요?"

난 아저씨한테 조용히 물었다. 나도 그 단어들을 이해할 수는 있었지만, 우리가 말하는 독일어와는 어딘지 달랐다.

"사투리란다."

아저씨가 작은 소리로 재빠르고 대답했다. 아저씨는 여전히 침착했다.

그런 다음 아저씨는 우리 앞에 섰다. 저들이 나눠준 유니폼이 작아 보였다. 그런 아저씨가 내 눈엔 누구라도 알아들을 수 있는 외국어 단어처럼 보였다. 오직 한 단어만으로도 문장 전체를 설명할 수 있기에 누구라도 의지하려드는 그런 단어! 아저씨는 한 마디로 'Help Me!'였다. 한 단어로는 'Help!'였다.

수감자들을 비추는 탐조등 붉빛을 받으며 서 있을 때에도 내 몸에서는 아직 자유의 냄새가 났었지. 난 어리숙하게도 우리를 이해하고 믿어주는 사람이 세상 어딘가에는 있으리라 생각했어. 하지만 그

건 아우슈비츠와는 정반대인 파라다이스의 존재를 믿는 철부지의 순진한 믿음이었어.

프랭크 아저씨는 짐승이 물어뜯는 것처럼 거친 독일어를 알기 쉽도록 분명한 문장으로 바꿔 천천히 말해주었고, 우리는 아저씨의 말대로 따랐다. 일단, 우리 남자들은 다섯 명을 한 단위로 2미터씩 떨어져 서서 다음 해야 할 일을 배우기 시작했다. 우리가 이리저리 섞이며 제대로 된 대열을 이루자, 아저씨도 잠시 놀란 눈치였다. 하지만 내 눈엔 아저씨가 마치 우리를 지휘하는 지휘자처럼 보였다.

그때까지 우리는 점호란 것을 매일 아침저녁으로 해야 하는지도 모르고 있었다. 그저 우리는 놈들이 우리를 쉽게 셀 수 있도록 옆 사람과는 한 팔 간격을 유지하며 한 줄에 다섯 명씩 서 있었을 뿐이었다.

하지만 점호는 비가 오나 눈이 내릴 때에도, 안개가 끼나 는개가 뿌릴 때에도, 햇빛 쨍쨍한 대낮이거나 칠흑 같은 밤일 때에도, 우박이 쏟아지는 와중에도 계속되었다.

나 또한 앞으로는 다섯 명 중 하나이자 열 명 중 하나로, 백 명 중, 천 명 중, 그리고 백만 명 중 그저 한 명으로 세어질 뿐이었다. 얼마나 많은 유대인들이 숫자로 헤아려지고 또 얼마나 많은 횟수의 점호를 받았을까?

모르겠다.

그저 나는 발바닥에 물집이 생겨 터지고 정강이가 부러지더라도 여러 대열을 이룬 유대인 숫자 중 하나로서 저 문을 왔다 갔다 하게 될 운명이었다. 그러고도 어떤 때는 대열에 틈이 생겼다는 이유로, 어떤 때는 경비대원의 그날 기분이 더럽다는 이유로, 몰아치는 눈보라 속에서 머리를 숙이고 강추위 속에서 몇 시간이나 꼼짝없이 서 있게 될 터였다. 왜 그래야만 하는지, 이유 따위는 궁금해 하지도 말 것이며, 그저 이를 악물고서 몇 시간이고 참아야만 할 터였다. 이따금 내 옆에서 쓰러진 사람들이 의무실로 실려 가거나, 쓰러져 누운 바로 그 자리에서 총살을 당하더라도.

그러니까 난 오래 서서 버티는 법을 배워야만 했다. 언젠가 우리 모두는 대열에 서서 한 남자가 교수형에 처해지는 것을 지켜봤다. 그날따라 날은 지독하게 추웠고 우리는 고개를 떨군 채 가만히 서 있었다. 나 역시 다른 사람들과 마찬가지로 집행이 빨리 끝나기만을 기다렸다.

"빨리 좀 하지!"

내 옆에 서 있던 젊은 폴란드인이 중얼거렸다. 그도 혹독한 추위에서 벗어나 무사히 하루를 넘기고 싶은 게 분명했다. 그도 서둘러 짧은 휴식이나마 취하며 미음 같은 죽이라도 한 술 떠먹고 싶은 게 분명했다. 그의 입에서 나온 그 말은 두 다리의 통증으로부터 올라와 차가운 윗도리를 지나는 동안 서릿발 같은 입김으로 변해 있었다.

젠장, 서두르지 않고 뭐하는 짓들이야. 이놈의 추위에서 벗어나게 해줘야 목숨 부지하고 이 작업을 끝내고, 또 하루를 끝내고, 또 한 밤을 버텨내며 이 빌어먹을 겨울도 끝낼 수 있을 거 아냐.

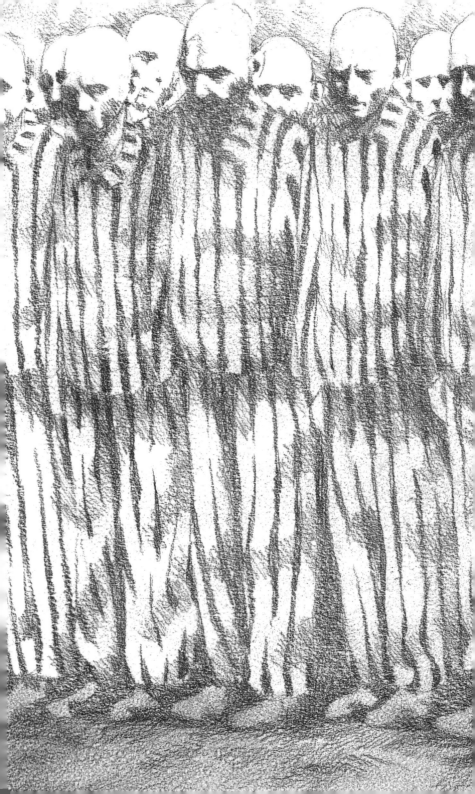

놈들은 우리에게 고개를 쳐들고 죽어가는 사람을 지켜보라며 소리를 질러댔다.

"하벤 지 페어스단덴?"

놈들이 외쳐댔다.

"내 말 알아들었나?"

우리 모두는 무슨 대답을 해야 하는지 잘 알고 있었다.

"넵!"

하지만 놈들은 우리가 무엇을 알아들었는지 되묻는 법이 없었다. 그렇게 우리의 수치심을 건드렸다. 우리도 그렇게 그 놈들의 증오심을 건드렸다.

"동지들, 이제 난 자유의 몸입니다."

처형대 위의 남자는 놈들이 떠밀기도 전에 스스로 머리에 씌운 올가미 줄을 당기며 외쳤다.

아우슈비츠에서 자유에 이르는 길은 하나였지.

그것은 어떤 죽음을 선택하느냐에 달린 거였어. 나도 살아 있는 마지막 순간까지 투쟁적으로 죽고 싶었는데. 나도 그때 그 젊은 폴란드인처럼 잿빛 추위 속에서도 머리를 쳐들고 두 눈을 똑바로 뜬 채 자신을 쳐다보고 있는 동료 수감자들 앞에서 선 채로 죽고 싶었는데…….

그 남자는 영원히 기억될 거야. 그 남자의 죽음은 언젠가 인정받을 거야. 역시 그 남자는 회색 줄무늬 쥐처럼 시체더미 속에 파묻혀 죽어가는 수백만의 유대인과는 달랐어. 물론 지금이니까 이렇게 말하지. 알아, 나도 내가 얼마나 비겁한 지 잘 안다고. 그때 난 서 있는 것만이라도 서둘러 끝나길 바랐잖아. 참을 수 없는 추위 속에서 빵가락이 잘려나가지 않으려면 가능한 빨리 몸을 움직여야 한다는 생각에만 사로잡혀 있었잖아. 우리가 그 지옥의 문을 왔다 갔다 할 때마다 흐르던 그 끔찍한 음악이 멈췄을 때조차 난 비루하게라도 살아남아야겠단 생각에서 벗어나지 못했던 거야. 그래, 난 그런 놈이야.

내가 그러지 않았더라면, 내가 그 남자처럼 용기 있었다면, 그 지긋지긋한 점호도 끝냈을 텐데.

난 한동안 우편취급소에서 일했다. 수용소 내에서 다른 곳보다 상대적으로 따뜻한 그곳에서 나는 놈들의 우편물이나 정리하면서 약간의 빵을 더 배급받았다.

어떻게 내가 그 일을 하게 되었는지는 아무도 모르지. 어쩌면 내가 독일인처럼 보였기 때문일 수도 있고, 어쩌면 바로 그때 우연히 그곳을 지나가고 있었기 때문일 수도 있겠지.

이 세상에 필연 같은 건 없다고 하잖아. 아무튼 그 이유를 꼭 알아야 할 필요는 없는 거야.

누가 내게 맞아봐야 정신차릴 거라고 했을까?

누가 내게 일어나서 그릇에 담긴 스프를 먹으라고 했을까?

"짐승 냄새가 나는군."

놈들은 걸핏하면 우리한테 이렇게 말했지. 맞아, 맞다고. 우리는 짐승과 다를 바 없었어. 누가 시키지 않아도 우리는 앉으면서 허겁지겁 먹어치웠어. 끼니때마다 그릇 바닥까지 혀로 핥으며 남김없이 먹어치웠어. 누가 먹을 것이라도 갖고 있으면 낚아채려고 서로 뒤엉켜 싸움질이나 해대니, 우리는 놈들한테 짐승 같았겠지. 그래서 죽도록 미워했겠지. 그래, 그래, 우리는 짐승들이야. 짐승이라 단순한 생각밖에 할 줄 몰랐다고.

먹고, 자고, 좀 따뜻한 곳이 없을까 기웃거리기나 하는 짐승이라고, 됐냐? 하지만 우리는 놈들이 생각하는 그런 짐승은 아니야.

짐승들은 죽음을 두려워하거나 익명을 두려워하거나 아직 다 못한 이야기를 두려워하지는 않거든. 그러니까 난 짐승은 아닌 거야, 지금 내 말 들려?

네 놈들이 우리 이름을 숫자로 바꾸고, 음식을 떠먹을 숟가락도 주지 않고, 옷과 신발이 헤져도 그대로 뒀잖아. 배가 고파서 제대로 잠들지 못하는 밤에도 혹시 모를 명령을 기다리며 선잠을 자다가 깨어나고 다시 잠에 빠져도 또다시 악몽을 꿀 수밖에 없었어. 추운 겨울낮의 깜깜한 새벽 어둠 속에서도, 아침부터 강렬한 여름 햇살 속에서도 명령에 따라 움직일 수밖에 없었던 거라고. 그런 낮조차 머리통을 반쪽으로 갈라놓을 듯이 겁을 주며 깨어나게 만드는 네 놈들의 단어가 있다는 게 아직도 이해되지는 않지만, 네 놈들은 우리를 짐승처럼 길들이려 했던 거야.

비스타바치.

일어나.

이 말이 들리면, 몸은 그 즉시 어떻게든 일어나야 한다는 것을, 일어나서 점호하러 가야 한다는 것을 알고 있었던 거야. 어쩌겠어, 네놈들이 이미 그 명령에 반응하도록 내 몸 속에 전선을 심어놓았는데.

비스타바치.
일어나.

이 소리가 들리면, 난 꼼짝없이 꼭두각시가 되는 것.
"내가 이걸 어떻게 알리지?"
"네가 해야만 하니까."
안네의 목소리가 들려, 환청처럼.
하지만 적절한 단어들이 있다고 해도, 바깥세상 사람들이 그걸 이해할 수 있을까?
그들과 통할 수 있는 공통의 언어란 게 있기는 할까? 여기 접시가 있고, 저기 주발이 있다고 말하는 건 식은 죽 먹기보다 쉽지. 하지만 세상엔 말로 전할 수 없는 훨씬 어려운 것 투성이잖아. 게다가 여기는 다른 사람들의 세상이 끝장난 곳이야. 나 혼자만의 세계가 시작된 곳이기도 하고. 어떤 미친놈이 피비린내 나는 이런 곳으로 단어 뜻 하나를 제대로 알아보자며 끊어져버린 두 세계 사이를 가로질러 오겠냐고?

"말해."

또다시 안네의 목소리가 들려.

"왜 내가 그래야 하는데?"

"사람들을 자유롭게 해주는 건 노동이 아니라 언어로 된 말, 말이니까!"

셀렉크자(seleckja).

셀렉크자.

놈들은 그 일이 일어났을 때 바로 이렇게 말했다. 우리가 한 번도 들어본 적 없는 단어였다. 아니, 어쩌면 우리가 몰라서 기억하지 못할 뿐, 역 승강장에서 있었던 첫 선발에서 살아남았을 때 들어봤는지도 모르겠다. 수용소에 도착한 우리 유대인은 다수였지만, 어리숙하고 서투를 수밖에 없는 신참들이었으니까.

우리는 수용소의 규칙을 모르면서도 멍청하게 몰려다녔기 때문에 놈들의 눈에 더 잘 띄어 위험했다. 나막신이 돌부리에 걸려 넘어질 때에도 다른 사람들까지 함께 넘어뜨려 위험했다.

그렇게 우리는 놈들의 성미를 건드리는 증오의 대상이었다.

셀렉크자.

10월이 되자, 아우슈비츠의 막사를 은밀히 떠돌던 이 단어는 마치 하강의 때를 기다렸던 독수리처럼 우리 머리 위 가까이에서 노골적으로 맴돌기 시작했다. 신참 유대인의 숫자는 상대적으로 너무 많았다. 그래서 먼저 온 소수의 사람들은 곧 무슨 일이 벌어질지 짐작하고 있었다. 그들은 수시로 우리 귀에 대고 그 단어를 웅얼거렸다.

셀렉크자.

먼저 온 사람들도 놈들처럼 증오의 눈으로 우리를 쳐다봤다. 너무 많은 사람들이 어느 날 갑자기 나타나서 이곳을 북적이게 만들었기 때문이었다. 우리가 다수의 수감자가 되자, 경비대원들도 뭔가 대책을 세우고 행동에 옮겨야만 했다. 선임자들은 우리들이 자신들을 죽이려고 온 사람이 아니란 걸 잊은 듯했다. 자신들을 숫자로 생각하는 나치가 아니란 걸 잊은 듯했다.

셀렉크자.

난 아빠를 쳐다봤다. 아빠가 머리를 흔들었다.

"걱정마라. 우리는 막사 안에 있잖니."

아빠가 말했다. 아빠 말대로 우리는 막사 안에서 생활했지만, 거센 바람에 막사 텐트는 걸핏하면 날아가 버렸다. 그래도 우리는 네 명씩 한 침상에 누워서 새우잠이라도 자려고 했다.

아니, 우리가 잠을 잔 건 아니야. 그딴 건 잠이라고 할 수 없어. 분명히 거기에 맞는 단어가 있을 거야. 두 눈을 감고서 마음속으로 그 불가능한 것들을 이해하려고 노력했던 비참한 상황을 표현해줄 단어가 어딘가엔 있을 거야. 동료는 내 등 뒤에서 무릎을 오므리고 꿈속의 음식에 입맛을 다시며 잠들어 있는데, 그걸 또 참아가며 잠의 나락으로 빠져드는 처참함을 설명해줄 단어 말이야. 땅속에서 통째로 뽑아낸 싱싱한 당근을 입 안으로 밀어 넣는 순간, 침이 흥건하게 고이며 드디어 이 사이로 씹히는 단단한 식감을 느끼려나 싶었는데 잠에서 깨어나 사라진 꿈을 원망하게 될 때의 허망함을 설명해줄 단어 말이야. 텅 빈 입안에 쓰디쓴 침이 고이게 되면 잠에서 깬 자신을 한탄하는 욕지거리만 입 밖으로 튀어나오게 되는 게 끔찍했지.

비스타바치!

일어나!

하지만 구역장이 고함을 지르면 또 하루가 시작돼.

내게도 새로운 두려움이 스멀거리기 시작했다. 그것은 추위에 대한 두려움도, 물집 잡힌 발로 간신히 걷다가 매 맞아 죽을지도 모른다는 두려움도 아니었다. 그것은 그날그날을 죽지 않고 살아낼 수 있을까 걱정하는 이미 일상이 되어버린 두려움 역시 아니었다.

죽음의 신이 다가오고 있었다. 늘 다가오고 있다고 느끼기는 했지만, 이번에야말로 정말 가까이 와 있었다. 이번에 온 죽음의 신은 젊은이든 늙은이든, 건강하든 병들었든, 네덜란드인이든 그리스인이든 심지어 독일인이든 개의치 않았다. 국적이 뭐든 유대인이기만 하면, 무리 중에 단 한 명의 유대인이라도 끼어 있기만 하면 산 사람의 수가 너무 많다고 투덜거렸다.

"여기는 유대인이 너무 많아. 놈들이 누굴 골라낼지 모르겠다."

하물며 프랭크 아저씨도 이렇게 말했다.

우리도 머잖아 그렇게 될 거라고 예상은 하고 있었다. 하지만 그리 크게 동요되지는 않았다. 지금껏 별별일이 다 일어났으니 그 어떤 일이든 일어날 수 있을 것이라고만 생각했다.

"우리 모두 죽을 거요. 다만 그게 언제인지 알 수 없을 뿐, 결국엔 다 죽을 거란 말이요."

아빠가 말했다. 그러고는 웃었다.

난 프랭크 아저씨를 쳐다봤다. 아저씨가 소리 내어 웃기 시작했다. 다른 사람들도 아저씨를 쳐다봤다. 웃음소리가 어찌나 큰지, 마치 잊고 있던 무엇인가가 떠올라 충격을 받은 사람 같았다.

"조용히 해!"

구역장이 소리를 질렀다.

갑자기 조용해졌다. 모두 그의 말에 고분고분 순종했다.

우리는 곧 그 일이 있으리란 걸 예감하고 있었다. 이번엔 우리가 선택되어지리란 느낌이 있었다. 하지만 그 과정이 어떠리라고는 짐작되는 바가 없었다. 그 사이에 페퍼 선생님이 사라졌다. 프랭크 아저씨가 여기저기에 수소문을 해봐도 알아낼 수 있는 것은 없었다. 아저씨가 물으면 사람들은 그저 어깨를 으쓱하거나 머리채를 흔들어댔다.

"연기가 되어 하늘로 올라갔겠지."

노인 한 분의 말에 프랭크 아저씨는 두 손으로 머리를 감쌌다.

"여기 와서야 그 친구를 제대로 알게 되었는데."

아저씨가 중얼거렸다.

그날 밤엔 어떤 사람이 다가와 자신이 페퍼 선생님이 있는 곳을 안다며 거짓말을 했다.

"조심해라. 무슨 일이 있어도 늘 소수의 저 사람들을 지켜봐야 한다. 그들이 하는 대로 따라하되, 무슨 일을 하든 네가 제대로 알고 하는 것처럼 보여야 한다."

아저씨가 내게 당부했다.

소문은 그야말로 무성했다. 누군가는 젊은 사람만 뽑아간다고
했고, 또 누군가는 나이든 사람만을 뽑아간다고 했다. 혹자는 이
번 선별 작업이 우리 구역이 아닌 다른 수용소에서 벌어질 계획이
라고도 했다. 또 다른 뜬소문은 잠시 유대인들은 밀어두고 범죄자
들부터 처리한다고 했다.

내 마음 한 구석에 소문들이 사실이 아니라는 믿음이 있었나봐.
그래, 속마음은 내가 아니라 네가 될 것이라고, 다른 수감자들 중
에서 끌려갈 사람이 뽑힐 거라고 믿고 싶었겠지. 내가 뭘 어쩌겠어.
우리들이 손쓸 수 있는 일도 아닌데, 나라고 뭘 어쩌겠어…….

도망갈 방법은 없었다. 철조망을 통과하지 않는 한, 빠져나갈 곳
은 아예 없었다. 하지만 용기 있는 사람들은 하나밖에 없는 그 선
택을 기꺼이 감수했다. 그들에게 선택이란 누가 죽느냐의 문제가
아니라 어떻게 죽느냐의 문제였다. 결국 그들은 자신들이 취할 수
있는 그 유일한 방법대로 차라리 철조망에서 죽는 걸 선택했다.

이해할 수 있어?

이해가 돼?

그 사람들은 자포자기해서 그런 게 아니었어.

오히려 살기 위한 몸부림으로 과감히 선택한 거라고.

남아 있는 우리들 사이에서는 이런저런 말들이 오갔지만, 그 말들을 믿지는 않았다. 이번엔 우리가 아니라, 다른 곳의 다른 사람들이란 소문이 차라리 그렇게 떠돌아다니면서 우리를 동여맨 두려움이라도 누그러뜨리도록 내버려뒀다. 허공에 우리의 목이 대롱대롱 매달릴 거라는 두려움을 덜어낼 수만 있다면 터무니없는 소문들이 들리더라도 소각장 굴뚝에서 나온 재처럼 우리 머리 위를 맴돌도록 내버려뒀다.

사실, 그렇게 죽거나 철조망에서 죽거나 우리에게 남겨진 죽음은 둘 중 하나였다. 그 중간도 다른 방법도 아예 없었다.

셋렉크차,

샤워를 했다. 온몸의 털을 밀어내고 소독을 마쳤다. 우리는 일주일 전처럼 또 다른 한 주를 시작할 준비를 하고 있었다. 하지만 오늘은 뭔가 달랐다. 종이 울렸다. 모두 막사로 가 있으라는 신호였다. 그 순간 모든 것이 멈췄다. 광장 언저리에서 나누던 대화도, 숟가락과 나막신, 빵 조각을 갖고서 옥신각신하던 거래도 중단되었다. 정적만이 흘렀다. 물건을 내놓은 사람들은 자신들의 물건들을 치웠다. 지금까지 그 일에 둔감했던 소수의 수감자들마저도 예민해져 있었다.

때가 되었다. 우리 차례가 되었다. 우리가 차출당할 것이다.

우리는 하던 일을 멈추고 막사 안으로 들어갔다.

내게는 카드 한 장이 주워졌다. 난 손에 들린 그것을 가만히 내려다봤다. 내 이름, 피터 반 펠스가 적혀 있었다. 내 나이와 내 생일도 적혀 있었다. 잊고 있었던 것들이 기억났다. 내가 누구인지가 떠올랐다.

난 카드를 치웠다. 소수의 선임자들은 자신들의 카드를 보려 하지 않았다. 그들은 한동안 잊고 있던 자신들의 옛 신분을 떠올리며 긴장하는 모습을 들킬까봐 일부러 건성으로 대했다. 그들은 카드를 받는 즉시 손아귀에 움켜쥐고서 딱 한 번 자신의 것이 맞는지만 확인하고 시선을 돌려버렸다.

"옷 벗어!"

어느덧 나도 수감자들의 벗은 몸을 보는 일에 익숙해졌다. 더이상 창피하지도 않았다. 옷을 접어 침상 위에 놓고, 그 위에 나막신도 올려두었다.

"돌아오면 그대로 있을 거요."

내 아래쪽 침상을 쓰는 사람이 말했다. 소수 쪽에 속하는 선임자인 그의 말은 일리가 있었다. 이제 누가 훔쳐갈 기회조차 없었다. 갖고 있던 빵조각도 거래 대신 나눠지는 판에 여기 있는 사람 중 누가 돌아오게 될지는 아무도 알 수 없었다.

우리는 막사에서 기다렸다. 몇몇은 잠을 청했고, 몇몇은 기도를 했지만, 대부분은 먼 데만 바라봤다. 너나 할 것 없이 모두들 공포심을 덜어내려고 생각마저 비우려고 애썼다. 하지만 난 이상하게도 두렵지가 않았다. 마침내 올 것이 우리 막사에도 왔다는 생각이 들뿐, 오히려 담담해졌다.

그래 맞아, 그런 거야. 어떤 기분도 영원히 지속되는 건 아닌 거야. 그렇지 않다면 어떻게 견딜 수가 있겠어? 공포심도 굴복하기 전까지만 지속되는 거야. 그래서 우리 모두는 조용할 수 있었던 거야.

기다리고는 있었지만, 그 순간은 갑자기 들이닥쳤다. 담당구역 최고참의 빨라진 움직임과 고함소리가 막사의 침묵을 깨우고, 억지로라도 공포심을 누르기 위해 자신만의 세계에 빠져 있던 우리들을 밖으로 잡아당겼다. 이제 우리 모두는 침상에서 빠져나와 실오라기 하나 걸치지 못한 채로 얼어붙을 듯이 추운 바깥으로 내몰리다, 또 다른 공간에 처넣어질 운명이었다. 그럼, 발 디딜 틈도 없는 그곳에서 서로의 몸을 세로로 포개 붙이고 더 끔찍한 순간을 기다리게 될 것이었다. 우리, 다수의 유대인들로서는 알 수 없는 그 무시무시한 최후의 순간이 기다리고 있었다. 심장을 조여오던 압박감도 서서히 줄어들자, 프랭크 아저씨가 내게 해준 말이 떠올랐다. 난 문 옆에 서서 지켜보았다. 일부러 소수의 선임자 중에서 한 사람을 골라 빤히 쳐다보았다. 나이든 노인이었지만, 개의치 않았다. 그 노인은 사람들에게 떠밀려 문 쪽으로 다가서게 되었다. 그러자 갑자기 앙상한 가슴팍을 내밀고 순식간에 무릎을 높게 들어 올리더니 양팔까지 휘저으며 최대한 빠르게 뛰쳐나갔다.

드디어 내 차례였다.

내 앞에는 마당, 마당 끄트머리에는 또 다른 문이 있었다. 그 문 양쪽으로는 경비대원들과 SS 요원 한 명이 서 있었다. 내 쪽에서 바라본 그들은 바로 정면이었다. 난 고개를 들고 무릎을 바짝 올리면서 뛰기 시작했다. 가슴도 앞으로 쭉 내밀고 온힘을 다해 달려 나갔다. 놈들이 날 살려두는 쪽으로 결정해주길 바라며, 손에 쥐고 있던 카드를 SS 요원에게 건넸다.

다 끝났다.

우리는 막사로 돌아와 옷을 주워 입었다. 사람들은 늙고, 병들고, 허약하고, 절룩거리는 사람들 주변으로 몰려들었다. 지금까지의 친절과 침착함은 모조리 사라져버렸다.

"왼쪽이요, 오른쪽이요?"

사람들은 서로에게 물었다.

"어느 쪽이었소?"

"내 것은 왼쪽이요."

사람들은 떨리는 목소리로 대답했다. '왼쪽', '왼쪽', '왼쪽'이라는 소리가 계속 들렸다.

"너도 봤냐?"

아빠가 내게 조심스럽게 물었다.

"네 카드를 어느 쪽에 담는지 봤어?"

이제는 왼쪽으로 분류된 카드들이 차출 대상이란 게 분명해졌다. 난 고개를 저었다. 난 몰랐다. 난 그렇게 되어야 하는 건지도 알 수 없었다. 멍청한 내 자신이 수치스러웠다. 난 자세히 살펴보지도, 놈들의 손놀림을 눈치껏 따라가지도 않았다.

"아빠는요?"

내가 물었다.

아빠도 머리를 흔들더니, 허탈한 미소만 지었다.

"아니."

아빠가 어색하게 웃으며 답했다.

바로 그때 죽 배식이 시작되었다.

"봐라. 놈들이 내게 두 그릇을 줬다. 여기 봐라, 피터야. 이건 네 것이야. 네가 먹어야 한다."

아빠가 흥분하며 말했다.

왜, 왜, 어쩌자고 놈들이 아빠에게 더 줬을까? 난 주위를 둘러봤다. 아빠만이 아니었다. 회교도와 노인들과 쓸모없어진 사람들이 두 그릇을 받았다. 그들도 왼쪽으로 분류된 사람들이었다. 난 아빠를 쳐다봤다.

아빠도 뽑힌 게 분명했다.

"안 돼요."

내가 말했다.

"아빠가 드세요."

하지만 아빠는 내 말을 듣지 않았다.

"제발, 내 말을 들어라, 피터야. 지금 네가 이걸 먹지 않으면 네 엄마가 날 죽이려 할 게다. 생각해 보렴!"

그럼에도 불구하고 그럴 수는 없었다. 난 머리를 마구 흔들어댔다. 아무리 배가 고플지라도 절대로 그럴 수는 없었다.

아니, 난 배가 고프지 않았어. 배가 고프다는 건 보통사람들이 이해할 수 있는 말이야. 우리의 배고픔은 단순히 뱃속이 비어서 느껴지는 게 아니었다고. 그건 뼛속 깊은 허기였어. 두 다리가 잘려나가도 허기진 나를 대신해서 잘린 다리들이 죽 그릇을 찾아 갈 정도로 오래 굶주려 본 사람들만 알 수 있는 허기였단 말이야.

사실 아빠의 죽까지 먹고 싶었지만, 도저히 그럴 수는 없었다.

그날 밤, 난 뜬 눈으로 침상에 누워있었다. 내 등짝에는 다른 사람의 무릎이 닿고 얼굴에는 늘 그렇듯이 불결한 숨결이 와 닿았다. 어둠 속 여기저기에서 비명과 신음소리가 들려왔다. 사람들은 욕을 하며 울부짖었고, 살아남기 위해 낮 동안에 눌러두었던 고통과 그리움과 두려움이 뒤섞인 감정을 웅얼웅얼 토해내고 있었다. 그런 감정들은 자는 동안에도 잠꼬대가 되어 불쑥 불쑥 튀어나오기 마련이었다.

난 잠에 들 수 없었다. 난 밤새도록 멀뚱멀뚱한 상태로 그 신산한 소리들을 듣고 있었다. 새벽이 왔지만, 두 눈은 여전히 말똥말똥했다.

"비스타바치."

구역장이 고함을 질러대기 시작했다. 하지만 난 이미 깨어 있었다.

다음날도 달라진 건 없었다. 아침 점호, 작업 일정도 여느 때와 같았다. 우리는 눈을 뜨고 곧바로 일을 나갔다. 추위는 극성을 부리고, 배고픔도 극심해졌다. 다만 다른 때와 달라진 점이라면, 아빠가 좀 더 많은 죽을 또다시 얻었다는 것이었다.

"이유는 모르겠지만, 놈들이 날 살찌우려나 보다."

아빠가 농담을 했다. 우리는 서로의 얼굴을 쳐다보다 이내 고개를 돌려버렸다. 난 아빠의 여윈 팔을 만져봤다. 아빠도 손가락으로 내 뺨을 어루만졌다. 아빠는 알고 있었다. 물론 나도 알고 있었다.

"제발, 부탁한다."

아빠가 조용히 말했다.

"이걸 좀 먹어둬라. 그래야 몸을 계속 쓰지."

사실 이건 엄마가 겨울철마다 오트밀 죽을 내어놓으며 하던 말이었다. 그렇기에 나도 아빠도 마음이 괴로웠다. 그 말은 하필이면 기억해서는 안 되는 과거를 불러왔고, 그 속에 있는 우리들만의 사적 공간까지 기억나게 했다. 이곳에서 살아남으려면 그런 기억들은 꽁꽁 얼려 얼음장 속에 묻어버려야 했다. 아빠와 나는 서로의 얼굴을 다시 쳐다봤다. 아빠가 미소 지었다.

"아들아, 제발."

아빠가 죽 그릇을 내 앞으로 밀어 놓았다. 난 그릇을 집어들었다. 죽이 완전히 식지도 않았지만, 내 속에서 열이 치밀어 올라 목구멍으로 넘어가질 않았다.

"괜찮아. 천천히 넘겨."

아빠가 말했다.

그런 다음 내 입안에서 마지막 한 방울이 사라질 때까지 지켜봤다. 내가 한 숟갈 한 숟갈 떠먹을 때마다 당신의 입술이 오물거리는 사실은 모르시는 것 같았다.

잠시 뒤, 아빠는 그릇이 텅 빈 걸 확인하고 내 어깨 위에 한 손을 얹으며 말했다.

"잘 했다."

아빠가 내 어깨를 두드리며 다시 한번 말했다.

"잘 했어."

난 아빠에게 기댔다. 짧은 순간이지만, 내 몸에 닿은 아빠의 몸이 아직은 따뜻해서 우리가 함께 살아있다는 실감이 났다. 울컥했다. 난 그만 자리에서 일어났다.

"살아남으려면 온갖 고난을 헤쳐 나가야 한다."

아빠가 말했다. 그러고는 다시 미소를 지으며 두 손으로 내 얼굴을 받쳐 들더니 잠시 동안 내 눈을 들여다봤다.

"용기를 내, 피터. 꼭 살아남아야 한다."

아빠가 손을 내려놓았다. 그런 다음, 당신 앞에 있던 빵까지 내 앞으로 밀었다.

놈들은 꼭두새벽부터 사람들을 데려갔다. 우리가 새벽별을 보며 일을 하고 있을 때였다. 남겨진 사람들은 결국 떠나는 동료에게 작별인사를 했다. 하지만 이번에 남게 된 건 조금 더 운이 좋을 뿐이라며, 프랭크 아저씨는 끝내 인사를 하지 않았다.

그날 오후에는 손수레에 실려 그 사람들이 입고 있던 옷들이 돌아왔다. 그것들을 보자마자, 그 일이 끝난 걸 알 수 있었다. 프랭크 아저씨가 내 어깨에 손을 올렸다. 우리 둘 다 한 마디도 꺼내지 않았다. 목구멍이 뜨거웠다.

그리고 그날, 바로 그 사건 뒤로 난 달라져버렸다.

이제 그 말이 뭐 말인지 알겠지?

셀렉크자.

그날 이후 나 스스로 피터가 아니라, 짐승만도 못한 B-9286 수감자 노릇을 확실히 하기 시작했어. 제 아비가 먹으라고 내민 죽을 넙죽넙죽 먹어치워 버린, 사람 노릇도 못하는 놈이 된 거니까. 제 아비가 죽으로 먹여 살린 목숨을 지키려면 무슨 짓이든 할 수 있는 괴물 같은 놈이 되어야 했으니까.

용기를 내. 살아야 해.

그래, 난 살기 위해 용기를 냈어.

그래, 난 뭐든지 했어.

아빠를 위해,

어떤 대가를 치르든 상관없었어.

난 변했다. 염치를 버리고 도둑질도 서슴지 않았다. 빵이 더 필요하면 빵을 훔쳤다. 살아남으려면 다른 방법은 없었다. 마룻바닥의 못 하나도, 비어 있는 자루 하나도, 나무숟가락 하나도 훔칠 수만 있다면 모조리 훔쳤다. 그러고는 변소 근처를 서성거리며 훔친 물건들을 다른 수감자들에게 팔았다.

나는 그리스어인 크렙시크렙시(klepsiklepsi)도 배웠다. 여기서 문법 따위는 필요치 않았다. 물건을 사고팔고 교환하기에 충분할 만큼만 알면 됐다.

그렇게 하루하루 넘겼다.

그러면서 살아남았다.

그 노인을 처음 본 뒤로 일주일을 기다렸다. 노인은 누가 봐도 영락없는 회교도였다. 놈들은 사형집행 일주일 전쯤에 노인의 입안에서 금니까지 뽑아갈 터였다. 그대로 내버려둘 수는 없었다. 내가 민첩하게 움직여서 이 행운의 기회를 붙잡아야만 했다. 노인은 내 침상 아래쪽을 썼다. 하지만 노인의 입속에서 번쩍이는 것을 본 사람은 한두 명이 아니었다. 수감자들은 너나할 것 없이 노인의 몸을 노렸고, 난 아예 노인을 깔고 앉아버렸다.

"여러모로 배워야 하죠. 살기 위해서라면."

내가 노인을 누르며 말했다. 노인이 몸부림치며 고개를 끄덕였다.

"내 아내."

노인이 웅얼거렸다.

"나중에, 지금은 그 생각을 할 때가 아니잖아요."

노인은 우리가 이곳에 도착했을 때처럼 두렵고 혼란스러운 표정을 짓고 있었다. 여기 있는 모두가 다시 보고 싶지 않은, 어느 누구도 기억하고 싶지 않은 표정이었다. 오히려 우리 자신을 거칠고 잔인하게 만드는 바로 그 표정이었다.

"내 아내!"

노인이 머리를 흔들어댔다.

"내 아내는 어디 있는 거야?"

노인의 질문에 건너편 침상을 쓰는 어린 녀석이 실실 웃어댔다.

"지금 여기는 집이 아니라고요."

녀석이 침을 뱉으며 말했다. 그 말은 다수의 우리 유대인들이 자주 듣던 말이기도 했다. 멍청한 새끼.

"아내는 그만 잊어버리시죠."

내가 말했다.

"제가 빵을 드릴 수도 있는데."

"공짜 빵?"

노인이 되물었다. 하지만 난 노인이 너무 뻔뻔해 한 대 때려주고 싶었다. 맙소사, 이 노인네가 여기서도 뭔가를 거저 받을 수 있다고 생각하다니, 알라신이시여!

"제가 도와드릴게요."

하지만 난 마음을 추스르며 차분하게 말했다.

"대신, 저한테 금니를 주셔야지 숟가락과 그릇과 빵을 구해드릴 수 있어요. 어르신도 여기서 살아남으려면 이 정도는 꼭 필요하실 거예요."

나치 놈들이 우리한테는 그릇이나 숟가락을 준 적이 없다고 말했던가? 수용소에서 교환은 불법이라지만, 그나마 사람답게 먹으려면 돈 대신 빵이든 죽이든 그 무엇이든 내놓아야 했어.

내 말이 고깝게 느껴졌는지 노인은 날 노려보더니 머리채를 흔들어댔다. 그 모습을 보자 당장이라도 노인의 입을 벌려 금이빨들을 몽땅 뽑아버리고 싶어졌다.

"따로 음식을 더 구하지 못하면 금세 죽을 걸요!"

내 말에 노인이 또다시 머리를 가로저었다.

"내 아내! 내 아내! 내 아내는 어디 있냐고?"

노인은 같은 말만 반복하고 있었다.

"마음대로 하세요! 곧 알게 될 테니."

난 노인을 놓아주며 말했다.

노인에게도 구체적인 일거리가 맡겨진 지 이틀이 지나자, 결국 내게 이빨을 주겠다며 먼저 제안을 해왔다. 나는 민간인과 거래를 하고 있다는 다른 수감자를 통해 스무 개의 빵 보급품을 미리 챙겼다. 한 달에 걸쳐 무려 스무 개였다. 나는 그 빵을 노인에게도 주고 프랭크 아저씨와도 나눴다. 하지만 빵조각이 이 가련한 회교도 노인네의 목숨까지 지켜주진 못했다. 노인은 일주일도 못 버티고 죽어버렸다.

난 그렇게 살아남았지.

그 뒤에도 팔 수 있는 건 뭐든 팔았다. 구역장이 귀찮게 굴면 그에게도 적당한 물건을 팔았다. 덕분에 나도 냄비 바닥에서 퍼 올린 죽을 먹게 되었고, 이따금 내 그릇에도 채소 건더기가 들어 있게 되었다.

언젠가 한 번은 소시지 한 조각을 얻었다. 난 그걸 입안에 넣고 하루 종일 오물거렸다. 퉁퉁 불어 묘한 스프 맛이 났지만, 혀 밑에 남아 있는 티끌만한 한 점까지 꼭꼭 씹어 삼켰다. 형편없는 소시지 한 점이었지만, 그래도 운수좋은 날이었다.

이제 알겠지? 내가 뭔 짓을 하고 지냈는지? 그렇게 내가 살아남은 거라고. 그렇게 나처럼 살아남은 사람들 몇몇에게만 행운의 여신이 손을 들어준 거라고. 어쨌거나 살아남았으니 모두 운이 좋은 거라고도 할 수 있겠지. 하지만 우리 대부분은 서로를 속이고 거짓말하고 도둑질하는 것 배웠어. 다른 사람들이 맞아 죽는 것 지켜보는 것에도 곧 익숙해졌어. 그러지 않고서는 버텨낼 수 없었으니까.

그런데 우리가 악랄해질수록 놈들도 우리에 대한 증오심을 확실하게 드러냈어.

그래도 우리는 꿈을 포기하지 않았지만.

누군가에게, 그게 누가 되었든 간에 우리가 어떻게 지내는지를 알리려는 꿈이었지만,

그런 꿈조차도 끝내는 우리를 좌절시켜 버린 거야.

그날 밤 안네의 꿈을 꿨다. 우리는 다락방이 아니라 은신처 앞에 있는 밤나무 우듬지에 앉아 있었다. 내 발끝에는 나뭇가지들이 닿고 뺨에는 산들바람이 스쳤다. 쉼 없이 살랑대는 바람은 나뭇잎들을 뒤척이며 이슬방울을 튕겨냈다. 나뭇잎마다 햇빛이 반짝이는 아름다운 날이었다. 기분도 상쾌했다.

내 곁에 있는 안네는 모이를 쪼는 작은 새처럼 고개를 수그리고 있다가 갈색 눈을 동그랗게 치켜뜨고서 날 올려다봤다. 순간순간 더없는 행복감이 산들바람을 타고서 내 안으로 몰려들었다.

난 안네에게 모든 걸 말해주고 있었다. 하나도 빠짐없이 증언하고 있었다. 내 입에서 한 번 쏟아진 말은 폭포수가 되어 나무뿌리까지 흘러내렸다.

처음엔 내가 어째서 잠을 전혀 잘 수 없었는지 말했다. 안네는 말없이 고개를 끄덕였다. 그런 다음엔 놈들이 배고픔의 공포에 주눅이 든 우리들을 어떻게 때리고 굶겼는지 말했다. 안네의 눈이 빨개졌다. 하지만 난 계속해서 놈들이 우리한테 시키는 일들이 얼마나 터무니없고 쓸데없는 일인지 말하고 있었다. 며칠에 걸쳐 공터 한쪽 끝에 있던 목재들을 반대쪽 끝으로 옮겨 놓으면, 다시 반대로 갖다놓는 일을 시켰다고 고자질하고 있었다. 그러고도 분이 안 풀리는 아이처럼 난 계속해서 가스실과 화장터까지 자세히 알려주고 있었다. 놈들이 죽일 사람들을 어떻게 뽑았는지까지 떠들어대고 있었다. 안네는 고개를 끄덕이며 가만히 내 이야기에 귀 기울이고 있었다. 손에는 일기장이 펼쳐져 있고, 부지런히 내가 말한 모든 것을 받아 적고 있었다. 가끔씩 난 안네의 손 글씨를 내려다봤다.

내가 말한 단어들이 안네의 눈으로 들어가 일기장에 고스란히 글자로 찍히는 것 같았다. 무겁게 짓눌리던 몸이 홀가분해지는 느낌이 들었다. 금세 기쁨으로 채워져 구름 위로 떠오를 것만 같았다.

드디어 내가 어디로든 떠다닐 수 있는 가랑잎, 어디로든 날아갈 수 있는 새가 된 것 같았다. 마침내 내가 따뜻한 바람으로 가득 찬 열풍선이 된 것 같았다.

안네에게 고마운 마음이 들었다.

"안네!"

이름을 부르며 손을 뻗었다. 내 옆에 있는 여자애가 정말 안네가 맞는지 의심이 되는 순간이었다. 하지만 내 손이 닿기도 전에 안네는 멀어져 버렸다. 나무 그루터기보다 더 깊은 아래로 내려간 안네가 나를 올려다보고 있었다. 그러더니 휑한 두 눈 가득 어두운 기운을 뿜어내며 나무뿌리를 따라 땅 밑으로 꺼져들기 시작했다.

"안네!"

다시 한번 소리 높여 외쳤지만, 대답이 없었다. 안네의 일기장이 내가 앉았던 가지 위에 걸쳐져 있었다. 난 손을 뻗어 일기장을 낚아채고 무릎 위에 펼쳤다. 두 눈을 부비며 일기장을 앞뒤로 넘겨보았다. 글자들이 증발하고 있었다. 그 즉시, 내 머리를 쪼개어 머릿속에 쑤셔 넣고 싶은 심정이었지만, 한 번 휘발된 글자들은 종이 위에 아무런 흔적도 남기지 않았다. 다시 두 눈을 부비며 찾아봐도 일기장엔 빈 종이들뿐이었다.

눈을 떴다. 어둠 속에서도 사람들의 목소리가 웅성거렸다. 막사의 다른 수감자들은 아직도 꿈속을 허우적거리며 잠꼬대를 하고 있었다. 깊이를 알 수 없는 어둠보다 더 공허한 마음에 으슬으슬 추워졌다.

비록 낮 동안엔 짐승으로 살더라도, 한밤중에는 꿈속에서조차 어딘가에 있을 누군가에게 꼭 우리 이야기를 들어줄 거란 희망을 놓치지 않았던 거였어.

거기 사람 있나요?

누구 제 말이 들리나요?

우리가 계속 버티지는 못할 거예요.

우리의 이야기를 도둑맞을 수도 있다고요.

그러니까 살아남기 위해 싸우자고요.

저는 도둑질도 했고, 거짓말도 했어요.

할 수 있는 건 뭐든 했어요.

살아남으려고, 도둑놈이 되든 말든 상관 안했어요.

그것도 용기라고 생각했어요.

제 말이 들리나요?

꼭 전할 말이 있어요.

전부 알려야만 해요.

저는 온갖 나쁜 짓을 다 했다고요.

오토 프랭크 씨도 버렸어요.

아우슈비츠에 두고 나왔다고요.

절 살려주려고 노력한 분을 배신했다고요.

그때는 한겨울이었는데,

아우슈비츠의 겨울이었는데도 그랬다고요.

연합군들이 날아오고 있었다. 가끔씩 우리 머리 위로도 비행기들이 날아다녔다. 수용소 막사의 뼈대도 마침내 무너져 내리기 시작했다. 하지만 아무리 간덩이가 부어 있는 수감자라도 아직은 그틈을 타서 탈출할 수 없었다.

난 두려웠다.

놈들은 우리를 한데 불러 모았다. 놈들은 우리를 다른 곳으로 끌고 가려고 했다. 연합군의 비행기와 보병부대가 찾아내지 못할 곳으로, 곧 우리 몫이 될 자유로부터 아주 먼 곳으로.

"저는 어떻게 해야 되지요?"

"그냥 이 안에 있어! 연합군이 이 근처까지 왔다니까, 잘 숨어 있으면 된다. 이번이 우리한테는 기회란 말이다!"

프랭크 아저씨가 말했다.

하지만 놈들이 우리를 찾아낸다면? 놈들이 떠나기 전에 병자들과 성가신 사람들에게 총질을 하거나 가스실로 끌고 간다면? 놈들은 지금까지 그렇게 해왔으니까, 다시 안 한다고 볼 수 없었다.

"나갈 생각 마라."

프랭크 아저씨는 내게 이렇게 충고했지만, 정작 당신은 행군에 낄 수도 없을 만큼 야위어 있었다. 가만히 있는 것이 그런 아저씨한테는 유일한 선택이자 마지막 기회가 될 터였다. 난 아저씨를 쳐다봤다.

"겁이 나요."

난 목소리를 최대한 낮추고 말했다.

"안다. 그래도 나가지 마라. 피터! 여기 어디 숨어있도록 하자. 곧 해방이 될 것 같다."

아저씨가 말했다. 어느덧 아저씨도 노쇠해지고, 광대뼈가 고스란히 뺨에 드러날 만큼 말라버렸다. 우리는 서로를 쳐다보기만 했다. 아저씨는 수용소 안에 그대로 있어야 한다고 주장하지만, 문득 놈들이 아저씨를 죽일 거란 생각이 들었다. 놈들은 지금껏 그래 왔듯이 누구든 노역을 할 수 없게 되면 인정사정없이 죽여 버릴 게 분명했다. 아픈 아저씨는 여기 있어 봤자, 죽임을 당할 게 뻔했다. 나도 있어 봤자, 아저씨와 함께 죽게 될 게 뻔했다.

당장 결심을 해야 했다.

내가 겪어본 놈들은 모든 걸 빠르게 처리했다. 역시 내 예상대로 얼마 지나지 않아 놈들은 행동을 개시했다. 난 다른 사람들과 함께 소집되었다. 우리에겐 작별인사를 할 시간조차 주어지지 않았다.

난 걷고 또 걸었다. 한발을 다른 발 앞에 힘겹게 옮기며 걸었다. 칼바람이 살을 에었다. 우리는 정문 밖으로 나갔다. 하늘은 잿빛이고 나막신 바닥에 닿는 땅은 딱딱하고 차가웠다. 한겨울이었다. 난 다 망가진 기계처럼 움직이고 있는 내 발을 내려다봤다. 고개를 들 수 없었다. 오른발을 끌고, 왼발을 끌고, 오른발, 왼발, 한발씩 끌어 다른 발 앞에 겨우 겨우 내밀며 하염없이 걸었다.

내가 아저씨를 두고 왔어. 나 혼자 살겠다고, 우리 일행 중 끝까지 살아남은 아저씨를 남겨두고 왔어. 오른발, 왼발, 오른발, 왼발, ……

고개를 들었을 땐 이미 하루가 저물어가고 있었다. 함께 행진했던 인원도 어느새 많이 줄어들어 있었다. 놈들은 넘어지거나 계속해서 걸을 수 없는 사람들에게 총을 쏘아댔다. 언덕 위에 줄지어 서 있는 키 큰 나무들이 보였다. 심장이 뛰었다. 겨울인데도 나뭇잎들은 여전히 짙푸른 색이었다. 전나무들이었다. 그 뾰족하고 푸른 빛깔에 눈이 시렸다. 오랜만에 본 원색에 눈은 쉽사리 적응하지 못하고 있었다.

우리는 쓰러진 그 자리에서 곧바로 잠이 들고, 아침이면 죽은 사람들을 그대로 내버려두고 다시 이동하기 시작했다. 찬 서리에 딱딱해진 얇은 이불 속에서 몸을 움츠리고서 얼어 죽은 시체들이 보였다.

우리는 걷고 또 걸었다. 한 발을 질질 끌어다 다른 발 앞에 옮기며 하염없이 걸었다.

아저씨를 버려두고 왔어. 난 아저씨를 버린 놈이야. 한 걸음 한 걸음 걸을 때마다 아저씨로부터 점점 더 멀어졌어.

그렇게 몇날 며칠을 걷고 또 걸었다. 또다시 마을이 보였다. 경비대원도 수감자들도 아닌 평범한 사람들이 보였다. 밝은 하늘색 스카프를 머리에 두른 여자도 보였다. 너무 아름다워 저절로 눈이 갔다. 그 여자는 우리에게 먹을 것을 내줬다. 하지만 그 음식을 챙긴 수감자들은 모두 총살을 당했다.

"내가 저 사람들에게 뭘 해줄 수 있나요?"

충격을 받은 여자가 울먹이며 물었다.

"아무것도 없소."

경대비원들이 여자를 밀치며 대답했다.

그녀의 친절이 오히려 우리를 혼란에 빠뜨렸다. 차갑던 마음이 이글거리는 분노로 타오르며 뜨거워졌다. 놈들은 수틀릴 때마다 닥치는 대로 사람들을 죽이고 있었다.

난 계속 걸었다.

난 모든 걸 버렸다. 내가 사랑한 사람들은 하나 둘 사라졌다. 난 혼자 남았다. 내 뼈다귀가 걷고 있었다. 이제 이딴 짓도 곧 끝나게 될 것이었다.

마침내 화장장 굴뚝에서 피어오르던 연기가 멈추고, 마지막 시신도 재가 되고 나면, 놈들이 환호성을 지르게 될 것이었다. 살인광 놈들이 우리의 뼛가루를 티끌까지 바람에 날려 보내면, 몇 해 지나지 않아 이 세상에는 놈들의 이야기만이 진실이 되어 역사로 기록될 것이었다.

그럼 우리는 저 놈들이 보려고 했던 그대로 세상에 알려질 게 뻔했다. 놈들은 우리가 쥐새끼나 바퀴벌레만도 못해서 짓이겨버린 거라고 자신들의 행동을 정당화시킬 게 뻔했다.

몇 명 남지 않은 사람들끼리 계속해서 걸었다. 우리는 한 발 앞에 다른 발을 옮기며 걷고 또 걸었다. 비틀거리다 넘어져 죽고 싶다가도 다시 죽을 힘을 다해 일어나 걷고 또 걸었다. 우리에게는 아무것도 없었다. 피터도, 수감자 번호도 이미 의미를 잃어버린 지 한참 되었고, 오직 생존만이 남아 있었다.

놈들이거나 우리이거나,

놈들의 이야기거나 우리 이야기거나,

결국 어느 쪽이 끝까지 살아남게 될까?

내 말이 들릴까?

아니면 내가 꿈꾸는 걸까?

이봐요, 거기 당신, 벌써 등 돌리고 멀리 가버린 건 아니죠? 이제

나와는 상관없는 당신들만의 세상으로 돌아가 버린 건 아니죠? 그 찬란한 햇빛 속으로 돌아가 버린 건 아니죠?

여기 나만 있는 건가요?

내가 이 세상 마지막 유대인인가요?

막사 바깥에서 무슨 소리가 들렸어. 난 재빨리 두 눈을 감았는데, 발소리가 가까이 들려왔어. 부디 놈들이 날 죽은 사람으로 생각하길 바라며 숨도 쉬지 않고 누워 있었어. 발소리가 점점 크게 들려. 놈들은 시체 사이를 샅샅이 뒤지며 숨이 붙어 있는 사람을 찾기 위해 혈안이 되어 있는데, 어떻게, 발소리가 멈췄어.

"모두 죽은 것 같습니다."

바로 옆에서 목소리가 들렸어. 누군가 내 침상 옆에 서 있어.

"아니, 여긴 산 사람이 있을 것 같은데."

난 움직이지 않았어. 운이 따른다면 총알받이 신세는 피할 수 있을지도 몰라. 지금까지 버텼는데, 악마 같은 저 놈들의 손에 개죽음을 당하고 싶지 않단 말이야!

"내 말이 들리나?"

누군가 내 귀에 대고 속삭였어. "당신 누구요?"

남자가 스페인어로 먼저 말하고 독일어로 다시 물었어.

"당신 누구냐고?" 난 눈을 떴어. 경비대원 복장이 아니었어. 맞았지만, 뼈가 앙상한 정도로 마른 것도 아니었어. 난 남자에게 대답했어. 아니, 아니지. 대답하려고 노력했던 게 맞아. 하지만 내 목소리는 내 귀에도 이상하게 들렸어.

"수감자, B-9286입니다."

숫자를 말하는데 입안에 침이 고였어. 아마 어딘가 죽어 있을 거란 생각을 본능적으로 하고 있었던 것 같아. 그래, 난 한심하게도 습관의 동물이었으니까.

"번호 말고 이름을 대요. 이제는 끝났으니까."

남자가 말했어.

그 순간 온갖 말들이 머릿속을 뛰어다녔지만, 상황이 전혀 이해되지 않았어. 이번에도 셀렉트자일까? 속임수일까?

내 이름은, 혀끝에서 망설여졌어. 내 이름은, 내 이름은. 근데 내 이름이 뭐지?

난 뭐냐고? 난 도대체 뭐냐고?

"그만, 그만해도 돼요, 그런데, 젊은이. 일어날 수는 있겠습니까?"

하지만 나도 알 수 없었어. 곧바로 그들은 내 다리를 잡아들고 올렸어.

나도 나름대로 거들었어.

발뒤꿈치가 바닥에 닿는 게 느껴졌어. 무릎에서는 삐걱거리는 소리가 나고 뼈마디들이 눌리고 쑤시고 아팠어. 그래, 너무 말랐으니까, 뼈들이 맞닿는 부위마다 충격을 덜어줄 살은 없었으니까.

난 서서히 일어났어. 두 다리가 조금씩 움직이기 시작했지. 내가 두 다리로 섰다고! 다시 일어섰다고!

그 순간 내 목소리가 들려왔지.

"피터! 그래, 나는 피터야!"

"피터?"

남자가 되물었어.

"난 스테파노란다."

남자한테 대답을 듣고 나자, "나는 피터야'라는 말이 머릿속에서 팽이처럼 계속해서 돌았어.

남자가 팔을 올려 나를 만졌어. 하지만 남자의 팔이 내 어깨에 얹어지는 순간 난 움찔했어. 누군가 내 몸을 만진 게 너무 오랜만이라, 얻어맞는 줄 알았던 거야.

"그렇게 있지 말고, 편하게 기대앉아 있지 그러니."

스테파노가 말했어. 놀랍게도 점잖은 말투였지. 스테파노의 두 눈은 날 지켜보고 있었고.

"피터, 밖으로 나갈 수 있겠니?"

이번엔 다른 목소리였어. 난 그 목소리의 임자를 쳐다봤어. 그 사람도 말랐지만 나만큼은 아니었어. 하지만 나처럼 별을 달고 있었어. 빨간 별, 정치인을 뜻하는 빨간 별이었어. 남자는 눈물을 흘리고 있는 것처럼 보였어.

"저 애는 아직 어려요!"

남자가 말하자, 스테파노가 고개를 저었어.

"여기 어린애는 없습니다. 여태까지 살아남았다면, 다 큰 남자입니다."

두 사람은 자신들의 팔을 엮어 손 지게를 만들어 나를 태우더니, 어딘가로 옮기기 시작했어.

"이곳엔 아직도 짐승만도 못한 구역장 자식들이 있으니, 넌 밖으로 옮겨야겠다. 피터, 지금 밖으로 나가도 되겠지?"

밖,

바깥.

단어들이 기억났어.

그와 동시에 밤나무가 보였어.

밖엔 거리가 있었고, 운하도 있었다는 기억이 떠올랐어. 그 거리를 환하게 비췄던 따사로운 햇살도 떠올랐어. 그리고 황금 주화처럼 떨어져 운하의 검은 물결을 따라 떠내려가던 가을날의 낙엽도 생각이 났어.

"모두 그 집 밖에 다 있을까요? 지금도 바깥에 그대로 있겠죠?"

내가 너무 작은 소리로 물어봤나봐. 그게 아니면, 두 사람은 나를 옮기고 있어서인지, 반응이 없었어.

두 사람이 나를 내려놓은 곳 주변에는 기다란 성냥개비 같은 목재들이 수북하게 쌓여 있었는데, 그 모습은 마치 흙바닥에 사람들이 줄지어 누워 있는 것처럼 보였어. 하지만 그 지긋지긋했던 줄 설 일도 더는 없을 거야. 수감자들도 없고, 고함을 질러대는 경비대원들도 없어서 기분이 이상했지.

난 고개를 들어 올리고 얼굴에 와 닿는 햇살의 따뜻한 온기를 가만히 느껴 보았어. 하지만 잠시 뒤 내 주변을 다시 둘러보고 미칠 것만 같았어. 사람들이 보였어, 누워 있는. 수북하게 쌓여 있던 게 성냥개비마냥 기다란 목재가 아니었던 거야. 헤아릴 수 없이 많았던 그 사람들은 벌써 죽었거나 죽어가는 사람들이었던 거야.

맞아, 난 살아 있어. 그래, 난 아직도 마우타우젠 수용소에 있는 거야.

경비대원들은 손에 호스를 잡고 서 있었다.
"일어나! 일어나서 다섯 명씩. 2미터씩 떨어져!"
그들은 소리를 질러댔다.
수감자들은 최대한 빠르게 몰려가 5열종대로 섰다. 대열 속에는 늙은이도 젊은이도, 병자와 절름발이도, 부상당한 사람들도 한데 섞여 있었다. 한때는 제각각이었던 사람들도 경비대원들의 눈에는 한 사람도 예외 없이 똑같은 수감자일 뿐이었다.
"일어나라 했지!"
경비대원들이 또다시 소리를 질러댔다.

진흙탕 속에서 벌거벗고 기어다니던 사람들은 일어나려고 애를 썼다. 하지만 겨우 몇 명만이 놈들의 눈 밖에 나지 않고 재빨리 일어설 수 있었다. 몇몇의 나이 든 사람과 약삭빠른 사람들은 조금의 힘이라고 아껴두려고 눈치껏 꾸물거렸다. 그들은 얻어맞거나 총에 맞지 않게, 너무 빠르지도 너무 느리지도 않게 일어나야 할 타이밍을 세심하게 계산했다. 그것은 삶과 죽음을 가르는 순간이었다. 나는 매일 같이 채석장으로 가는 길바닥에서 벌거벗은 겨울나무처럼 서 있는 앙상한 남자들을 지나다녔다. 저녁때가 되어 돌아올 즈음에는 그들의 숫자도 아침보다 줄어들어 있었다. 그들은 모두 옷이 벗겨져 있었고 날은 얼어 죽을 만큼 추웠다. 어두워지면 얼음장처럼 투명한 밤하늘에 박힌 별들이 반짝거렸다. 달빛도 날카롭게 빛났다. 그런 하늘 아래에서 벌거벗은 사람들이 나무처럼 선 채로 밤샘을 했다. 아침이 되면 그들의 얼어붙은 맨몸에 호스를 든 경비대원들이 물을 뿌려댔다.

"일어나!"

하루하루 사람들이 줄어들었다.

"일어나!"

또 하루가 처음부터 반복되었다.

마지막 사람이 죽을 때까지는 며칠이 더 걸렸다. 그 사람은 쓰러지지 않으려고 이를 악물고 서 있었다. 하지만 마지막까지 놈들은 그를 갖고 놀았다. 며칠을 더 버티는지 내기까지 했다. 그럴수록 자신이 최후의 승자라는 우월감이 들었는지도 모를 일이다.

하지만 결국엔 그도 나처럼 죽는데 좀 오래 걸렸을 뿐이야. 빨간 볕을 달고 있는 두 사람이 나를 내려놨어. 그런데 엉덩이 밑으로 부드러운 것이 느껴지는 거야.

"경비대원 유니폼이란다."

스테파노가 웃으며 말했어.

"이제는 그 놈들도 필요하지 않겠지."

뺨에 와 닿는 햇살이 품에 안은 따뜻한 공 같았어. 온몸이 밤나무 가지 사이로 부는 바람의 속삭임처럼 가벼워지더니 딸기처럼 달달하고 상큼한 기분이 들었어. 무쉬 생각도 났어.

내 얼굴에서도 미소가 번지고 있었나봐.

이 햇살은 상상이 아니라 실제야. 내 뺨이 따뜻해졌잖아. 난 나른하게 들떠 있었어.

"괜찮다, 얘야, 그걸 덮고 있어!"

남자의 목소리에 눈이 떠졌어.

"연합군이 왔다."

스테파노가 말했어.

"우리는 해방된 거야."

다른 사람이 덧붙였어.

난 다시 눈을 감고 미소 지었어. '해방', 오래전부터 들어온 단어 잖아. 방이 보였어, 라디오가 있는 방이야. 안네도, 엄마도, 아빠도 있던 바로 그 방이야. 우리는 함께 꼭대기 다락방으로 올라갔어. 하지만 아무리 기다려도 아무도 오지 않아…….

그런데 그들이 왔어.

그날처럼 화창한 날.

스테파노가 웃었어.

"결국 우리 편이 더 많았던 게 맞군."

스페파노가 말했어. 그런데 그의 목소리는 신기해. 뭐랄까, 생동감이 있는 것 같았거든. 스테파노는 그저 그런 유대인이 아니라, 수감자 중에서도 용기 있는 사람이었던 게 틀림없어. 그런 사람이라면 나처럼 형편없는 짓거리를 했을 리 없겠지.

"얘야, 눈 좀 붙여라. 이제 끝났다. 러시아 군대가 우리에게 무기를 넘겼다."

스테파노의 말소리가 또 들렸어.

"어떻게 아세요? 아저씨는 무슨 일이 벌어지고 있는지 어떻게 알아요?"

난 작은 목소리로 물었어.

"우리 모두 알고 있잖니. 머잖아 온 세상에도 알려지게 될 거고."

또 다른 남자의 목소리도 들렸어.

안도의 한숨이 나왔고, 난 다시 눈을 감았지. 하지만 스테파노는 그 끔찍한 일들을 벌써 옛일처럼 말하고 있었어. 어느덧 우리 마음속에서도 지워져버린 것처럼 말하는 거였어.

오토 프랭크 아저씨가 떠올랐어. 내가 저지른 끔찍한 일들이 떠올랐어. 아저씨를 버려두고 온 건 스스로 용서할 수 없는 최악의 일인데, 지금 내 눈 앞에 아저씨가 보여······.

우리는 함께 서 있었다. 놈들이 아빠를 끌고 간 날이었다. 난 아무 말도 할 수가 없었다.

"뭘 남겨 놓으셨니?"

프랭크 아저씨가 물었다.

"놈들이 돌려보낸 옷은 네 아버지 것도 아니고, 소맷부리에 새겨진 번호도 네 아버지 것이 아니던데."

"아무것도요."

난 맥없이 대답했다.

"아니, 아무것도 없지는 않다. 피터, 바로 너다. 네 아버지가 남겨놓으신 건 바로 너야. 잊지 말고 꼭 기억해야 한다. 무슨 수를 쓰든 넌 살아남아야 한다. 네 아버지의 이야기를 알려야 한다."

아저씨가 힘주어 말했다.

"우리도 사람이 맞겠죠?"

내가 되물었다. 또다시 수치심이 몰려왔다. 난 놈들이 아버지를 끌고 가도록 내버려둔 짐승만도 못한 놈이었다.

그래, 난 그런 놈이야. 프랭크 아저씨도 붙잡지 않았잖아. 아저씨 없이 뻐젓이 혼자서 걸어 나왔잖아. 사람? 그런 내가 사람 새끼라고? 아니야, 아니라고.

"당연히 우리도 사람이지."

프랭크 아저씨의 목소리에도 숨길 수 없는 짜증과 분노가 배어났다.

"잊지 마라. 피터. 사람만도 못한 건 저 놈들이다. 암, 수치심도 느끼지 못하는 바로 저 놈들이고말고. 그러니까 중요한 건 네가 그 어떤 죄책감이나 수치심을 느껴서는 절대로 안 된다는 게다. 그런 건 저 놈들한테 줘버려야 해. 알았지, 피터? 약속해라. 네 임무는 너와 우리들의 이야기를 반드시 세상에 알리는 거란다."

그렇게 해서 난 내 이야기를 시작하게 되었다. 한발을 다른 발 앞에다 옮겨놓으며 걸어갈 때처럼, 단어들을 하나하나 이어가는 것만이 내가 할 수 있는 유일한 방법이지만, 그렇게라도 이야기를 해야만 했다.

"거기 있어요? 제 목소리 들리나요?"

난 기운 없는 목소리로 스테파노를 찾았어.

"여기 있다. 네 말을 듣고 있다."

스테파노가 대답했어.

"놈들은 우리를 사방에 흩어져 있는 수용소에서 마우타우젠으로 데려왔어요. 우리는 아우슈비츠, 부다페스트, 플라쪼우와 부헨발트의 생존자들이고 모두 유대인이에요. 놈들은 우리를 기생충이라고 불렀어요. 메뚜기 떼라고도 불렀고요. 놈들은 쉴 새 없이 우리를 죽이려 들었지만, 우리 유대인들은 계속해서 그곳으로 들어왔어요. 놈들이 우리에게 악몽인 것처럼, 어쩌면 우리들도 저놈들에게 악몽이 되었을 거예요. 그래서 놈들이 심심하면 우리를 때리고, 걸핏하면 가스실에서 죽이거나 기관총을 쏴댔겠죠. 그렇게 했는데도 성에 차지 않으니까 나머지 생존자들마저 걷다가 지쳐 죽거나 얼어 죽을 때까지 행군을 시켰어요. 하지만 소용없었죠. 우리 유대인들도 계속 들어왔으니까요."

한 남자가 내 손을 잡는 게 느껴졌어.

"몸을 떨고 있구나. 날 붙잡으렴."

그 남자의 말소리가 희미하게 들렸어.

"놈들은 우리가 얼어 죽을 때까지 호스로 찬물을 뿌려댔어요. 채석장으로 가는 계단 위에서 얼어붙은 사람들을 빙산의 조각처럼 줄줄이 쓰러지게 만든 거라고요. 놈들은 우리를 철조망 옆에 세워두고 지쳐서 쓰러질 때까지 춤을 추게 했어요. 춤을 추던 사람이 철조망 위로 쓰러지고 감전되어 죽으면, '춤추는 것보다 죽는 게 좋으신가 보군.'이라고 조롱하며 미친놈들처럼 웃어댔어요."

"지금 제 이야기가 전부 사실인 거 아시죠?"
내가 물었어.
그랬더니 남자가 내 손을 꽉 쥐며 답했어.
"그래, 안다."
그러면서 고개를 끄덕였지.

"몇몇은 견디지 못해 손을 잡고 뛰어내려 죽었는데, 놈들은 그 사람들을 낙하산부대라고 했어요. 또 놈들은 우리가 늘 굶주림을 느끼도록 계속 일을 시켰어요. 때리면서요. 그런데도 우리 유대인들은 계속 들어왔어요. 물밀듯이 들어왔다고요. 우리는 티푸스에 걸리고 열병과 콜레라를 앓았어요. 그러다 죽으면 우리에게 그 시체를 실어 나르게 하고는 한쪽에 수북이 쌓아놓게 했어요. 화장터와 소각장으로 보내질 때까지요. 그런 다음에도 놈들은 사람들의 뼛가루를 길 위에 뿌리고 다녔어요. 우리에게는 죽은 사람들의 옷을 주면서 우리가 다음 차례라는 걸 떠올리게 했고요. 놈들은 정말 끈질겼어요. 해가 뜨기도 전에 일어나게 하고, 꿈도 꾸지 못하도록 한밤중에도 괴롭혔으니까요. 그런데도 우리 유대인들은 계속 들어왔고요."

"그래, 진짜 끔찍하구나. 하지만 이젠 모두 끝났다."

다시 남자의 목소리가 들렸어.

나는 죽는 게 무섭지는 않았지만, 혼자만 살아남게 되는 것은 두려웠다. 그 많던 수감자들 중에서 내가 유일한 생존자라서 내가 말할 때 옆에서 고개를 끄덕여줄 사람이 없을 것 같아서 두려웠다. 또한 내 말에 '그랬었지. 그 놈들은 우리를 덜떨어진 자식들, 짐승만도 못한 새끼들이라고 불렀었지'라며 호응해줄 사람이 한 명도 없는 상황에서 내 입으로 증언해야 한다는 중압감이 두려웠다. 바로 그 두려움 때문에 바깥세상 사람들이 유일한 생존자인 나와 내가 하는 이야기를 믿기 어렵다는 눈으로 쳐다볼 것 같아 소심해졌다.

"넌 혼자가 아니다! 다른 생존자들도 있다."

"다른 유대인이요?"

내가 물었어.

"그렇단다!"

그의 말대로라면, 난 혼자가 아니었다.

난 혼자서 살아남은 게 아니라, 혼자서 죽어갈 뿐이었다.

다시 스르르 두 눈이 감겼다.

"피터!"

사람들의 소리가 들려.

"버텨야 돼, 피터!"

난 미소 지었다.

내 이름은 피터 반 펠스.

내가 바로 피터다.

이제 내 이야기는 거의 끝나간다.

"사람들이 나치의 경비대원들을 찾아냈어. 피터, 저기 좀 봐! 수감자들이 놈들을 죽이려고 달려들었다. 나막신으로 저 악마 같은 놈들을 흠씬 짓밟고 있다고."

난 눈을 뜨지 않으려 했다.

내 눈으로 우리들의 증오까지 보고 싶지 않았다.

여기서 나가기만 하면, 새들이 노래하는 세상이 어딘가에 있을 것만 같았다.

그런 곳이 내가 꿈꿔온 해방과 자유가 있는 세상이었다.

조만간 그곳의 문이 나를 향해서도 열린 것만 같았다.

"놈들이 죽었다. 지독한 겁쟁이들이 죽었어! 지옥에 떨어질 악락한 놈들이 죽었다고. 만세, 이제 우린 자유다, 만세."

"애야, 눈을 뜰 수 있겠니?"

"안 되겠어, 저 애는 가망이 없는 것 같아."

"안 돼! 지금은 안 된다, 애야!"

"내 말 들리니, 피터?"

"내 말 좀 들어봐라, 너희 유대 민족이 다시 일어났다."

저절로 흐뭇한 미소가 지어졌다.

마침내 여기에도 그 순간이 온 것이다.

바로 그 순간이, 이날을 위해 끝까지 싸우고 목숨까지 바친 사람들을 지켜보며 간절히 기도해온 바로 그 순간이 온 것이었다.

"넌 자유다, 애야, 자유라고!"

내가?

과연 내 머릿속에서 그 장면들을 없애버릴 수 있을까? 줄지어 서 있던 사람들과 목에 올가미를 걸고 뛰어내리던 사람들의 모습을 지워버릴 수 있을까?

우리들을 내버려두고 모른체하던 신들과 성냥개비처럼 쌓인 시신들을 잊어버릴 수 있을까?

그리고 아무것도 없지만 여전히 살아갈 의지만은 있었던 그곳을 떠올리지 않으면서도 살아갈 수 있을까? 한 발 한 발 내딛으며 죽을 때까지 걷도록 몰아붙이던 그 망할 놈들 생각을 안 하며 살아갈 수 있을까? 그러지 못하면, 난 살 수가 없을 것 같은데.

그 이상은 원하는 것도 없는데.

사람들은 지금 내가 무슨 말을 하는지 이해할까?

내 말을 듣고는 있을까?

뿌리째 뽑힌 무처럼, 주인을 알 수 없는 이빨처럼 땅바닥에 널 브러진 시체가 썩어 말라가는 걸 본 사람이 있기는 할까?

죽은 자들이 내게 속삭이는 소리가 흐릿하게 들리고 죽은 자들의 모습도 뿌옇게 보이기 시작했다.

"얘야! 입을 벌려봐라. 여기 물이 있다!"

물 한 방울이 내 입술 위로 떨어졌어. 입맞춤처럼 달달한 물이야.

"우리를 구해줄 연합군이 곧 도착할 거다, 얘야!"

하지만 내 눈에는 구세주 같은 연합군이 아니라 피가 솟구치는 웅덩이에 빠진 사람들이 어른거렸다. 모두 죽은 자들이었다. 수백만의 이름 없는 영혼들이 벌써부터 내 눈 앞에 어른거렸다. '죄송합니다. 내가 당신을 밀어냈습니다. 내 팔꿈치로 밀어냈습니다. 죄송합니다. 내가 가벼운 돌을 집어 드는 바람에 당신은 무거운 걸 들 수밖에 없었습니다. 죄송합니다.' 지금 나를 부르고 있는 이 이름 모를 영혼들에게 죄송하다는 말밖에 해줄 수 없었다. 내 눈 앞에서 사라졌던 사람들에게 진심으로 미안한 마음뿐이었다.

난 준비가 됐다.

나도 올라가고 있다.

어느새 계단 꼭대기가 보인다. 엄마가 보인다. 팔을 뻗어 엄마를 끌어안았다. 입술에 밴 엄마란 다정한 단어가 느껴졌다.

"엄마?"

"이 애도 가나 봅니다. 다들 죽기 전에 한 번씩은 엄마를 찾던데……."

난 미소를 지었다.

"이 애가 웃었어요!"
"더 좋은 곳으로 가는 중이겠죠, 그렇죠?"
"우리들도 여기서 벗어나면 그렇게 되지 않겠소?"

엄마가 두 팔로 날 끌어 올렸다.

"거의 다 왔어. 이제 거의 다 왔어."
안네의 목소리가 잔잔하게 들려.
"잘했어, 피터. 고생했어. 그래, 다 끝났어. 모든 이야기에는 끝이 있는 거야."

모든 추억들이 한꺼번에 떠올랐다.

눈에 덮인 메르베데플레인의 들판과 여름날 저녁노을을 배경으로 사위어든 햇살에 눈부시던 꽃들과 떼 지어 뒤뚱거리던 거위들이 보였다. 이어서 반짝이는 별들이 꽉 들어찬 네모반듯한 밤하늘을 배경으로 나뭇가지에서 떨어지던 낙엽처럼 조그만 입술이 보였다. 그 입술로 단어들을 쏟아내던 안네의 모습도 생생하게 보였다.

"피터? 이제 저 놈들도 우리 이야기를 날려 보낼 수는 없어."

안네의 목소리야.

안네의 일기장에서 떨어져 나온 종이들이 은신처 마룻바닥에 낙엽처럼 흩어져 있는 장면도 보였다.

내 몸도 어느덧 낙엽 한 잎보다 가벼웠다.

이제 준비가 끝났다.

"누구나 죽는 거란다. 다만 그 시간이 다를 뿐이란다."

아빠야, 아빠의 목소리도 들려.

천국이 있다면, 수용소에서 죽은 사람들로 북적일 거란 생각이 들었다. 이 생각을 끝으로 난 깊은 숨을 들이마신 뒤, 은신처 바닥에 흩어져 있는 안네의 일기를 향해 마지막 날숨을 불었다. 바닥에서 떠오른 종이들은 다락방 창문으로 날아올라 나뭇가지와 새들의 날개를 스친 다음 교회의 시계탑 너머로 훨훨 날아갔다. 그것들은 안네의 머리 위로, 내 머리 위로, 엄마아빠와 프랭크 아저씨아주머니 그리고 마곳의 머리 위로도 훨훨 날아가더니 점점 작아졌다. 마침내 적들의 손에 잡히지 않을 높디높은 하늘 위로 날아 오르고 있었다.

거기에는 안네의 일기가 적혀 있었다.

내 이야기도 담겨 있었다.

이제 내가 죽은 뒤에도 이야기는 살아남게 되었다.

우리 머리 위에는 수백만수천만의 글자들이 전쟁의 포화 속에 타버린 종잇조각을 기다리며 떠다니고 있었다. 비록 재가 되어 한동안 떠돌다 흩어질 테지만, 또한 개중에는 살아남은 사람들에게로 되돌아가 잊히는 것도 있겠지만, 대부분의 글자들은 화염 속에서도 활활 타오르는 이야기로 부활해 온 세상을 뒤덮게 될 것이다.

"이제 이야기의 힘을 믿을 수 있지?"
안네가 내 귀에 대고 속삭여.

그래, 난 믿는다.
이제 내 몸도 그들의 목소리가 들릴 정도로 천국에 가까워졌다.

"피터!"

기쁨이 차올랐다. 난 만세를 부르며 눈을 치켜떴다. 그리운 사람들이 보였다. 맨발의 엄마는 전쟁에 시달려서 지친 모습이었지만, 나를 향해 두 팔을 활짝 펼치고 있었다. 아빠는 엄마 옆에 서 있었다. 비록 안경은 깨지고 휘어졌지만, 입가에는 예전의 미소가 가득했다. 아빠의 손에는 여전히 분홍 실크 천 조각이 들려 있었다. 안네와 마곳은 프랭크 아주머니의 품속에 아기처럼 안겨 있었다. 리제도 있었다. 그 애는 사람들 뒤에서 날 기다리고 있었다. 하지만 민둥머리는 그대로였다.
주위를 둘러보며 프랭크 아저씨를 찾았지만, 아저씨는 여기 이들과 함께 있지 않았다. 아직 산 자들 사이에 섞여 저 아래 있는 게 분명했다.

난 안도의 한숨을 크게 내쉬었다.

"피터, 이제 뛰어올라!"

다 함께 외치는 소리가 들렸다.

그 즉시 뛰어 올랐다. 나를 기다려준 그리운 사람들의 품안으로 뛰어올랐다.

그래, 난 죽었다. 하지만 당신이 내 목소리에 귀 기울여준다면, 언제라도 내 이야기는 들릴 것이다.

비스타바치.

눈을 떠. 눈을 떠보라고.

아직 거기 있나요?

제 이야기를 듣고 있나요?

에필로그

피터 밴 펠스는 암스테르담의 은신처에서 2년 1개월 동안 숨어 지내다 네덜란드 웨스터보르크 임시수용소로 끌려갔다. 그리고 그곳에서 사흘을 보낸 뒤엔 폴란드 아우슈비츠로 가는 마지막 기차에 몸을 실었다.

내가 이 소설의 〈수용소〉 장에서 그려낸 피터가 겪은 일들은 기록되어 있지 않은 것으로, 허구라고도 할 수 있다. 그렇지만 나는 어디까지나 여러 다큐멘터리의 진술을 토대로 사건들을 재구성했고, 어떤 자료를 통해서는 피터가 한동안 우편물 취급소에서 일했다는 사실을 알아냈다. 물론 그 덕분에 피터가 오토 프랭크 씨와 나눈 음식을 구하는 장면도 상상할 수 있었다.

사실 난 내가 〈수용소〉 장에서 보여준 피터야말로 수용소에 갇힌 십대 후반의 소년이라면 누구라도 그와 같은 모습이리라 상상했다. 그래서 나 또한 그런 피터의 평범함에 기대어 당시의 수용소가 어떻게 돌아갔는지 묘사할 수 있었다.

궁극적으로 나는 피터를 통해 나치가 수용소 수감자들의 정체성과 자의식을 빼앗기 위해 얼마나 냉혹하고 체계적으로 만행을 저질렀는지 알리고 싶었다. 인종청소를 자행하는 저들의 온갖 반인륜적 만행 속에서도 살아남기 위해서라면 수감자들끼리도 서로를 속이고 도둑질까지 배워야만 했던 수용소 생활까지도 피터를 통해서라면 전달할 수 있으리라 믿었다.

피터 반 펠스는 아버지의 죽음을 딛고 아우슈비츠에서 7개월을 더 버텨냈다. 그 후엔 굶주림에 쇠약해질 대로 쇠약해진 채로 유대인 수감자들에게 잔인하기로 악명 높았던, 폴란드와 오스트리아를 거쳐 마우타우젠 수용소로 향하는 죽음의 행군을 강요당했다. 일부 역사학자들은 그가 이 죽음의 행군에서 짧은 생을 마감했을 것이라 추측한다. 하지만 몇몇의 기록물에 따르면, 의무 막사로의 이송 허가증이 발급된 1945년 4월 11일에서 수용소 석방이 발표된 5월 5일 사이에 마우타우젠에서 사망했을 가능성도 배제할 수는 없다. 병약해진 피터가 그곳에서 오래 버텨냈다는 점은 다소 예외적이지만, 아쉽게도 사망 당시 피터의 나이는 고작 열여덟 살이었다.

아우구스테 반 펠스는 프랭크 가의 여자들과 함께 아우슈비츠에 수용되었다가 그들과 함께 다시 베르겐 벨슨으로 이송되었다. 하지만 그곳에서도 1945년 2월에 다시 한번 라군 강제노동수용소로 옮겨졌다. 그나마도 라군 수용소가 그해 4월 8일에 폐쇄되자, 아우구스테는 테레지엔스타트로 죽음의 행군을 강요당했다. 그녀는 행군 중에 사망했거나 도착 후 얼마지 않아 사망했을 것으로 추정되는데, 만약 맞다면 아들 피터와는 며칠 간격을 두고 사망한 셈이다. 그의 나이 44세였다.

헤르만 반 펠스는 1944년 10월, 아우슈비츠의 가스실에서 죽었다. 그의 아내 아우구스테와 아들 피터는 그보다 반년을 더 살았다. 그의 나이 46세였다.

에디스 프랭크는 아우구스테와 자신의 두 딸인 마곳, 안네와 함께 아우슈비츠 수용소에 갇혀 지내다 1944년 11월 26일에 베르겐 벨슨으로 이송되면서 그들과 헤어졌다.

에디스는 아우슈비츠에서 두 딸을 혼신의 힘을 다해 지켰는데, 사경을 헤매던 안네가 누워 있던 의무 막사에 구멍을 파고 음식을 넣어준 적도 있었다. 에디스는 1945년 1월 6일에 사망했으며, 사인은 극심한 우울증을 동반한 탈진과 기아로 추정된다. 당시 그녀의 나이 44세였다.

마곳 프랭크와 안네를 가둬둔 베르겐 벨슨 수용소의 상황은 상상을 초월했다. 수용소 운영 체계는 엉망이었다. 배식은 끊기고 마실 물도 없는데다 위생 시설마저 형편없어 전염병과 질병이 만연했다.

자매는 함께 있으면서 서로를 돌보기 위해 최선을 다했다. 그 둘은 막사 문 바로 옆의 침상을 함께 사용했는데, 홀로코스트 생존자인 야니와 리엔 브릴레스리지퍼의 짤막한 회고에 따르면, 그곳은 '뼛속까지 얼어붙게 하는 최악의 위치'였다고 한다. 마곳은 티푸스로 사망했으며, 시신은 문밖의 시체 더미 위로 내던져졌을 것으로 추정된다. 그녀 나이 19살이었다.

안네 프랭크는 언니 마곳이 죽은 며칠 뒤에 베르겐 벨젠 수용소에서 쓸쓸히 죽었다. 하지만 그 상황을 겪지 않은 그 누구라도 마지막까지 곁을 지켜주던 유일한 혈육을 잃은 상실감의 깊이를 헤아리는 것은 거의 불가능하다. 수용소 생존자인 하넬리 고슬라는 안네가 티푸스에 겹쳐진 절망과 지독한 외로움을 견디지 못해 죽었을 거라고 믿고 있다. 그녀는 안네가 "아무도 남지 않았어."라며 베르겐 벨젠 수용소의 높은 담장 너머로 소리를 질러댔다고 증언한 바 있다. 안네는 안타깝게도 해방을 고작 며칠 남겨두고 죽었다. 꽃다워야 할 나이 16살이었다.

오토 프랭크가 아우슈비츠에 갇힌 지 7개월 뒤, 나치는 수용소를 버리고 떠났다. 프랭크 씨는 끔찍하고도 위험한 상황 속에 남겨진 그곳에서 생존자들과 함께 열흘을 더 버티다 해방을 맞았다. 온갖 시련을 겪으면서도 마침내 네덜란드로 되돌아올 수 있었던 그는 두 딸의 죽음을 확인하고 그동안 미엡 기스가 숨겨둔 안네의 일기장을 건네받았다.

그 즉시 프랭크 씨는 딸의 일기를 편집출판하기로 결심하는데, 그 이후의 일은 널리 알려진 바 대로다. 안타깝게도 안네는 사후에야 그녀의 짧은 일생 동안 꿈꿨던 세계적인 주목을 받게 되었다. 안네 자신도 의식하지 않았지만 '타인의 인생까지 변화시키는' 글들을 써왔던 셈이다.

현재 안네의 일기장과 유품은 안네 프랭크 재단이 보존하고 있다. 재단은 최근 네덜란드에서 일어난 이슬람 혐오를 포함하여 세계 각지에서 끊이지 않고 발생하는 각종 인종차별과 학살의 사례들을 연구조사하고 있다. 또한 앞으로도 새로운 세대들이 홀로코스트의 실상과 본질을 제대로 이해할 수 있도록 안네의 신념을 따르는 활동들을 이어갈 계획이다.

딸의 이름을 딴 재단을 만든 오토 프랭크는 1980년 8월, 향년 81세의 나이로 사망했다.

그들과 함께 했던 프리츠 페퍼는 1944년 10월에 있었던 아우슈비츠 학살에서는 살아남았지만 이송된 노잉가메 수용소에서 장염을 앓다 쓸쓸히 사망했다. 사망일자는 1944년 12월 20일, 그의 나이는 55세였고, 1953년에는 그의 아내 샬롯과 영혼결혼식을 치렀다.

마지막으로 피터의 첫 번째 여자 친구인 리제는 내가 만들어낸 허구의 인물이다. 나는 피터가 은신처에 숨어 지내는 동안, 바깥 세상에서 사라지고 살해된 수많은 유대인을 대표하는 존재로서 그녀를 이 소설 속에 잠시 등장시켰다.

저자의 말

처음으로 역사 소설을 쓰는 일이 내게는 지난한 작업이자 도전이었다. 이 소설의 1부에 담긴, 숨어 있는 집 안에서의 생활은 내게도 주된 지침서였던 안네의 일기장에 이미 훌륭하게 묘사되어 있었다. 하지만 내 소설로 옮기는 과정에서 서사의 연속성을 위해 어쩔 수 없이 일기장에 적혀 있던 사건들을 재배치할 수밖에 없었는데, 이 점에 대해서는 일기의 열혈 독자 분들께 양해를 구하는 바이다.

나 역시도 일기에 담긴 안네의 정신과 은신처에서 실제 일어난 사건들에 충실하기 위해 나름대로 많은 노력을 기울였다. 하지만 수용소에 도착한 뒤로 일행에게 일어났을지도 모를 일들을 상상하며 기록하는 일이 한결 더 어려웠다. 아우슈비츠와 마우타우젠에서의 참혹한 수용소 생활을 왜곡 없이 담아내기 위해서는 수시로 생존자들의 증언과 함께 다양한 기록물과 서적들도 참고해야만 했다. 그 중에서도 특히 내게 큰 깨달음을 준 것은 아우슈비츠에서 직접 겪은 하루하루의 현실을 애써 담담하게 묘사해 준 맑은 눈의 증언자, 프리모 레비의 책이었다.

끝으로 내 원고를 꼼꼼히 읽고 소중한 제언을 아끼지 않았던 버디 엘리아스와 캐롤 앤 리에게 진정어린 감사의 마음을 전하고자 한다.